黎活仁／總編輯　方環海、蔡登山／主　編

深切悼念

中國的曼德拉

柏楊先生

（1920 年 3 月 7 日—2008 年 4 月 29 日）

一位「魯迅風」的作家

《國際魯迅研究》

顧問委員／秦賢次（文史工作者）
　　　　　林金龍（國立台中科技大學）
　　　　　張文國（山東師範大學）
　　　　　陳俊榮（國立台北教育大學語文與創作學系）
　　　　　林淇瀁（國立台北教育大學語文與創作學系）
　　　　　王晉江（華夏書院）
總 主 編／黎活仁（香港大學、華夏書院）
主　　編／方環海（廈門大學）
　　　　　蔡登山（秀威資訊科技股份有限公司）
副 主 編／秋吉收（九州大學）
出 版 地／台灣，台北
聯絡地址／361005 廈門大學海外教育學院
　　　　　（中國福建省廈門市思明南路 422 號）
　　　　　電話：TEL: (86)592-2186211
　　　　　傳真：FAX: (86)592-2093346
　　　　　網址：http://oec.xmu.edu.cn
出版單位／秀威資訊科技股份有限公司
　　　　　（台北市內湖區瑞光路 76 巷 65 號 1 樓）
　　　　　電話：886-2-2796-3638
　　　　　傳真：886-2-2796-1377
　　　　　網址：http://www.showwe.com.tw/

International Journal for the Study of Lu Xun

Advisory Committee:
Xian Ci QIN (Literary Researcher)
King Long LING (National Taichung University of Science and Technology)
Wenguo ZHANG (Shandong Normal University)
Chun-jung CHEN (Department of Language and Creative Writing, National Taipei University of Education)
Chi Yang LIN (Department of Language and Creative Writing, National Taipei University of Education)
Juenkon WONG (Hua Xia College)

Editor-in-Chief:
Wood Yan LAI (The University of Hong Kong; Hua Xia College, Hong Kong)

Editors:
Huanhai FANG (Xiamen University)
Ting Shan TSAI (Showwe Information Co., Ltd.)

Associate Managing Editor:
Shu AKIYOSHI (Kyushu University)

Correspondence Address:
Overseas Education College, Xiamen University, Fujian Province, P. R. China 361005
TEL: (86)592-2186211
FAX: (86)592-2093346
Homepage: http://oec.xmu.edu.cn

Publisher:
Showwe Information Co., Ltd.
1F, No.65, Lane 76, Ruiguang Rd., Taipei, Taiwan
TEL: 886-2-2796-3638
FAX: 886-2-2796-1377
Homepage: http://www.showwe.com.tw/

合作單位 Jointly launched by:

主辦　廈門大學海外教育學院 Overseas Education College, Xiamen University
　　　〔美國〕哈佛大學 Department of East Asian Languages and Civilizations, Harvard University
　　　〔美國〕聖地亞哥大學 Confucius Institute, University of California
　　　〔美國〕特拉華大學 Confucius Institute, The University of Delaware
　　　〔新西蘭〕惠靈頓維多利亞大學 Confucius Institute, Victoria University of Wellington
　　　〔加拿大〕聖瑪麗大學 Saint Mary's University
　　　〔英國〕卡迪夫大學 Confucius Institute, Cardiff University
　　　〔英國〕南安普敦大學 Confucius Institute, The University of Southampton
　　　〔英國〕紐卡斯爾大學 Confucius Institute, The University of Newcastle
　　　〔法國〕西巴黎南戴爾拉德芳斯大學 Confucius Institute, West Paris - Nanterre- La Defense University
　　　〔德國〕特里爾大學 Confucius Institute, University of Trier
　　　〔馬耳他〕馬耳他大學 Confucius Institute, University of Malta
　　　〔日本〕大阪府立大學 Faculty of Language and Culture, Osaka Prefecture University
　　　〔泰國〕皇太后大學 Confucius Institute, Mae Fah Luang University
　　　〔土耳其〕中東技術大學 Confucius Institute, Middle East Technical University
　　　〔尼日利亞〕納姆迪・阿齊克韋大學 Confucius Institute, Nnamdi Azikiwe University
　　　〔南非〕斯坦陵布什大學 Confucius Institute, Stellenbosch University
Fu　　復旦大學中文系 Department of Chinese, Fudan University
Guo　　國立台北教育大學語文與創作學系 Department of Language and Creative Writing, National Taipei University of Education
　　　國立台中科技大學 Department of Applied Chinese Language, National Taichung University of Science and Technology
Hai　　海南師範大學文學院 College of Chinese Language and Literature, Hainan Normal University
Hu　　湖南工業大學文學與新聞傳播學院 School of Literature and Journalism, Hunan University of Technology
Hua　　華夏書院 Hua Xia College, Hong Kong
Jiang　江蘇師範大學文學院 Faculty of Arts, Jiangsu Normal University
Qing　青島大學文學院 Faculty of Arts, Qingdao University
Quan　泉州師范學院文學與傳播學院 College of Literature and Media, Quanzhou Normal University
Shan　山東師範大學文學院 Faculty of Arts, Shandong Normal University
　　　陝西師範大學文學院 Faculty of Arts, Shaanxi Normal University
Shang　上海交通大學人文學院 School of Humanities, Shanghai Jiao Tong University
Su　　蘇州大學文學院 Faculty of Arts, Suchou University

黎序

■總主編　黎活仁

　　柏楊沿波而得奇，於一代「魯迅風」作家，實屬異數，如同曼達拉，身陷囹圄十餘載，成為民主鬥士。活仁不自量力，一九九九年六月，於香港大學亞洲研究中心舉辦「柏楊思想與文學國際學術研討會」，柏老邀得唐德剛教授作主題演講，德剛教授神交已久，仰之彌高，鑽之彌堅；瞻之在前，忽焉在後。

　　世有倒屣相迎，歡若謫仙之美談，曾於大阪六朝古鏡展，瀏觀賀之章行草真跡，徘徊不忍捨去，賀氏愛李白之才，言於玄宗，供奉翰林，白也詩無敵，唯剩頌紅妝，遂有絕妙好辭：「名花傾國兩相歡，長得君王帶笑看。解釋春風無限恨，沉香亭北倚闌干。」「一枝紅豔露香凝，雲雨巫山枉斷腸。借問寒宮誰得似？可憐飛燕倚新妝。」「名花傾國兩相歡，長得君王帶笑看。解釋春風無限恨，沉香亭北倚闌杆。」

　　在日本留學期間，偶然拜讀德剛教授《胡適雜憶》，其時於《傳記文學》連載，文采巨麗，揮灑自如。一代天驕，成吉思汗，只識彎弓射大雕。數當世史筆，還看唐三峽。

　　德剛教授有「歷史三峽論」，以為二零四零，海內將成為世界樂園，此余不及見，應屬無稽之談。視若童真妙趣，亦無不可。吾猶及史之闕文，柏楊研討會主題演講手稿自國內以「空間內爆」神通擲下，原缺一頁，其餘尚好。

　　賴有哥倫比亞大學口述計畫，後輩得睹一代宗師風儀。所謂無才便是德，胡夫人無為而無不為，兼擅竹戰。「國家事，管他娘，打打麻將。」乃曾今可於抗戰期間快人快語，論者以為荒惑敗亂無若此者；適之先生當年悠遊林下，難為無米之炊，幸夫人持家有道，例有創獲，燃眉之急遂解。天生異人，必有所用之。余讀陳同甫《中興遺傳》，豪俊俠烈魁奇之士，泯泯然不見功名於世者，又何多也？豈天之生才，不必為人用歟？抑用之

自有時歟？著書唯剩頌紅妝，冬秀女史不以文字相，不託飛馳之勢，燃脂功狀可封侯，史筆褒之，詩人歌之，壯采煙高，情理實勞。

所謂諸侯經濟即「上有政策，下有對策」，故諸侯亦即「國家事，管他娘」之無為而無不為。至於諸侯史學，因珠玉即大師陳寅恪在前，頗感束手無策，陳氏學不失諸侯本色，不與同調。通史范史含筆腐毫，良有以也。

螳螂捕蟬，黃雀在後。一九八二年往南沙溝拜會錢鍾書先生，環堵蕭然，不改其樂。先生與近鄰馬力時通魚雁，不出戶而能知天下事。馬君後從政，為「民建聯」黨鞭，貴不可言，創業未半，而中道崩殂；蓋有蔣（中正）公崩殂先例，偶然拾得，亦追主席馬君之殊遇，錢為辭宗，時方貴盛，筆走龍蛇，非夢非煙，未免高攀。話說諸侯史家於陳氏學為之心膽寒，至於錢氏，則又嗤之以鼻，以所為楊貴妃「非」處女考，無異多此一舉，晤言一室之內，又以為柳如是不過名妓，樹碑立傳，著書唯剩頌紅妝，實輕薄遊閑子所為。

網上有以錢氏《宋詩選註》與諸侯史家《胡適雜憶》，如日月疊璧，不過亂點鴛鴦。竊以為《元白詩箋證稿》亦百年一見，引兩唐書與點校本同，唯於日文研究陶淵明之作，書名多植一平假名，其餘頗為精準。地不愛寶，出土唐人墓誌可訂兩唐書諸多舛誤，怵目驚心。要知陳氏治唐史，不過精讀此二書，心無旁騖，白居易妻族乃牛黨核心，於牛李黨爭語焉不詳，亦屬敗筆。

柏楊深居簡出，然門前有長者車轍，金庸先生曾兼程拜會，識者重之。德剛教授謂胡夫人耍樂之餘，獨鍾射雕神雕、沉湎日夜，暈頭轉向，腳踏七星、司空摘星、天龍八部、凌波微步、月球邁步（Moonwalk），乃至江戶村亂步，不知有漢無論魏晉。廢寢忘餐，廢耕廢織，於金學迷亦屬尋常事。

柏楊國際研討會已歷四屆，台北中央大學廣發英雄帖，鉅公不期而會達二十人。台南大學承辦第三、四屆，以活仁尚有苦勞，得以躬逢其盛。學術隆重，而案牘勞形，論集梓行遂率意為之，粗服亂頭矣。

邀約留影，以償夙願。去國多年，鄉音無改，德剛教授，君子也，樂操土風，不忘舊也。魂兮歸來，伏惟尚饗。

《國際魯迅研究　輯二》
International Journal for the Study of Lu Xun

目　次

《國際魯迅研究　輯二》
International Journal for the Study of Lu Xun

Contents

No.2, May 2014

《國際魯迅研究》輯二（2014 年 5 月）1-14。

被忽略的兩個字
——從語言學的角度再談《野草·影的告別》

■秋吉收

作者簡介：

秋吉收（Shu AKIYOSHI），男，日本九州大學文學博士，現為日本九州大學大學院言語文化研究院準教授，博士生導師。國際魯迅學會日本理事。主要從事魯迅研究和中日比較文學研究。近年著有《異文化を超えて——「アジア（亞洲）における日本」再考》（2011，合著），論文〈魯迅《野草》「狗的駁詰」「立論」の位置とその成立について〉（2010）、〈タゴール（泰戈爾）受容の諸相——日本、中國そして魯迅〉（2011）、〈魯迅『野草』中的「東西融合」〉（2012）、〈魯迅「影的告別」に去來する周作人の影〉（2012）、〈殖民地臺灣的描寫視點——佐藤春夫《霧社》與賴和《南國哀歌》〉（2012）等。

論文提要：

散文詩集《野草》中〈影的告別〉通常被人們認為是通向魯迅內心世界的尤為難解的重要作品。本文所關注的焦點是其中一句：「我不願住」。以往的《野草》研究中，有關最後一字「住」的解釋存在不少分歧，尚沒有定論。〈影的告別〉最初刊載於 1924 年 12 月 8 日《語絲》第四期，可是我們確認該雜誌的對應此處，驚奇地發現，「住」這個地方所對應的字竟是「往」。字形相似意思截然不同的兩個字「住」和「往」，一般來說可以很快分辨，然而，在該句中兩字都可成立，這確是很神秘的。或許是魯迅故施之伎倆，值得探討。

關鍵詞：魯迅、《野草》、〈影的告別〉、《語絲》

一、引言

　　散文詩集《野草》中〈影的告別〉（1924 年 12 月《語絲》週刊第 4 期）通常被人們認為是通向魯迅內心世界的尤為難解的重要作品。1933 年出版的《魯迅自選集》也收錄該作品[1]，可見魯迅自身對此詩也是頗為自信的。李何林（1904-88）的《魯迅〈野草〉注釋》（1973）在《野草》的研究史上得到過很高的評價，其中在〈「影的告別」試解〉中，有如下記載：

> 在《野草》二十四篇（《題辭》也算在內）中，我覺得這一篇最難懂，《墓碣文》還在其次[2]。

　　直至今日有很多有關《野草》的研究出版，儘管人們把〈影的告別〉解讀得很深刻，可是仍存留著幾個問題。

　　首先我們引用〈影的告別〉的開頭部分。（該處的引用是源於 2005 年人民文學社出版的《魯迅全集》，並非原載雜誌《語絲》。）

> 　　人睡到不知道時候的時候，就會有影來告別，說出那些話——
> 　　有我所不樂意的在天堂裡，**我不願去**；有我所不樂意的在地獄裡，**我不願去**；有我所不樂意的在你們將來的黃金世界裡，**我不願去**。
> 　　然而你就是我所不樂意的。
> 　　<u>朋友，我不想跟隨你了，我不願住。</u>
> 　　我不願意！
> 　　嗚呼嗚呼，我不願意，我不如彷徨於無地[3]。
> 　　（粗體、底線等是作者添加的。下同。）

---

[1] 《魯迅自選集》1933 年 3 月，由上海天馬書店出版。選錄《野草》中的七篇。除〈影的告別〉外，其餘六篇是〈好的故事〉〈過客〉〈失掉的好地獄〉〈這樣的戰士〉〈聰明人和傻子和奴才〉〈淡淡的血痕中〉。

[2] 李何林，《魯迅〈野草〉注解》（西安：陝西人民出版社，1973）35。

[3] 出自 2005 年出版的新版《魯迅全集》（169）。其中〈影的告別〉與 1981 年版並無出入。附注仍然是寫給許廣平（1898-1968）的信「惟黑暗與虛無乃是實有」（170），《魯迅全集》，卷 2（北京：人民文學出版社，2005）。本文引《魯迅全集》以這一版本為根據。

　　本文所關注的焦點是劃線部分的「我不願住」，很多研究者都對此進行了解讀，可其中的闡述存在不少分歧。而魯迅原文的過渡也有些唐突。首先說「我不想跟隨你了」，其後說「我不願住」，而並沒有具體說明「為什麼」及「（住）哪裡」。中國的《野草》研究比日本多數倍，然而對於「住」字的解釋也和日本一樣，沒有定論。許是怕帶來誤解，不少學者似乎對此望而卻步。

二、孫玉石氏諸作的解釋

　　〈影的告別〉最初登載於 1924 年 12 月 8 日《語絲》第四期，覆核該雜誌此句，我們驚奇地發現，「朋友，我不想跟隨你了，我不願『住』」的「住」竟是「往」（詳情請參考本文最後所附的照片）。也就是說，該文是「朋友，我不想跟隨你了」，「我不願『往』」。

　　關於此處的差異，以往的研究尚未指出。歷來，有關《野草》的研究、解釋（翻譯）均是以「不願『住』」為底本的。其中原因，或是知道是排版的錯誤從而將其忽視，或是看漏，或是大部分的研究者（或許由於資料的限制）無法翻閱原出處《語絲》進而未發現其中的差異。

　　此外，「住」和「往」字形極其相似，1920 年代的雜誌《語絲》很可能忽略了這個不顯眼的差異。丸尾常喜（MARUO Tsuneki, 1937-2008）氏的《魯迅〈野草〉的研究》（1997）在每篇的注釋後設「校對」一欄，旨在比較原載雜誌《語絲》和 1981 年人民文學出版社出版的《魯迅全集》的異同，但也未記載「往」和「住」。

　　另一方面，我們也不能否認明知道是排版的錯誤進而將其忽視的情況。只是考慮到對「住」字的解釋的存在這樣大的爭議，與「不願『往』」互換在意思上也說得通，然而以往的研究中竟未曾有人提起這二者的差異，筆者感到遺憾。字形相似意思截然不同的兩個字「住」和「往」，一般來說可以很快分辨，然而，在該句中兩字都可成立，這確是很神秘的。或許是魯迅故施之伎倆，值得探討。

　　中國《野草》研究的泰斗——孫玉石氏（1935- ）在《〈野草〉重釋》（1996）中，關於該部分有如下描述：

「影」**不願跟隨**「形」──「你」或「你們」而前往了。它有自己
的哲學支配自己的行動[4]。

　　孫氏是以「不願『住』」為底本的，所以這裡的「（不願）前往」不
是對「不願『往』」的解釋。可見孫氏把原文「不想跟隨你了」擴展開了
進行說明的。只是，無論是在《〈野草〉研究》（1982）中，還是在《重
釋》中，孫氏都沒有對「不願住」做出具體的解釋。而對後半部分影不想
「跟隨你」去天國、地獄及黃金世界去的理由做了詳盡地闡釋。

　　接下來我們引用石尚文、鄧忠強合著的《〈野草〉淺析》（1982）中
《〈影的告別〉淺析──毅然向舊我訣別》中的一段。

　　「影」在堅決棄絕那個它所曾經生活的黑暗現實的同時，對和那個
　　現實有著深刻聯繫的舊我──「你」，不得不毅然決然地宣告決裂：
　　「你就是我所不樂意的」，「我不想跟隨你了」。**「影」不願到「地
　　獄」和不願與舊我──「你」同往**，乃至於要「彷徨於無地」，表
　　現得如此堅決[5]。

　　這裡，只對比較容易理解的「不想跟隨你了」做了說明，而沒有談及
「不願『住』」。

　　但是，從上述的說明中可以確認的是，如果大家參照的版本是「不願
『往』」（朋友，我不想跟你了，我不願「往」），就不會苦於對此進行
解釋了，而且從字面上看，「跟隨」「往」，這一系列的動作反而更流暢，
意思也相對比較容易理解了。歷來的研究對影拒絕跟隨你去的目的地──
天國、地獄及黃金世界──這一觀點是一致的。也就是說，「朋友，我不
想跟隨你了，我不想去（天國、地獄及黃金世界等地）」。把孫玉石氏的
「它有自己的哲學支配自己的行動」這一說法稍微擴展些解釋的話，影的
去向更廣闊。

---

[4]　孫玉石，〈現實的與哲學的（連載二）──魯迅《野草》重釋〉，《魯迅研究月刊》
　　2（1996）：23。《現實的與哲學的──魯迅〈野草〉重譯》（上海：世紀出版集
　　團、上海書店出版社，2001）29。
[5]　石尚文、鄧忠強，《〈野草〉淺析》（武漢：長江文藝出版社，1982）19。

　　便於參考，接下來我們介紹一下在魯迅的其他作品中關於「往」字的使用情況（我們沒有找到「跟隨」和「往」相繼出現的例子）。1934 年 5 月 16 日附〈致鄭振鐸〉書信中可見，「我在《野草》中，曾記一男一女，持刀對立曠野中，無聊人競隨而往，以為必有事件，慰其無聊。[6]」一文，是對《野草》中〈復仇〉進行說明的一段文字。另外，在〈野草〉登載於《語絲》的半年後，即 1925 年 6 月，《莽原》週刊第 8 期題為〈田園思想〉欄刊載魯迅寫給青年的書信，其中有「倘有領人向前者，只要自己**願意**，自然也不妨**追蹤而往**；但這樣的前鋒，怕中國現在還找不到罷。[7]」，此例的「願意」「往」與本文關注的焦點在內容上很相近。

　　這裡，我們試著機械地將魯迅文章中出現的「往」字摘錄出來，日記、書信除外，全集中共 508 例，其中近一半（241 例）以「往往」的形式出現，「往昔」「已往」等表達過去意思的詞語（56 例），「往來」「過往」等表達來去意思的（51 例），其他「神往」「勇往」等意思的（53 例），其餘作為介詞或表示「……到」「……去」意思的動詞（107 例）。其中，「往」作為一個獨立的動詞表達「去」的意思的例子很少，多數情況用「去」表示[8]。倘若魯迅想表達「我不想跟隨你了，我不願『去』」而故意寫作「不願『往』」的話，大概是由於前面連續三處都用了「不願『去』」，為了避免重複的緣故吧。抑或有什麼別的用意。

　　接下來我們就《語絲》中所載的「不願『往』」進行考察。如果這一發現可以破解〈影的告別〉的一個難題我們則喜不勝數，可事實並不能如人所願。下面，我們就提出幾個威脅到「往」存在的問題。

　　首先最大的威脅是押韻問題。很早就有人指出《野草》中的某些部分存在押韻現象。李國濤在《苦悶的象徵——〈野草〉藝術談》（1982）中，正是以〈影的告別〉為對象論述的。

6　魯迅，〈340516 致鄭振鐸〉，《魯迅全集》，卷 13，105。
7　魯迅，〈田園思想〉，《魯迅全集》，卷 7，89。
8　日記中則與之相反，表達「去」的意思時幾乎都用了「往」，用「去」的情況很少。而書面色在較濃的「往往」出現率為零。日記中出現「往」的例子為 3416 例。在北京時代的《往琉璃廠》《往大學講》及上海時代《往內山書店》《同廣平往》等中頻出。

他在《野草》中對聲調、音韻是非常講究的。請仔細讀一讀《影的告別》，注意它的韻腳：

我不願意！

嗚呼嗚呼，我不願意，我不如彷徨於無地。

我獨自遠行，不但沒有你，並且在沒有別的影在黑暗裡。只有我被黑暗沉沒，那世界全屬於我自己[9]。

從引文中可以看出，〈影的告別〉的最後四行，底線粗體字的韻尾均是「i」。以韻律為出發點考慮「朋友，我不想跟隨你了，我不願住（往）」這一聯，「去」「去」「去」「的」「住」「意」「地」全部為去聲，形成了統一。「往」作介詞可以讀作去聲，但作為動詞應讀作上聲。這個韻律問題似乎不利於「往」字的存在。

其次是《語絲》及有關版本的問題。先前提到孫石玉氏《〈野草〉研究》附錄——〈「野草」修改蠡測〉中有這樣一段：

在集印成書時，魯迅對《語絲》上發表的多數篇章，在文字上曾作了一些有意義的改動、加工和潤色。《野草》全書修改大約近二百處。這些修改，大體上有四類情況：一，訂正《語絲》發表時排印的錯誤[10]。

經調查，除《語絲》外，其他收錄《野草》的各版本中都是「不願『住』」，而且，據孫氏的上述說明可以得知，相較於《語絲》，反而其他單行本的可信性更高。《野草》經多次印刷，如果其中有排版錯誤魯迅不會不給予改正。但是，借用孫氏的另外一處話，

《野草》在《語絲》上發表的時候，確實存在一些誤排或漏排的現象。對於其中有的明顯的錯誤，魯迅是曾經予以更正了的。如

[9] 李國濤（1930- ），〈苦悶的「象徵」——《野草》藝術談〉，《文學評論叢刊》11（1982）：303。該論文同時收入《〈野草〉藝術談》（太原：山西人民出版社，1982）97。同時，指出《野草》押韻問題的還有張德強〈《野草》與象徵主義〉，《魯迅研究論文集》，浙江魯迅研究學會編（杭州：浙江文藝出版社，1983）444、李國棟〈《野草與《夢十夜》》，《魯迅研究資料》22（1989）：299。
[10] 孫玉石，《〈野草〉研究》（北京：中國社會科學出版社，1982）345-46。

在《好的故事》一篇發表的時候，曾有幾個脫漏字。在下一期的《語絲》雜誌上，便出現了這樣一條《更正》：

《好的故事》正誤：十二行烏下脫柏字；十五行槳誤漿；廿六行縷上脫如字；末行的下脫夜字。

《更正》所列的幾個內容，在《野草》成書時都已改正過了。唯「如縷縷的胭脂水」一句，仍缺「如」字，一直延續至今。這可能是魯迅自己的一個疏忽罷。

我們沒有發現《語絲》中對「朋友，我不想跟隨你了，我不願『往』」一句所做出的更改。然而，並非所有的排版錯誤都會告知，所以不能否認魯迅的「往」字沒有問題。或許魯迅在交給《語絲》編輯部時的原稿確實是「不願『往』」，在出版時魯迅改為「不願『住』」，這一推理大概也是成立的。無論怎樣，改版後始終是「不願住」，大概可以看出魯迅最後選擇了「不願住」。初載雜誌為何是「不願『往』」也成了不解之謎。

三、丸尾常喜氏為代表的「你的身邊」一說

接下來我們以「不願『住』」為前提進行探討。關於「住」字的解釋，最容易理解的說法當數以丸尾氏為代表的「你的身邊」一說。「我不願跟隨你了。我不願在你的身邊。」

李國濤在《〈野草〉藝術談》（1982）中，確切地提出了「身上」這一說法。

「朋友，我不想跟隨你了，我不願住。」這也是要「驅除旁人」，希望別人「不復再來」。在這裡，我不願住是什麼意思？以前少有人論及。不願住，是不願止住。不願止於何處？不願止于「朋友」身上，而這「朋友」所熟悉的無非是去天堂、地獄和將來的黃金世界的路。「我不願住」，是不願隨同你們一起走這三條路。

這樣看來，將「住」理解為「留在你（朋友）的身邊、在一起」，這樣與前面的「不想跟隨你了」就絲毫沒有矛盾了。

「留在你（朋友）身邊」，正是影本來的軌道。正如王瑤（1914-89）在〈論《野草》〉（1961）中所說：「形影本來應該不分離的，但影竟然要告別了[11]」，影本身並不能自己行動自己存在的。所以從影的存在方式考慮，把「不願『住』」解釋為「停在你身邊」「住在你身邊」更為合適。

為了考察魯迅文章中「住」的使用情況，我們摘錄出魯迅作品集中出現的「住」字的用例，共計 604 例。其中，「住」字作為動詞（「居住」「安住」等複合動詞、「住址」「住所」等名詞也包含在內）使用的例子為 216 例，而佔據多數的是作為「狀態的持續」或者是「安定、固著」的意思使用，共 361 例。但是這 361 例全部都是做為「抓住」「站住」「記住」等結果補語、作為動詞的詞尾使用的。如前所述，「住」作為動詞使用時的意思大部分都是「留下（停留）」、只有少數作為「停止」的意思使用。如：〈一件小事〉中「風全住了，路上還很靜。」；《集外集》〈他〉中的「太陽去了，『知了』住了（知了停止了叫聲）」等僅有幾例。「住」表示「狀態的持續」的例子一個也沒有。

接下來是「停（留）『在這』」這一說法。

「在這」說比較複雜，不可一概而論。「不想跟隨你了」與「不想留在（這）」，如果沒有前後文的說明會很難理解。原文加入「可是」「也」（「可是（我）不想跟隨你了，也不想留在（這）」）等也可以成立。相比「『你的身邊』說」，「『在這』說」中「不想跟隨你了」到「不願住」的過渡並不順暢。從諸如此類的問題上看，不採用「『在這』說」為好。

但是，我認為「『在這』說」也有一定的參考價值。在「『你的身邊』說」中，不想「跟隨你一直在你身邊」，反之，可以理解為「只要不和你在一起就可以」。也就是說：留在這也可以，影還是有存在的地方的。但是，在「朋友，我不想跟隨你了，我不願住」之後，影說「我不如彷徨於無地」，即「沒有可彷徨的地方」。所以「『在這』說」更突顯了影硬生生地切斷了自己的退路（的決絕心境）。

---

[11] 王瑤（1914-89），〈論《野草》〉，《魯迅作品論集》（北京：人民文學出版社，1984）135。

　　事實上早就有人這樣考慮過，如（日本）魯迅研究會的成員竹田晃氏（TAKEDA Akira, 1930-　）的題為〈彷徨的靈魂的聲音——《影的告別》和《希望》〉的一文說：

　　〈影的告別〉中描述了靈魂否定了人通常所可以選擇的兩條路，而彷徨其中。「天國」和「地獄」，「跟隨」和「留下」，「吞噬自己的黑暗」和「消滅自己的光明」。結果靈魂放棄選擇，只有彷徨於「無地」[12]。

　　可以看出，「『在這』說」更加如實地描寫了「影」（魯迅）難以捉摸的矛盾的情感以及錯綜複雜的心理。或許魯迅正是為了追尋不墨守成規的文章表現形式才選擇這個字的吧。正如他在《故事新編》〈鑄劍〉（1926）中，「黑色人」逼迫眉間尺回答是否讓他替自己報仇的段落寫的一樣。

　　「你不要疑心我將騙取你的性命和寶貝。」暗中的聲音又嚴冷地說。「這事全由你。你信我，我便**去**；你不信，我便**住**。[13]」

　　「你信我，我便去（殺王）；你不信，我便住（停止）」。「去」和「留」，背道而馳的二者與「『在這』說」的「跟隨你」和「留下」的構造有異曲同工之妙。後面宣告「你就是我的」的「黑色人」，在一定意義上就是眉間尺的分身。「影」的存在也一樣[14]。

四、少數人持有的「異端的說法」

　　我們再介紹一下少數人持有的「異端的說法」。閔抗生的《地獄邊沿的小花——魯迅散文詩初探》（1981）以獨特的視角得到了廣泛的認可，該書首次給予了「不願住」以明確的說明。我們引用其中的一個段落：

---

[12] 竹田晃氏（TAKEDA Akira, 1930-），〈彷徨的靈魂的聲音——《影的告別》和《希望》〉，《魯迅研究》24（1957）：15。

[13] 魯迅，〈鑄劍〉，《魯迅全集》，卷2（北京：人民文學出版社，2005）441。

[14] 請參照工藤貴正（KUDŌ Takamasa, 1955-）氏，〈關於魯迅《鑄劍》——從「黑色人」的人像中看「影」的映射〉（1992），《相浦杲先生追悼中國文學論集》，相浦杲先生追悼中國文學論集刊行會編（東京：東方書店，1992）343；片山智行（KATAYAMA Tomoyuki, 1932-），《魯迅〈野草〉全譯》（東京：平凡社，1991，東洋文庫，541）34-44。

「影」，由於不願由昏睡而滅亡，於是就向正做著酣夢的昏睡者「告別」：

朋友，我不想跟隨你了，我不願住。

「不願住」就是不願昏睡、停頓。「影」不安於「明暗之間」，要和昏睡其間的人們告別，深刻地反映了魯迅對由於資產階級革命的不徹底而帶來的社會停滯的不滿[15]。

由於《影的告別》開頭寫道：「人睡到不知道時候的時候，就會有影來告別，」，這裡將「不願住」解釋為「沒法和你一起昏睡」，儘管和前文連接不夠緊密但卻是一個嶄新的解釋，也許那時魯迅正構思著《〈吶喊〉自序》中鐵屋的故事吧。

最近流行的依舊是「戀愛」線索，2000 年以來就有三本這樣的研究叢書出版。最初是居住在加拿大的研究者李天明的《難以直說的苦衷——魯迅〈野草〉探秘》（2000），其中有這樣一處：

散文詩中「朋友，我不想跟隨你了，我不願住」和「絕不占你的心地」的內涵是高度私隱的，尤其是一個「住」字，又洩露了魯迅「人」的而不是「影」的血肉。

鑒於以上的分析，我將《影的告別》解釋為魯迅潛意識裡對妻子的告別[16]。

這種說法很有影響力。隨後是劉彥榮的《奇譎的心靈圖影——〈野草〉意識也無意識關係之探討》（2003）[17]，另外，胡尹強在《魯迅：為愛情作證——破解〈野草〉世紀之謎》（2004）中「極其縝密」地論證了告別的對象不是朱安（1878-1947），而非許廣平（1898-1968）莫屬[18]。

---

[15] 閔抗生，《地獄邊沿的小花——魯迅散文詩初探》（西安：陝西人民出版社，1981）25-26。

[16] 李天明，《難以直說的苦衷——魯迅〈野草〉探秘》（北京：人民文學出版社，2000）123。

[17] 劉彥榮，《奇譎的心靈圖影——〈野草〉意識與無意識關係之探討》（南昌：百花文藝出版社，2003）。

[18] 胡尹強，《魯迅：為愛情作證——破解〈野草〉世紀之謎》（北京：東方出版社，2004）59-75。

五、結論

　　本文以在歷來研究中被忽視的版本問題為線索，對《影的告別》的解讀的諸多可能性進行了考察。初載雜誌《語絲》的「往」和單行本《野草》的「住」之間的一筆之差，極具象徵意義。這一問題正如徘徊的影一樣存在著，也就是魯迅當時自身的寫照。

（第四期）　　一九二四年十二月八日

有我所不樂意的在天堂裏，我不願去；有我所不樂意的在地獄裏，我不願去；有我所不樂意的在你們將來的黃金世界裏，我不願去。

然而你就是我所不樂意的，朋友，我不想跟隨你了，我不願住。

我不願意！

嗚呼嗚呼，我不願意，我不如彷徨於無地。

我不過一個影，要別你而沉沒在黑暗裏了。然而黑暗又會吞併我，然而光明又會使我消失。

然而我不願意彷徨於明暗之間，我不如在黑暗裏沉沒。

然而我終於彷徨於明暗之間，我不知道是黃昏還是黎明。我姑且舉灰黑的手裝作喝乾一卮酒，我將在不知時候的時候獨自遠行。

嗚呼嗚呼，倘若黃昏，黑夜自然會來沉沒我，否則我要被白天消失，如果現是黎明。

朋友，時候近了。

我將向黑暗裏彷徨于無地。

參考文獻目錄

GONG

工藤貴正（KUDŌ, Takamasa）.〈關於魯迅〈鑄劍〉──從「黑色人」的
　　人物像中看「影」的映射〉，《相浦杲先生追悼中國文學論集》，相
　　浦杲先生追悼中國文學論集刊行會編，東京：東方書店，1992，
　　333-57。

HU

胡尹強.《魯迅：為愛情作證──破解〈野草〉世紀之謎》。北京：東方出
　　版社，2004。

LI

李國棟.《〈野草〉與〈夢十夜〉》，《魯迅研究資料》22（1989）：297-323。
李國濤.《苦悶的「象徵」──〈野草〉藝術談》，《文學評論叢刊》11
　　（1982）：294-308。
──.《〈野草〉藝術談》。太原：山西人民出版社，1982。
李何林.《魯迅〈野草〉注解》。西安：陝西人民出版社，1973。
李天明.《難以直說的苦衷──魯迅〈野草〉探秘》。北京：人民文學出版
　　社，2000。

LIU

劉彥榮.《奇譎的心靈圖影──〈野草〉意識與無意識關係之探討》。南昌：
　　百花文藝出版社，2003。

MIN

閔抗生.《地獄邊沿的小花──魯迅散文詩初探》。西安：陝西人民出版社，
　　1981。

PIAN

片山智行（KATAYAMA, Tomoyuki）.《魯迅〈野草〉全譯》。東京：
　　平凡社，東洋文庫 541，1991。

SHI

石尚文、鄧忠強.《〈野草〉淺析》。武漢：長江文藝出版社，1982。

SUN

孫玉石.〈現實的與哲學的（連載二）——魯迅《野草》重釋〉，《魯迅研
　　究月刊》2（1996）：22-27。
——.《〈野草〉研究》。北京：中國社會科學出版社，1982。

WANG

王瑤.《魯迅作品論集》。北京：人民文學出版社，1984。

ZHANG

張德強.〈《野草》與象徵主義〉，《魯迅研究論文集》，浙江魯迅研究學
　　會編。杭州：浙江文芸出版社，1983，432-46。

ZHU

竹田晃氏（TAKEDA, Akira）.〈彷徨的靈魂的聲音——《影的告別》和《希
　　望》〉，《魯迅研究》24（1957）：13-16。

A Pair of Neglected Words:
A Linguistic Discussion
on *Wild Grass's* "Farewell of the Shadow"

Shu AKIYOSHI

Professor, Graduate School of Language and Cultural Studies
Kyushu University

Abstract

In an early draft of "Farewell of the Shadow," it was discovered that the word *zhu* was used in place of the word *wang* in one sentence. Despite the notable difference in their semantics, the sentence itself remained syntactically valid in both cases. This mysterious phenomenon is worthy of study.

Keywords: Lu Xun, *Wild Grass*, "Farewell *of the* Shadow", *Yusi*

《國際魯迅研究》輯二（2014 年 5 月）15-34。

〈傷逝〉是悼念弟兄喪失之作？

——周作人強解的真意揣測

■張釗貽

作者簡介：

　　張釗貽（Chiu-yee CHEUNG），男，澳籍華人，原籍廣東番禺，暨南大學中文系畢業，悉尼大學博士。先後任教澳洲昆士蘭大學、新加坡南洋理工大學。研究領域為中國現代文學及思想，主要研究魯迅研究，尤其是魯迅與尼采比較。主要著作有《魯迅：中國「溫和」的尼采》（2001 年英文版，2011 年中文增訂改寫版），主編《尼采與華文文學論文集》（2013），合編有李偉江《魯迅粵港時期史實考述》（2007），輯注有《尼采在中國書目簡注》（坎培拉，1992）。

論文提要：

　　周作人謂魯迅〈傷逝〉乃傷悼弟兄的喪失，此說與小說所述之男女愛情甚不相稱。本文根據周作人提出此說之語境為辯解自己及其妻與魯迅決裂的責任，回顧兩人決裂之種種猜測與謠傳，並按中島長文對周作人與魯迅決裂後微妙思想心理變化之分析，推測周作人所謂傷悼弟兄的喪失，實謂魯迅傷悼喪失羽太信子，而魯迅與羽太信子乃導致他們決裂，固〈傷逝〉亦間接傷悼弟兄的喪失。

關鍵字：魯迅、周作人、〈傷逝〉、羽太信子（HABUTO Nobuko）

一、引言

魯迅的小說〈傷逝〉（1925）有多種解讀，大體可分為社會歷史和人物傳記這兩種不同的分析方法。筆者傾向於從人物傳記切入的讀法，認為小說與魯迅跟許廣平的愛情發展有直接關係，理由有二：（一）魯迅主要是個主觀作家，他寫的東西大抵都跟自己有很深感受的事情有關，感情色彩很重的〈傷逝〉自然不能例外；（二）〈傷逝〉的直接寫作背景是他跟許廣平的愛情發展，既已促使他寫出《孤獨者》（1925），則〈傷逝〉因此寫成，更是順理成章。當然，這並非說〈傷逝〉是純粹個人的愛情故事，沒有社會意義，因為這是魯迅的小說，是關心社會和青年進步的魯迅的小說，因此，從他個人「血管裡出來的」，仍是有社會意義的「血」[1]。不過，人物傳記的讀法還有另外一說，此說由周作人提出，也許因為他是魯迅的弟弟，而且在魯迅小說背景方面提供過很多很有價值的資料，所以廣為研究者所接受。

二、

周作人（1885-1967）在五、六十年代寫給曹聚仁（1900-72）的一封信中說，〈傷逝〉「猜想是在傷悼弟兄的喪失。」後來在回憶錄中更明確地說，他指的不是早逝的幼弟，而是他自己[2]。陳漱渝雖然不同意這是小說的主旨，但認為周作人的說法並非完全沒有根據，並提供了一個佐證。就在魯迅寫〈傷逝〉九天之前，周作人在《京報副刊》（1925. 10. 12）譯述一首羅馬詩人卡圖盧斯（Gaius Valerius Catullus，ca. 84 BC-ca. 54 BC）的詩〈傷逝〉，並在「譯後記」中說明「這是詩人悼其兄弟之作」[3]。陳漱渝

---

[1] 詳見張釗貽，《魯迅：中國「溫和」的尼采》（北京：北京大學出版社，2011）386-405；魯迅，《而已集・革命文學》，《魯迅全集》，卷 3，544。按：本文引魯迅語，除另行注明外，均取自 1981 年人民文學出版社版。

[2] 《周曹通信集》，冊 1（香港：南天書業，1973）45。周作人，《知堂回想錄》（香港：聽濤出版社，1970）427。

[3] 周作人，〈《傷逝》譯後記〉，《周作人集外文》，張鐵榮、陳子善編，上（海口：海南國際新聞出版中心，1995）769。這首詩是卡圖盧斯悼念他兄弟的三首詩中最

（1941- ）認為，「傷逝」本有悼念兄弟之意，魯迅與《京報副刊》關係密切，創作〈傷逝〉時可能蘊含著「哀悼兄弟恩情的斷絕」的感情波動[4]。說得很有技巧。

　　然而，周作人推測和陳漱渝佐證的可靠性，至少有幾點是令人懷疑的：（1）題目〈傷逝〉是用來表達悼亡哀痛的常用詞彙，並不只用於失去兄弟[5]；（2）最重要的是，〈傷逝〉這篇以「抒情詩語言」寫成的愛情悲劇，感情真摯，如何能跟兄弟之情扯在一起，非常費解[6]；（3）還有，且不要說裡面的強烈抒情色彩，周作人的猜測和小說情節也無法類比。在小說中，涓生悼念子君的死亡。現實中，周作人同魯迅決裂。他們失和的原因現在雖然還不完全清楚，但有一點是可以確定的，就是跟周作人的日本妻子有關。魯迅說自己是被一個日本女人驅逐出八道灣的，而不是出於他自己的意願[7]。在這個意義上，魯迅與加害者涓生的角色就套不上，他不可能悼念自己受到的傷害[8]。所以，周作人以男女關係的破裂寄寓兄弟恩情的斷絕，從小說的敘事來看，實在牽強之極。

　　有名的一首，原詩是拉丁文，英譯標題"On His Brother's Death"。周作人應是從英文轉譯，則悼念兄弟乃原題所有，非他特別點出。

[4]　陳漱渝，〈東有啟明，西有長庚〉、〈港臺魯迅研究狀況〉，《魯迅史實求真錄》（長沙：湖南文藝出版社，1987）79-81，314-15。朱正跟陳漱渝差不多，在堅持對《傷逝》傳統的解釋的同時，亦接受周作人的說法（《一個人的吶喊》，北京：十月文藝出版社，2007，139，153-55）。為周作人說法進一步詮釋的有陳勝長，但根據一些詞義的探幽和比附（〈從周氏兄弟作品研究看文學的認知和評價問題〉，《中國現代文學論集：研究方法與評價》（香港中文大學中國語言及文學系中國現代文學論集編輯委員會編；香港：香港中文大學中國語言及文學系，1999，87-106）。

[5]　例如，《世說新語》就有《傷逝》一章，所悼者多為知己朋友，未見兄弟；王餘杞在《北京晨報》發表了三篇題為《傷逝》的文章（1931年5月23、24、27日），為了紀念一個新月派詩人的逝世。這三篇文章誤列入《魯迅研究資料索引》，下（北京：人民文學出版社，1981）244。

[6]　李長之和王任叔都認為〈傷逝〉是部投射出魯迅個人情懷的充滿個人情感的作品。王任叔還得出這樣的結論：魯迅在小說中重燃了年輕人的愛火。見李長之，《魯迅批判》（上海：北新書局，1936）104；任叔，《魯迅的彷徨》，李何林編，《魯迅論》，3版（上海：北新書局，1934）237-47。田剛亦因此否定周作人的說法，見其《魯迅與中國士人傳統》（北京：中國社會科學出版社，2004）220-21。

[7]　許廣平，《略談魯迅先生的筆名》，馬蹄疾輯錄：《許廣平憶魯迅》（廣州：廣東人民出版社，1979）93。

[8]　據許廣平《魯迅回憶錄》（北京：作家出版社，1961）所記魯迅談他們兩兄弟的話，說周作人「曾經說：『要天天創造新生活，則只好權其輕重，犧牲與長兄友好，換

　　不過，周作人表達自己看法時常常都比較隱晦和曲折。例如，他跟曹聚仁說〈傷逝〉是悼念兄弟的喪失，但沒有立即說明這兄弟指誰，後來才說是指他自己；他對魯迅的許多指責，都並非局外人一看就懂[9]。因此，他所謂的「傷悼弟兄的喪失」，似乎也不好簡單地理解〈傷逝〉是為以涓生拋棄子君，來比擬魯迅喪失周作人。那麼，周作人究竟是什麼意思呢？首先，儘管周作人的解釋完全脫離〈傷逝〉文本，表面上非常牽強，它至少傳遞了兩個資訊：（一）他認為〈傷逝〉跟他們兩兄弟決裂有關；（二）他認為他們兄弟決裂可以跟男女愛情悲劇聯繫起來。值得注意的是，周作人這樣說的語境（context），是緊接著批評許壽裳對兄弟決裂一事「造謠」之後提出的，是他「辯解」自己和羽太信子（HABUTO Nobuko，1888-1962）是導致兄弟決裂原因和責任的一部份。

1.魯迅與周作人的決裂

　　關於魯迅與周作人決裂的研究，已經出了不少，王錫榮做了比較詳細的概括[10]，此後在中國國內雖然仍議論紛紜，但再沒有披露什麼新的材料。他們的決裂仍然存在不少疑團，其中最大的疑團，自然是決裂突發的原因。1923 年 7 月 14 日魯迅突然「改在自室吃飯，自具一肴」，過了幾天的 19 日，「上午啟孟自持信來，後邀欲問之，不至。[11]」可幸周作人的信留存了下來[12]：

取家庭安靜。』」（51）其中「要天天創造新生活」倒像涓生所說「愛情必須時時更新，生長，創造」（《魯迅全集》，卷 2，115），但周作人自然不會認為自己是涓生懺悔者的角色，否則〈傷逝〉就變成是指責他造成兄弟決裂之作了。查《魯迅回憶錄》原本並無此句（《魯迅回憶錄（手稿本）》（武漢：長江文藝出版社，2010，69-70），對於這本半集體合寫的書，究竟何人添上這句，恐怕已無從稽考。

9　參考王錫榮，《周作人怎樣罵魯迅？》，《周作人生平疑案》（桂林：廣西師範大學出版社，2005）108-36。

10　王錫榮，〈兄弟參商為哪般——魯迅與周作人究竟為什麼決裂〉，《魯迅生平疑案》（上海：上海辭書出版社，2002）60-84。

11　魯迅，《魯迅全集》，卷 14，460。

12　周作人致魯迅（1923‧7‧18），《魯迅研究資料》4（1980）：155。

魯迅先生：

　　我昨天才知道——但過去的事不必再說了。我不是基督徒，卻幸而尚能擔受得起，也不想責誰——大家都是可憐的人間。我以前的薔薇色的夢原來卻是虛幻，現在所見的或者才是真的人生。我想訂正我的思想，重新入新的生活。以後請不要再到後邊院子裡來，沒有別的話。願你安心、自重。

七月十八日　作人

　　但這封隱藏著巨大悲痛的信引起的疑團更大：周作人隔了四天的「昨天才知道」的究竟是什麼事？魯迅「改在自室吃飯」本應是突然發生的事件，現在扯到「不必再說」的「過去的事」，究竟是什麼事？而且，這件事顯然非常嚴重，大大動搖了周作人做人的信念，使他「以前的薔薇色的夢原來卻是虛幻，現在所見的或者才是真的人生」，還要重新「訂正我的思想，重新入新的生活」，並禁止魯迅到他住的「後邊院子」。

　　從後來的回憶和謠傳，我們知道突發事件跟魯迅和羽太信子（HABUTO Nobuko, 1888-1962）有關。在事情發生之前，魯迅與羽太信子其實已存在矛盾，主要在家庭開支方面，魯迅對把持家務的羽太信子有很大的意見，認為她花錢過度；而羽太信子也大概因此對魯迅恨之入骨，不許孩子到他房間去，要把魯迅冷清死[13]。然而，令人詫異的是，事發後的回憶和謠傳，都是圍繞著魯迅對羽太信子「不敬」的問題，諸如聽窗、窺浴、調戲等等[14]。大部分這些「不敬」說法有一個不好解決的問題，就

<hr/>

[13] 俞芳，〈周建人是怎樣離開八道灣的〉，《魯迅研究動態》8（1987）：17；對照增田涉（MASUDA Wataru, 1903-77），《魯迅的印象》，龍翔譯（香港：天地圖書有限公司，1980）125。魯迅對此也是刻骨銘心（《且介亭雜文・從孩子的照相說起》，《魯迅全集》，卷6，80）。另，周作人認為趙聰（崔樂生，1916-83）《五四文壇點滴》所說魯迅和他的關係「去事實不遠」（《周作人晚年手札一百封》，香港：香港太平洋圖書公司，1972，26）。趙聰在書中云「據說」羽太信子討厭魯迅，不願與他同住。所以周作人也知道羽太信子討厭魯迅，不願與他同住，但不知他何時知道羽太信子的態度。

[14] 「窺浴」說見於馬蹄疾，〈魯迅何以被「逐出」八道灣〉（《魯迅研究月刊》9（1990）：47-48），謂曾在三十年代《大公報》或《北平新報》看過短文〈魯迅與羽太信子〉，記載魯迅到羽太信子房門口偷窺她洗澡，被羽太信子告發於周作人。但此文未見。1948年10月3日《大公報》有洛味同名文章，並無此內容（《1913-1983魯迅研究學術論著資料彙編》，北京：中國文聯出版社，1987，卷4，764-65）。

是跟周作人信中強烈反應程度不太符合。如果只是聽窗、窺浴的話，周作人的反應似乎不至於此。各種謠傳中還有所謂魯迅與羽太信子兩人其實早在日本已經相好，後因魯迅已婚，遂將羽太信子「讓」給周作人[15]。這樣的事情，如果是真的話，那麼周作人的反應是情理之中。但核對了周氏兩兄弟在日本活動的經過之後，魯迅並未早於周作人認識羽太信子[16]，而且他們一起居住的時候，對外事情都由魯迅去辦，也就是說，周作人一般都待在家裡[17]，可見這個傳說純屬想像，毫無根據。而且，這種說法雖然符合周作人所謂「昨天才知道」的「過去的事」，但顯然並非令魯迅突然「自室吃飯」的原因。

　　「不敬」說最嚴重的指責，自然是「調戲」，但具體不詳。舒蕪有一段記臺靜農的記述較為具體，是臺灣《作家身影》影視系列中接受採訪的記錄，就筆者所知，未見諸文字[18]。按舒蕪所記臺靜農的記述，「魯迅替周作人賣了一部翻譯的稿子，賣到商務印書館，正在著急要錢的時候，有一天晚上突然送匯票來了，魯迅很高興，敲中門進去告訴羽太信子，要告訴她有錢來了。當時可能羽太信子正在洗澡，衣冠不整的時候，因此羽太信子就說魯迅調戲她。[19]」這就比「聽窗」之類的「不敬」，對羽太信子的丈夫周作人來說嚴重多了，但如果沒有進一步的事情發生，按常理還不至於產生信中表達的反應。看情況，傳言中的事情還並非到此為止[20]。中島長文（NAKAJIMA Osafumi, 1938- ）曾深入細密地探討更嚴重的事情。

---

[15] 對照千家駒（1909-2002）和中島長文（NAKAJIMA Osafumi, 1938- ）的版本，千家駒的版本見其〈魯迅與羽太信子的關係及其他〉，《明報月刊》1（1992）：118；中島長文聽到的版本，見其〈道聽塗說──周氏兄弟的情況〉，趙英譯，《魯迅研究月刊》9（1993）：45。

[16] 王錫榮，《周作人生平疑案》 20-22。

[17] 周作人，《知堂回想錄》，上 233。

[18] 蔡登山製作，《作家身影 3：周作人──隱士與叛徒》（臺北：春暉影業有限公司，1990）。

[19] 荊有麟則有所謂誤拆信件的說法，謂得諸魯迅，因魯迅誤拆周作人信引起兩人衝突。但此說與周作人給魯迅信及魯迅不知何故的反應不符，也許是荊誤記或魯迅不想讓荊知道太多。關於荊有麟的記述，見其〈魯迅眼中的敵與友〉〔《文藝生活》1.5（1942）〕，轉引自王錫榮，〈兄弟參商為哪般──魯迅與周作人究竟為什麼決裂〉，《魯迅生平疑案》 66-67。

[20] 周豐一 1989 年 2 月 23 日曾致信鮑耀明解讀周作人絕交信，謂羽太重久（1893-1980）曾對他說，目睹魯迅扒在羽太信子身上，並將此事告訴周作人，這就是「昨天才知

中島長文從周作人在事件發生後寫的一些文章裡面，發現一些頗為突兀的感想和議論。他認為這些感想和議論透露了周作人的內心世界，透露了從周作人角度去看兄弟突然決裂的原因，以及決裂事件與羽太信子的關係[21]。

2.周作人心目中決裂的原因

中島長文發現，周作人當時寫的一些文章都折射決裂事件，例如在《自己的園地・序》（1923. 7. 25）中用了給魯迅信的句子「我已明知我過去的薔薇色的夢都是虛幻」[22]。差不多同時，周作人譯武者小路實篤（MUSHANOKŌJI Saneatsu, 1885-1976）《某夫婦》，《某夫婦》講一位大學教師，因年輕貌美的妻子受到出入家中學生的歡迎而生嫉妒。在 7 月 17 日譯後記中（載 1923 年 11 月《小說月報》），周作人無端引用了《聖經》耶穌論用石頭打死犯姦淫罪女人的話，併發了一通與小說無關的議論：

> 約翰福音裡說，文人和法利賽人帶了一個犯姦的婦人來問耶穌，應否把她按照律法用石頭打死，耶穌答說，「你們中間誰是沒有罪的，誰可以先拿石頭打她。」這篇的精神很與他相近，唯不專說理而以人情為主，所以這邊的人物只是平常的，多有缺點而很可同情，可愛的人……像莎士比亞（William Shakespeare, 1564-1616）的阿賽羅那樣猛烈的妒忌，固然也是我們所能瞭解的，但是這篇所寫的平凡人的妒忌，在我們平凡人或者覺得更有意義了。

這段與小說無關的議論，中島長文卻認為與周作人內心有關，是透露著他內心折磨著自己的問題。中島長文還引用了不少材料，其中值得注意的有周作人「創作」的〈抱犢谷通信〉（1925・2）：

道」的突發事件。至於「過去的事」，周豐一認為包含魯迅與羽太信子在日本時已有肉體關係的事（井上欣儒[INUE Kinju]等編，《魯迅：海外の中國人研究者が語った人間像》，東京：明石書店，2011，206）。鮑耀明後來在《作家身影3：周作人——隱士與叛徒》中，大概根據周豐一的說法，謂「周作人從外頭進來，回到家裡頭一進房間看到，魯迅跟羽太信子很親密的樣子，周作人馬上很不高興。原來為什麼會有此情況呢？因為魯迅到日本留學的時候，跟羽太信子先認識了她。」

[21]　中島長文　44-54。
[22]　周作人，《自己的園地・序》（北京：人民文學出版社，1998）4。

　　我現在且讓一步承認性的過失，承認這是不應為的，我仍不能說社
會的嚴屬態度是合於情理。即使這是罪，也只是觸犯了他或她的配
偶，不關第三者的事。即使第三者可以從旁評論，也當體察而不當
裁判。「她」或者真是有「過去」，知道過一兩個男子，但既然她的
丈夫原許了，（或者他當初就不以為意，也未可知，）我們更沒有
不可原許，並不特別因為是自己的女兒。我不是基督教徒，卻是崇
拜基督的一個人：時常現在我的心目前面令我最為感動的，是耶穌
在殿裡「彎著腰用指頭在地上畫字」的情景、「你們中間誰是沒有
罪的，誰就可以先拿石頭打她。」我們讀到這裡，真感到一種偉大
和神聖，於是也就覺得那些一臉凶相的聖徒們並不能算是偉大和神
聖。我不能擺出聖人的架子，說一切的罪惡都可容忍，唯對於性的
過失總以為可以原許，而且也沒有可以不原許的資格[23]。

　　文中又出現給魯迅信中的「我不是基督徒」，以及《某夫婦》譯後記
中引述過的耶穌論犯姦女人的議論。中島長文還注意到這篇「創作」的背
景，1923 年 5-6 月以抱犢崮（即抱犢谷）為山寨的土匪頭子孫美瑤，在
臨城綁架火車乘客，內有很多外國人，釀成轟動國際的事件。表面上，這
是關於此事的「創作」，而周作人用「鶴生」為筆名似別有用意，查「鶴
生」是魯迅按日語給周作人起的綽號，所以只有他們知道是誰，用「鶴生」
可能是故意寫給魯迅看。另一方面，周作人寫土匪與「性的過失」，似乎
也有特殊的含義，因為他們的祖母曾遭「長毛」（土匪）凌辱（「性的過
失」）。

　　顯然，這些「犯姦」、「性的過失」是他們兄弟決裂之後，突然變成
折磨著周作人的問題，而且其中的用語可與周作人的決裂信連接起來。因
此，中島長文認為，周氏兩兄弟決裂的原因，是周作人認為魯迅造成羽太
信子「犯姦」及「性的過失」，所以跟魯迅決裂。這應該就是周作人「昨
天才知道」的事情，也就是憋了幾天後，羽太信子給周作人不與魯迅共餐
的解釋。但中島長文也指出，羽太信子「犯姦」及「性的過失」的事情，
是羽太信子編造出來誣衊魯迅的。羽太信子在管理家務上過於浪費，常遭

---

[23] 1925 年 1 月 23 日寫成，刊《語絲》12 期，後收入《談虎集‧抱犢穀通信》（上海：
北新書局，1936）444。

魯迅批評，懷恨在心，久有趕走大伯的想法，當日或因小事不讓魯迅與她家共飯，在周作人追問原因三日之後，無法交代，遂捏造侮辱之事，造成兩兄弟決裂。

　　大多數研究者對周氏兄弟決裂跟羽太信子的關係，都有中島長文相同的觀感[24]。理由很多，從魯迅日記記錄的反應來看，魯迅開頭對自己被迫「改在自室吃飯」既一頭霧水，過了幾天周作人遞信後，還「邀欲問之」，根本不知道是怎麼回事（其反應甚至令人對舒蕪所述魯迅報信一事的真實性，也產生懷疑）[25]。魯迅毫不懷疑自己是被羽太信子趕出八道灣，亦已見前述。再從羽太信子與魯迅因管家理財矛盾已經很大，以及羽太信子會歇斯底里「裝死」，而周作人一碰她這招就屈服等等事實，則羽太信子會在周作人面前誣魯迅污辱她或兩人有肉體關係，也就並不令人感到意外。事實上，羽太信子在排斥自己不喜歡的人這方面，可以說是非常冷酷無情的——尤其是家裡人，其心理似乎值得進一步探究[26]；而她對魯迅的憎惡甚至延及其下一代[27]。以他們之間這樣的實際關係，實在很難想像兩人能夠有什麼親密關係或感情。魯迅遭羽太信子誣衊之更令人相信，還因為魯迅對他身邊女性關係所表現出來的品格。例如，最早為曹聚仁點出魯迅有好感的許羨蘇，他們關係密切，但魯迅沒有越雷池半步[28]；魯迅與許廣平的結合，也是後者勇敢主動努力追求的結果[29]。可惜，周作人確相信這樣的魯迅會跟他互不喜歡的弟婦、自己的老婆發生那樣的關係。

　　周作人相信羽太信子，除了大家已指出的性格原因，諸如「懼內」、不惜犧牲一切都要保持自己生活和心理的平衡和平靜，恐怕還有一個隱藏著的因素，就是他對魯迅早已產生懷疑與不滿。即使在表面上「兄弟怡怡」

---

[24] 例如王錫榮，〈兄弟參商為哪般——魯迅與周作人究竟為什麼決裂〉　60-84。
[25] 李伶伶設法從常人心理去解釋二周決裂的原因，終於不得要領，見其《周家後院——魯迅三兄弟家事》（瀋陽：遼寧教育出版社，2011）147-87。
[26] 例如，虐待她父母，乃至他們見到朱安時「不免流涕」。事見至許廣平信（1932・11・20），《魯迅全集》，卷12（北京：人民文學出版社，2005）341。另，她極力排斥羞辱周建人的可怕言行，見王錫榮，〈兄弟參商為哪般——魯迅與周作人究竟為什麼決裂〉　82。
[27] 周海嬰，《魯迅與我七十年》（海口：南海出版公司，2001）77。
[28] 曹聚仁，《魯迅評傳》（上海：東方出版中心，1999）296；余錦廉，〈我談「魯迅與許羨蘇」〉，《魯迅研究月刊》6（1994）：38-42。
[29] 參考拙作《魯迅：中國「溫和」的尼采》　386-405。

的時候。一個服膺藹理斯性理論的人，對魯迅與朱安之間不正常的夫妻生活，對魯迅其實是過著獨身生活的事實，不可能沒有想法，由此產生對魯迅的性格和人格的懷疑，也是很自然的。也就是說，周作人對自己「薔薇色的夢」其實早已知道是「虛幻」的。而他對魯迅的懷疑，再加上自己社會經濟地位逐漸高於魯迅的變化[30]，兩人思想本有的不同開始擴大，恐怕已使這位一直受大哥庇蔭的周作人的內心深處，孕育著擺脫兄長「控制」而走上獨立自主道路的慾望[31]。羽太信子對魯迅的誣衊正好符合周作人內心深處的需要。一個要趕走大伯，獨霸八道灣，一個要擺脫大哥，走自己的路，最終出現一方以穢語捏造事情，橫加誣衊，一方則毫不懷疑接受謊言，並於捏造未圓之處，加以救正。願望相同，所以合作無間。兩人對事實已經可以做到隨心所欲，一廂情願，順水推舟。當然，從周作人當時發表的一些文章看，事情對他的精神打擊看來也確不小[32]。他的確相信了羽太信子。但他的相信不等於就是事實。我們不妨換一個角度去看問題：如果周作人不相信羽太信子，他能怎樣？周作人其實已經被逼到牆角，只能在老婆與大哥之間做出選擇，而他能跟自己的老婆決裂嗎？不過這些都是大膽假設的題目，還需要進一步小心求證。對於這些目前無法求證的謎團還是暫且放下，讓我們回到周作人強解〈傷逝〉的問題。

三、結論

　　周作人聽信羽太信子對魯迅的誣衊，有他的理由；再把事情跟〈傷逝〉扯在一起，也有他的原因。周作人的推測是在《兩地書》原信還沒公開之前，而許廣平發表過三篇涉及她與魯迅愛情的文章當時也沒有人注意，魯迅與許廣平愛情的發展經過，更沒有人探討。從周作人後來擅長寫魯迅小說背景的事實來看，周作人所能看到的魯迅〈傷逝〉這個愛情故事的背後，

---

[30] 周作人自 1917 年受聘北大教授，社會地位逐漸比魯迅高，但收入方面，據王錫榮分析，仍以魯迅稍高一點，不過相差不大（見〈「文豪」還是「富豪」〉，《魯迅生平疑案》，252-53）。對照周作人的經濟狀況，王錫榮，《周作人生平疑案》368-89。

[31] 與筆者有同感的研究，有林分份，〈「權威」的陷落與「自我」的確立──對周氏兄弟失和的另一種探討〉，《中國現代文學研究叢刊》4（2009）：20-32。

[32] 參考榮挺進，〈《晨報副鐫》上有關周氏兄弟失和的幾則材料〉，《魯迅研究月刊》11（2002）：31-37。

只有他所以為魯迅對羽太信子的關係和態度。另一方面,〈傷逝〉除了是個愛情故事,還是一個男子為愛情懺悔的獨白。從簡單的邏輯歸納推論,周作人會認為〈傷逝〉的內容是寫魯迅對羽太信子戀愛悲劇的哀痛和懺悔,並不奇怪[33]。

　　前面提到,周作人把〈傷逝〉明確解釋為魯迅哀悼喪失自己的時候,是批評許壽裳對兄弟決裂一事「造謠」之後提出的,是他在「辯解」跟魯迅決裂的原因。周作人的意思,估計不是直接說〈傷逝〉中的男女愛情是他們兄弟之情,生硬地將涓生悼念子君解釋為寄託魯迅對失去周作人的哀痛,而是認為,小說寄託著魯迅對失去羽太信子的傷痛,而魯迅對羽太信子的愛慾及其後果,是導致他們兄弟斷絕關係的原因。這樣去理解需要一些轉折,但符合周作人習慣的彎彎曲曲的表達方式,尤其是對於一些不便直陳的事情。既然周作人認為魯迅做了對不起自己的事情,那麼小說表達出懺悔之情也是很自然的,而且也正符合周作人的需要。對周作人來說,〈傷逝〉的懺悔可以說是個有力證據,證明決裂事件錯不在他和羽太信子,而是錯在魯迅,所以在批駁許壽裳後便立即提出來,讓讀者順著他的思路去探究問題。當然,周作人這樣的理解也會碰到解不通的地方,例如魯迅與羽太信子之間存在矛盾,周作人也知道,實在看不出有什麼愛的跡象。然而,性學探討人的慾望,裡面包含很多非理性的因素,周作人若從性心理角度出發,一些不合邏輯的事情也是可以接受和理解的,何況他可能也有擺脫魯迅的願望,這些小矛盾是可以視而不見的。而且,周作人對自己的「名聲」其實非常在意,在面對否定「元旦刺客」來自日本軍方的有力證據,就有點氣急敗壞,極力強辯[34]。面對許壽裳的「造謠」而提出〈傷逝〉的強解,也正符合他的應對方式。

　　以上是筆者對周作人強解〈傷逝〉的分析。筆者認為這樣的解釋會更符合周作人的意思。如果我們真的相信,周作人認為現實兄弟之情是〈傷逝〉男女愛情的依託,把小說中涓生拋棄子君的懺悔,理解為魯迅抒發他

---

[33]　吳俊則否定〈傷逝〉是愛情小說,但不能確定跟周作人決裂有關,認為是小說反映魯迅「精神」的現實,是他「深層意識中偏執的負罪感」的反映〔《魯迅個性心理研究》(上海:華東師範大學出版社,1992) 31-37〕。周作人若也讀出小說中的「負罪感」,肯定增加他猜測的信心。

[34]　參見耿傳明,《周作人的最後 22 年》(北京:中國文史出版社,2005) 213-19。

與弟弟斷絕的哀痛，那麼我們對周作人的文學鑒賞水準和理解能力，恐怕就要重新評估。筆者相信，周作人的文學修養應該不至於糟糕到那種程度。

參考文獻目錄

CAO

曹聚仁.《魯迅評傳》。上海：東方出版社，1999。

CHEN

陳勝長.〈從周氏兄弟作品研究看文學的認知和評價問題〉，《中國現代文
　　學論集：研究方法與評價》，香港中文大學中國語言及文學系中國現
　　代文學論集編輯委員會編，香港：香港中文大學中國語言及文學系，
　　1999，87-106。

陳漱渝.《魯迅史實求真錄》。長沙：湖南文藝出版社，1987。

GENG

耿傳明.《周作人的最後 22 年》。北京：中國文史出版社，2005。

JING

井上欣儒（INOUE, Kinju）等編.《魯迅　海外の中國人研究者か語った人
　　間像》。東京：明石書店，2011。

LI

李長之.《魯迅批判》。上海：北新書局，1936。

李何林編.《魯迅論》。上海：北新書局，1934。

李伶伶.《周家後院──魯迅三兄弟家事》。瀋陽：遼寧教育出版社，2011。

LIN

林分份.〈「權威」的陷落與「自我」的確立──對周氏兄弟失和的另一種
　　探討〉，《中國現代文學研究叢刊》4（2009）：20-32。

LU

魯迅.《魯迅全集》。北京：人民文學出版社。1981。
──.《魯迅全集》。北京：人民文學出版社，2005。

MA

馬蹄疾.〈魯迅何以被「逐出」八道灣〉,《魯迅研究月刊》9（1990）：45-48。

QIAN

千家駒.〈魯迅與羽太信子的關係及其他〉,《明報月刊》1（1992）：117-18。

RONG

榮挺進.〈〈晨報副鐫〉上有關周氏兄弟失和的幾則材料〉,《魯迅研究月刊》11（2002）：31-37。

TIAN

田剛.《魯迅與中國士人傳統》。北京：中國社會科學出版社，2004。

TSAI

蔡登山、雷驤、劉麗文等製作.《作家身影 3：周作人──隱士與叛徒》。臺北：春暉影業有限公司，1990。

WANG

王錫榮.《周作人生平疑案》。桂林：廣西師範大學出版社，2005。
──.《魯迅生平疑案》。上海：上海辭書出版社，2002。

WU

吳俊.《魯迅個性心理的研究》。上海：華東師範大學出版社，1992。

XU

許廣平.《許廣平憶魯迅》。馬蹄疾輯錄，廣州：廣東人民出版社，1979。

──.《魯迅回憶錄》。北京：作家出版社，1961。

──.《魯迅回憶錄（手稿本）》。武漢：長江文藝出版社，2010。

YU

余錦廉.〈我談「魯迅與許羨蘇」〉，《魯迅研究月刊》，6（1994）：38-42

ZENG

增田涉（MASUDA, Wataru）.《魯迅的印象》，龍翔譯。香港：天地圖書
　　　有限公司，1980。

ZHANG

張釗貽.《魯迅：中國「溫和」的尼采》。北京：北京大學出版社，2011。

ZHONG

中島長文（NAKAJIMA, Osafumi）.〈道聽塗說──周氏兄弟的情況〉，
　　　趙英節譯，《魯迅研究月刊》9（1993）：44-54。

中國社會科學院文學研究所、北京圖書館編.《魯迅研究資料索引》。北京：
　　　人民文學出版社，1981。

中國社會科學院文學研究所魯迅研究室.《1913-1983 魯迅研究學術論著資
　　　料彙編》。北京：中國文聯出版社，1987。

ZHOU

周海嬰.《魯迅與我七十年》。海口：南海出版社，2001。

周作人.《周曹通信集》。香港：南天書業，1973。

──.《知堂回想錄》。香港；聽濤出版社，1970。

──.《周作人集外文》。張鐵榮、陳子善編，海口：海南國際新聞出版中
　　　心，1995。

──.《周作人晚年信箚一百封》。香港：香港太平洋圖書公司，1972。

ZHU

朱正.《一個人的吶喊》。北京：十月文藝出版社，2007。

Is "Regret for the Past" a Work Moaning for the Loss of a Brother?
An Attempt to Make Sense of Zhou Zuoren's Twisted Interpretation

Chiu-yee Cheung

Associate Professor, Nanyang Technological University

Abstract

Synopsis: Zhuo Zuoren claimed that Lu Xun's short story "Regret for the Past" was moaning for the loss of his brother, namely his breakup with Zhou Zuoren. Zhou Zuoren's interpretation contradicts the fact that the story is a love story between a young man and a young woman. This paper suggests that Zhou Zuoren's claim is not directly relating Lu Xun's story to their breakup but to the breakup of Lu Xun and Zhou Zuoren's wife Habuto Nobuko, and that was the real cause of the rupture of their relationship. The suggestion is based on the context of Zhou Zuoren's claim, i.e. his defence against Xu Shoushang's accusation of his and his wife's responsibilities of breaking up with Lu Xun, a review of the rumours and suggestions of the breakup of Lu Xun and Zhou Zuoren, and Nakajima Osafumi's detailed analysis of some subtle implications in Zhou Zuoren's writings after the breakup.

Keywords: Lu Xun, Zhou Zuoren, "Regret for the Past", Habuto Nobuko

論文審查報告之一

1). 討論周氏兄弟失和的論題具有一定的研究價值，但該論文沒能提出足夠有說服力的佐證材料和有創新性的觀點。

2). 引用的材料比較豐富，但引文有錯漏和不規範之處，如第一頁，注釋 1「《而已集・革命文學》，《魯迅全集》，III：544」，544 應為 525；第二頁注釋 6 出版社和出版年未標注。

3). 對作品〈傷逝〉的解讀來揣測周作人強解其為「悼念弟兄喪失之作」的真實意圖，其中有些推測具有合理性，但因大多數的材料也是研究者的推測，有些不足為信。缺乏有說服力的史料，推測出來的結論也顯得比較薄弱。

4). 參考文獻和注釋要仔細核對，儘量規範引文。

5). 既然研究的問題涉及到了魯迅的作品〈傷逝〉，除了史料的分析和佐證外，能否通過自己對〈傷逝〉的解讀來論證自己的觀點？

論文審查報告之二

1). 論文突破了大陸多年來以「社會歷史」研究的思路，運用「人物傳記」的方法來研究〈傷逝〉，比較符合〈傷逝〉主觀抒情的文體特質。

2). 論文運用魯迅的傳記資料，尤其是周氏「兄弟失和」的資料比較豐富，但卻忘記了小說的文本——這才是〈傷逝〉最重要的部分！

3). 論文的主題和結論並不具有前沿性。就我有限的資訊，如 1960 年日本學者尾崎秀樹先生就提出了〈傷逝〉與魯迅的舊式婚姻有關的說法，1989 年，李允經先生的論文《婚戀生活的投影和折光——〈傷逝〉新論》（《齊齊哈爾師範學院學報》1989 年第 1 期）又進一步發揮尾崎秀樹先生的推測，認定〈傷逝〉乃作者的「婚戀生活的投影和折光」；鄙人 2003 年博士論文又進一步通過文本的細讀和魯迅生平資料的運用，進一步否定了周作人的「兄弟失和」說（見田剛著《魯迅與中國士人傳統》「魯迅與屈原」一章，2004 年中國社會科學出版社版）。

4). 加強對於小說的文本的分析！

5). 進一步參閱近年來對於〈傷逝〉的研究成果！

論文審查報告之三

1) 周作人曾指出魯迅的小說〈傷逝〉是「悼念弟兄喪失」之作，本文即在重新討論這個議題。如題目所示，作者認為：周作人之說屬於「強解」，但其背後有一種不被廣為理解的「真意」。因此，本文著力考索，欲發其祕。但因此事隱微，周氏兄弟都說得曲折而說，難於舉出十分具體而直接的證據，因而作者自己謙稱為「揣測」。

2). 在實際論述中，不免還是回到「周氏失和之因」的老議題（在本文之中佔了很大的篇幅），本來似乎有炒冷飯之嫌（所提出的新事證或新材料有限），但由於作者本人對於這個議題具有良好的理解，並且十分熟習中日兩方的研究成果，引述之餘，又能提出很好的權衡與判斷。因而還能做到「後出轉精」，為複雜難解的問題，理出一條算是明白的路徑。

3). 在前面這個良好基礎之下，本文在文章的最末尾處，著力於探討〈傷逝〉寫作前後的事件，周作人進行「強解」的語境，以及許多說得曲折的文字所隱藏的幽微訊息。從而對於周作人提出的「〈傷逝〉為悼念弟兄喪失」之說，提出一種相對較為合理的解釋。綜合而言，仍屬有價值的文章。

4). 對於〈傷逝〉本身，以及學界較具代表性的觀點，似可以再多談些。

5). 本研究有助於理解二周兄弟關係，這方面的貢獻似可再做凸顯。以免不知情的讀者，以為只是在談一個瑣碎而不太重要的小問題。

論文審查報告之四

1). 系統梳理了周氏兄弟失和的相關研究史，在此基礎上對他人的觀點做出了較為客觀的評價。

2). 作者在分析周作人相關文章的基礎上提出了自己的觀點，具有一定的合理性。

3). 這個問題只能懸疑，從目前的資料來說還沒有辦法解決。

4). 兄弟失和的具體原因已經無法確認，作者對周作人解讀〈傷逝〉的說法作出了自己的分析，具有一定的道理，如果能更為深入地分析會更好。

5). 作者所引用的失和的各種原因方面的資料還有遺漏，可以增補。

6). 關於羽太信子的情況，較為複雜，據周家保姆的說法，周家周圍的鄰居都說她是善人，不能以許廣平等人的說法為確切的史料，要注意不要對羽太信子污名化；此外，周豐一及羽太重九的說法也是孤證，需要辯證分析。

論文審查報告之五

1). 本文以十二頁的篇幅，探討魯迅兄弟間的一件「八卦」：即二人如何自「兄弟怡怡」始，終至凶終隙末。「破題」先論周作人主張魯迅〈傷逝〉之作，是「悼念弟兄喪失」，然後依次討論魯迅、周作人交惡的各說，終於得出較為可信的結論。最後仍然歸結到魯迅〈傷逝〉之作應如何理解，以呼應破題。

2). 不過，由於此事無論魯迅還是周作人，都沒有留下足夠的史料；所以，儘管我覺得作者的解釋頗為可信，但仍不得不說：由於史料不足，所有猜測，都形同射覆。

3). 儘管史料不足，但作者所援引的史料與過往的研究成果，大約算得上是「一網打盡」了。功力深厚，可佩之至。

4). 究竟是社么事，「社」為「什」之誤。

5). 「舒蕪所記魯迅送信一事」，其實不是送信，且舒蕪並未記下，而是接受訪問時說的。

《國際魯迅研究》輯二（2014 年 5 月）35-84。

柏楊眼中的魯迅：一個反對偶像崇拜的觀點

■陳聖屏

作者簡介：

陳聖屏（Sheng Ping CHEN），男，台灣台北人，1980 年生，台灣大學歷史學博士。近年著有：《柏楊的社會與文化論述，1960-2008》（台灣大學歷史所未出版博士論文，2013）、〈柏楊的醬缸文化論述，1960-1968〉（《思與言》49 卷 1 期，2011 年 3 月）、〈Book Review: Mark Harrison, *Legitimacy, Meaning, and Knowledge in the Making of Taiwanese Identity*〉（《中央研究院近代史研究所集刊》71 期，2011 年 3 月）、〈Book Review: Sung-sheng Yvonne Chang, *Literary Culture in Taiwan: Martial Law to Market Law*〉（《社會理論學報》14 卷 1 期，2011 年春季）等。目前以戰後台灣思想文化史為主要研究領域。

論文題要：

本文經由追溯有關柏楊和魯迅的相關討論，以及柏楊生前對於魯迅所發表的評論，試圖提出一個觀點：在當代的中國大陸知識份子和一般讀者的心目中，柏楊作為魯迅思想繼承者的看法，逐漸成為一個深植人心的刻板印象，但就柏楊的思想特徵，以及他對於魯迅的評論看來，這個印象並不完全符合事實。柏楊認為魯迅在性格與思想上的主要缺點，同時也正是中國文化兩個最主要的缺點：不重視民主與平等。而兩人思想特徵的主要差異，在於魯迅反對西方式的議會民主制度，支持尼采式的知識精英主義，以及支持中國的共產主義運動，而柏楊在這三個方面，都站在魯迅的對立面。因此本文認為，至少就這些思想特徵而言，柏楊不應該被視為魯迅的繼承者。

關鍵詞：魯迅、柏楊、國民性、民主、平等

一、引言

在近現代中國思想史上有關「改造國民論」、「國民性批判」和「民族劣根性」的眾多論述中，人們經常希望建立某個思想的系譜，以探究這些觀念是如何像夢魘一般地纏繞於每一代中國知識份子的心靈[1]。在這個思想脈絡中，魯迅（周樟壽，1881-1936）經常被認為是國民性批判思想的巨人，他在這個問題上對於中國人的影響，遠超過其他被列入系譜之中的知識份子；在他過世之後，任何中國知識份子所提出的國民性批判論述，通常被人們認為無法完全免除魯迅的影響，或在思想成就上無法超越魯迅。儘管關於中國國民性批判的思想，仍然在當代中國知識份子的論述中大量出現，但他們對於當代中國的實際影響，已經無法和魯迅對於二十世紀中國的影響相比。在大多數中國人（至少在中國大陸）的心目中，魯迅的地位有如新中國的孔丘（約前 552-前 479），他的權威形象不但與當今中國政府的政治正當性緊密結合，並經由政府的教育體系灌輸給下一個世代的中國人。在這種「魯迅崇拜」之中，魯迅研究在當代中國所產生的政治和社會影響，與傳統中國的經學和理學極為類似。

不過，在中國國民性批判的研究領域中，柏楊（郭立邦，1920-2008）逐漸被認為是魯迅思想最重要的繼承人；雖然這個觀點尚未得到人們一致承認，卻似乎越來越流行。然而，在台灣的文學與思想脈絡中，儘管柏楊是著名的社會和文化批評家，但人們很少強調他與魯迅的關聯，因為在柏楊生前，大多數台灣讀者對於魯迅根本毫無了解，更別說有熱切崇拜的心理需要，柏楊與魯迅之間的關聯就不會是一個至關重要的問題。然而，對於中國大陸的一般讀者和知識份子而言，在他們談到柏楊的時候，這個問題就經常會被提出來討論。這種現象應是「魯迅崇拜」的副產品，它在柏楊生前就已經出現，並對於柏楊本人如何評價魯迅，產生極為強烈的影響。因此探討柏楊在中國大陸讀者和學者心目中的形象，以及柏楊生前對

---

[1]　潘光哲，〈近現代中國「改造國民論」的討論〉，《近代中國史研究通訊》19（1995）：68-79；伍國，〈重思百年「國民性」論述〉，收於摩羅、楊帆編選，《人性的復甦：國民性批判的起源與反思》（上海：復旦大學出版社，2011）106-20。

魯迅所發表的看法，對於理解「魯迅崇拜」的某些基本特質而言，應該有所助益。

二、柏楊是否是魯迅的繼承者？

1.「魯迅、柏楊異同之爭」的起源

　　在 1986 年，柏楊的《醜陋的中國人》被引介到中國大陸，並由多家出版社出版已經過不同程度刪節的版本，卻仍引起軒然大波。《醜陋的中國人》的引介者和讀者立刻就將柏楊與魯迅相提並論，並掀起被稱作「柏楊、魯迅異同之爭」的論戰。本年由長沙湖南文藝出版社出版的《醜陋的中國人》一書中，附有嚴秀（曾彥修，1919- ）、牧惠（林文山，1928-2004）與弘徵（楊恆鍾，1937- ）的〈「醜陋的中國人」編後記〉。三位作者在〈編後記〉之中認為，柏楊繼承魯迅「意思是在揭出病苦，引起療救的注意」的、正視現實的優良傳統，集中力量展示中華民族在兩千多年來的封建文化，以及一百多年來在「三座大山」壓迫下形成的種種「醜陋」的性格或心理狀態。而這些由柏楊所指出的中國人弱點，其實魯迅早已很深刻地談過。而柏楊的文字看似尖刻，但只要不以詞害意，其「醬缸」的比喻其實就是魯迅所說「昏亂」的形象表現。可是在魯迅之後，對這種民族「劣根性」的分析和指責，卻沒有受到人們應有的重視。於是，三位作者提出一個後來備受批評的論斷：柏楊的「醬缸」比喻，比魯迅更能夠將「昏亂」這個毛病「觀察和剖析得更透徹」，凡是想要去掉「昏亂」沉痾的人，都沒有對柏楊的諷刺產生反感的必要。除此之外，三位作者指出，柏楊在《醜陋的中國人》之中明確提出「崇洋但不媚外」的口號，其實是專指以我為主，吸收西方先進文化和西方比較文明合理的那部份社會風習而言，這就是對魯迅「拿來主義」的發揮。最後，三位作者認為，如果中國要建設「社會主義精神文明」，就不可以諱言中國人在精神上還有哪些不文明之處。如果反其道而行之，正說明阿 Q 主義還附在中國人身上，其結果將只會不利於激勵中國人自身的奮鬥圖強[2]。

---

[2]　嚴秀、牧惠、弘徵，〈《醜陋的中國人》編後記〉，《都是醜陋的中國人惹的禍》，北京中國華僑出版公司編（台北：林白出版社，1990）17-21。這篇文章所徵引魯迅

　　這篇簡短的〈編後記〉就隨著《醜陋的中國人》在當時的暢銷，引起很激烈的批評。許多人對於這篇〈編後記〉將柏楊與魯迅相提並論的作法，十分不以為然。梁超然（1936-　）在 1987 年發表的〈魯迅、柏楊異同論：評《醜陋的中國人》〉之中即認為，魯迅即使在早年還是一個「進化論者」

言論出處依序條列如下：

「意思是在揭出病苦，引起療救的注意」出自《南腔北調集・我怎麼做起小說來》：「自然，做起小說來，總不免自己有些主見的。例如，說到『為什麼』做小說罷，我仍抱著十多年前的『啟蒙主義』，以為必須是『為人生』，而且要改良這人生。我深惡先前稱小說為『閒書』，而且將『為藝術而藝術』，看作不過是『消閒』的新式的別號。所以我的取材，多採自病態社會的不幸的人們中，意思是在揭出病苦，引起療救的注意。」參見魯迅，《魯迅全集》，卷 4（北京：人民文學出版社，1987）512。後引《魯迅全集》均依此版本。

「昏亂」出自《熱風・隨感錄三十八》，魯迅用以諷刺中國人只有「合群的愛國的自大」，並將這類自大分為五種：「甲云：『中國地大物博，開化最早，道德天下第一。』這是完全自負。乙云：『外國物質文明雖高，中國精神文明更好。』丙云：『外國的東西，中國都已有過；某種科學，即某子所說的云云』，這兩種都是『古今中外派』的支流，依據張之洞的格言，以『中學為體西學為用』的人物。丁云：『外國也有叫花子，——（或云）也有草舍，——娼妓，——臭蟲。』這是消極的反抗。戊云：『中國便是野蠻的好。』又云：『你說中國思想昏亂，那正是我民族所造成的事業的結晶。從祖先昏亂起，直要昏亂到子孫；從過去昏亂起，直要昏亂到未來。……（我們是四萬萬人，）你能把我們滅絕麼？』這比『丁』更近一層，不去拖人下水，反以自己的醜惡驕人；至於口氣的強硬，卻很有《水滸傳》中牛二的態度。五種之中，甲乙丙丁的話，雖然已很荒謬，但同戊比較，尚覺情有可原，因為他們還有一點好勝心存在。譬如衰敗人家的子弟，看見別家興旺，多說大話，擺出大家架子，或尋求人家一點破綻，聊給自己解嘲。這雖然極是可笑，但比那一種掉了鼻子，還說是祖傳毛病，誇示於眾的人，總要算略高一步了。戊派的愛國論最晚出，我聽了也最寒心；這不但因其居心可怕，實因他所說的更為實在的緣故。昏亂的祖先，養出昏亂的子孫，正是遺傳的定理。民族根性造成之後，無論好壞，改變都不容易的。」參見魯迅，《魯迅全集》，卷 1，312-13。

「拿來主義」出自《且介亭雜文・拿來主義》：「中國一向是所謂『閉關主義』，自己不去，別人也不許來。自從給槍砲打破了大門之後，又碰了一串釘子，到現在，成了什麼都是『送去主義』了。……我在這裡也並不想對於『送去』再說什麼，否則太不『摩登』了，我只想鼓吹我們再吝嗇一點，『送去』之外，還得『拿來』，是為『拿來主義』。但我們被『送來』的東西嚇怕了。先有英國的鴉片，德國的廢槍砲，後有法國的香粉，美國的電影，日本的印著『完全國貨』的各種小東西。於是連清醒的青年們，也對於洋貨發生了恐怖。其實，這正是因為那是『送來』的，而不是『拿來』的緣故。所以我們要運用腦髓，放出眼光，自己來拿！……總之，我們要拿來。我們要或使用，或存放，或毀滅。那麼，主人是新主人，宅子也就會成為新宅子。然而首先要這人沉著，勇猛，有辨別，不自私。沒有拿來的，人不能自成為新人，沒有拿來的，文藝不能自成為新文藝。」參見魯迅，《魯迅全集》，卷 6，38-40。

的時候，也沒有把中國文化看成一團漆黑，他對中國的進步毫不悲觀。後期的魯迅則讚揚中國自古以來就有許多「脊樑」支撐著中華民族的軀體，他懷著豪邁的、熱烈的感情，讚美中國人民的優秀品質。在魯迅確立了辯證唯物主義與歷史唯物主義的世界觀之後，他對於歷史與現實的分析就更為深刻，魯迅「深深懂得，在中國共產黨及其領導的革命隊伍身上，寄託著中國與人類的希望」，柏楊和魯迅在歷史觀、現實觀上就有本質性的區別：在柏楊的眼裡，所有的中國人都是醜陋的，而魯迅則不是，因此柏楊是以偏概全，誣衊全體中國人。其次，柏楊對於中國人病徵的「療救」，是藉由誇大、展覽中華民族的缺點，只能引起毀滅中國民族自尊心，打擊民族自信心的效果。本來可以療救的疾病，也變成無可救藥。相反地，魯迅則總是鼓舞民族的自尊心與自信心，總是對未來充滿希望，總是把現實的黑暗面與光明面區分開來。閱讀魯迅的作品，總是能夠對前途充滿樂觀、充滿希望，增強奮勇前進的勇氣。最後，柏楊和魯迅不但在診斷上差之千里，所開的藥方更是有毒劑與良藥之別。魯迅儘管也主張向外國學習，但他始終認為改造國民性的根本道路在於改革與革命，最後也以自己的筆加入中國革命的鬥爭。他所開出的「藥方」也為中國的革命進程所證實：革命、改革是醫治國民劣根性的應驗良方。而柏楊給中國開出的藥方，卻只不過是全盤「洋」化，他並不能遵守自己所說「徹底崇洋，絕不媚外」的主張。柏楊的「徹底崇洋」就是五體投地，即是真正的「媚外」。魯迅的「拿來主義」絕不是「崇洋」，而且他主張根本的出路還是中國自身的改革與革命，「拿來」僅是自身改革過程中的一個輔助手段，絕不是柏楊所說的「唯一的辦法」。因此梁超然抨擊說：柏楊這種將西洋「那一套」全搬過來作為「唯一辦法」的主張，乃是「一帖毒劑」[3]。

3　王超然，〈柏楊、魯迅異同論：評《醜陋的中國人》〉，北京中國華僑出版公司　71-86。「中國的脊樑」出自《且介亭雜文・中國人失掉自信力了嗎》：「我們從古以來，就有埋頭苦幹的人，有拼命硬幹的人，有為民請命的人，有捨身求法的人……雖是等於為帝王將相作家譜的所謂『正史』，也往往掩不住他們的光耀，這就是中國的脊梁。這一類的人們，就是現在也何嘗少呢？他們有確信，不自欺；他們在前仆後繼的戰鬥，不過一面總是被摧殘、被抹熬，消滅於黑暗中，不能為大家所知道罷了。說中國人失掉了自信力，用以指一部分人則可，倘若加於全體，那簡直是誣衊。要論中國人，必須不被擦在表面的自欺欺人的脂粉所誆騙，卻看看他的筋骨和脊樑。自信力的有無，狀元宰相的文章是不足為據的，要自己去看地底下。」參見魯迅，《魯迅全集》，卷 6，118。

　　在此同時（1987），華夏志、王鳳海對於〈編後記〉三位作者的抨擊，大致上與梁超然類似，但其中一個值得注意的重點，則是指責他們認為「柏楊先生的思想比魯迅更進步、更偉大，早已超越了魯迅」。華夏志和王鳳海認為，魯迅早在 30 年代就看到無產階級的偉大和力量，而柏楊卻在 80 年代，「在中國革命已經勝利，無產階級在社會主義建設方面也已獲得舉世矚目的成就後，卻在那裡極其片面地大講特講十億中國人（包括無產階級）如何醜陋」，既然如此，柏楊和魯迅的世界觀根本不同，怎麼能與魯迅相比？〈編後記〉的三位作者「卻說柏楊先生繼承發揚了魯迅先生的思想，超過了魯迅。不知其作者是不了解魯迅，還是不了解柏楊？[4]」

　　嚴秀、牧惠和弘徵對於梁超然等人的抨擊，最後則是以〈護短與愛國〉一文作為反擊。首先，他們以柏楊將文言文版《資治通鑑》翻譯為現代語文，以及他對於歷史上若干著名人物的讚揚來看，這種行動絕非文化虛無主義者所能做到，因此與魯迅提出「中國的脊梁」的態度一致。其次，魯迅本人在抨擊國民性弱點的時候，也經常與柏楊一樣，並沒有加上任何限制詞，如果按照梁超然的邏輯，「魯迅又該當何罪，應判入幾十幾層的地獄呢？」至於梁超然攻擊柏楊主張「全盤西化」，所以柏楊的書是「一帖毒劑」，也不是事實。柏楊就像魯迅多次指出的那樣認為，有出息的中國人從來就是敢於向外國人的優點學習；如果美國人值得學習的優點，真如柏楊所說的那樣，「又何媚之有？」最後，三位作者認為，華夏志、王鳳海指責他們認為魯迅比柏楊更進步、更偉大、早已超越魯迅的結論是「無中生有，向壁虛構，危言聳聽，不擇手段」，因為他們從未如此說過。至於華夏志、王鳳海認為柏楊不能與魯迅相比，顯然是由於柏楊不是馬克思主義者，而魯迅是馬克思主義者的緣故。三位作者則認為：

> 以對於『文革』的錯誤和嚴重後果的認識為例，一些非馬克思主義者，或是沒有取得馬克思主義者身分的局外人甚至認識得比我們還早。號稱馬克思主義者，甚至以宣傳馬克思主義為職業的人，犯起主觀主義、形而上學的錯誤來，往往有可能比那些不自稱馬克思主義者的人走得更遠。如果說因為柏楊不是馬克思主義者，就必然在

4　華夏志、王鳳海，〈一本有嚴重片面性的書：評《醜陋的中國人》兼與編後記作者商榷〉，北京中國華僑出版公司　99-104。

任何問題上都比我們糊塗，這個見解本身恐怕就不符合馬克思主義實事求是的態度[5]。

2.對於「魯迅、柏楊異同之爭」的評論

在上述爭論中，無論支持或反對柏楊的爭論，都圍繞著柏楊是否是魯迅思想的真正繼承者打轉。由此可見，中國大陸接受柏楊作品的過程，自始至終就籠罩在魯迅的陰影之下，但也因此受到人們特別的重視。例如詩人公劉（劉仁勇、劉耿直，1927-2003）在1986年時不禁感慨地說：

> 我認為，無可置疑，《醜陋的中國人》一書，是繼承和發揚了魯迅精神的，而且那繼承者和發揚者恰恰在台灣，這是一個雖然令人驚訝，令人忿忿不平同時令人慚愧，但又必須承認的客觀事實。不錯，這本書的某些論點，帶有一定程度的片面性，其文風也有不盡令人讚賞之處。然而，值得深思的問題是，難道我們大陸上的數以千計的作家，竟沒有一個人，在素質上、器識上能與柏楊先生相抗衡麼？顯然不是的。答案只能從我們自己的「革命覺悟」中間去尋找。長期以來，我們所熱衷宣傳的無非兩條：一條是誇耀「人口眾多，地大物博，歷史悠久」；一條是誇耀「擁有最先進的社會主義制度」。這兩者固然都是事實，誰也無法抹煞；遺憾的是，我們很少想過，或者壓根兒就不去想，憑這兩條能不能自動的分娩出一個民主的、文明的、富裕的現代國家來。因此，其結果必然是，明明不曾「萬事大吉」，偏偏以為「萬事大吉」。於是，我們誰也不談魯迅痛切針砭的中國民族的劣根性（又曰國民性）了，也就是說，魯迅過時了。我想，僅僅只出自審意識喪失這一點，已足以解答為什麼《醜陋的中國人》何以並非出自大陸作家手筆的原委[6]。

在1989年劉正強（1930- ）則認為，「柏楊、魯迅異同之爭」這個問題的提法本身就不恰當，因為魯迅和柏楊身處不同的時代與地區，他們的思想、性格、經歷、教養都不相同，在文學史上的地位和貢獻也無法相提

---

[5]　嚴秀、牧惠、弘徵，〈護短與愛國：評對《醜陋的中國人》的若干批評〉，北京中國華僑出版公司　125-47。

[6]　公劉，〈醜陋的風波〉，北京中國華僑出版公司　220-21。

並論。除此之外，此時中國大陸的讀者對於柏楊的生平和著作幾乎一無所知，更不可能對兩人進行全面的比較。因此劉正強認為，只有把比較縮小到「國民性弱點」這個範圍才有可比性。以此觀點來看，魯迅和柏楊在許多方面是一致的。例如魯迅對國民性弱點的批評，早在 1920 年代就受到一些「革命文學家」指責為「散佈黑暗，阻礙革命」，而在魯迅過世半個世紀之後，他所批判的中國國民性不但沒有長進，而且還有惡化的趨勢。柏楊在《醜陋的中國人》之中揭露中國國民性弱點，雖然「筆無藏鋒，且多用誇張、反語和冷嘲，有時不免偏激，以致引起一些人的反感」，但他的出發點也和魯迅一樣是愛國主義的危機感和憂患意識。而在對待傳統文化的態度上，柏楊和魯迅也有相同之處，柏楊將魯迅的「染缸」發揮為「醬缸」，兩者都是用來比喻傳統文化的惰性和腐蝕性。但柏楊故意使用「反語」，把學習外國稱之為「崇洋」，以致被批評家抓住一詞，攻其一點，不及其餘。在對待中西文化的態度上，柏楊與魯迅都非常重視吸收世界文化中一切先進的東西，認為只有通過現代科學文化的啟蒙，才能從根本振興自己的民族。兩人都是站在民族解放的角度，審視中國的傳統文化並進行深刻反省。他們的言論有時難免矯枉過正，但他們都具有民族存亡的危機感和憂患意識，這種使命感使他們在中西文化的對比中作出選擇，中國想要進步就必須突破傳統文化的強大阻力，迎納西方的新文化[7]。

3.柏楊逐漸被認為是魯迅的繼承者

然而，自 1987 年起，《醜陋的中國人》就被認為是引起「資產階級自由化」學潮的源頭之一，而被中國政府禁止發行，在整個 90 年代都沒有解禁。在這段時間中，關於柏楊、魯迅之異同的討論，也因而沉寂下去。自 2001 年開始，柏楊的著作被允許在中國大陸出版；2004 年《醜陋的中國人》由蘇州古吳軒出版社出版，形同解禁。在此之後，關於柏楊和魯迅的討論又重新在中國大陸出現。與 80 年代末期的氣氛不同的是，此時評論者大多認為柏楊繼承魯迅的思想，是「台灣的魯迅」，並逐漸成為一個既定的刻板印象。例如對於此一傳承主張最力的學者王宗凡（1966- ）曾

[7] 劉正強，〈「改革國民性」思想及危機意識：評「魯迅柏楊異同」之爭〉，《雲南教育學院學報》2（1989）：43-48。

在 2009 年表示，魯迅文學的傳統在中國大陸已經中斷，只有柏楊真正延續了魯迅的使命：

> 　　半個世紀以來，經過多次急風暴雨式的政治運動，作家們的良知和操守飽受現實的無情摧殘，魯迅文學傳統的正脈確已氣若懸絲，並沒有人去接續與發展。但如果把眼界放開一點，就可以發現，魯迅文學傳統的正脈已到了台灣海峽的那一邊，被柏楊一脈相承。柏楊繼承了魯迅的風骨和精神，被譽為「台灣的魯迅」、「台灣的良心」。儘管柏楊對魯迅的某些觀點並不認同，主張「應該從批評中發掘出一個真正的魯迅，有價值的魯迅！」儘管柏楊也深受胡適（1891-1962）的影響，又接受基督教的薰陶，更強調「寬容」與「包容」，但我們應該承認，來自魯迅的基因在柏楊身上發揮著更大的作用。
>
> 　　「五四」提出的「民主」與「科學」任務，當年並沒有全部完成，而且至今也仍未完成，21 世紀的中國仍將要肩負這個沉重的使命，因而我們要提出重拾「五四精神」的口號。而今天的柏楊，其實就是當年的魯迅的延續[8]。

王宗凡對柏楊的熱烈讚頌，儘管不能代表所有中國大陸魯迅研究學者的意見，但值得注意的是，他在許多地方屢次重複類似的讚揚，已不再像 1980 年代的嚴秀、牧惠與弘徵那樣，引起非常強烈的反對意見。這也許可以顯示，柏楊與魯迅的親近性，已經逐漸被中國大陸的學者所接受。儘管如此，有關柏楊如何「繼承」魯迅思想的研究，在數量浩如煙海的魯迅研究之中，仍如同滄海一粟而已[9]。大體而言，研究成果數量的稀少應該可以

---

[8] 王宗凡，〈來自魯迅的「基因」：論魯迅對柏楊的影響〉，《湘潭師範學院學報（社會科學版）》31.4（2009）：200。

[9] 近年討論柏楊與魯迅之間關聯的重要研究論文可參見王宗凡、徐續紅（1968- ），〈魯迅與柏楊筆下的國民性〉，《職教與經濟研究》8（2005）：56-59；王宗凡、徐續紅，〈從「立人」到「尊嚴」：魯迅和柏楊的「藥方」〉，《廣西社會科學》128（2006）：140-44；張清芳，〈世俗現代性觀照下的「醬缸文化」批判：淺論柏楊60年代雜文的思想內涵〉，《魯東大學學報（哲學社會科學版）24.3（2007）：64-67；王宗凡、徐續紅，〈批判與承傳：魯迅、柏楊與孔子〉，《廣西社會科學》160（2008）：192-95；王宗凡、徐續紅、申明，〈「雅致」與「野俗」：魯迅與柏楊的幽默比較〉，《湖南人文科技學院學報》106（2009）：62-66；王宗凡，〈來

顯示：對於中國大陸的魯迅研究者而言，柏楊與魯迅的關係，並不是一個重要的研究議題。

三、柏楊對於魯迅作品的評價

1.柏楊對魯迅作品的評價：1980 年代

　　柏楊是否能被稱為魯迅的繼承者？在 1980 年代之後，柏楊就不斷被人們問到這個問題。例如在 1981 年柏楊訪美時，他曾經在演講時如此回答聽眾的提問：

> 問：魯迅是二、三〇年代的雜文作家，請問柏楊先生的文章與魯迅相同與不同的地方？
>
> 答：魯迅先生文章，我很佩服，可惜在台灣看不到他的東西。但是能看到的一點點，覺得他是一個了不起的作家[10]。
>
> 問：您在新加坡訪問時，在南洋商報的座談會上，說您受魯迅的影響很大，魯迅寫現代社會是阿 Q 精神，您認為現代中國人有沒有變？我希望你像魯迅一樣，精神萬古長青。
>
> 答：魯迅對我影響很大，但不是他的雜文，而是小說。他的小說真了不起，在舊金山時，才看到他的全部雜文。我自認我的小說是模仿魯迅，但我太太說這對魯迅是一種侮辱（笑聲）。一般小說是風花雪月，但魯迅的小說，卻是提出問題，非常沉重。他提的是社會問題，家庭問題，觀念問題，要你思考，自己尋找答案，就像美國教育方式。中國式的是不能有破壞性的建議，有的話一定要有解決的方法。但我只講這件事不對，如何解決，這是掌權者的問題，如果我曉得如何解決，我應該坐在

自魯迅的「基因」：論魯迅對柏楊的影響〉，《湘潭師範學院學報（社會科學版）》31.4（2009）：198-200；陳漱渝，〈民族的良知：讀王宗凡專著《魯迅、柏楊比較研究》〉，《職教與經濟研究》23（2009）：1-5；王利青，〈魯迅與「醬缸文化」〉，《現代語文（文學研究）》11（2010）：78-80；陳漱渝，〈民族的良知：魯迅與柏楊〉，《魯迅研究月刊》6（2012）：92-96。

[10] 柏楊口述，君重記錄，〈南華時報主辦第一次南加州文學座談會〉，《柏楊・美國・醬缸》，陳麗真編（台北：四季出版事業有限公司，1982）105。

　　椅子上頭去！至於阿 Q 精神，我看還是存在的！因為醬缸太大，太濃，加再多的水，不容易沖淡[11]。

　　此處柏楊承認自己在創作小說的時候，的確有意識地模仿魯迅；但他卻自認為他的雜文與魯迅關係不大，因為他在創作之前並沒有機會深入閱讀魯迅的雜文。在 1984 年柏楊再度訪美時，類似的問題聶華苓（1925- ）又問過一次，柏楊的回答就更為詳細：

> 聶華苓：你的小說在那時候（1950 年代）就很突出，因為有很強烈的諷刺性。
>
> 柏楊：〔不服氣地指著詩人妻子張香華（1939- ）〕她們一直說我的小說寫得不好！
>
> 聶華苓、張香華大笑。
>
> 張香華：並不是說諷刺的小說就不好……
>
> 柏楊：除了諷刺性以外，我覺得我的雜文比魯迅──比魯迅……
>
> 聶華苓：寫得好！對嗎？
>
> 柏楊：（點點頭）我覺得。
>
> 聶華苓：這個我承認。前幾天我對你講過這句話。記不得？
>
> 柏楊：記得。
>
> 聶華苓：（忍不住笑了一聲）恭維你的話，你一定記得。你的雜文比魯迅的雜文好。為什麼呢？我講講，看你覺得怎麼樣？魯迅的雜文是知識份子的雜文……
>
> 柏楊：而且還是高級知識份子的雜文……
>
> 聶華苓：你的雜文是三教九流，什麼人都可看的雜文，但你觸及的問題是很尖銳的，意義是深刻的。你嘻嘻哈哈開玩笑，其實眼淚往肚子裡流，心裡在吶喊。魯迅的雜文，火藥氣很大。你覺得呢？
>
> 柏楊：我的小說倒是學魯迅……
>
> 聶華苓：小說學魯迅？
>
> 柏楊：我認為。可是，有人卻說不是……

---

[11] 柏楊口述，君重記錄　111-12。

張香華、聶華苓大笑。

柏楊：（毫無笑意）有人認為那是對魯迅不敬。

張香華：那是我說的，你那樣講，對魯迅是誣衊……

聶華苓：你是不是受了魯迅的影響呢？

柏楊：我的小說是真的受了魯迅的影響，我的雜文沒有，因為過去
　　　在大陸很少看到魯迅的雜文，看了幾篇而已。他的小說，我
　　　看了不少，〈吶喊〉、〈徬徨〉，我都看過……

聶華苓：其實，魯迅的小說也不多……

柏楊：就是那幾篇小說，使我有個感覺，自從白話文運動以來，魯
　　　迅的小說還是最好的。

聶華苓：魯迅有篇小說〈肥皂〉。

柏楊：啊？

聶華苓：非常好，非常好！

柏楊：我看過魯迅的〈阿 Q 正傳〉、〈酒樓〉、〈故鄉〉……

聶華苓：這都是在大陸的時候看的嗎？

柏楊：是[12]。

　　在這段對談中，柏楊承認自己沒有看過魯迅的雜文，而儘管在小說創
作上模仿魯迅，實際上對魯迅的小說也所知不多。此外，柏楊認為自己的
雜文比魯迅寫得好，而他提出的理由是：他的雜文不是寫給「高級知識份
子」看的，這正是魯迅雜文最大的缺點之一。在此我們可以得到一個初步
印象：柏楊一直試圖區別他自己與魯迅的不同之處，特別是在他最為自豪
的雜文領域之中，他並不認為自己受到魯迅的強烈影響。

2.柏楊對魯迅作品的評價：1990 年代之後

　　在 1990 年柏楊接受陳漱渝（1941-　）的訪談，發表自己關於魯迅作品
的最終定論。他認為魯迅的小說內容沉重，表現手法質樸，每一篇含義都
很深刻。讀過魯迅的小說之後，讀者會感受到一種精神壓力，需要思考而
不感到愉快。由於受到魯迅影響，柏楊自認他創作小說的動機也是出於一

---

[12] 聶華苓，〈爐邊漫談〉，《新城對：柏楊訪談錄》，柏楊編（台北：遠流出版公司，
　　2003）38-40。

種愛心和使命感，不考慮有沒有世俗利益（也就是銷路）。就技巧而言，魯迅的小說沒有說教的味道，通過藝術形象在潛移默化中改變讀者，有些作家則是用一種強硬架勢，把自己的信念灌輸給讀者。此外，魯迅的小說用字簡潔，常常第一句話就把讀者抓住，柏楊自認在小說創作也模仿這個特點。他對魯迅小說的唯一批評，是他用詞有時稍嫌僵硬[13]。但對於魯迅的雜文，柏楊則再次重申魯迅的雜文對他並沒有直接影響：

> 就文化發展的規律而言，後人都會受到前人的影響，或接受，或反對，或接受一部分，不可能完全不受影響。我的雜文當然會受魯迅影響。但比較而言，我喜歡魯迅的小說。魯迅的雜文滿貴族文化的，也可以說是高級知識分子的雜文，不是三教九流什麼人都可以讀懂。上高中時，我也接觸過魯迅雜文，但讀起來感到很艱難。待到我能讀懂的時候，我已經看不到魯迅的書了。台灣查禁書刊禁得非常徹底，魯迅著作不是輕易可以找到的。就魯迅而言，他的小說對我影響很大，雜文對我影響較小[14]。

陳漱渝接著問到：「既然魯迅雜文對你影響不大，那又如何看待你的雜文和魯迅雜文的諸多一致性？比如內容的批判性，語言的反諷、妙喻、文白夾雜……」柏楊則認為：魯迅的想法並不是純粹他個人的想法，只不過他有機會、有膽量、有膽識講出來。講出來之後，一般人可以溝通，可以被人接受，文學作品反映的問題都存在於社會，其實已經有很多人想到。如果除了作家本人之外沒有其他人想到，他的文章就不能引起共鳴[15]。

3.兩人在創作時空背景上的差異

總而言之，柏楊在批評魯迅雜文時，除了十分重視文學如何反映社會現實的功能之外，也非常重視文學是否具有改變社會現實的功能。從這個角度來看，柏楊認為魯迅的雜文反而不如他的小說，因為他的小說可以讓眾多的讀者具有深刻的感受，但他的雜文則充滿貴族氣息，只有「高級知

---

[13] 陳漱渝，〈他在爭議中保持自我〉，《歷史走廊：十年柏楊》，柏楊日編委會編（台北：太川出版社，1993）205-06。

[14] 陳漱渝，〈他在爭議中保持自我〉 206-07。

[15] 陳漱渝，〈他在爭議中保持自我〉 207。

識份子」才容易了解，這就較難產生改變社會的力量。然而，我們必須正視魯迅和柏楊所身處的時代和環境皆有不同，才能理解柏楊為何對魯迅有這樣的批評。在 1920-30 年代，儘管五四新文學運動使得白話文學普及，但由於此時中國仍處於農業社會，農村人口和文盲佔人口的大多數，並沒有一個真正的中產階級存在。當中國的現代文學場域開始產生時，魯迅的閱讀人口是小眾的，讀者只是受過新式教育的知識份子，他們只有極少部分人具有大學以上的學歷，大多數人只有中學學歷，甚至只有小學學歷。在這種情況下，魯迅作品就只能影響到這些當時佔人口極少數的知識份子。

在 1960 年代之後的台灣，由於教育普及，識字率大幅提升，柏楊在開始創作雜文的時候，他就已經依靠這個中產階級閱讀市場為生，並獲得當時大多數台灣作家難以企及的收入，而成為不用另外兼職的專欄作家。柏楊為了適應台灣中產階級市場的品味，其雜文自然就得成為「三教九流，什麼人都可看的雜文」，他基於自身的經驗，當然覺得魯迅雜文「滿貴族文化的」，甚至覺得自己的雜文具有普及於大眾的社會影響力，因而超越魯迅的雜文。然而，當一個文學場域產生真正的自主性時，它就越容易走向小眾化，而不是以銷售數字作為評價作品藝術價值的依據[16]。然而，柏楊主張以文學作品的普及性（也就是銷售數字）作為評價的標準，只要文學場域越成熟，就越不可能實現（因此柏楊也難以被海峽兩岸的文學研究者認可為真正「偉大」的作家）。

---

[16] 此處所謂的文學場域是基於法國社會學家布迪厄（Pierre Bourdieu, 1930-2002）的場域和慣習理論作為基礎。布迪厄的慣習概念是指某種持續存在的傾向（disposition）系統，它將人們對過去與現在的認知、理解和行動結合，使之能適應現實環境的要求。許多人的慣習結合在一起，就構成一個場域，而場域的運作是獨立於任何成員的意志和意識之外。在每個場域中，都提供不同種類的權力分布，這些權力被布迪厄命名為經濟資本、社會資本和文化資本。場域的成員為了爭取這些資本，依照其慣習採取不同的策略，而場域依其成員具有的不同權力，決定了每個成員所佔據的相對位置（position），使得支配與被支配的關係得以長期維持。關於布迪厄對於法國文學場域的完整描述，可參見 Pierre Bourdieu, *The Rule of Art: Genesis and Structure of the Literary Field,* trans. Susan Emanuel（Cambridge: Polity P, 1996）。中譯本參見布迪厄原著，劉暉譯，《藝術的法則：文學場的生成和結構》（北京：中央編譯出版社，2001）。關於戰後台灣文學場域的發展，可參見 Sung-sheng Yvonne Chang（張誦聖，1951- ），*Literary Culture in Taiwan: Martial Law to Market Law*（New York: Columbia UP, 2004）。

　　相較之下，魯迅的「貴族文化」就是使他成為「偉大」作家的最重要理由之一，這種風格將使得魯迅的讀者群僅限於「高級知識份子」之中，而在 1930-40 年代的中國（也就是柏楊的青年時代），這也是真正的社會現實。至於魯迅作品至今仍在中國大陸的閱讀市場上具有強烈的競爭力，這是「新中國」六十餘年來由政治力量所推動的「魯迅崇拜」，經由教育體系灌輸到民眾身上，養成一般人民也有「欣賞」魯迅的品味。任何其他五四新文學作家，都不可能在中國大陸的閱讀市場上，具有類似的優勢。事實上柏楊在晚年時也已發覺到這個現象：

> 魯迅的小說跟其他人不一樣，他是藝術形式與理念的結合，披著小說外衣的論文，探討人性和社會的黑暗面，讀魯迅的小說需要沉澱思考。沒有共產黨的大力支持，他在商業市場上，不會暢銷。暢銷書不見得會獲諾貝爾獎，獲諾貝爾獎的書，也沒有能力促使它成為暢銷書。魯迅生前沒有得到諾貝爾獎，是世界文學史上的一個遺憾[17]。

　　基於同樣的理由，在台灣的中產階級閱讀市場中，魯迅的作品即使在 1980 年代之後解禁，由於缺乏政治力量的支持與教育體系的灌輸，就不可能像柏楊的作品一樣，成為一般中產階級趨之若鶩的讀物。因此，就作品所訴求的讀者群而言，柏楊和魯迅的雜文的確具有本質上的區別：前者的讀者群是戰後台灣新興的中產階級，後者的讀者群則是 1930-40 年代的中國「高級知識份子」。然而，在 80 年代中國大陸社會，一個因教育日漸普及而形成的、人數眾多的識字階層逐漸成形，再加上「改革開放」的氣氛，使得《醜陋的中國人》能夠引起他們的共鳴，但他們也因而只能戴著魯迅的「有色眼鏡」來認識柏楊。

---

[17] 柏楊口述、李婷訪問，〈讓小民建立理性文化：《姑蘇晚報》記者李婷女士訪問〉，《天真是一種動力》，柏楊編（台北：遠流出版公司，2004），126-27。

四、柏楊對於「魯迅崇拜」的批評

1.柏楊對 80 年代中國大陸「魯迅崇拜」的批評

在「柏楊、魯迅異同之爭」發生之後，王超然，華夏志和王鳳海等人對於柏楊的抨擊，對於柏楊如何評價魯迅本人，以及如何評價魯迅對於當代中國大陸社會的實際影響，都有強烈的衝擊。柏楊在 1989 年出版的《家園》一書中指出，魯迅是 1930-80 年代最偉大的作家之一，但魯迅的雜文有他的時間和空間性，在那個特定時空之外的人，很難進入狀況。柏楊佩服魯迅對惡勢力的纏鬥精神，對社會問題的坦率檢討精神，以及「橫眉冷對千夫指，俯首甘為孺子牛」的赤子精神[18]。然而，基於 1988 年年底訪問中國大陸的經驗，柏楊驚愕地發現，魯迅本人人格的偉大，卻與他對於當代中國大陸社會的惡劣影響，產生極端強烈的對比：

> 我知道魯迅先生在大陸尊貴無比，但我還是到了上海之後，一路下來，才逐漸發現，魯迅在大陸已代替了孔丘在專制封建社會的地位，神聖不可侵犯。他的著作像孔丘先生的《論語》一樣，不斷被人引述，做為行動及論證的根據，我失望的感覺到他已被政治污染，由一個偉大作家，變成一個被當權大爺利用的神祇，對他不可以有一點質疑。柏楊與魯迅相等，已是大逆不道，而竟然比魯迅先生更好，簡直是現行反革命之罪。……我習慣於被抨擊，所以一點也不奇怪，倒是奇怪魯迅先生被神化四十年之久的那種畸形反應。
>
> 魯迅是毛澤東（1893-1976）先生大力推崇下達到巔峰的，某一方面說，是魯迅的榮耀，歷史上沒有一個作家達到他的境界；但在另一角度看，也是作家的悲哀。古時候，連神仙都要帝王金口玉言封上一封，現代，作家必須政治人物肯定，才能定位。魯迅跟毛澤東一齊被造成神，毛澤東惹出大禍後，權威消失，但魯迅權威依然如故[19]。

---

[18]　柏楊，〈「不肖子」才是好兒子〉，收於柏楊，《家園》（台北：林白出版社，1989）85。

[19]　柏楊，〈「不肖子」才是好兒子〉　85-86。

　　柏楊於是回憶到，他在 1988 年的上海及西安，與當地作家座談時，人們都得補上一句話：「當然，柏楊不能與魯迅相比。」這顯示出政治已經把魯迅推到一個他不願意被推上的位置：君臨天下。柏楊於是認為，當代中國大陸社會對於魯迅的崇拜，其性質仍然是一種「封建社會的造神運動」，然而，這種造神運動無論成果如何輝煌，當大門洞開、人民睜開眼睛之後，一定會激起強烈的反抗。在 1988 年時，中國大陸已有年輕人發出對魯迅進行價值重估的聲音，這類運動企圖將魯迅身上的政治污染洗掉，恢復一個作家的本來面目，意義非常深遠。柏楊在西安的一次談會中對聽眾說：「柏楊當然比魯迅好，各位當然比柏楊好，你們的下一代當然也比你們好。」他因而認為：中國武俠小說中的傳統意識形態認為祖師爺頂尖，以後一代不如一代，所以秘笈是越古越妙不可言。中國人應該放棄這種倒退的意識形態，而且必須清晰地瞭解，中國人應該像工業國家的電子產品一樣，每一代都比上一代好。優秀的子孫必須是「不肖子」，如果所有人的兒子都是「肖子」，即使再過五千年，中國還是保持原狀[20]。

---

[20]　柏楊，〈「不肖子」才是好兒子〉　86-87。柏楊在 2003 年的一則專訪中，曾再次更詳細地說明為什麼自己比魯迅更「好」：「好像是在西安，有人批評我過於自大，竟然自認為可以和魯迅並駕齊驅。這樣的議論，引起我注意到，中華文化的醜陋，其程度實在深不可測，連魯迅都難以招架。他死而有知，絕對不會肯定他的千代萬代後輩，都不如他，只有他是第一的，甚至是唯一的。如果魯迅竟有這樣想法，他就不是魯迅了，不過只是一個傳統武俠小說的一派宗師罷了。宗師最大的主張，是退化論：後人永遠趕不上前人，後人唯一能做的事，就是到深山大海，去尋找祖師爺的秘籍──古老的武術招式。據說最早的秘籍，是黃帝姬軒轅的著作。魯迅不是皇帝，不是姬軒轅，魯迅的文學創作，更不是秘籍，神聖不能超越。我認為我不但可以和魯迅並駕齊驅，還更超越魯迅。理由很簡單，我們是進化論者。我再愚蠢，但我卻站在魯迅的肩膀上。作為一個作家，魯迅有他的過人之處，後面的作家是站在他肩膀上的，應該比他看得多一點、遠一點。同樣的邏輯，各位年輕朋友，你也站在我的肩膀上，你當然應該比我看得更多、更遠。這是事實，也是自我期許，我想不應該有人認為，魯迅之後的作家，即使再過十萬八千年，也沒有一個人可以超過他，如果真的如此，中華民族才真可悲。」參見柏楊口述，黃詠梅訪問，〈柏楊：我們要活得有尊嚴〉，《晚報文萃》9（2003）：38。據陳漱渝說，柏楊在 2005 年最後一次寫信給他時曾說：「我怎敢跟魯迅先生相比，只是吹吹大話，表示我不同凡品罷啦！中國人好膨脹，只此一次而已。」參見陳漱渝，〈民族的良知：魯迅與柏楊〉，《魯迅研究月刊》6（2012）：93。

　　我們可以看到，柏楊在此所說的重點，並不在於自己的成就是否真的超越魯迅，而是為了抨擊「魯迅崇拜」。他認為無論被崇拜的偶像本身的價值有多高，只要這種崇拜禁止人們批評與思考偶像，最終都會導致社會的退化。

2.柏楊論魯迅的歷史定位：缺乏民主與平等思想

　　在 1995 年，基於 1988 年訪問中國大陸的經驗，柏楊對於魯迅的批評就轉而更趨嚴厲。他認為魯迅本人就具有反民主的性格，而這個性格特質與魯迅在當代中國社會中成為不可批評的偶像，則有密切的關連：

> 　　我非常尊敬魯迅先生的正直和無畏，但受他影響最多的是小說。我並不完全贊成他，他有強烈的戰鬥性，卻缺少包容性，簡直是拒絕任何批評，這不是民主人的氣質。
>
> 　　中國文化，呈現兩極。要就崇拜到底，要就不承認對方任何優點。魯迅的「民族大義」非常強烈，非常憂民憂國。但我認為「民族大義」應該有嚴正的詮釋：民族與民族之間，必須絕對平等，而民族之內的成員與成員之間，也必須絕對平等。「民族大義」不是製造族群之間，或成員之間不平等的工具。絕對不允許被用來肯定某個民族優於另一個民族，某個成員優於另一個成員。
>
> 　　魯迅是一位「民族作家」，不是一位「民主作家」。一九八八年我去中國大陸，發現魯迅已成為一個不可被批評的人物，使人生憂。沒有批評，如何進步？一代應比一代好，思想與文學也是，一個人不應成為思想的終結者，世界才有美景[21]。

　　在此我們必須基於柏楊本人的思想脈絡中，才更能了解這段文本的意涵。柏楊曾經在 1987 年的一次專訪中簡潔地說：「我認為與西方文化比起來，中國文化有其缺失。有兩種東西是西方民族有，而中國沒有的，一是民主，另一是平等。[22]」而柏楊屢次抨擊中國傳統社會是一個「專制封

---

[21] 柏楊，〈魯迅的定位〉，收於柏楊、黃文雄合著，《醬缸震盪：再論醜陋的中國人》（台北：星光出版社，1995）74-75。

[22] 柏楊口述，James Rusk 訪問，〈一生與「醬缸」搏鬥〉，姚安莉譯，柏楊日編委會 169。Rusk 採訪而得的英文原文是：I think the Chinese people have something wrong

建社會」，就正對應這兩種缺點：政治上的君主專制使得中國文化缺乏民主，而社會上的「封建」特性使中國文化缺乏平等。由於缺乏民主與平等的特質，使得中國人趨於妄自尊大與極端自卑的兩個極端。

在柏楊看來，魯迅儘管對中國的國民性多有針貶，但他本人的行事作風和思想，就缺乏民主和平等的氣質。柏楊認為這並不是魯迅個人的問題，而是二十世紀全體中國人的問題。由於在追求民族復興的過程中，革命成為至高無上的法律，現代中國的民族主義於是墮落成為不可動搖的偶像崇拜，這就使得本來就已缺乏民主和平等的中國傳統社會與文化，在「新中國」建立之後，卻陷入更不民主和更不平等的境地（因此柏楊在「偉大的無產階級革命」成功之後，仍將中國大陸社會視為「專制封建社會」）。正如同許多人認為尼采（Friedrich Wilhelm Nietzsche, 1844-1900）思想和德國納粹政權具有強烈的親近性，在柏楊看來，魯迅對於中國共產黨民族主義至上的極權主義統治，也要負起一定程度的責任。儘管魯迅本人並不希望自己成為一尊被崇拜的偶像，但他的言行仍然是他在死後產生「偶像崇拜」的主要原因之一。於是柏楊認為，就促使中國社會和文化變得更為民主和平等的目標而言，魯迅並沒有真正的貢獻（甚至可能有嚴重的阻礙作用，儘管在這段文本中，柏楊的批評並沒有如此清楚），而這卻是柏楊一生最堅持的核心價值。

基於這樣的前提，我們看到柏楊認為魯迅不如胡適的說法，也就不會感到過度驚訝：

> 魯迅對近代中國思想有很大影響，但沒有超過胡適，且魯迅的影響也僅盛行於大陸，而現在大陸也開始在研究胡適思想，我想再過十年，情形當更明顯，胡適思想有巨大的學術和人文基礎，魯迅沒有這麼豐滿、這麼有系統。魯迅是感性的、鬥爭性的。
>
> 魯迅在大陸的地位，是因獲得毛澤東的支持，應是中國「政治文化」的一項特色，魯迅的文學成就被政治化之後，已被當做一個

---

compared to Western culture. There are two things that Western people have that the Chinese do not. One is democracy and the other is equality。參見 James Rusk, "The Man Chinese Love to Hate," *One Author is Rankling Two Chinas.* ed. Lin Zi-yao (Taipei: Sing Kuang Book Company, 1989) 96.

政治工具，而胡適不是政治人物。當哪一天魯迅思想可被批評挑戰時，魯迅的價值才可以呈現[23]。

3.兩人思想特徵的基本差異

　　看到柏楊對於魯迅和胡適的評價，不禁讓人聯想到前述王宗凡的論斷：「儘管柏楊也深受胡適的影響，又接受基督教的薰陶，更強調寬容與包容，但我們應該承認，來自魯迅的基因在柏楊身上發揮著更大的作用。」嚴格來說，這個論斷顯然與這段柏楊對魯迅的批評相違，因為它只注意到兩人「國民性批判」的主張高度相似。除此之外，儘管王超然、華夏志與王鳳海在 80 年代末期只能看到《醜陋的中國人》，而沒有閱讀柏楊的其他作品，但他們的主要論斷反而是正確的：也就是說，就對於中國國民性的批評而言，魯迅和柏楊有極多相似處，但這兩位中國國民性的「醫生」所開的「藥方」不但截然不同，而且不能相容。魯迅所開出的藥方是：反對西方式的議會（也就是資產階級式的）民主制度（實際上魯迅並不支持五四的「民主」口號），擁抱尼采式的知識精英主義（這就使得魯迅的思想易於與「平等」衝突），最後他本人則投身於由中國共產黨所領導的無產階級革命運動（而柏楊一生都是堅定的反共作家）[24]。

　　不過，我們必須注意，關於魯迅對於（資產階級的）民主與平等的看法，學界仍然沒有一致的共識。魯迅的小說具有高度的藝術性和象徵性，幾乎可以被援引做為魯迅支持任何觀念或「主義」的證據，於是就很難使魯迅研究者對這些議題取得決定性的共識。至於魯迅的雜文，由於其篇幅十分龐大，並受到每篇文字發表時的時空環境影響，經常具有高度的針對性，因此這些文字儘管可以較為清晰地表達魯迅本人對特定議題的看法，但在學術解釋上所引發的歧異與爭論，並不亞於魯迅的小說。基於上述情況，有若干學者認為魯迅儘管很少談到「民主」，但他自青年時期開始，都一直堅定支持五四啟蒙主義式的「民主革命」概念，終生

---

[23] 柏楊，〈魯迅的定位〉 75。
[24] 關於魯迅對西方代議民主制度及其文化背景的負面看法，可參見汪暉，《反抗絕望：魯迅及其徬徨吶喊研究》（台北：久大文化公司，1990），7-34。關於魯迅如何深受尼采思想影響，以及他和左翼文學與政黨之間的複雜關係，可參見張釗貽，《魯迅：中國「溫和」的尼采》（北京：北京大學出版社，2011）。

未曾背離[25]；但也有其他學者認為，魯迅自 1906 年發表〈文化偏至論〉一文之後，就與啟蒙主義式的民主及平等概念分道揚鑣，並終生採取某種貴族主義式的立場（這種貴族主義儘管受到尼采的影響，但帶有魯迅本人的強烈風格，其目標則是針對中國國民性的特點），在他投身於中國共產主義運動之後，也沒有改變這個立場[26]。如果有更多魯迅研究者對於這兩種針鋒相對的主張進行全面與深入的探討，也許人們在未來能夠進一步判斷兩者的是非對錯；但現在我們至少可以初步斷定，就魯迅所發表的大部分文本來看，他不可能像柏楊與胡適那樣毫無保留地支持（資產階級式的）民主和平等的概念，應可成為大多數魯迅研究者都能接受的共識。

　　柏楊終生並沒有系統性地讀過魯迅的所有作品[27]，使他對於魯迅發表的評論大多是概述性的，也不曾針對個別的作品進行評論。而在上述評論中，柏楊努力區分自己和魯迅的差別，特別是否認自己的雜文受到魯迅的「直接」影響。他認為自己的雜文是「三教九流都可以閱讀的」雜文，而魯迅寫的是「高級知識分子的」雜文。除此之外，他對於中國共產黨所支持的「魯迅崇拜」深惡痛絕，因此他對於魯迅本人的評價，也是基於一種反對偶像崇拜的立場，並進一步認為魯迅並不具備民主和平等的氣質，是魯迅的主要缺點。然而，柏楊在提出這些批評的時候，篇幅都很簡短，所以很少引起人們的注意，也就更難注意到他們之間的差異。

---

[25] 可參見汪京，〈「五四」前後魯迅的民主、科學思想〉，《炎黃春秋》10（1999）：62-64。郝明工（1950- ），〈試析魯迅的「民主革命」觀〉，《重慶師範大學學報（哲學社會科學版）》3（2010）：32-36；藍秀平，〈魯迅民主革命思想在文學創作中的解讀〉，《現代文學評論》4（2010）：171-73。

[26] 可參見楊春時，〈魯迅的貴族精神與胡適的平民精神：從現代性審視文學思潮〉，《學術研究》1（2008）：147-53；張松，〈民主與平庸：魯迅早期論文中對現代民主的批判性思考〉，《東岳論叢》32.1（2011）：68-78。

[27] 據柏楊夫人張香華在 2012 年 3 月 6 日的訪談中告訴筆者，柏楊在出獄之後，曾經有一位友人送他一套《魯迅全集》，但他從未將它好好看完，因為他的創作生涯已經幾乎花掉他所有的時間。如果人們一定要說柏楊是魯迅的繼承者，那他也是其中很不虔誠的一位。

五、柏楊的時代是否已經結束？

1.柏楊晚年仍舊支持國民性批判

　　由於柏楊對於中國社會和文化的激烈批評，使他獲得魯迅繼承者的名聲，但也使他永遠不能擺脫魯迅的陰影。柏楊在生前只能被動地接受這個刻板印象，從未公然反對人們（主要是中國大陸的讀者和研究者）賦予他的「榮譽」。這個現象除了使研究者容易忽略兩者之間的差異之外，也讓他們無視於柏楊對魯迅的批評。事實上，柏楊在晚年對於人們仍然執著於他與魯迅之間主要關聯——也就是國民性問題，已頗有一點不耐與無奈。他在 2006 年回答中國大陸出版人朱洪海的提問時，就曾經說過：

> 　　朱洪海：從 80 年代以來，人們開始將您與魯迅先生並列，討論你們對於中國文化貢獻的各自特點，尤其這幾年這種討論愈來愈多，更有人提出「魯迅以降，柏楊第一」的觀點，在您看來，這種「跨時代比較學」的意義，反映出什麼樣的現代國民精神？
>
> 　　柏楊：你的題目中的國民精神，我想把它解讀為「國民性」，不知道正確否？我想先提一個有爭議的看法：國民性到底是因？還是果？我的看法：它既是因，也是果，就好像雞和蛋的問題一樣，〔雖然我很敬重的學者林毓生（1934-　）認為，國民性是各種因素造成的結果，而不是原因〕或者我會說：國民性和一個時代、環境、經濟、人口、政治、教育、風俗、傳統……息息相關，恐怕很難定出其先後、因果。現在，從十九世紀（魯迅生於 1881 年，卒於 1936 年）到二十一世紀初（中間相隔 125 年），還在談同一個主題，我對這一個現象，第一個反應是著急，我們中國人是怎麼了？我們中國人為什麼還需要相傳這個衣缽？我們為什麼一定要人痛下針砭，才覺得痛快？痛快之餘，就沒有下一步的反省與行動[28]？

　　話雖如此，柏楊仍然認為，包括魯迅思想在內的五四精神，在二十一世紀的中國（包括中國大陸和台灣），仍是尚待努力的理想。儘管兩岸的經濟突飛猛進，但人民的文明程度卻遠比經濟落後，只怕中國人痼疾未

---

[28] 柏楊、朱洪海，〈百年之後我們還需要魯迅嗎？〉，《新觀念》219（2006）：48。

除，卻又爆發新的病變。例如已經過五十餘年共產革命洗禮的新中國，在許多經濟繁榮的商區，都能看到官商如何勾結串聯，城鄉差距懸殊，貧富兩極分化，豈不是與革命之前無異？即使在台灣，經濟發展只是釀造貪腐的膿包，開放政策只是無法無天、濫權營私的窠臼，財富只是肆無忌憚、窮奢極侈的糜爛[29]。顯然柏楊還是認為，直到二十一世紀初年，中國人仍舊需要魯迅（或是國民性批判）。

2.摩羅對「國民性批判」的批評

然而不久之後，的確有人開始覺得，國民性批判的時代應該要結束了。在柏楊於 2008 年 4 月 29 日過世之後，隔日（4 月 30 日）摩羅（萬松生，1961- ）在博客上發表文章〈但願柏楊的「自虐時代」就此結束〉，並在增補內容之後，以〈但願柏楊的時代就此結束〉為題，於 2008 年 6 月發表於《南方周末》。摩羅肯定柏楊作為魯迅繼承者的地位，並與朱洪海同樣覺得，從魯迅到柏楊，以及在許多中國知識份子的論述中，的確有一種批判國民性的思想傳承。摩羅開宗明義地說：「柏楊先生以《醜陋的中國人》聞名於世，他的逝世很可能標誌著一個時代的結束，他像魯迅一樣致力於中國國民性的研究與批評，代表了中國知識精英在中西碰撞過程中強烈的自審自虐傾向。」接著，摩羅繼續追溯與批判中國國民性思想起源。他的基本主張是：中國國民性的弱點都是由帝國主義者的侵略所造成，因此國民性批判根本搞錯方向，將帝國主義者侵略的結果變成了原因。中國知精英英向來高高在上，幾乎不屑於自審自省，然而在與西方列強交往的過程中，他們節節敗退，終於不得不低頭在自己身上找原因，於是他們將失敗的原因歸結為「國民劣根性」。這種國民劣根性乍看是指整個民族，但從魯迅的小說來看，實際上卻偏重於底層人民。當人們在批評「醜陋的中國人」時，腦中浮現的形象也多半是這些「不幸的人們」。例如，西班牙人奴役中南美洲的印地安人時，印地安奴隸不堪折磨常常集體自殺，在西班牙學者在總結印地安人的國民性時，其中有一條就是「他們不熱愛生活，天生具有結伴自殺的傾向」，而印地安人沒有話語權，只好任由這種「無恥的誣陷」流行數百年之久。於是摩羅認為，「中國國民性」

---

[29] 柏楊、朱洪海　49。

的觀念首先是被西方的傳教士、鴉片販子以及槍砲手發現和描述，而從梁啟超（1873-1929）開始，中國知識菁英逐漸認可了他們的批評，而魯迅則「沿著梁啟超的思路狂奔猛進，對他所深愛的國人進行了最深刻的反思，最猛烈的批判。」於是國民性批判成為魯迅一生最主要的「學術事業和貢獻」[30]。

　　然而摩羅認為，中國之所以無法抵抗西方帝國主義者，並不是因為所謂的「劣根性」，而是由於清朝皇室將家族利益置於國家利益之上，沒有像日本明治維新那樣及時調整和改革政治制度。中國和西方主要差距並不在於人性或國民性，而是在於政治制度：

> 西方人的優秀之處，在於他們在自己的社會內部建設了較為合理的政治機制，奉行較為和平的政治協商和利益博弈的遊戲規則，在於他們有一個能夠為國家利益和國民利益而效力的政府。這方面才真正值得我們學習的。日本難道有甚麼優越於中國的國民性嗎？他們成功的秘密就在於，它們經過借鑒歐洲列強的政治制度，迅速扭轉了備受荷蘭、英國、美國、俄國敲詐勒索的厄運。他們不但及時從那一系列掠奪性條約中逃脫出來，而且蠻橫地加入了與強盜們分贓的行列。如果中國的精英階層不是執著於所謂國民性的批判，而是一直致力於制度的變革，我們會在西方人的槍炮下委屈那麼長久嗎[31]？

　　由於中國知識精英是如此擅長於反思自我的缺陷，他們最後進入了自虐狀態，但卻對於自己的自虐狀態卻缺乏足夠的反思。五四新文化運動就是這種自虐傾向的集中表現，使得自虐心理成為一個時代的主流文化。對於國民劣根性的批判與對於西方性的趨近與嚮往，就成為中國人的基本心理傾向。在魯迅之後，中國最深刻的作家大多數魯迅精神的繼承者，而柏楊則是繼承魯迅衣缽，用雜文進行國民性批判的、最有影響力的當代作家。然而這種自虐傾向，使得中國人只看到受害者出於自尊自衛本能的排外傾向，而看不到外國殖民者對於中國人的屠殺與掠奪；這種自虐心理已

---

[30] 摩羅，〈但願柏楊的時代就此結束〉，摩羅、楊帆　290。
[31] 摩羅，〈但願柏楊的時代就此結束〉　291。

經內化為中國人的本能，以至於提起中國人的某些缺點，就本能地像西方殖民者那樣表現出厭惡和蔑視。因此，世界上並不存在某種中國人專屬的劣根性，全人類只有一種人性，人性的缺陷都是相通和相同的。摩羅希望魯迅和柏楊的時代就此結束，因為中國人不需自卑、不須自虐，就完全能夠建設一個像西方那樣的政治制度和社會制度，而不要以所謂「國民劣根性」、「中國國情」等莫須有理由拒絕這種建設[32]。

3.古大勇與程玖對摩羅的反批評

對於摩羅的這篇文章，比較具有代表性的批評應是古大勇（1973-　）與程玖合撰的〈「不存在一種獨屬於中國人的劣根性」嗎？──就國民性問題與摩羅先生商榷〉。他們的批評意見可以歸結如下：

首先，摩羅將國民性等同為人性，但事實上這是兩種不同的概念。古大勇和程玖承認，在近代西方與日本的國民性理論中，的確具有西方中心主義的立場，但在辭源學上剝離這種不平等的西方立場之後，並不代表國民性就不存在。國民性和人性是兩種不同的範疇，國民性是「一個民族由於生活在同一地域，共同受到一種或多種文化的浸染，在長期的歷史發展過程中所形成的，區別於其他民族的典型特徵，表現為共同的思維方式、心理素質、審美觀念、道德規範和價值尺度」，而人性則是人的本性，包括人的自然屬性和社會屬性，這些屬性從根本上決定並解釋制約著人類行為，是固定不變的人類天性。國民性可以體現人性，但不是所有的國民性都是人性，只有那些具有普遍意義的國民性才能體現為人性。於是古大勇與程玖反問：魯迅和柏楊所攻擊的國民性缺點，「哪一點沒有擊中中國國民性的要害之處？」摩羅所崇拜的日本也有自己的國民性，例如魯迅曾經指出日本人特有的敬業精神（相對於中國人的隨隨便便），而柏楊則曾經指出日本人特有的團隊精神（相較於中國人的「窩裡鬥」）[33]。

其次，摩羅主張制度建設本身並沒有錯，但大可不必以放棄「柏楊的時代」，也就是放棄國民性批判為代價。第一，魯迅與柏楊所批判的劣根性，在當下中國社會並沒有消失，反而「一絲不差甚至數倍規模的演繹

---

[32] 摩羅，〈但願柏楊的時代就此結束〉　291-92。

[33] 古大勇、程玖，〈「不存在一種獨屬於中國人的劣根性」嗎？──就國民性問題與摩羅先生商榷〉，摩羅、楊帆　300-02。

著」，如果這種頑固的「疾病」還在，就有治療的必要，否則只會使「病情」加重。因此古大勇和程玖認為：「中國需要更多的像魯迅、柏楊這樣的『醫生』。柏楊走了，而中國人依舊醜陋，筆者擔心有沒有下一個『柏楊』出現。」第二，制度建設並不能徹底解決問題，例如中國腐敗現象的產生與制度不良有一定的因果關係，但也有深厚的民間基礎和文化土壤，使得腐敗問題遠比外國嚴重。孤立的制度建設有時也不是萬能，「不以腐敗為恥，反以腐敗為榮」是屬於國民文化心理的範疇，這就又回到魯迅的改造國民性老主題上來。因此在強調制度建設的時候，國民性改造同樣不可以忽視。第三，在五四的傳統中，也有許多「有識之士」追求制度建設，譬如以胡適為代表的自由主義知識份子，就希望西方民主制度在中國「開花結果」。於是古大勇和程玖認為：「魯迅強調國民性改造，胡適關注制度建設，側重點有異，這是分工的不同，可以並行不悖，不能強調魯迅而忽略胡適，也不能鍾情胡適而菲薄魯迅，『魯迅是藥，胡適是飯』，兩者缺一不可。我們要魯迅式的國民性批判，我們也要胡適式的制度建設，這才是一個既分工又協作的和諧社會。」第四，世界上並不是只有中華民族具有「自虐」傾向，例如日本人的自虐傾向就極嚴重（古大勇和程玖在此引用柏楊的《醬缸震盪》一書的內容為例），但也並不妨害日本人進行先進的制度建設，而自虐在中國卻成為制度建設不力的「替罪羊」[34]。

最後，摩羅指責柏楊和魯迅對於國民劣根性的批判，有集中在底層人民的傾向。古大勇和程玖認為，魯迅國民性批判更重要的對象是知識份子，例如魯迅反奴性的主要對象就是中國知識份子，而在柏楊的作品中，也看不到有專門指向底層人物的傾向[35]。

對於古大勇和程玖的批評，摩羅並沒有具體的回應，但在此之後，他將自己的和古大勇等人批評他的文章收在他與楊帆合編的論文集《人性的復甦：國民性批判的起源與反思》；除此以外，摩羅還撰寫兩本攻擊國民性批判的著作，並編選梁啟超和魯迅的國民性批判文集[36]。因此，柏楊在

[34] 古大勇、程玖帆　303-04。
[35] 古大勇、程玖　304-05。
[36] 摩羅，《中國站起來：我們的前途、命運與精神解放》（武漢：長江文藝出版社，2010）；摩羅，《中國的疼痛：國民性批判與文化政治學困境》（上海：復旦大學出版社，2011）；梁啟超原著，摩羅、楊帆編選，《太陽的朗照：梁啟超國民性研

2008 年的逝世並沒有在中國大陸知識份子之中，引起類似 1980 年代末期
那次由《醜陋的中國人》所引發的論戰。除此之外，一談到「柏楊是魯迅
的繼承者」這個主張，無論是對於摩羅（反對柏楊立場的知識份子）還是
古大勇和程玖（贊成柏楊立場的知識份子）而言，顯然已經是不證自明的
事實。如果說國民性批判已經成為現代中國知識份子（但也許僅限於中國
大陸，因為台灣並非如此）的「主流文化」，而在這個「主流文化」之中，
柏楊看起來越來越像儒家傳統中的孟軻（前 372-前 289）被人們陪祀在
「國民性批判」的孔丘──魯迅的身旁。如此一來，中國大陸知識份子對
於柏楊的理解，似乎也將繼續處於「魯迅崇拜」的陰影之下。

六、結語

　　本文經由追溯柏楊和魯迅的相關討論，以及柏楊生前對魯迅所發表的
評論，試圖提出一個觀點：在當代的中國大陸知識份子和一般讀者的心目
中，柏楊作為魯迅思想繼承者的看法，逐漸成為一個深植人心的刻板印
象，但就柏楊的思想特徵，以及他對於魯迅的評論看來，這個印象並不完
全符合事實。

　　在 1980 年代末期，柏楊的主要作品之一《醜陋的中國人》被引介到
中國大陸，此書不但引起人們廣泛的注意，也造成所謂的「柏楊、魯迅異
同之爭」。在這場爭論中，同情柏楊主張的人們認為，柏楊在國民性批判
的議題上繼承魯迅的思想，並繼續深化魯迅的主張；反對柏楊主張的人們
則認為，由於柏楊主張全盤西化，過於醜化中國國民性，並且鄙視中國無
產階級社會主義革命的成就，這些特徵皆與魯迅的思想背離，因此他不應
該被視為魯迅的繼承者。儘管這場論戰最後無疾而終，《醜陋的中國人》
自 1987 年起在中國大陸又被查禁，但柏楊與魯迅思想的親近性，卻逐漸
被中國大陸知識份子與一般讀者接受。進入二十一世紀之後，柏楊的大多
數作品都已在中國大陸解禁，此時一般評論者大多認為柏楊繼承了魯迅的
思想，是「台灣的魯迅」，並逐漸成為一個既定的刻板印象。

究文選》（上海：復旦大學出版社，2011）；魯迅原著，摩羅、楊帆編選，《月亮
的寒光：魯迅國民性批判文選》（上海：復旦大學出版社，2011）。

　　然而，柏楊在台灣的創作經歷，以及他在 1980 年代末期訪問中國大陸的經驗，對於柏楊如何評價魯迅本人，以及如何評價魯迅對於當代中國大陸社會的實際影響，都有強烈的衝擊。柏楊認為自己的小說創作的確是模仿魯迅，但雜文創作則很少受魯迅影響，因為他在創作雜文之前，並沒有深入閱讀魯迅的雜文。他認為魯迅雜文的最主要缺點，就是表達形式過於艱澀，只有所謂的「高級知識份子」能夠讀懂，因而限制其對一般識字大眾的影響力。然而，柏楊與魯迅在雜文作品上的差異，代表他們身處的時代和社會環境，已有很大的不同。魯迅及其同世代的五四新文學作家，他們的主要讀者是 1930-40 年代受過新式教育的知識份子，但他們佔當時全中國人口的比例極小，因此魯迅雜文的「貴族」風格，乃是當時中國文學場域的結構所促成。相反地，柏楊的主要讀者是 1960 年代之後台灣新興的中產階級，為了適應這個閱讀群體的品味，柏楊的雜文自然就成為「三教九流，什麼人都可看的雜文」。這個特質使得柏楊的作品得以在改革開放時期的中國大陸獲得廣泛的注意，而魯迅的作品在台灣解禁之後，卻不能在台灣社會中產生類似的社會影響。

　　此外，對於魯迅在當代中國受到神化與偶像崇拜的現象，柏楊則有十分激烈的批評。他認為在魯迅在當代中國大陸社會上的地位，非常類似孔丘在「專制封建社會」上的地位。這種地位完全建立在政治勢力的支持之上，並迫使魯迅成為政治的工具，人們因而不能對魯迅的缺點進行任何批評。柏楊基於自身對於中國社會與文化的觀察，認為魯迅在性格與思想上的主要缺點，同時也正是中國文化兩個最主要的缺點：不重視民主與平等。柏楊認為，由於魯迅對於「民族大義」極為堅持，又缺乏接納批評的包容性，使他不能具有贊同民主和平等的性格和思想，因而對於中國國民性的改變，並沒有發揮真正顯著的作用。基於同樣的理由，對於民主和平等的提倡而言，柏楊認為胡適的貢獻要超過魯迅。我們可以說，魯迅和柏楊的主要差異，在於魯迅反對西方式的議會民主制度，支持尼采式的知識精英主義，以及支持中國的共產主義運動，而柏楊在這三個方面，都站在魯迅的對立面。至少就這些思想特徵而言，柏楊不應該被視為魯迅的繼承者。

　　在 2008 年柏楊過世之時，若干中國大陸的知識份子認為，他的逝世象徵著一個國民性批評傳統的結束。這個傳統是由西方帝國主義入侵所引

起，使得近代中國知識精英喪失對中華民族的自信，並陷入某種「自虐心理」，因而無助於使中國人走向真正改善中國處境的道路，也就是進行（政治的）制度建設。除非中國知識精英理解所謂「中國國民性」的弱點，其實是人性的普遍缺點，而非中國人所獨有，這種自虐心理才會消失。魯迅是這種「自虐心理」最重要的代表人物，而柏楊則是魯迅最重要的繼承者。反對這個立場的知識份子則認為，柏楊與魯迅所指出的國民性缺點，是中國人所獨有的特點，並不能與具有普遍性的人性弱點混為一談，因為其他民族的確具有中國人並不具備的優點，值得中國人學習。（政治的）制度建設不應以犧牲國民性批判為代價，而國民性缺點經常是制度改革無法成功的主要原因之一。因此，中國知識精英對於中國國民性的批判，或是所謂的「自虐心態」，並不會造成中華民族復興的失敗。我們可以看到，儘管雙方的論述針鋒相對，但柏楊作為魯迅思想繼承者的地位，並沒有受到任何質疑，可見這個看法似乎已經成為深入人心的刻板印象。

　　本文並未主張柏楊完全沒有受到魯迅的影響（正如柏楊本人也承認自己的小說創作深受魯迅的影響），也不涉及到柏楊和魯迅兩人誰比較「偉大」的爭論，但卻必須指出，中國大陸讀者對於魯迅的強烈崇拜，雖然使得柏楊因而受到廣泛的注意，但柏楊與魯迅之間的差異，就很容易被人們忽略。許多中國知識份子都曾經對於中國國民性提出自己的批評，而這些批評其實並不乏類似之處，但他們對於如何改進中國國民性的方式，則從未有一致的結論。對於當代中國知識份子而言，中國國民性批判仍然能夠引起極為強烈的憂患意識，這種憂患意識不但是造成「魯迅崇拜」的主要原因，而且也可能在無意間使得魯迅所痛恨的國民性缺點繼續存在，甚至變本加厲。柏楊生前已經觀察到這個魯迅生前無法預期到的結果，並提出他的批評。他的基本觀點是：中國人只有脫離對於魯迅的偶像崇拜，洗清魯迅身上的「政治污染」，並自由地批評魯迅，他們才能夠真正客觀地認識和評價魯迅。

參考文獻目錄

BEI

北京中國華僑出版公司編.《都是醜陋的中國人惹的禍》。台北：林白出版
　　社，1990。

BO

柏楊.《家園》。台北：林白出版社，1989。
──編.《新城對：柏楊訪談錄》。台北：遠流出版公司，2003。
──編.《天真是一種動力》。台北：遠流出版公司，2004。
──、黃文雄合著.《醬缸震盪：再論醜陋的中國人》。台北：星光出版社，
　　1995。
──口述，黃詠梅訪問，〈柏楊：我們要活得有尊嚴〉，《晚報文萃》9
　　（2003）：37-39。
──、朱洪海.〈百年之後我們還需要魯迅嗎？〉，《新觀念》219（2006）：
　　48-50。
柏楊日編委會編.《歷史走廊：十年柏楊》。台北：太川出版社，1993。

BU

布迪厄（Bourdieu, Pierre）.《藝術的法則：文學場的生成和結構》（*The Rule
　　of Art: Genesis and Structure of the Literary Field*），劉暉譯。北京：中
　　央編譯出版社，2001。

CHEN

陳麗真編.《柏楊・美國・醬缸》。台北：四季出版事業有限公司，1982。
陳漱渝.〈民族的良知：讀王宗凡專著《魯迅、柏楊比較研究》〉，《職教
　　與經濟研究》23（2009）：1-5。
──.〈民族的良知：魯迅與柏楊〉，《魯迅研究月刊》6（2012）：92-96。

HAO

郝明工.〈試析魯迅的「民主革命」觀〉,《重慶師範大學學報（哲學社會
　　科學版）》3（2010）：32-36；

LAN

藍秀平.〈魯迅民主革命思想在文學創作中的解讀〉,《現代文學評論》4
　　（2010）：171-73。

LIU

劉正強.〈「改革國民性」思想及危機意識：評「魯迅柏楊異同」之爭〉,
　　《雲南教育學院學報》2（1989）：43-48。

LU

魯迅.《魯迅全集》,卷1。北京：人民文學出版社,1987。
──.《魯迅全集》,卷4。北京：人民文學出版社,1987。
──.《魯迅全集》,卷6。北京：人民文學出版社,1987。

MO

摩羅.《中國站起來：我們的前途、命運與精神解放》。武漢：長江文藝出
　　版社,2010。
──.《中國的疼痛：國民性批判與文化政治學困境》。上海：復旦大學出
　　版社,2011。
──、楊帆編選.《太陽的朗照：梁啟超國民性研究文選》,梁啟超原著。
　　上海：復旦大學出版社,2011。
──、楊帆編選.《月亮的寒光：魯迅國民性批判文選》,魯迅原著,上海：
　　復旦大學出版社,2011。

PAN

潘光哲.〈近現代中國「改造國民論」的討論〉,《近代中國史研究通訊》
　　19（1995）：68-79。

WANG

汪暉.《反抗絕望：魯迅及其徬徨吶喊研究》。台北：久大文化公司，1990。

汪京.〈「五四」前後魯迅的民主、科學思想〉，《炎黃春秋》10（1999）：
　　62-64。

王利青.〈魯迅與「醬缸文化」〉，《現代語文（文學研究）》11（2010）：
　　78-80。

王宗凡.〈來自魯迅的「基因」：論魯迅對柏楊的影響〉，《湘潭師範學院
　　學報（社會科學版）》31.4（2009）：198-200。

——、徐續紅.〈魯迅與柏楊筆下的國民性〉，《職教與經濟研究》8（2005）：
　　56-59。

——、——.〈從「立人」到「尊嚴」：魯迅和柏楊的「藥方」〉，《廣西
　　社會科學》128（2006）：140-44；

——、——.〈批判與承傳：魯迅、柏楊與孔子〉，《廣西社會科學》160
　　（2008）：192-95。

——、——、申明.〈「雅致」與「野俗」：魯迅與柏楊的幽默比較〉，《湖
　　南人文科技學院學報》106（2009）：62-66。

YANG

楊春時.〈魯迅的貴族精神與胡適的平民精神：從現代性審視文學思潮〉，
　　《學術研究》1（2008）：147-53。

ZHANG

張松.〈民主與平庸：魯迅早期論文中對現代民主的批判性思考〉，《東岳
　　論叢》32.1（2011）：68-78。

張清芳.〈世俗現代性觀照下的「醬缸文化」批判：淺論柏楊 60 年代雜文
　　的思想內涵〉，《魯東大學學報（哲學社會科學版）》24.3（2007）：
　　64-67。

張釗貽.《魯迅：中國「溫和」的尼采》。北京：北京大學出版社，2011。

Bourdieu, Pierre. *The Rule of Art: Genesis and Structure of the Literary Field.* Trans. Susan Emanuel. Cambridge: Polity P, 1996.

Chang, Sung-sheng Yvonne. *Literary Culture in Taiwan: Martial Law to Market Law*. New York: Columbia UP, 2004.

Lin, Zi-yao. ed. *One Author is Rankling Two China*, Taipei: Sing Kung Book Co., 1989.

Lu Xun According to Bo Yang:
A Perspectives on Criticisms of Idol Worship

Sheng Ping CHEN
Ph.D., National Taiwan University

Abstract

Among casual readers, Bo Yang was gradually accepted as a successor of Lu Xun in Chinese literature. However, this is not consistent with the their difference in philosophy and his criticism of Lu Xun. Bo Yang asserted that Lu Xun and Chinese culture shared two critical flaws: Indifference towards equality and democracy.

Keywords: Lu Xun, Bo Yang, national character, democracy, equality of treatment

論文評審意見之一

1). 本文較為系統地追溯了中國大陸有關柏楊與魯迅的討論，引用的材料較為豐富，大多數見解也能成一家之言。

2). 論文的主題鮮明，選題也有一定的意義，思路清晰，表達順暢。

3). 但論文也存在一些問題。首先，將魯迅在大陸受到學界的普遍關注完全歸結為是「政治勢力」的推動或強力介入，是不符合事實的。「開放」三十多年來，政府並沒有介入魯迅研究，也從來沒有人說過魯迅不能批評，但魯迅研究仍是中國現代文學研究的熱門，其根本原因就在於他的作品經得起人們從不同方面的解讀。更何況，批評魯迅也有的，如王塑，但問題是他的批評沒有什麼說服力，這與能否批評魯迅是兩回事。我本人也批評過魯迅，如魯迅對現代派繪畫的認識就存在局限，我在拙著《魯迅小說的跨藝術研究》中分析過。其次，本文一方面反權威，另一方面又將柏楊自己的話當做了權威。再次，柏楊雖然自敘自己沒有讀過魯迅的雜文，但在批判國民性方面說他受到了魯迅的影響也不為過，因為魯迅批判國民性的思想在小說中已經表達得很深刻了，柏楊是讀過魯迅小說的。其四，我個人認為，柏楊對中國國民性的批判，並沒有超越魯迅，這也就是為什麼人們總要把他與魯迅比的原因，也是本文所說的柏楊總被魯迅「陰影」所籠罩的原因，因為，柏楊其實沒有提供更多新的思想，其深度也沒有超過魯迅，至少在對國民性的認識方面是如此。

4). 本文的作者可能是香港或臺灣學者，對柏楊先生的作品可能閱讀豐富，理解也很中肯，但對魯迅作品的理解有一定隔膜，或者閱讀範圍有一定限度。建議：閱讀魯迅的全部作品，特別是雜文，而不要只看魯迅雜文的「選本」。

論文評審意見之二

1). 魯迅與柏楊，處海峽兩岸卻有緊密的精神聯繫，作一比較研究實在必要，選題很有價值。

2). 柏楊與魯迅的言論交集，尤其是柏楊對魯迅的前後評價，本文蒐集此類資料頗為全面，亦堪作魯迅傳播史的不可或缺的資料。

3). 對相關資料的收集與梳理細密樸實，持論客觀。

4). 在現有的題目下，本文已然較好地完成了任務。但如能對相關言論的語境背景作一觀察，則更顯得深厚。

5). 論文所及魯迅對憲政民主的非議，言論依據主要見於日本時期《文化偏至論》，顯受被列為「新神思宗」之首的尼采的影響。它處難見魯迅對民主的明確批評，故在作魯迅隔膜於民主的判斷時，宜加慎重。「平等」的話題，則更加複雜，魯迅在精神能力層面，無疑不持平等觀，他早年亦非將希望寄託於所有民眾，而是「精神界戰士」和知識青年，然魯迅又一輩子反等級制，哀民眾之多艱，其基層民眾的立場，正是新左翼所青睞者。

論文評審意見之三

1). 論文對論爭觀點的梳理，很好地區別了柏楊和魯迅的同與異。

2). 論文對論爭觀點的梳理很見功力。

3). 論文對於大陸魯迅崇拜的形成語境的分析，很有見地；但是忽視了大陸也存在著反魯迅偶像的觀點，這可能與柏楊的某些觀點不謀而合。而且都是出於對於特點體制的反思。

4). 結語要簡單一點，最好不要作論述，因為前文都論述過了。

論文評審意見之四

1). 魯迅與柏楊寫作及其產生重要影響的時地有異，他們對於中國國民性批判的動機與效果則有同有異，將二者進行比較是有價值的選題。

2). 作者把魯迅與柏楊的比較分析置之於中國大陸 1980 年代到二十一世紀初這一時空內，充分注意到問題的範圍，可以看出作者對這一問題思考的深切。

3). 作者具有很好的對話意識，對學術界對此一問題的研究做出了較好的呈現，並以自己的問題意識與之溝通交流。

4). 論文整體持論客觀，但在結論部分以柏楊對魯迅的評價代替作者個人
對魯迅的細緻考察則有失偏頗。魯迅的政治態度及其傾向共產黨是一
個複雜的問題，柏楊的觀察可能是一偏之見。

5). 作者應當從魯迅出發去談論魯迅的政治態度及其傾向共產黨的問題。
共產黨及其理論對當時中國知識份子的影響並不如後來人如柏楊、作
者及我等所認識的那樣簡單。其答案應該蘊含在中國啟蒙運動的內在
邏輯之中。

附錄：作者陳聖屏博士、古大勇教授、符杰祥教授、張釗貽教授關於柏楊的討論

1.陳聖屏致古大勇教授

古教授您好：

我是台大歷史所博士陳聖屏，在此先向您問好。

拙文（詳附件檔案）有幸將發表於《國際魯迅研究》第 2 輯，其中一部分涉及到您與摩羅關於國民性批判的爭論。

學生十分佩服您捍衛國民性批判的觀點，故大量徵引您的觀點，作為當代中國知識份子支持柏楊思想的重要依據。

在拙文中學生曾引用您認為胡適是飯，魯迅是藥，兩者不可偏廢的說法。但學生認為，兩人對於中國國民性弊病開出之藥方，似有本質上的差異。魯迅生前並不贊成胡適的自由主義方案，就如同胡適無法贊成無產階級革命一樣。因此學生以為，似不能將強烈支持資產階級民主的柏楊（及胡適）與魯迅混為一談，不知是否能請教您對此問題的看法。

此外，由於學生才疏學淺，此次拙文雖然通過審核，但缺失仍然甚多。若能請您指正拙文之缺失，學生必能獲益量多。

最後，學生十分感謝教授在黎活仁教授的引介下，應允與學生進行學術討論，希望不會花費教授太多寶貴的時間，並敬請

教安

學生　陳聖屏　敬上
2013-8-14

2.古大勇致陳聖屏博士

陳聖屏博士：

你好！來信收到。您信中所說的「請教」不敢當，你在臺灣文化和歷史問題的研究方面，多有積累。我近期關注「魯迅在台港澳暨海外海外華人文化圈的接受」這一課題，你的論文對我有啟發。因此，我們可以就有關學術問題溝通交流，互通有無，彼此受益。

關於你信中所提及的「胡適是飯，魯迅是藥，兩者不可偏廢」的觀點，我想從以下幾個方面作出解釋：第一，「胡適是飯，魯迅是藥」最初來源於陶方宣的〈胡適是飯魯迅是藥〉（陶方宣：〈胡適是飯魯迅是藥〉，《閱讀與寫作》，2007 年第 3 期）一文，文中說，「胡適像飯，溫暖、平和，有生之趣味與情誼；魯迅象藥，猛烈、尖銳，直指病灶。胡適是飯，米飯養人」，「魯迅是藥，藥丸治病。一個人活著，離不開米飯也離不開藥丸，一個民族也是這樣」。第二，我在論文的想要表達的意思是，一方面，魯迅（的方式）與胡適（的方式）有本質差異，不可混淆，不可混為一談。另一方面，在中國現代化的進程中，魯迅（的方式）和胡適（的方式）卻不妨共存，共同為中國的發展作出貢獻，也即是說兩者之間並非是對立矛盾的關係，而是互補共存的關係。胡適、魯迅對中國社會改造與建設的觀點思想有差異。胡適側重於從具體的制度層面對中國社會進行可操行性的建設與改造，他主張以西方的理念來改造中國社會，仿效美國以「三權分立」為標誌的民主社會制度，進行制度建設，使「中國充分世界化」。他在政治、文化、教育、科學、民主與人權等制度建設方面都有自己獨特的思考。而在魯迅看來，「立人」是「興國」的前提，也就是說，在「興國」（即中國的改革和現代化建設）這一系統宏大的工程中，最根本關鍵的一項是「人」的工程。

同胡適相反，魯迅基本沒有從具體微觀的制度建設層面對社會改造給出可操作性方案，他只是提出一個人文色彩極濃、具有終極關懷性質的「立人」主張。比較胡適、魯迅的改造社會的主張，可以看出，胡適多偏重於經濟基礎與上層建築的層面，其特徵是實在具體客觀有形的，可謂之「硬建設」。魯迅則執著於人之靈魂的「內面精神」，其特徵是相對務虛抽象

主觀無形的，可謂之「軟建設」。「硬建設」和「軟建設」都要抓，都要重視，不可偏廢，兩者是互補的關係，不是對立關係。第三，自上世紀八十年代以來，「胡適還是魯迅」的爭論在大陸沸沸揚揚，不可遏制。是魯迅偉大，還是胡適高明？「擁胡派」和「擁魯派」爭吵不休，莫衷一是。這裡面潛藏著一個邏輯，就是一定要在魯迅和胡適之間一決雌雄，一比高低，是要魯迅還是要胡適？九十年代之前的答案是「揚魯貶胡」，要魯迅不要胡適；九十年代之後的答案是「揚胡貶魯」，要胡適不要魯迅；這背後體現了一種僵化的、靜止的、一元的、偏狹的、封閉的文化立場。郜元寶先生對此現象甚為不平，他幾乎義憤填膺地發問：在英國，至今還沒有聰明人站出來戟指向天，逼問國人「要喬叟還是要莎士比亞？」在法國，至今還沒有聰明人站出來戟指向天，逼問國人「要左拉還是要福樓拜？」在德國，至今還沒有聰明人站出來戟指向天，逼問國人「要康得還是要黑格爾？」在俄國，至今也還沒有聰明人站出來戟指向天，逼問國人「要托爾斯泰還是要陀思妥耶夫斯基」？為什麼偏偏在我們這裡，好不容易出了一個胡適，一個魯迅，就忙不迭地替他們擺好擂臺，非要叫其中一個將另一個打下去，才覺得好玩呢？萬一多幾個胡適和魯迅，那還忙得過來嗎？（見郜元寶：〈又一種破壞文化的邏輯——評《少不讀魯迅老不讀胡適》並論近年「崇胡貶魯」之風〉，《南方文壇》，2006 年第 4 期）

　　第四，柏楊既不完全同於魯迅，也不完全同於胡適，或者說，柏楊既有魯迅的一面，也有胡適的一面，柏楊分別有機吸收了魯迅和胡適的相關思想，融合著魯迅和胡適的思想精華。柏楊與魯迅的契合在於「批判國民性」，柏楊雖然口頭上不承認他的「國民性批判」受到魯迅雜文的影響，但可否從另一種意義上來理解這種行為呢？這主要體現為一種「影響的焦慮」，正如美國學者布魯姆在其著作《影響的焦慮》中認為，「當代詩人面對詩的傳統這一『父親』形象，總是有意無意地通過誤讀來貶低、削弱、否定、推翻前人抬高自己，因為當代詩人已很難在創作的力度與影響上超過前人，而只能不擇手段地使前人『妖魔化』即被貶低，這是種自衛機制，也是俄底浦斯情結的文學弒父行為。」也即是柏楊試圖通過否定受到魯迅雜文的影響這一「文學弒父行為」來擺脫魯迅的陰影，確立自己雜文創作的價值。另外，柏楊說他受到魯迅小說的影響，而魯迅的小說也典型地表現了「國民性批判」思想，因此，柏楊的雜文也與魯迅的「國民性

批判」思想有著一定的影響關係。另一方面，柏楊支援資產階級民主和主張制度建設則顯然是受到胡適的影響。

　　以上內容，一家之見，定有謬誤之處，僅供參考，也請你批評。

祝
夏安！

古大勇
2013-8-15

3.符杰祥教授來論：魯迅是藥，胡適是飯的問題

黎教授：

　　你好。這幾天收到郵件，裏面有討論魯迅是藥，胡適是飯的問題。據我所知。這一說法的原創者應該是北京大學的高遠東教授。因為我幾年前在自己的書中（《知識與道德的糾葛》）討論魯迅與胡適之爭時曾引述過，我書中的一段引文是從孫郁的文章裡轉引的，如下：

　　孫郁曾引高遠東的話說，魯迅的精神是「藥」，胡適的思想是「飯」，「饑餓的民族最需要『飯』，但不要忘了，魯迅這副『藥』，永遠是不能或缺的。」孫郁：〈魯迅與胡適的兩種選擇〉，謝泳編：《胡適還是魯迅》，第298頁，中國工人出版社2003年版。

　　至於古文所引陶方宣的文章《胡適是飯魯迅是藥》則是發表在《閱讀與寫作》2007年第3期，陶文未看到，不知有無注明，如無注明，則是襲用他人的學術道德問題了。為尊重原作者，同時也為避免出現問題，特此說明。

即頌
夏安

符杰祥　上
2013-8-16

4.古大勇教授：關於「胡適是飯，魯迅是藥」的來源

黎教授：

您好！看了符傑祥教授的信，趕緊查看了有關資料，知道「胡適是飯，魯迅是藥」這句話最初來源於高遠東先生，但卻是由孫郁先生轉述，例如孫郁在一篇訪談錄〈孫郁：讀魯迅的傳播進入了一個誤區〉（見《羊城晚報》2011 年 4 月 17 日）一文中，明確回答記者說「這句話是北大的高遠東說的」。但翻看高遠東先生的論著，發現高遠東似乎對這個極具原創性的論斷並沒有作出專文或專門性論述，莫非是高遠東和孫郁在交談之時由高遠東說出這句話，但是「述而不作」，只講述不創作（書寫）？關於這一點，我很迷惑不解，得請教符傑祥教授。無論是「述而作」還是「述而不作」，這個原創性的論斷無疑是屬於高遠東先生的，而陶方宣在寫《胡適是飯魯迅是藥》一文時，並沒有明確注明這個說法來源於高遠東，實在不應該，其性質就像符教授信中所說的涉及到學術道德問題，而我誤將這句話的原創者當成是陶方宣，實在是孤陋寡聞，謹以致歉。

祝
編安！

古大勇　上
2013-8-17

5.符杰祥回覆古大勇教授

黎教授並古教授：

　　來函拜接。我剛從台北回滬，一時無法查找資料。我前封信主要是善意提醒大家不要為陶文誤導，尊重原作者，搞清楚論題來龍去脈即可，無需介懷。據我所知，高遠東教授是大陸學界目前普遍浮躁風氣下少見的述而不作之人，文章不多，但大多很有分量。無論如何，孫郁文章既然已明確提出高的觀點，就應該尊重。僅從這一點看陶文似乎不夠厚道（當然，這或許與陶不是學界中人有關，行文因此很隨便）。謝謝。

　　Best

符杰祥　上
2013-8-18

6.陳聖屏博士：敬答古大勇教授

古教授您好：

　　學生收到教授回信後，看到教授如此詳盡為學生解答，實不勝感激。在思考數日之後，謹就教授所提之要點，提出一些淺見，並就教於教授：

　　一、關於「胡適是飯，魯迅是藥」一說之出處，經由您與黎教授、符教授之詳盡說明，學生已大致了解。這個說法很符合許多中國人具有的、兼容並蓄之美德，並以抒情性的散文表達出這樣的心態。

　　二、學生以為，教授對於胡適、魯迅兩者應該是互補而非對立關係，前者為「硬建設」，後者為「軟建設」之說法，是典型的多元主義觀點。一個社會或學術社群，本就應該包容各種不同的意見。但就個別學者而言，學有專精之士深以胡適為是而以魯迅為非，或以魯迅為是而以胡適為非，若可成為一家之言，則亦未嘗不可立論。也許有胡適專家會認為胡適很重視教授所說的「軟建設」，魯迅崇拜者或許會指責教授所說「務虛主觀抽象無形」是將魯迅狹窄化，然百家爭鳴，實乃學術之健康常態，並不必得強求其同。

　　三、學生對於教授所言「揚胡貶魯」或「揚魯貶胡」之爭議，雖僅略知一二，但卻覺得這種爭議極為重要，並非單純的意氣之爭。郜元寶先生所舉之案例，與中國胡魯之爭的情況，並非相同。喬叟、莎士比亞、福樓拜、左拉、托爾斯泰與杜斯妥也夫斯基皆為文學家，康德與黑格爾皆為哲學家，彼此不但性質相類，且不涉及現實政治的爭議。而胡適本為一位喜好考證的歷史學者，魯迅則是一位具有高度藝術氣質的小說家，但是近代中國的苦難，卻逼得胡適非得發動思想革命和文學革命，魯迅則不得不撰寫雜文批評時局。因此，中國大陸知識分子會有「擁胡」、「擁魯」的爭執，並非受單純的學術研究動機所推動，而是帶有強烈的現實政治意涵：「擁魯」的知識份子不得不成為新左派，「擁胡」的知識份子不得不成為自由主義者；這就像中共黨內也會區分為「維穩派」與「政改派」一樣，彼此相互對立。魯迅和胡適已成為當代中國知識分子的意識形態象徵，因為他們在二十世紀前半葉提出的問題，到了二十一世紀初年的中國並沒有消失──中國並不知道自己應不應該走向民主憲政之路。因此學生以為這種對立爭執的狀況，短期之內不可能改變。

　　然而，類似的現象在台灣已不存在。1980 年代之前，在國民黨的戒嚴體制下，台灣文化界幾乎沒有接觸魯迅的機會，故而魯迅思想對台灣社會一直無法有顯著的影響。1980 年代解嚴之後，胡適與柏楊所要求的民主改革，台灣政府幾乎都已執行；他們所提出的社會與文化問題大多已在台灣社會中消失（或相對減弱），不具有現實意義。不論是胡適、魯迅還是柏楊，都不再引起當代知識分子和大眾的熱烈討論，因為他們已經成為真正的「歷史人物」，只有專業化的思想史家和文學史家，才有興趣研究他們。對於台灣而言，柏楊在 2008 年的去世代表「柏楊的時代」已經結束；但對於中國大陸而言，學生則與您的看法一致：「柏楊的時代」才正要開始。

　　四、教授對於柏楊否認魯迅影響的分析，學生認為確有可能，但必須對於柏楊文本與魯迅文本進行精確比對與分析，才能證實。大體而言，柏楊同時受到魯迅和胡適的影響，是沒有疑義的。拙文主要提出柏楊思想與魯迅思想的不同之處，並指出他的思想偏向胡適多些，而偏向魯迅少些，而這與人們對於柏楊的印象是不符合的。胡適對於中國傳統文化的批判，其猛烈程度並不下於魯迅，國民性批判思想並不是魯迅的專利，柏楊在此處也未嘗不受胡適之影響。是否支持資產階級民主制度，應該才是胡魯兩人思想最重要之

分野；在這個問題上不可能有任何模糊地帶，不是支持就是反對，而柏楊並沒有選擇魯迅所選擇的道路。僅此一點，對於「魯迅崇拜」的支持者而言，柏楊就不應具有魯迅繼承人的資格；在學生的心目中，也是如此。

　　最後再次感謝教授詳細之解答，學生實獲益良多，並敬請

　　教安

學生　陳聖屏　敬上

2013-8-18

7.張釗貽教授致陳聖屏博士：談魯迅「反民主」問題

　　承蒙陳聖屏博士賜寄即將發表的力作《柏楊眼中的魯迅》，受益匪淺。我對柏楊沒有研究，只有一些粗淺的印象。

　　陳聖屏博士知道我研究魯迅與尼采，涉及他文中探討的批判「國民性」和民主問題，希望我能就魯迅與這些問題發表意見。我不是研究政治的，本來對作為政治制度的民主沒有發言權，但這種回應交流的方式也很好，再加上陳聖屏博士及主編的盛情難卻，只好效「犬耕」之勞。

　　其實，我的《魯迅的現代與「反現代」》，就有針對魯迅中的「反民主」觀點提出解釋。為什麼需要解釋呢？因為〈文化偏至論〉中的「掊物質而張靈明，任個人而排眾數」，表面上可以理解成「反動」的傳統主義思想，跟魯迅作為知識份子先驅的歷史定位顯然是矛盾的。所以我設法從兩種現代性的矛盾出發，去說明魯迅「反民主」主張的歷史先進性。簡而言之，現代民主制度本身，其實行，並不就代表民主終極理念的實現，即每個個人的獨立與自主，其實行，甚至可能是其終極理念的障礙。這種認識，正是比啟蒙主義更現代的認識，而尼采即其代表思想家之一，而魯迅在這方面也可以說是繼承了尼采的衣缽。以上是從西方思潮發展的角度去看這個問題。

　　另一方面，從中國社會歷史去看，民主制度與民主理念的矛盾尤其嚴峻，因為民主制度作為一種現代的政治制度，跟現代化、現代性一樣，都不是在中國本土自然生成的，而是外來強加的。當時在中國推行民主，恰恰是最不民主的做法。魯迅多篇小說如《狂人日記》、《長明燈》、《藥》、

《孤獨者》等等，都可以解讀為這個冷酷現實的反映，其表現即為大眾與孤獨的「先覺者」的敵對。在《藥》裡夏瑜設法向牢頭說明「大清的天下是我們大家的」，這個民主理想就被認為不是「人話」。

第三，隨著對「國民性」問題的深入探討，魯迅顯然對民主制度與民主理念之間的矛盾，又有了更甚一層的認識。這一認識，也可以說是上面兩點的綜合，即人的主體性的歷史考察。中國要現代化，要實行現代的民主制度，還需要改造國民的精神。魯迅並非唯一一個看到這個問題的人，孫中山《建國方略》提出軍政、訓政和憲政三階段，也包含了移風易俗和改變國民觀念和精神的意思，但僅期以九年，未免過於樂觀，把精神的改變看得太容易了。

最後，我還想指出，從第一點中提到的民主手段和民主理念之間存在矛盾，再加上對大眾心態的認識，我們還可以看到魯迅對「民主」的更深層次的懷疑。他在「五四」時代說過這麼一段話：「民眾要看皇帝何在，太妃安否，而《第一小報》卻向他們去講『常識』，豈非悖謬。……我想，現在沒奈何，也只好從智識階級……一面先行設法，民眾俟將來再談。」我們只要把裡面的「皇帝」和「太妃」，換成「影帝」、「歌后」，就會發現這個問題已經並非當時中國「國民性」的問題，它已經超越了歷史，超越了國界。

就民主的問題，魯迅跟以胡適為代表的知識份子有明顯的不同。但我不會像陳聖哲博士那樣用「資產階級民主」這個詞去說明他們的差別，因為它意味著有「無產階級民主」，但什麼是「無產階級民主」？對「一言堂」毫無制衡機制的「民主集中制」？大鳴大放、大字報、大批判的「四大自由」？說不清楚，即使有，從上面魯迅的那段話看，他恐怕也不會對「無產階級民主」毫無保留。

其實「民主」從來都不是讓人民當家做主，也不可能代表全民的「民意」，真正代表絕大多數人民的利益，尤其是長遠利益。說到底，不過是一種在一定情況下，利益集團間可以避免血腥暴力和社會動盪的權力鬥爭和利益分配的機制，只是一種「必要之惡」（necessary evil），一種無可奈何的最佳選擇而已。

魯迅早期沒有把「民主」當成救國的萬應靈丹，但後來也沒有繼續抨擊，原因也許是中國人當時連自由都沒有多少，遑論民主？民主到底需要

有自由做基礎。魯迅沒有生活在「民主」的時代，但若假設「魯迅還活著」，就活在民主的時代，我認為他肯定還會對那個「民主」政府及其政策有很多猛烈的抨擊，一如他對專制制度有猛烈的抨擊一樣。理由除了「民主」制度並不保證民主理念的實現之外，還有一個重要原因，魯迅對中國改革的認識已經從政治體制的改革進入國民精神改革的層次，他選擇了以文藝為改造「國民性」的手段，並認為文藝與政治是永遠對立的，而「民主」畢竟只是政治制度的一種，也就無可避免與文藝對立，跟魯迅地立場對立。從這裡我們也可以看出來，魯迅「反民主」的真正意義，恰恰就是反專制。在這一方面，魯迅跟尼采的「反政治」立場又是一致的。不過，「反民主」只是反，不等於要推翻民主制度，因為他們大概也無法否定，那是和平時期無可奈何的最佳選擇。

　　外行人語，不揣淺陋，就教於陳聖屏博士及各位魯研專家。

張釗貽

30/8/2013（初稿）

2013 年 9 月（重訂）

8.黎活仁提供資料

(1) 查陶方宣〈胡適是飯魯迅是藥〉，《閱讀與寫作》3（2007）：44-45。並無任何注釋。

(2) 謝謝符教授大函，謝謝！

2013.8.15

9.以下節錄陶方宣〈胡適是飯魯迅是藥〉

　　朋友們都誇胡適，坦誠、厚道、重情意，一點沒錯，這個徽州少年自小酷愛讀書，四面青山的徽州古村簡直就是一個密不透風的老式書房，他那麼小，連學堂板凳都坐不上，母親就抱著他坐上去。他是一個刻苦的學生，天沒亮老師沒起床，他就端著一盞罩子燈到老師家來取學堂鑰匙。徽州文化真厚啊，胡適功底扎扎實實，他隨後到上海，再後來又到海上，他的眼界他的心胸完完全全拓展開，不像那片波濤洶湧的太平洋——不妨設想一下，如果他一直在上莊，頂多就是一個會講古的眼鏡滑到鼻樑上的老先生而已，這樣的先生在徽州遍地都是。可是他到了美國，中西比對眼界大開，西裝一穿洋風一吹，他脫了胎換了骨，他就成了五四新文化運動扛大旗者，石破天驚地發表了劃時代的《文學改良芻議》，一代文化學者就此在萬千學子心中高高聳立。

　　與魯迅相比，胡適更可親一些，他老婆江冬秀大字不識，在家裡卻當家作主，胡適對她一點沒辦法，他甚至在上課時對學生列舉怕老婆的種種好處。在胡適晚年的孤寂境遇裡，有一位賣麻餅的小販竟做了他的朋友，兩個人書來信往，討論英美的政治制度，胡適忍不住好奇心，邀請小販到南港的中央研究院去做客，小販果真來了，把帶來的一個手巾包打開，裡面是 10 個芝麻餅，黃燦燦的，散發著新烤芝麻的清香。胡適接過芝麻餅，笑眯咪地拿起一個便吃，嚼得支咯支咯響，臉上現出少有的歡愉。

　　胡適是飯，米飯養人；魯迅是藥，藥丸治病。一個人活著，離不開米飯也離不開藥丸，一個民族也是這樣。（陶方宣〈胡適是飯魯迅是藥〉，《閱讀與寫作》3（2007）：45。）

10.陳聖屏博士：敬答張釗貽教授

張教授您好：

在拜讀您的回信與大作《魯迅的現代與「反現代」》之後，學生思之良久，深感教授立意深遠，足堪學界典範。學生才疏學淺，最後僅能得到一些不成熟的看法，還請教授指正。

在二十世紀的大多數時間中，西方代議民主制度就不斷受到各方的嚴厲挑戰。在二次大戰結束之前，即深受右翼法西斯主義與左翼共產主義之威脅；二十世紀七十年代之後，又招致後現代主義思潮之挑戰。由於後現代主義對現代性之反思與抨擊深受尼采思潮之啟發，因此生活在二十世紀前期的魯迅，對代議民主制度之批評與後現代思想家頗多相類，並不令人意外。

然而，在中國國民性批判的思潮之中（其中大多數思想家甚少受到尼采影響），反對代議民主制度的趨勢亦甚明顯，魯迅並非特例。基於中國國民性極為惡劣的前提，國民性批判很容易推導出來下述結論：如果不先改變國民性，中國就不能實行代議民主制度；如此一來，在國民性改變之前，各種形式的非民主政體，諸如君主政體、軍事獨裁或極權統治，看來都比代議民主制度更適合於中國的「國情」。儘管大多數中國國民性批判思想家承認民主制度的正當性，一旦面臨現實政治上的選擇時，他們卻大多選擇支持反對代議民主制度的政治派別。康有為在辛亥革命前後一直都是頭號保皇黨；引介西方自由主義思想的嚴復支持袁世凱的帝制；梁啟超晚年支持「反動」、「腐敗」的北洋政府，反對與共產黨攜手合作北伐的國民黨。以此觀之，魯迅選擇支持打倒「資產階級民主」的中國共產黨，也就不令人驚訝了（儘管在魯迅過世之前與之後，許多中國人和西方人認為中共支持某種形式的「民主」，但胡適和柏楊並沒有這種幻想，於是他們選擇在「解放」之後離開中國大陸）。

國民性批判思想這種形式上支持民主，但在現實中反對民主的傾向，不但成為二十世紀中國大多數知識分子的基本態度，也為 1945 年之後的國共兩黨所繼承。柏楊曾經批評說：「民主政治的意義在西方國家十分明瞭，但一旦掉進醬缸，細胞上就發生變化，野心家既沒有膽量拋棄民主，又沒有智慧實行民主，只好在它頭上動點小手術，蔣中正先生發明『集中

民主』，毛澤東先生發明『人民民主』，『新民主』，……但中國人民必須了解，民主政治是一個有反對黨存在的政治制度，沒有反對黨存在的政治制度，就不是民主政治。……鄧小平先生說；『實踐檢驗真理！』我們同樣說：反對黨檢驗民主政治，絲毫不爽。同時，民主就是民主，一眼就可看出：頭帶花草的民主，絕對不是民主。」（《家園》）

　　在柏楊看來，國共兩黨的極權統治，使得二十世紀下半葉的中國，遠比二十世紀上半葉更不重視民主與人權，這在此時期中國知識份子的遭遇上就可看出。他曾在一則專訪中抨擊：「共產黨是反知識的，早期國民黨也是一樣，你看軍閥時代，殺一個記者就使全國轟動。國民黨和共產黨迫害了多少知識份子？竟然迫害得義正詞嚴。」（〈怎麼看中國歷史〉）因此學生以為，國共兩黨「義正詞嚴」的正當性，除了兩黨的官方意識形態（「三民主義」和「共產主義」）之外，國民性批判似乎難辭其咎。

　　柏楊與其他國民性批判思想家最大的不同點在於：他不認為任何反民主的政治制度是改變中國國民性的「必要之惡」，相反地，改變國民性和實施民主制度必須同時進行。他在許多論述中表示過：只有實踐民主政治之後，中國國民性才有可能改變（讓醬缸變清澈）。而大多數國民性批判思想家雖不反對民主，也不支持暴政，但他們對中國人民實踐民主的能力沒有信心，又對西方代議民主制度感到幻滅。他們對於中國民主政治發展造成的消極影響，實在難以估計：如果民主變成一種如此遙不可及、幾乎難以達到的理想，惡劣的中國國民性又確保人民永無能力達到實踐民主政治的「水平」，那麼中國顯然就應該永遠被一小撮權力絲毫不受限制的菁英統治（這群菁英主張的政策是什麼，反而是其次的問題）。尼采也許會羨慕這樣的政治制度，但這絕非魯迅提筆為文之初衷。

　　學生專長為柏楊思想，對於其他中國國民性批判思想家，僅有基礎之認識。每一位思想家的生平與思想，都已有無數的詳細研究，無法盡讀。學生前述之初步構想，仍應進一步引證現有研究結果，並請方家指正。但若無教授對魯迅如此深刻之闡釋，學生亦無從有此靈感。謹此致謝，並敬請

　　教安

　　　　　　　　　　　　　　　　　　　　學生　陳聖屏　敬上

　　　　　　　　　　　　　　　　　　　　　　　　2013.9.3

《國際魯迅研究》輯二（2014 年 5 月）85-140。

遭遇現實：
魯迅沉默期（1909-1918）中的體驗與文學

■張勇

作者簡介：

　　張勇（Yong ZHANG），男，1973 年生，安徽肥西人。2008 年 1 月畢業於清華大學中文系，獲文學博士學位，現為西安交通大學中文系副教授。著有《摩登主義：1927-1937 上海文化與文學研究》（臺北：人間出版社，2010 年）、〈魯迅「革命文學論」的形成及其獨特性〉（2009）、〈女性解放與民族國家──以解放區文學為例〉（2012）、〈被授受的霍布斯〉（翻譯，2012）、〈王安憶的「前輩」情結──兼論陳映真對其創作的影響〉（2013）等。

論文提要：

　　魯迅自 1909 年回國至 1918 年創作〈狂人日記〉前夕，有長達九年的沉默期。魯迅本人、周作人及日本學者竹內好、丸山昇、伊藤虎丸等都曾對魯迅在沉默期的治學活動、思想發展提出過不同的解釋。本文把魯迅的沉默期視作他與現實的直接遭遇，在梳理魯迅的重要經歷和治學活動的基礎上，從經濟狀況、故鄉經驗、工作情況等角度分析了魯迅的現實體驗。魯迅深刻地體會了現實的頑固性，發展出以世故、隱忍等方式面對現實的策略；他的治學活動延續了日本留學後期的思想軌跡，秉承「不用之用」的藝術觀，追尋國人的「白心」和「內曜」，深入到古籍和歷史之中，卻只發現了歷史的暴力和空虛。魯迅的這些文學實踐同時是他認知現實和自身的一種獨特方式，也成為他後來新文學創作的重要基礎。

關鍵字：魯迅、沉默期、現實體驗、歷史的暴力、「不用之用」

一、引言

眾所周知，在魯迅（周樟壽，1881-1936）的文學生活中有一段「沉默期」，即魯迅 1909 年 8 月自日本回國至 1918 年 4 月創作〈狂人日記〉的前夕。這一段時期也是魯迅思想研究中最薄弱的環節，尤其是當魯迅在東京後期的文學活動得到較為充分的研究和重視的情況下，這一時期橫亙在兩段輝煌時期之中，顯得分外黯淡和觸目。這一時期魯迅主要的文學活動是搜集、輯錄、校勘、刊印古籍，包括《古小說鉤沉》、《會稽郡故書雜集》、《百喻經》、《嵇康集》等，以及後來的搜集、研究金石拓本、畫像、造像等魯迅自己稱為「鈔古碑」[1]的活動。這些文學活動之所以引人注目，與其說是因為做了什麼，倒不如說是沒做什麼，或者說是由於它們本身所內含的矛盾性。

我認為，魯迅這一時期的文學活動帶來了兩個基本問題：一、魯迅回國後為何中斷了東京後期的文學實踐，即以譯介西方「摩羅詩人」和域外小說、批判性地審視西方現代文化和中國學習西方文化過程中出現的偏頗為主要內容的文學活動？如果對照周作人（周櫆壽，1885-1967）回國後的文學活動，這種中斷就格外醒目。周作人從日本回國後，雖然「真正的興趣還在自己讀閒書，抄古書」，也直接參與了魯迅的輯逸、抄錄《古小說鉤沉》和《會稽郡故書雜集》的工作，但他對兒童教育理論的譯著、對童話的研究、尤其是《異域文談》中所包含的對俄國與被壓迫民族文學、希臘文學等的譯介，明顯與日本時期的文學活動有著延續性。正如錢理群（1939-）所言：

> 在紹興教書這四年，周作人在辛亥革命與五四運動之間的歷史波谷空隙之中，依然過著自由寬懈的日子，與南京、日本時期也並無實質的差異[2]。

---

[1] 魯迅，〈《吶喊》自序〉，《魯迅全集》，卷 1（北京：人民文學出版社，1981）418。本文引《魯迅全集》，據此版本。

[2] 錢理群，《周作人傳（修訂版）》（北京：華文出版社，2013）138-49。

　　二、魯迅這一時期的以輯錄古籍為主要特徵的治學活動，為何能夠內在地產生出像〈狂人日記〉這樣的激烈的、全盤性的批判中國文化傳統的著作？如果把魯迅的這種「躍變」放置到「五四」落潮時期，曾經的新文化運動幹將們「有的高升，有的退隱，有的前進」[3]；或者放置到 30 年代「尊孔，讀經，參禪，念佛──一系列的封建復古運動」[4]中，像周作人、林語堂（1895-1976）、劉半農（劉復，1891-1934）、錢玄同（錢夏，1887-1939）乃至施蟄存（1905-2003）這樣的年輕作家，都不同程度地回歸傳統的懷抱，就會發現魯迅反而成為了為數不多的、持之以恆地徹底反對舊文化的作家。

　　當然，以上兩個問題都是把魯迅這一時期的治學活動與前一階段或後一階段的文學活動對比時產生的。換言之，它們產生於把這一時期的治學活動統合到魯迅整個的文學與思想之中的努力。如果僅僅把輯錄古籍視作魯迅參與新文學的準備階段，一個並不短暫的沉溺期，或者把其與後來的《中國小說史略》、《漢文學史綱要》等一起看作是魯迅古典文學研究工作的一部分，這些問題即使可以產生，但也是容易回答的。所謂「沉默期」或「蟄伏期」的命名，其實已經包含了這樣的意思，即以魯迅新文學的實踐為中心的傾向。然而，忽略或二元地看待魯迅這一時期的文學活動，可能會影響到對於魯迅的新文學實踐的認知，無法準確把握魯迅進入新文學陣營之中時所帶有的自身的獨特經驗，不能充分估計到魯迅與新文學陣營的差異。換個角度來看，如果魯迅在參加「文學革命」之前這段時期的文學活動是一種自覺的、主動的選擇，那麼我們也許可以說魯迅從一開始就是與新文學陣營不太合拍的。因此，重新理解、評價魯迅這一時期的治學活動是非常必要的。

二、關於魯迅「沉默期」的幾種解說

　　最早對魯迅這一時期治學活動作出解釋的是魯迅自己，大致可以稱之為「麻醉說」。

---

[3]　魯迅，〈《自選集》自序〉，《魯迅全集》，卷 4，456。
[4]　李何林（1904-88），《近二十年中國文藝思潮論》（上海：生活書店，1947）285。

1.「麻醉說」

在頻繁被徵引的〈《吶喊》自序〉中，魯迅談到了創辦《新生》雜誌計畫夭折後的「無聊」，以及在隨後的生活中所累積起來的「寂寞」感：

> 這寂寞又一天一天的長大起來，如大毒蛇，纏住了我的靈魂了。……
> 只是我自己的寂寞是不可不驅除的，因為這於我太痛苦。我於是用
> 了種種法，來麻醉自己的靈魂，使我沉入於國民中，使我回到古
> 代去[5]。

這裡魯迅所描述的基本上是他這一時期的整個生活狀態，「回到古代去」應該是指輯錄古籍。接下去，他更明確地提到了「鈔古碑」：

> 許多年，我便寓在這屋裡鈔古碑。客中少有人來，古碑中也遇不到
> 什麼問題和主義，而我的生命卻居然暗暗的消去了，這也就是我惟
> 一的願望[6]。

這裡突出的是更大的「寂寞」——生命徒然流逝的寂寞，顯然是在〈《吶喊》自序〉創作時（1922 年 12 月 3 日）對過去生活的回顧。「問題與主義」是當時正在進行的論爭，預示著《新青年》團體的分裂，毋寧說魯迅再一次感到了「寂寞」的襲來。〈《吶喊》自序〉中的這些敘述讓人印象深刻的是魯迅的「寂寞」：他由於寂寞，希望借各種辦法包括輯錄古籍來驅除寂寞，但是他同時又清楚地知道這種種辦法正是寂寞的症候。魯迅越是想驅除寂寞，越是在這些努力中看清自己的寂寞，這樣他註定只能時刻咀嚼著自己的寂寞。

「麻醉說」也可以從當時魯迅身邊的朋友的回憶中獲得證實。據章衣萍（1902-46）稱：

> 八年前，魯迅在紹興館抄寫《六朝墓誌》，我問他目的安在，他說：
> 「這等於吃鴉片而已。」[7]

---

[5] 魯迅，〈《吶喊》自序〉，《魯迅全集》，卷 1，417-18。
[6] 魯迅，〈《吶喊》自序〉 418。
[7] 章衣萍，〈枕上隨筆（節錄）〉，《永在的溫情——文化名人憶魯迅》（石家莊：河北教育出版社，2000）3。

在〈《吶喊》自序〉中，「麻醉說」是對應於「寂寞」而言的。用它來解釋魯迅在參加「文學革命」之前的文學活動，必須同時理解魯迅所說的「寂寞」的意涵。然而，「吃鴉片」的說法已經把輯錄古籍的活動單獨剝離了，進一步歪曲了魯迅的原意。無論如何，「麻醉說」無法解釋如下的事實：魯迅自〈狂人日記〉開始逐步參與到「文學革命」之中，但這並未宣告他的「蟄伏期」的終結。查看《魯迅日記》即可發現，魯迅在隨後的幾年中並沒有明顯改變他原先的興趣和活動，仍然頻繁光顧琉璃廠，購買了大量的墓誌、拓片等。除 1922 年日記手稿失落外，魯迅 1919-1923年間的購書目錄中基本上都是古籍，尤以墓誌、拓片、造像、畫像為多。直到 30 年代中期魯迅仍然托人代為搜集南陽畫像拓片，打算將來有閒暇時「並舊藏選印」[8]。其實魯迅刊印墓碑圖案的想法由來已久，早在北平時期他與蔡元培見面時，「總商量到付印的問題」[9]。可見魯迅對於這些工作有著濃厚而持久的興趣，決非為一時之麻醉。

2.周作人的「逃避耳目說」

周作人提供了另一種說法──「逃避耳目說」：

> 洪憲帝制（1915.12.12-16.3.23）活動時，袁世凱的特務如陸建章（1862-1918）的軍警執法處大概繼承的是東廠的統系，也著實可怕，由它抓去失蹤的人至今無可計算。北京文官大小一律受到注意，生恐他們反對或表示不服，以此人人設法逃避耳目，大約只要有一種嗜好，重的嫖賭蓄妾，輕則玩古董書畫，也就多少可以放心，……魯迅卻連大湖（亦稱挖花）都不會，只好假裝玩玩古董，又買不起金石品，便限於紙片，收集些石刻拓本來看。

至於魯迅為何在 1916 年袁世凱（1859-1916）死後還繼續抄古碑，周作人則解釋道：

---

[8]　魯迅，〈351221 致王冶秋〉、〈351221 致台靜農〉，《魯迅全集》，卷 13，274-75。
[9]　蔡元培，〈憶魯迅先生軼事〉，《高山仰止──社會名流憶魯迅》，柳亞子（1887-1958）等，（石家莊：河北教育出版社，2000）40。

他最初抄碑雖是別有目的，但是抄下去他也發生了一種校勘的興
趣，這興趣便持續了好幾年，後來才被創作和批評的興趣替代了
去[10]。

周作人在這裡僅僅談到了抄古碑，作為魯迅早期文學活動最親密的合
作者和知情者，他的話似乎應該具有某種權威性。魯迅去世後，周作人即
以「我所知道已成為海內孤本」[11]自炫，而且他確實也提供了很多有價值
的資料。不過，正因為其為「海內孤本」，雖然不易推翻，卻也不易證實，
考慮到周作人「逃避耳目說」提出的時間（建國後）以及他當時的處境（被
剝奪了公民權，發表文章時不得署真名），他的說法更需要被審慎對待。

周作人說魯迅「抄碑文的事開始於民國四年（1915）」大致是不錯的。
查魯迅購書目錄，1915 年所購畫像、造像的拓本明顯增多。但是，魯迅對
金石、碑文、畫像等的興趣在之前已經有了，前一年的購書目錄中已經包
含碑帖、拓本了。當然，魯迅 1914 年所購的書籍中以佛經居大多數。如
果魯迅抄碑文僅僅為「逃避耳目」，其實繼續研讀佛經也不失為安全的辦
法。因此，較為妥當的說法應當是：魯迅在輯錄鄉邦文獻時即對故鄉的畫
像、金石有所關注（1914 年購書中有《兩浙金石志》12 冊，甚至早在 1912
年 6 月魯迅就補繪過《於越三不朽圖》的「闕葉三枚」[12]），加上自己從
童年時代起就有愛好圖畫的興趣，以及在教育部的工作中屢屢涉及美術方
面的內容，自然而然地轉向了對金石、碑文、畫像等方面的研究。「逃避
耳目說」把魯迅抄古碑從其整個的古籍研究中剝離開來，是缺乏根據的。

3.竹內好的「回心說」

和周氏兄弟的說法相映成趣的是日本學者的相關研究，也正是在日本
學者那裡，魯迅的「沉默期」擺脫了晦暗的顏色，更像是一座潛藏著無限
能量、時刻會爆發的火山。日本學者對於魯迅「沉默期」的重視應該來自

---

[10] 周作人，〈魯迅的故家〉，《年少滄桑——兄弟憶魯迅（一）》（石家莊：河北教育出版社，2000）139-40。
[11] 周作人，〈關於魯迅〉，《年少滄桑——兄弟憶魯迅（一）》（石家莊：河北教育出版社，2000）234。
[12] 魯迅，〈魯迅日記〉「甲寅書賬」、「1912 年 6 月 6 日」項，《魯迅全集》，卷14，142、4。

於竹內好（TAKEUCHI Yoshimi, 1910-77）。竹內好在他的《魯迅》一書中，敏銳地把〈狂人日記〉發表前魯迅在北京的六年生活視為「最重要的時期」。

> 我想像，魯迅是否在這沉默中抓到了對他的一生來說都具有決定意義，可以叫做回心的那種東西。我想像不出魯迅的骨骼會在別的時期裡形成。他此後的思想趨向，都是有跡可循的，但成為其根幹的魯迅本身，一種生命的、原理的魯迅，卻只能認為是形成在這個時期的黑暗裡。

這個「生命的、原理的魯迅」正是竹內好試圖建構的魯迅形象，不是「先覺者」、「思想家」、「英雄」，甚至也不是「啟蒙者」，而是「文學者」魯迅。「作為思想家的魯迅總是落後於時代半步」；「魯迅不是普通意義上的思想家。他的根本思想，就是人得要生存」；「魯迅不是英雄。這在他自己也是承認的」；「一個文學者魯迅、一個反叛作為啟蒙者自己的魯迅，是否更加偉大呢？」；「魯迅是一個強烈的生活者，是一個徹底到骨髓的文學者」；「魯迅的文學，在其根源上是應該稱作『無』的某種東西」；「『文學是無用的』，這是魯迅的根本的文學觀」[13]。這些論斷即使今天讀來仍然會給人以啟發，內中包含著竹內好自己對於文學的深刻理解，或者說日本侵華戰爭和日本國內的政治、文化形勢逼迫他去思考什麼是文學的問題，以此為契機他試圖接近那個更為核心的魯迅。

考慮到竹內好的「回心說」是在沒有看到魯迅日記──他的著作寫於1943年，當時魯迅日記尚未翻譯成日文出版──的情況下提出的，不能不讓人嘆服他的敏銳。竹內好迫切希望瞭解的「與其說是想要傳記，倒不如說是想知道他的實際行為，也就是日常生活的記錄」。他想在魯迅「日常生活記錄」中建立對於魯迅的認識，而不是傳記中「被傳說化了的」魯迅。《魯迅》中對魯迅生命中那些「被傳說化了的」事件──幻燈事件、〈新生〉事件的解讀都非常精彩：幻燈事件不是魯迅棄醫從文的原因，它和〈新生〉一樣是「被投入到他回心熔爐的很多鐵片中的一片」。竹內好同時認

13　竹內好（TAKEUCHI Yoshimi, 1910-77），〈魯迅〉，《近代的超克》，李冬木譯，孫歌編（北京：三聯書店，2005）8-58。

為，魯迅生命中的一些事件比如與祖父關係、與朱安的婚姻、兄弟失和等
也是這回心熔爐中的鐵片。所謂「回心」，是類似於基督教中懺悔意識、
罪惡感和恥辱感的「通過內在的自我否定而達到自覺或覺醒」。由於缺少
必要的資料，竹內好只是搭好了「回心說」的框架，他預感到魯迅的沉默
期「最重要」，但是沉默期為魯迅的回心提供了哪些至關重要的熔爐鐵片
卻只能附諸闕如。另外，竹內好的基本研究方法，「我所關心的不是魯迅
怎樣變，而是怎樣地不變。他變了，然而他沒變」，與一般在轉變中把握
魯迅的文學生活大異其趣，但也多少蒙上了神秘色彩。既然像兄弟失和這
樣靠後的事件都可以成為回心之軸的要素，似乎也很難把魯迅的思想視作
基本不變的。我認為，竹內好「回心說」中最大的缺失是忽略了政治、社
會等方面的內容。或許是出於對當時日本文學政治化的警惕，竹內好多少
有點刻意地排斥了政治事件在魯迅回心過程中的作用，儘管他敏感到「對
政治無所關心的他（魯迅——筆者注，下同）何以能在本質上又是政治的，
是需要另外深入思考的問題」[14]，但對於魯迅如何在個人的體驗之中曲折
地感知了時代、政治、革命和社會的大變動，未能作出很好地說明。

4.丸山昇的「革命挫折說」

　　丸山昇（MARUYAMA Noboru, 1931-2006）1965 年出版的《魯迅
——他的文學與革命》專闢一章談魯迅從歸國到〈狂人日記〉發表前經歷、
思想和文學活動，題為〈辛亥革命與其挫折〉，很好地補正了竹內好著作
中的不足。丸山昇的優勢不在於他作為後來者看到了魯迅「1912 年以降的
日記」，而是他能夠從魯迅回國後的個人經歷中發現了一個核心的問題
——「革命」，諸如魯迅回國買假辮子、「照舊禮俗默默地完滿主持了祖
母的葬禮」、好友范愛農（范斯年，1883-1912）的非正常死亡、教育部臨
時教育會議刪除美育等等魯迅切身感受的事件，無不與「革命」聯繫在一
起，魯迅從期待革命到歡呼革命再到對革命的失望乃至絕望。「重要的是
寂寞也罷、絕望也罷，一切都無法片刻離開中國革命、中國的變革這一課
題，中國革命這一問題始終在魯迅的根源之處，而且這一『革命』不是對
他身外的組織、政治勢力的距離、忠誠問題，而正是他自身的問題。一言

---

[14] 竹內好　21-58。

以蔽之，魯迅原本就處於政治的場中，所有問題都與政治課題相聯結；或者可以進一步說，所有問題的存在方式本身都處於政治的場中，『革命』問題作為一條經線貫穿魯迅的全部」。因此：

> 魯迅從未在政治革命之外思考人的革命，對他而言，政治革命從一開始就與人的革命作為一體而存在。……魯迅作為一位個體在面對整個革命時的方式是精神式的、文學性的，這在性質上異於部分地只將革命中的文學、精神領域當作問題的做法[15]。

在丸山昇那裡，魯迅的沉默期不是渾然一體的，它可以依據魯迅對於革命的態度劃分成不同的階段。丸山昇說，「我想將魯迅意識到失敗、自覺到『寂寞』的時間稍微往後推遲到辛亥革命後二次革命的敗北、袁世凱的帝制及張勳復辟時期」，正是出於這樣的考慮。從二次革命的敗北到張勳復辟，魯迅在收集、整理佛經和金石拓本工作。丸山昇對魯迅的這些工作進行了一個大膽的推斷：儘管詳細研究這些工作的內容「或許能夠發現一定的傾向」，「但是我以為，不管怎樣，概而言之，這些收集整理工作的重點漸漸離開內容的考慮，而轉向收集、整理工作本身」。換言之，魯迅的這些工作漸漸地只剩下了一種形式，不是〈《吶喊》自序〉中所說的為了「驅除寂寞」，而是寂寞本身。總之，「辛亥革命的敗北從根本上顛覆了他（魯迅）之前對於中國變革的設想。甚至可以說，他在這兒迷失了自己的方向」[16]。丸山昇認為，魯迅這時的彷徨遠非他在 1924 年後寫作小說集《彷徨》時可比，這一時期也成為了魯迅創作的出發點。應該說，丸山昇的「革命挫折說」對魯迅的這段生活經歷和思想特徵進行了細緻的、出色的分析，勾勒出「革命」和「政治」問題是如何內化在魯迅的思想之中的。僅僅把魯迅的輯錄古籍當作一種形式去看待，也相當大膽和新穎，但是如果革命問題一直貫穿著魯迅的全部，那麼魯迅回國後對於革命態度的波折是如何在他的古籍研究中留下痕跡的？又如何解釋魯迅收集拓片、畫像的活動一直延續到 1918 年之後的幾年？當然，這些問題並不足以動搖丸山昇關於魯迅與革命關係的論斷，我只是想指出，把魯迅的所有

---

[15] 丸山昇（MARUYAMA Noboru, 1931-2006），《魯迅·革命·歷史——丸山昇現代中國文學論集》（王俊文譯。北京：北京大學出版社，2005）37。
[16] 丸山昇，〈辛亥革命與其挫折〉，丸山昇　24-40。

文學活動都統合到某個思想框架之中是困難的，也許魯迅思想本身就是充滿矛盾、難以簡單概括的。

5.伊藤虎丸的「寂寞說」

在竹內好和丸山昇的魯迅研究的延長線上，伊藤虎丸（ITŌ Toramaru, 1927-2003）也對魯迅回國後前九年的經歷進行了梳理。他試圖解答的問題是「小說家魯迅誕生的秘密」——這裡有著竹內好的「文學者魯迅」的影響，「這和在回國後的九年時間裡他（魯迅）所感知到的東西——他自己名之以『寂寞』的經驗，有著深刻的關係」。我們可以把伊藤虎丸的這種解釋稱為「寂寞說」，也很容易發現它與丸山昇的「革命挫折說」有著不少相似之處：比如把辛亥革命的失敗當作魯迅「文學的原點」；他和丸山昇一樣不同意周作人的「逃避耳目說」，丸山昇說魯迅對收集拓本「似乎有一種沉溺」，伊藤虎丸的表達則是，「與其說有這方面的因素（『逃避耳目』），倒不如說魯迅喜愛這項工作更符合他自身的氣質」；更為重要的是，伊藤虎丸以辛亥革命為界把魯迅這九年的思想發展概括為「革命——寂寞——革命（參加文學革命）」，在結構上應該是得自於丸山昇的啟發；而且，當伊藤虎丸說「不能把魯迅帶進日本式的『政治與文學』對立的圖式，不能認為魯迅是在政治=革命上遭受挫折後而面向文學的」時，也帶著丸山昇的印記。

不過，伊藤虎丸對魯迅這九年經驗的認識也有自己的貢獻，他在其中發現了早期「科學者」魯迅的影子。在最初的兩年教員生活中，魯迅「不只是要向學生傳授專門知識，而還要向學生傳授『實學精神』」，「魯迅也以自己的誠實，力圖把新的科學精神傳授給中國學生。在魯迅的『革命』中，這至少是佔有一半位置的重要內容」。而北京時期收集、校勘工作「使人能夠強烈地感受到他是一個繼承了嚴謹的清代考據學傳統的地地道道的學者這一側面」。伊藤虎丸還嘗試把魯迅的古籍研究工作納入到其整體文學活動的結構之中，「作為翻譯者，是介紹西方近代，作為學者，是研究中國古代，而作為作家，魯迅的工作，則是以翻譯和研究為基礎（著重號為原文所加），展開『夾擊』黑暗現實的韌性戰鬥」。這裡的「研究」指的是《古小說鉤沉》、《中國小說史略》等項工作，而《古小說鉤沉》的輯逸工作是魯迅回國後前兩年完成的，可以稱得上是伊藤虎丸從另外的

角度得出的意外收穫。伊藤虎丸認為，對散佚各處的古小說進行「鉤沉」是魯迅「在東京時代維護『樸素之民』的『白心』（純潔之心），維護『古民豐富之神思』以來的另一個未曾改變的志向」[17]。這樣看來，伊藤虎丸在以「寂寞說」為主線解釋魯迅回國後前九年的經歷的同時，也沒有忘記前一階段魯迅的一些文化實踐在其中的延續，豐富了我們對於魯迅沉默期的認識。

　　關於魯迅沉默期的解釋，寫到這裡差不多算是眾說皆備了。此外當然還會有一些稍為不同的看法，但幾乎不脫以上各說所構建的框架。有一些說法也有新穎之處，但往往不是針對魯迅這一時期整個文學活動的，不具有普遍性。比如山田敬三（YAMADA Keizō, 1937- ）的「鄉土情結說」，針對的是魯迅輯錄、刊行《會稽郡故書雜集》的行為而言的，「魯迅編輯此書的動機明顯是極素樸的鄉土情結」。這自然不能涵蓋魯迅對於「鄉邦文獻」之外的古籍的關注。當山田敬三看到魯迅曾多次抄寫、校對《墨經正文》的事實時，他寫道：「抄寫此書的動機，自然和編輯鄉土文獻有所不同。此乃魯迅共鳴於墨子（墨翟，約前 468-前 376 年）的思想」；對於魯迅抄古碑，他也只是斷言「這顯然並非是毫無目的的消極行為」，至於具體有何深義，他並未作出探討[18]。所以，他實際上不把魯迅這一時期的所有活動看作為一個整體，各類實踐的意義需要根據其內容而定。以上之所以特別突出日本學者的研究，是因為自竹內好開始，魯迅的沉默期才成為了一個問題。我們今天所需要做的也正是重新把魯迅的沉默期當成問題去看待。

三、杭州－紹興：「無辯之災，以在故鄉為第一」

1.回國的原因

　　1909 年 6 月，魯迅自日本回國，經許壽裳（許季茀，1883-1948）介紹到杭州的浙江兩級師範學堂擔任化學和生理學教員。魯迅回國的原因，

---

[17]　伊藤虎丸，《魯迅與日本人——亞洲的近代與「個」的思想》，李冬木譯（石家莊：河北教育出版社，2000）86-105，130-31。

[18]　山田敬三（YAMADA Keizō, 1937- ），《魯迅——無意識的存在主義》，秦剛譯（北京：北京大學出版社，2012）190-203。

按照他自己的說法是「因為我的母親和幾個別的人很希望我有經濟上的幫
助」[19]。除了母親需要幫助外，還有「幾個別的人」，許壽裳認為「『幾
個別人』者，作人和羽太信子也」。當時周作人在日本立教大學尚未畢業，
但已與羽太信子結婚，「費用不夠了，必須由阿哥資助」[20]。許壽裳的說
法是正確的，但是我認為既然魯迅用的是「幾」，那麼大概還包括周作人
夫婦以外的人，比如羽太信子的家人。查魯迅日記，魯迅最早給羽太家寄
錢的記載出現在 1912 年 7 月 10 日，「午前赴東交民巷日本郵局寄東京羽
太家信並日銀十圓」[21]。那時魯迅剛到北京不久，前三個月（包括 7 月）
都只發 60 元津貼，經濟上並不寬裕，但卻給予羽太家資助。此後，魯迅
幾乎是定期地資助羽太家，即使是周作人在北京大學獲得穩定的教職和不
菲的收入之後，魯迅也仍然沒有中止這種資助。

　　魯迅為什麼長期資助羽太家，是個值得玩味的問題，在此先擱置不
論。問題是即使魯迅回國工作了，也還無法完全幫助到家人。1910 年 8
月 15 日，魯迅在給許壽裳的信中有「所入甚微，不足自養」的話，更不
用說幫助家人了。魯迅又苦苦支撐了幾個月，到 1911 年 3 月間他已經有
讓周作人回國的打算了。

> 起孟來書，謂尚欲略習法文，僕擬即速之返，緣法文不能變米肉也，
> 使二年前而作此語，當自擊，然今茲思想轉變實已如是，頗自閔
> 歎也[22]。

　　魯迅在這裡談到了自己的「思想轉變」，和「二年前」尚在日本時的
自己相比，已經今非昔比了，促使他思想轉變的正是現實的經濟狀況。他
在與許壽裳的信中屢屢談到自己的經濟狀況：就在談到打算讓周作人回國
的信中，魯迅說他家中「賣田之舉去年已實行，資亦早罄，邇方析分公
田」[23]。由此推斷，魯迅家中自 1910 年起就需要賣田地維持生計了；1911

---

[19] 魯迅，〈俄文譯本《阿 Q 正傳》序及著者自敘傳略〉，《魯迅全集》，卷 7，83。

[20] 許壽裳，〈關於《弟兄》〉，《摯友的懷念——許壽裳憶魯迅》，馬會芹編（石家
莊：河北教育出版社，2000）105。

[21] 魯迅，〈魯迅日記〉「1912 年 7 月 10 日」項，《魯迅全集》，卷 14，9。

[22] 魯迅，〈110307 致許壽裳〉，《魯迅全集》，卷 11，334。

[23] 魯迅，〈110307 致許壽裳〉 334。

年 4 月，魯迅為許壽裳墊付了章太炎（章炳麟，1869-1936）《小學問答》
的刊資 15 元，「此款可不必見還，近方售盡土地，尚有數文在手」[24]。這
封信距上一封相隔不過一個月，但魯迅家中已經賣完田地了；「僕今年在
校，卒卒鮮暇，事皆瑣末猥雜，足濁腦海，然以飯故，不能立時絕去，思
之所及，輒起歎唱」[25]，左右魯迅選擇的也仍然是經濟的考慮。

　　需要注意的是，魯迅不是在普通的意義上談經濟狀況。從他所使用的
字眼——「自養」、「米肉」、「飯」來看，準確地說他是在談生活的基
本保障即生存的問題。生存問題甚至在後來魯迅的思想中也是一個樸素的
起點，比如他談女性解放問題的《娜拉走後怎樣》，以及多次說到的相近
觀點，「一，要保存生命；二，要延續這生命；三，要發展這生命」[26]；
「一要生存，二要溫飽，三要發展。有敢來阻礙這三事者，無論是誰，我
們都要反抗他，撲滅他」[27]等。就此而言，上文提到的竹內好的論斷——「魯
迅不是普通意義上的思想家。他的根本思想，就是人得要生存」、「魯迅
是一個強烈的生活者」，是非常準確的。如果我們把魯迅回國後的經歷視
作他與現實的直接遭遇，那麼經濟在這遭遇中應該佔據重要的地位，這是
上面各家論說都注意不夠的。

2.故鄉體驗

　　經濟的問題後面還會談到，現在讓我們轉向另一個問題：故鄉。從魯
迅這一時期致許壽裳的信件裡，我們可以感受到魯迅迫切希望離開故鄉的
心境。這種心境是如何產生的？魯迅在杭州只當了一年教員就回到了紹
興，這中間的疑問頗多：魯迅為何要離開杭州？是否主動辭職？他回到紹
興，答應了紹興府中學堂監督杜海生（1876-1955）的邀請，在該校教「天
物之學」（博物學）。那麼，魯迅收到這份邀請是在從杭州辭職之前還是
之後？也就是說，他是收到邀請才辭職的，還是辭職回紹興後才收到邀請
的？從魯迅 1910 年 8 月 15 日寫給許壽裳信中的行文推測，他應該是辭

---

[24]　魯迅，〈110412 致許壽裳〉，《魯迅全集》，卷 11，335。
[25]　魯迅，〈110420 致許壽裳〉，《魯迅全集》，卷 11，336-337。
[26]　魯迅，〈我們現在怎樣做父親〉，《魯迅全集》，卷 1，130。
[27]　魯迅，〈北京通信〉，《魯迅全集》，卷 3，51。

職回到紹興後才收到邀請的。因此問題又重新集中到魯迅為何要從杭州辭
職了。

　　魯迅在杭州一年，工作上兢兢業業，除了教生理學之外，還需兼任
植物課的翻譯（植物課教師是日本人）。「每逢星期天，他便帶領學生
去野外採集植物標本」[28]。從魯迅留下的生理課講義《人生象學》看，其
中論述詳細且配有多幅插圖，應該耗費了魯迅不少心血。據同事夏丏尊
（1885-1946）回憶，「周先生每夜看書，是同事中最會熬夜的一個。他那
時不做小說，文學書是喜歡讀的」[29]。不過，魯迅在課業方面的任務這麼
繁重，留給他看文學書的時間大概不多。魯迅這一年的經歷中最受關注的
是「木瓜之役」，有學者曾對事件過程作過十分詳細的考證。雖然魯迅在
「木瓜之役」周年給許壽裳的信中有「一遭於杭」[30]的說法，但我認為「一
遭於杭」不應該單指「木瓜之役」。「木瓜之役」也不應該是促使魯迅決
定離開杭州的直接因素。原因有二：一、魯迅是「木瓜之役」的兩位發動
者之一，而且這場預示著新與舊直接交鋒的鬥爭是以魯迅為代表的教員一
方獲勝而告終的，夏震武去職，教員返校上課；二、「木瓜之役」發生時
魯迅到校任教才半年，此後又過了半年魯迅才離開杭州。

　　據魯迅在杭州時的同事、後來又同在教育部任職的楊莘士（楊乃康，
1883-1973）回憶，魯迅離開後，暫時代理監學的楊莘士曾想請魯迅回去，
「我想請魯迅回來，記得當時還沒有汽車，我是乘了腳划船到紹興去的。
魯迅不肯回來，說：『我家裡還有娘，我勿去哉。』」[31]。魯迅的答覆裡
應該有不少託辭的成分，因為同年 8 月他給許壽裳的信中就希望好友能
替他留意別處有無職位，「他處有可容足者不？僕不願居越中也，留以
年杪為度」。那時魯迅從杭州回到紹興不久，看來魯迅一開始就只把回
紹興當作一個權宜之計，因為實在無處可去，才答應了杜海生的邀請，
暫時在紹興府中學堂當教員，「靡可騁力，姑庇足於是爾」[32]。魯迅在這

---

[28] 王景山，〈「木瓜之役」考〉，《魯迅史料考證》（石家莊：河北教育出版社，2000）
　　 217。

[29] 夏丏尊，〈魯迅翁雜憶〉，柳亞子等　58。

[30] 魯迅，〈101221 致許壽裳〉，《魯迅全集》，卷 11，328。

[31] 王景山　207-37。

[32] 魯迅，〈100815 致許壽裳〉，《魯迅全集》，卷 11，325。

裡也透露出他不願留在紹興的一個原因──覺得無法施展才能，另外，「閉居越中，與新顥氣久不相接，未二載遽成村人」[33]。魯迅當然是個孝子，不少人在關於魯迅的回憶中，都提到了他的「孝」[34]。但是，做孝子並不意味著要永遠守在母親身邊，它和魯迅離開杭州、回到紹興應該關係不大。

　　好在魯迅在紹興府中學堂只做了一年就又辭職，我們大概可以從這次辭職中推測他辭去杭州教職的一些動機吧。1910 年 8 月，紹興府中學堂監督杜海生要求學生重新考試編級，學生罷課抗議，杜海生被迫辭職。隨後陳子英（陳濬，1882-1950）繼任監督，魯迅升為監學。11 月上中旬，學生因為考試的事再次鬧事。對於此類事件，魯迅的態度很矛盾：一方面，他站在學生的立場，覺得「學生之哄，不無可原」，因為他尚未忘卻自己在日本弘文學院當學生時，曾經參與過反對校方領導的學潮。另一方面，魯迅作為教員又不滿於杜海生的「太用手段」，覺得南方的學生「厥目之堅」（不識好歹、目中無人）；其後作為監學，他對陳子英「孤行其意」不滿，但是陳子英又是自己的朋友，「與子英共事，助之往往可氣，舍之又復可憐，左右思維，不知所可」。真正讓魯迅感到「心力頗瘁」的正是學校中的這些人事紛爭。因此，當學校人事關係比較單純時，魯迅覺得管理紹興府中學堂要比杭州師範學堂容易一些，儘管社會上有很多「惡口」和侵擾，他也對通過學術和教育振興紹興學界抱有信心，甚至想請許壽裳回來一起努力。不到兩周，魯迅又頗為躊躇了，「越中理事，難於杭州」，不想讓好友來趟故鄉的渾水了[35]。

　　當時紹興府中學堂的學生吳耕民（1896-1991）後來回憶了學校中的一些情形：「學生不免有所謂『少爺脾氣』（工友叫教師為師爺，叫學生為少爺），管理極不容易」。「教員以秀才、舉人為主，少數為日本留學生」。「許多教員在辛亥革命前，都背拖辮子，著長袍、馬褂；吸煙用短煙管或水煙筒；走路踱方步。學生司空見慣，不以為奇。至 1910 年下半年魯迅

---

[33] 魯迅，〈110731 致許壽裳〉，《魯迅全集》，卷 11，338。

[34] 如阮和蓀的《談魯迅二三事》、沈兼士的《我所知道的魯迅先生》，見柳亞子等　38、75。

[35] 魯迅，〈101115 致許壽裳〉、〈101221 致許壽裳〉、〈110102 致許壽裳〉，《魯迅全集》，卷 11，326-32。

先生到校，正如鶴立雞群，與眾完全不同。一望而知其為非尋常人也，引起了同學們的注意與景仰」[36]。從這些描述裡大概可以知道，人事紛爭在這所同樣是新舊雜呈的學校裡是不可避免的。孫伏園（孫福源，1894-1966）則談到了學堂裡複雜的人際關係。

> 魯迅先生是會稽人。……他任學監，有獎懲學生之權。他的獎懲自然一憑客觀的標準，但是他漸漸地發覺，凡開除某縣學生的時候，必有某縣教職員擠滿了他的屋子；替被開除的學生向他求情。從此山會籍的學生犯了校規，他也要考慮一番，不但決不矯枉過正，偏偏嚴懲他們，而且鑑於各縣教職員對於同鄉學生的迴護，他自己是山會籍人，山會籍的教職員又特別少，所以凡能從寬發落的他就儘量從寬發落[37]。

還有一次，紹興府教職員星期日乘畫舫遊禹廟蘭亭，「魯迅先生也就隨喜他們」。這些人中只有魯迅一人沒有辮子，於是社會上傳言中學堂的教職員們在畫舫中賭博，其中「還有一個和尚」（意指魯迅）。魯迅從此「不再隨喜他們乘畫舫遊山水了」[38]。

從上面的例子中，我們可以看到魯迅的「世故」。魯迅在現實中也屢屢作出妥協和讓步，當我們把魯迅看作一個戰士的時候，應該同時考慮到他的妥協。也惟其有過這些妥協，作為戰士的魯迅的回擊才更為持久和有力，似乎妥協時的屈辱也一齊化作了憤怒和力量。魯迅當然有自己的理想和原則，但是他把它們隱藏得很深，除了他頭上沒有辮子比較顯眼之外，表面上看他與現實是融洽的。只有魯迅自己最清楚，為了這份融洽他付出了怎樣的內心波瀾和糾纏，這是外人不大容易觀察到的。魯迅的「世故」當然是為了保存理想，不致其被現實吞沒，和上文中分析過的經濟狀況、生存直接相關。我覺得僅以理想和現實的對立來描述魯迅這一時期的思想是不夠準確的，與其說現實阻礙了理想，不如說現實的糾纏使他無法沉溺於理想之中。設若魯迅回國後無養家之虞，那麼我們看到的大概還是那個

---

[36] 吳耕民，〈回憶七十年前的母校——紹興府中學堂〉，柳亞子等 64-66。

[37] 孫伏園，〈魯迅先生二三事（選錄）〉，《魯迅先生二三事——前期弟子憶魯迅》（石家莊：河北教育出版社，2000）70-71。

[38] 孫伏園，〈魯迅先生二三事（選錄）〉 70-71。

日本時期魯迅的延續；或者如果魯迅在學校裡只是教授課業、課餘弄點自己的事，沒有學校裡和社會上的人事紛擾，他大概也會安於此道。這是我們後面理解魯迅的沉默期為何如此之長、而且他參加「文學革命」成為一個作家帶有一定偶然性的關鍵，魯迅就其本身而言，是極有可能成為一個學者、按照北京前六年的生活一直終老的。

固然，以上的假設都只能是假設。終於，魯迅覺得紹興的情形更壞了：

> 越校甚不易治，人人心中存一界或，諸嵊為甚，山會則頗坦然，此殆氣稟有別。希冀既亡，居此何事[39]。

他甚至有點懷念杭州時期了，「與去年在師校時，課事而外更無餘事者，有如天淵」[40]。魯迅對於未來雖然還茫無頭緒，但辭職的想法已經非常堅決了。他反復請許壽裳代為留意別處有無職位，之前還很嚮往去北京，可能也是因為屢屢受挫吧，這時也有點人窮志短了。

> 京華人才多於鯽魚，自不可入，僕頗欲在它處得一地位，雖遠無害，有機會時，尚希代為圖之[41]。

總之，離開故鄉是第一位的。這讓人想起魯迅在 1935 年談到辮子問題時所說的話，「於是我所受的無辮之災，以在故鄉為第一」[42]。

3.「無辮之災」與紹興光復

辮子問題也常常被研究者們談到。這裡面有兩個重要的問題：一是魯迅為什麼回國後要裝假辮子，而且是剛回到上海就裝了假辮子？二是在辛亥革命之前，魯迅為什麼反對學生們剪辮子？對於第二個問題，〈病後雜談之餘〉中解釋說：「他們卻不知道他們一剪辮子，價值就會集中在腦袋上。[43]」這似乎也可以用來解釋第一個問題，魯迅更看重內在的革命，不願為了表面的象徵作無謂犧牲。但是這篇文章寫於 30 年代，能否代表魯

---

[39]　魯迅，〈110412 致許壽裳〉，《魯迅全集》，卷 11，335。
[40]　魯迅，〈110420 致許壽裳〉，《魯迅全集》，卷 11，337。
[41]　魯迅，〈110731 致許壽裳〉，《魯迅全集》，卷 11，338。
[42]　魯迅，〈病後雜談之餘〉，《魯迅全集》，卷 6，188。
[43]　魯迅，〈病後雜談之餘〉，189。

迅最初的想法值得懷疑。回國裝假辮子是當時歸國留學生通行的辦法，主
要是出於安全考慮，畢竟當時的中國還是清朝統治，留學生們應該沒有忘
記徐錫麟和秋瑾在 1907 年被殘忍殺害的事實。至於魯迅禁止學生剪辮子，
估計是不想讓學生受苦，他自己因此吃的苦實在是太多了，但魯迅卻被學
生們說成是「言行不一致」。辮子問題不是辛亥革命前魯迅遭遇的全部，
卻映射出魯迅當時的窘境──新舊兩邊都不討好。為什麼魯迅說「無辮之
災」尤以故鄉為最呢？除了在大街上受到「呆看」、「冷笑」和「惡罵」
外，「因為有許多人是認識我的，所以不管如何裝束，總不失為『裡通外
國』的人」[44]。這認識的人中還包括家族中的人，比如魯迅有位綽號叫「金
魚」的遠房堂阿叔，「思想頑固，最恨革命黨，罵魯迅先生是假洋鬼子的
就是他」[45]。換言之，在故鄉中，人不單單通過工作關係被界定，還要接
受家族、親屬、鄉里關係及其倫理的約束。

　　1911 年夏，魯迅從紹興中學堂辭職。「沒有地方可去，想在一個書店
去做編譯員，到底被拒絕了」[46]。因為是一次短暫的、失敗的嘗試，所以
一般論者很少注意它。但是這是魯迅在回國後兩年中、不斷地經歷挫敗之
後，主動給自己安排的計畫，也許經過兩年的切身體驗，魯迅感到自己並
不適合做教員和學校的管理工作，他的氣質可能更適合做編譯、研究工
作。編譯也是他在日本留學後期所致力的工作，和教員、學校管理者需要
處理與學生和其他教員的關係不同，編譯工作很多時候只需個人獨處一室
即可完成。魯迅想做書店編譯員的計畫也會引起我們的遐想：如果此舉成
功，那麼他會不會繼續日本時期的志業呢？我們今天看到的魯迅回國後文
學活動的「斷裂」是否就不這樣明顯了呢？

　　魯迅開始了「家食」（吃家裡的）生活，他明白這終非長久之計，只
能寄望於朋友們帶來一些驚喜。幾個月前曾讓魯迅翻譯化學著作的朋友張
協和（張邦華，1873-約 1957）恰在此時又沒了消息，許壽裳那邊看上去
也希望渺茫，魯迅似乎陷入了絕望境地。上一年中，在致許壽裳的信中，
魯迅曾感歎：「夫豈天而既厭周德，將不令我索立於華夏邪？[47]」現在的

---

[44]　魯迅，〈病後雜談之餘〉，《魯迅全集》，卷 6，188-89。
[45]　王鶴照，〈回憶魯迅先生〉，柳亞子等　9。
[46]　魯迅，〈俄文譯本《阿 Q 正傳》序及著者自敘傳略〉，《魯迅全集》，卷 7，83。
[47]　魯迅，〈101221 致許壽裳〉，《魯迅全集》，卷 11，328。

境況恐怕有過之而無不及吧。在絕望中，魯迅先等到的是辛亥革命的消息，他在紹興府中學堂學生的要求下回校暫復原職。杭州光復的消息也傳來了，紹興召開了一個大會。據周建人（1888-1984）回憶，魯迅在大會上被公舉為主席，並提出了不少臨時辦法，如組織講演團去各地演講，闡明革命意義和鼓動革命情緒；組織人民武裝以應對反對者等。他甚至帶領學生分發傳單，平息了紹興市民因為擔心清兵殘部來騷擾而起的恐慌。紹興宣佈光復，不久王金發（1883-1915）率領軍隊進入紹興，迎接的人群中也有「罪惡深重」的舊知府[48]。王金發任紹興都督後，魯迅被任命為山會初級師範學堂的監督。魯迅的被任命，可能與他此前的表現有關，也可能與他的光復會成員身份有關[49]。

　　據當時師範學堂的學生孫伏園回憶，魯迅到學校去和全校學生見面那天，「穿一件灰色棉袍，頭上卻戴一頂陸軍帽」。孫伏園後來猜測這陸軍帽「大概是仙台醫學專門學校的制服」[50]。魯迅仍然給學生以既嚴肅又和藹的印象。學生中有的人年紀大，「還考過秀才，人情世故很深」[51]。就此而言，山會初級師範學堂也還是當初杭州的浙江兩級師範學堂的翻版，後者中也有年齡比魯迅還要大、考過秀才或舉人的[52]。學校一樣是「事難財絀」[53]，在魯迅辭職時，學校的帳目上只剩下「一角又兩銅元」了。不同的是，他現在是校長，承擔著更大的責任，也容易成為學校各種矛盾的焦點。過去的幾個學生創辦了《越鐸日報》，意在監督軍政府，魯迅同意列名為發起人之一。報社收了王金發的錢，還照樣罵王金發，不久傳來消息，說王金發要派人打死包括魯迅在內的發起人了。魯迅明白，如果他堅持質問學生的話，那麼第二天他可能就會成為報上被罵的對象[54]。這又是一個象徵性的時刻，和剪辮子問題一樣，魯迅再次處於兩種力量的夾擊之

---

[48] 周建人，〈魯迅任紹興師範學校校長的一年〉，《年少滄桑——兄弟憶魯迅（一）》（石家莊：河北教育出版社，2000）261-64。

[49] 林辰（王詩農，1912-2003），〈魯迅曾入光復會之考證〉，《魯迅史料考證》（石家莊：河北教育出版社，2000）7。

[50] 孫伏園，〈憶魯迅先生〉，《永在的溫情——文化名人憶魯迅》　58。

[51] 倪文宙，〈深情憶念魯迅師〉，柳亞子等　68。

[52] 王鶴照，〈回憶魯迅先生〉，柳亞子等　18。

[53] 魯迅，〈110731致許壽裳〉，《魯迅全集》，卷11，338。

[54] 魯迅，〈范愛農〉，《魯迅全集》，卷2，314-15。

中。他的切身體驗告訴自己，革命並未從根本上改變他的困境，反倒是使他的困境戲劇化了。

從周建人和孫伏園的回憶判斷，在紹興光復過程中魯迅態度激昂，類似帶領學生發傳單、戴陸軍帽見學生等行為，放在魯迅的生平中看是極為罕見的。辛亥革命帶來的「好處」恐怕也不止於後來魯迅所說的、「最大，最不能忘的是我從此可以昂頭露頂，慢慢的在街上走，再不聽到什麼嘲罵」[55]。正如上面談到的，魯迅是在絕望之中迎來了辛亥革命的消息，辛亥革命把他暫時從絕望中拯救出來，即使是離開故鄉去南京教育部任職，也仍然是享受辛亥革命帶來的好處的一部分。當然，魯迅不會天真地以為一場革命就可以解決所有問題，但是許多問題的解決卻必須以革命為先決條件。1911 年 11 月，魯迅與周建人聯名給張琴孫寫信，希望他能夠在議會中提議「組織區學」。

> 側惟共和之事，重在自治，而治之良否，則以公民程度為差。故國民教育，實其本柢。上論學術，未可求全於凡眾。今之所急，惟在能造成人民，為國柱石，即小學及通俗之教育是也[56]。

這封信很可能是出於魯迅一人之手，「惟在能造成人民」的提法也與他早年所說的「首在立人」[57]一脈相承。就強調教育的重要性而言，魯迅的觀點與當時流行的見解並無多少不同，但是由此把小學和通俗教育提到更重要的地位則不多見。

〈《越鐸》出世辭〉中慷慨激昂的文風是魯迅這時精神狀況的寫照。「神馳白水，執眷舊鄉，返顧高丘，正哀無女」，化用的正是魯迅留日時期最喜歡的《離騷》中的詩句[58]。事實上，魯迅這時的思想與留日時期也相距不遠，他對辛亥革命的描述中帶有很大程度上的反清排滿的印記。不過，他也注意到了由於專制統治時間的長久，「桎梏頓解，捲攣尚多，民

---

[55] 魯迅，〈病後雜談之餘〉 189。

[56] 魯迅、周建人，〈致張琴孫〉，《魯迅著譯編年全集》，王世家、止庵編卷 2（北京：人民出版社，2009）20-21。

[57] 魯迅，〈文化偏至論〉，《魯迅全集》，卷 1，57。

[58] 許壽裳，〈亡友魯迅印象記〉，《摯友的懷念——許壽裳憶魯迅》（石家莊：河北教育出版社，2000）5-6。

聲寂寥，群志幽閟」，魯迅後來注重揭示民眾的「精神奴役創傷」此時即可見端倪。《〈越鐸〉出世辭》中的核心意思是「共和之治，人仔於肩，同為主人，有殊臺隸」，因此「天下興亡，庶人有責」[59]。在稍後載於《越鐸日報》上的《軍界痛言》中，魯迅對當時紹興軍隊的惡劣行為進行了批評，但魯迅對這些行為產生的原因也不甚確定，「其因紀律不肅訓練不善之故乎？抑以莽奴根性教誨難施之故乎？」[60]同一時期魯迅創作的小說〈懷舊〉則從側面描寫了舊的統治勢力投機革命的情形。不過，我覺得這些革命中的醜惡現象沒有根本動搖魯迅對革命的信念，否則他就不會對此進行批評了。據王鶴照（1889-?）回憶：

> 辛亥革命勝利，王金發進紹興城，這些天，我雖然不知道魯迅先生在做什麼事情，但看魯迅先生總是極興奮的。過不了多少天，看魯迅先生並不像過去那麼高興，對王金發好像漸漸地冷淡，甚至失望了[61]。

回到紹興後，魯迅也曾短暫地希望振興「越學」的，不久便失望。對於辛亥革命也是如此。這大概就是魯迅自己所歸納的他思想中「時而很隨便，時而很峻急」[62]的矛盾和表現吧。我覺得，真正讓魯迅陷入困境的是上面提到過的《越鐸日報》事件，他夾在學生與軍政府之間，雖然並不畏懼王金發要派人槍殺他的流言，但按照魯迅過去在類似事件上的表現，這矛盾是無法消解的。據阮和蓀（阮和孫，1880-1959）回憶，魯迅在任校長期間，曾經對母親說過：「紹興地方不好住，住在紹興非要走衙門、捧官場不可。這種事我都搞不來。」[63]類似抱怨之前也曾出現在魯迅致許壽裳的信中，「越中棘地不可居」[64]、「越中學事，惟從橫家乃大得法，不才如僕，例當沙汰」[65]。那時魯迅尚在紹興中學堂任監學，現在地位高了，對外接觸的也是位居高位、甚至手裡握有軍權的人，其困難是不言而喻

---

[59] 魯迅，〈《越鐸》出世辭〉，《魯迅全集》，卷 8，39。

[60] 魯迅，〈軍界痛言〉，王世家　32。

[61] 王鶴照，〈回憶魯迅先生〉，柳亞子等　22。

[62] 魯迅，〈寫在《墳》後面〉，《魯迅全集》，卷 1，285。

[63] 阮和蓀，〈談魯迅二三事〉，柳亞子等　37。

[64] 魯迅，〈110307 致許壽裳〉，《魯迅全集》，卷 11，334。

[65] 魯迅，〈110731 致許壽裳〉，《魯迅全集》，卷 11，338。

的。好在恰在此時，經許壽裳推薦，蔡元培（蔡子民，1868-1940）邀請魯迅去教育部任職，也把他從左右為難的情勢中拯救了出來。

4.輯校古籍，「取今復古」

現在讓我們把目光轉向魯迅在杭州－紹興時期的文學活動。魯迅這一時期主要的文學活動是輯錄唐以前的小說佚文以及收集有關會稽的史地佚文，後來分別彙集為《古小說鉤沉》和《會稽郡故書雜集》。1910 年 11 月 15 日，魯迅在致許壽裳的信中談到自己的治學情況：

> 僕荒落殆盡，手不觸書，惟搜採植物，不殊曩日，又翻類書，薈集古逸書數種，此非求學，以代醇酒婦人者也[66]。

這裡所說的「薈集古逸書數種」應當包括《古小說鉤沉》和《會稽郡故書雜集》的前期材料搜集工作。「荒落殆盡」、「代醇酒婦人」的說法是一種謙虛的表達，並不代表魯迅真的覺得這些工作沒有意義。這從魯迅幾個月後的一封信中可以看出：

> 邇又擬立一社，集資刊越先正著述，次第流布，已得同志數人，亦是蚊子負山之業，然此蚊不自量力之勇，亦尚可嘉[67]。

魯迅打算集資刊印的「越先正著述」應當指後來《會稽郡故書雜集》中所收的一些內容，而他作此打算時，家中才賣完了田地，經濟狀況堪憂。即便如此，魯迅還是願意抽出一些錢來刊印自己收集的故書，可見他還是相當珍視這項工作的。

然而，我覺得魯迅走上「薈集古逸書」的道路卻帶有一定的偶然性。〈《古小說鉤沉》序〉中所說的「余少喜披覽古說，或見訛敚，則取證類書，偶會逸文，輒亦寫出」[68]，固然是實情，但並不能解釋魯迅為什麼恰恰在此時重拾少年時代的愛好。從這句話裡，我們不如說看到的是魯迅氣質上的濃厚的學者傾向，從少年時代就表現出來了。需要注意的是，魯迅在「薈集古逸書」的同時也在「搜採植物」，而後一項工作與他當時的職

---

[66] 魯迅，〈101115 致許壽裳〉，《魯迅全集》，卷 11，327。
[67] 魯迅，〈110412 致許壽裳〉，《魯迅全集》，卷 11，336。
[68] 魯迅，〈《古小說鉤沉》序〉，《魯迅全集》，卷 10，3。

業直接相關。前文提過，魯迅在杭州任教時擔任植物學課程的翻譯，週末常常帶學生採集植物標本。回到紹興後，他所教的博物學課程也仍然與植物有關。1911 年魯迅所作的〈辛亥遊錄〉兩則，名為遊玩，實則是為尋找植物而去，後一則中還對植物之外的事物也表現出了一定興趣，比如跳魚。同一年中，魯迅輯錄的植物方面的文章也不在少數，有〈洛陽花木記〉、〈金漳蘭譜〉、〈桐譜〉、〈竹譜〉等[69]。這些文章都是從明抄本《說郛》中輯出，而《說郛》也是魯迅《會稽郡故書雜集》的重要輯本。因此，「搜採植物，不殊曩日」是魯迅自杭州時由職業而引發的興趣，我們大概可以推斷：魯迅因為職業需要翻看一些類書，上面的一些材料又引發了他新的興趣。這裡所展現的是魯迅學者氣質的另一方面──他是很容易沉溺於某些研究工作之中的。

研究者通常從後來文學者魯迅的角度來看魯迅這一時期的治學活動，試圖尋找這一時期和以後的關係，因此往往比較注重魯迅在古小說和鄉邦文獻方面的輯錄工作，有關植物學方面的工作則被忽視了。但是，如果我們僅僅立足於這段時期，也就是說魯迅當時並沒有做一個文學者的預期，他棲身於教育界，思考最多的可能還是在教育和學術上有所作為。當我們把魯迅在植物學方面的工作與古小說、鄉邦文獻的輯錄工作等量齊觀，學者魯迅的形象就更為明朗了。儘管魯迅對於植物、小說、鄉邦文獻的興趣都可以追溯到更早的時期，比如青少年時代，但是它們此時出現則帶有了特定的實踐意義。尤其是經過日本後期的精神求索，魯迅的文化視域已經發生了不小的變化。因此，如何做在這裡可能比做什麼更為重要。

魯迅在植物學方面的研究，與他在杭州任教時完成的《人生象斆》一樣，給人以科學、求實的印象。但是，魯迅給我們留下的真正難題是上文提到的那些關於植物的古代抄本，即他為什麼要去輯校〈洛陽花木記〉之類的東西？中國人學習西方科技始於近代，所學習的偏重於技術，西方科學也被認為是自近代以來才興起的事實。魯迅從科學史中得出的結論則頗為不同：西方科學精神遠在希臘，然後中止了近一千年，至 17 世紀中葉

---

[69]　魯迅，〈辛亥遊錄〉，王世家　19；〈洛陽花木記〉、〈金漳蘭譜〉、〈桐譜〉、〈竹譜〉，王世家　13-15。

才又復興。對於魯迅而言，西方近代科學一開始就是成問題的，「蓋使舉世惟知識之崇，人生必大歸於枯寂，如是既久，則美上之感情漓，明敏之思想失，所謂科學，亦同趣於無有矣」。他試圖在「本根」上把握西方科學，又需要超越西方近代科學的弊端。因此，對於那些僅取科學之末流，而且站在近代科學角度對古代傲慢的態度，魯迅頗不以為然。魯迅同時反駁了泥古與「蔑古」兩種對待古代的態度，古代長於「神思」，近代則長在「構思驗實」[70]。因此，古代不是被拋棄和超越的對象，它一開始就應該是革新近代的一部分。魯迅輯校古代植物方面的篇章，與他對古代的獨特的看法有關。從整體上看，魯迅思想中「復古」的成分也是他在沉默期中研究古籍的重要原因。

魯迅鉤沉古小說也有這方面的原因，除了防止其散佚外，古小說「錄自里巷，為國人所白心；出於造作，則思士之結想。心行曼衍，自生此品，其在文林，有如舜華，足以麗爾文明，點綴幽獨，蓋不第為廣視聽之具而止」[71]。「白心」的說法在魯迅早先的著作中業已出現，如：

> 故病中國今日之擾攘者，則患志士英雄之多而患人之少。志士英雄，非不祥也，顧蒙幗面而不能白心，則神氣惡濁，每感人而令之病。奧古斯丁也，托爾斯泰也，約翰盧騷也，偉哉其自懺之書，心聲之洋溢者也。若其本無有物，徒附麗於宗，輒岸然曰善國善天下，則吾願先聞其白心。使其羞白心於人前，則不若伏藏其議論，蕩滌穢惡，俾眾清明，容性解之竺生，以起人之內曜[72]。

可見，「白心」在魯迅那裡是個複雜而又重要的概念，它與「心聲」、「我／己／朕」、「內曜」、「立人」等概念一起，成為魯迅早期思想中最為特別的部分。這些概念與章太炎的「我」、「自性」[73]等說法有著顯而易見的姻親關係。簡單而言，「白心」指的是未被議論、統攝性的思想所沾染的思想，它經由內心的自覺，才能產生真正的、主體性的自我，只

---

[70] 魯迅，〈科學史教篇〉，《魯迅全集》，卷 1，26。

[71] 魯迅，〈《古小說鉤沉》序〉，《魯迅全集》，卷 10，3。

[72] 魯迅，〈破惡聲論〉，《魯迅全集》，卷 8，27。

[73] 關於章太炎的「我」、「自性」概念，可參見汪暉（1959- ），《現代中國思想的興起（下卷）：第一部公理與反公理》（北京：三聯書店，2004）1041。

有具有這樣自我的人才能構成「人國」。「立人」就是喚醒這種真正具有自覺性、主體性自我的過程。

因此，魯迅的思想與啟蒙主義存在著不小的差距，某種程度上甚至可以說是反啟蒙的。他對於文學的看法──「不用之用」[74]，也與啟蒙主義文學觀不盡合拍。魯迅的這種文學觀念也與章太炎的「文學復古」思想有著極深的淵源關係[75]。文章留下了古人的「心聲」，且能「涵養人之神思」，魯迅的文學觀大抵如此，甚至直到 20 年代末期也基本未變，「文學總是一種餘裕的產物，可以表示一民族的文化，倒是真的」[76]。小說之所以格外被魯迅珍視，是因為它長期處於正統的文學觀念之外，反映的是國人的「白心」；從作者的角度而言，則反映了其構思和想像。這與梁啟超（1873-1929）晚清呼籲「小說界革命」時所提出的小說觀大異其趣。

對於魯迅輯錄鄉邦文獻的工作，同樣可以從上面的角度來理解。不過，它的現實性較為直接一些。〈《會稽郡故書雜集》序〉中交待了魯迅完成這項工作的過程：魯迅少年時代見到張澍（1776-1847）的《二酉堂叢書》，受其影響開始輯錄會稽郡文獻。後來去日本留學，魯迅聽到「誇飾鄉土，非大雅所尚」的說法，瞭解到謝承、虞預曾因此被後人譏笑，所以中斷了這項工作。十年後，當魯迅再次回到故鄉：

> 禹勾踐之遺跡故在。士女敖嬉，睥睨而過，殆將無所眷念，曾何誇飾之雲，而土風不加美。是故敘述名德，著其賢能，記注陵泉，傳其典實，使後人穆然有思古之情，古作者之用心至矣[77]！

因此，表面上看魯迅似乎是重拾過去中斷的工作，其實所寓含的實踐動機已經完全不同了。現實對魯迅的刺激絕不止於士女對先賢的忘懷，還有故鄉人事無可挽回的墮落。上文敘述過魯迅回到紹興後的遭遇和感受，它們無時無刻不引發魯迅對於故鄉墮落的憤怒和思考。正如他在給許壽裳的信中寫到的：

---

[74] 魯迅，〈摩羅詩力說〉，《魯迅全集》，卷 1，71。
[75] 木山英雄（KIYAMA Hideo, 1934- ），《文學復古與文學革命──木山英雄中國現代文學思想論集》，趙京華編譯（北京：北京大學出版社，2004）223-38。
[76] 魯迅，〈革命時代的文學〉，《魯迅全集》，卷 3，423。
[77] 魯迅，〈《會稽郡故書雜集》序〉，《魯迅全集》，卷 10，32。

> 近讀史數冊，見會稽往往出奇士，今何不然？甚可悼歎！上自士
> 大夫，下至台隸，居心卑險，不可施救，神赫斯怒，湮以洪水可
> 也[78]。

　　魯迅在輯錄鄉邦文獻時，事實上也是把自己的經驗客觀化的過程。故
鄉的過去和現實的對照，給他留下了一個很難索解的問題：歷史退化的問
題。這也直接衝擊了魯迅所瞭解的進化論的歷史觀。以故鄉為基礎，中國
的現實問題得以進入他的視野。所以，輯錄鄉邦文獻超出了單純的古籍研
究興趣。一個明顯的例證就是，魯迅在《七家〈後漢書〉》中只選擇了與
會稽有關的謝承和謝沈（292-344）兩家，對其他五家棄之不顧。「海嶽精
液，善生俊異」，虞預《會稽典錄》中的這句話是魯迅喜歡引用的，它既
出現在〈《越鐸》出世辭〉中，也出現在後來的〈《會稽郡故書雜集》序〉
之中。在前者中，魯迅試圖解釋故鄉墮落的原因：

> 世俗遞降，精氣播遷，則漸專實利而輕思理，樂安謐而遠武術，
> 鷙夷乘之，爰忽顛隕，全發之士，繫踵蹈淵，而黃神嘯吟，民不
> 再振[79]。

　　「專實利而輕思理」與「樂安謐」是兩大主因，而前者正是魯迅在〈文
化偏至論〉中所反復批判的現代文化的弊病。魯迅的解釋是否正確另當別
論，有趣的是按照他的這個解釋，滿族的統治不是因而是果。那麼，辛亥
革命雖然推翻了清朝的統治，但是它無法根本上解決民族墮落的問題。魯
迅從這裡把政治革命推進到了現代文明批判的廣度，或者說政治革命的目
標被設定為「立人」，而非一個西方現代社會的翻版。

5.「懷舊」──歷史與現實的互見

　　魯迅這一時期留下的最後一個難題是小說〈懷舊〉，這也是他沉默期
中創作的唯一一篇小說。普實克（Jaroslav Průšek，1906-80）曾經盛讚〈懷
舊〉，稱之為「中國現代文學的先聲」，認為它挑戰了我們關於新文學產
生條件的一些習見的看法，比如語言革新、外國文學的影響等。「即使在

---

[78] 魯迅，〈110102 致許壽裳〉，《魯迅全集》，卷 11，331。
[79] 魯迅，〈《越鐸》出世辭〉，《魯迅全集》，卷 8，39。

他的早期作品中，魯迅已經使用一些歐洲散文尚未發現的手法」。「以現代方式成長起來的作家，能以現代的眼光觀察世界，對現實生活的某些方面有與眾不同的興趣，這才是新文學誕生的根本前提。革命首先要在作家的頭腦中爆發，然後才能在他們的作品中表現」[80]。固然，除了語言外，〈懷舊〉的確已經具備了完全的新文學特質。它不但質疑了我們關於新文學的看法，也向我們認識魯迅提出了難題。〈懷舊〉的題材和表現手法開啟了魯迅後來小說創作的一些典型特徵，也就是說，作為作家的魯迅那時已經成熟了。但是，魯迅為什麼在辛亥革命那一年創作了一篇小說，隨後又中斷了創作？

據周作人回憶，〈懷舊〉是魯迅辛亥（1911）年冬天在家裡的時候寫的，用的是古文。「這篇文章未有題名，過了兩三年由我加了一個題目與署名，寄給《小說月報》，那時還是小冊，係惲鐵樵編輯，承其覆信大加賞識，登在卷首」[81]。「登在卷首」的記憶稍微有點差錯，其實在〈懷舊〉前面還有一篇名為《再生術》的「科學小說」。周作人說，「對於當時國內的創作小說，魯迅似乎一向不大注意」[82]。這是實情，甚至直到魯迅進入新文學陣營前夕，他幾乎也不關注國內的創作小說。魯迅在沉默期中，日記中幾乎沒有購買國內小說雜誌的記錄。最能說明問題的是：1913 年 7 月 5 日，周作人看到〈懷舊〉發表在《小說月報》上時[83]，恰好魯迅回家探親，而且兄弟二人當時正好在一起；魯迅肯定知道〈懷舊〉發表的消息，但當日魯迅的日記中對此事竟然一字未提。這已經不是一般性地不關心國內的創作小說了，而是連自己創作的小說也不關心。因此，〈懷舊〉只是魯迅一時興起之作，並不能反映魯迅這時的興趣和關注的重心。即使聯繫魯迅在日本留學後期的文學實踐來看也是如此，做作家並非魯迅的本意，正如他在《我怎麼做起小說來》中所說：「但也不是自己想創作，注重的

---

[80] 普實克，〈魯迅的《懷舊》——中國現代文學的先聲〉，《抒情與史詩：中國現代文學論集》，李歐梵編，郭建玲譯（上海：上海三聯書店，2010）101-07。

[81] 周作人，〈關於魯迅〉，《年少滄桑——兄弟憶魯迅（一）》（石家莊：河北教育出版社，2000）239。

[82] 周作人，〈關於魯迅〉，《年少滄桑——兄弟憶魯迅（一）》（石家莊：河北教育出版社，2000）206。

[83] 周作人，《周作人日記（影印本）上》（鄭州：大象出版社，1996）456。

倒是在紹介，在翻譯，而尤其注重於短篇，特別是被壓迫的民族中的作者的作品。[84]」

魯迅的「不用之用」的文學觀與當時流行的文學觀是相當不同的，就小說而言，它既不同於娛樂、消遣、獵奇式的小說觀，也不同於梁啟超式的強調政治、教化作用的小說觀，即使與「五四」時「啟蒙主義」的小說觀也仍存在著不少差異。從刊載〈懷舊〉的這一期《小說月報》上看，惲鐵樵（1878-1935）的〈貪魔小影〉、林琴南（林紓，1852-1924）的〈羅剎雌風〉等小說是主流，〈懷舊〉躋身其中則顯得突兀。主編惲鐵樵附在〈懷舊〉篇後的話也很有意思：

> 實處可致力，空處不能致力，然初步不誤，靈機人所固有，非難事也。曾見青年才解握管，便講詞章，卒致滿紙餖飣，無有是處，亟宜以此等文字藥之[85]。

惲鐵樵看重的是這篇作品的文字和表現功夫，而沒有涉及其他方面的內容。的確，〈懷舊〉以極為儉省的筆墨描寫了一次虛驚一場的風波，刻畫了風波中村民的群像。它也勾勒了鄉土中國的社會結構，以及這種結構對於變革的整體性反應，或投機或恐懼，預示了變革終將夭折的命運。除了受傳統教育之苦的學童「我」外，幾乎所有村民都是排斥變革的。魯迅的獨特之處還在於，他引入了「長毛」——太平天國運動作為當下變革的對照，使得小說在具有了社會廣度的同時也具有了歷史的縱深感。這也是魯迅智慧的重要來源：在歷史中發現現實，又在現實中發現歷史。魯迅在現實中的創傷體驗積累得越多，在古籍中沉潛得越深，兩者間互相闡發的作用力也就越大。就此而言，魯迅的古籍研究不只是極大地幫助了他理解現實，而是他看待現實的一個特有方式。〈懷舊〉結尾寫了兩個噩夢，一個是「我」重回讀書之苦的噩夢，一個李媼夢見長毛的噩夢[86]，兩相對照意蘊深遠。也許這場風波對於他們都只是一場噩夢：一個是夢想破滅的噩夢，一個是創痛經驗重演的噩夢？兩個噩夢某種程度上也都是魯迅此時思想上猶疑的反映，身邊正在發生的這場革命

---

[84] 魯迅，〈我怎麼做起小說來〉，《魯迅全集》，卷 4，511。

[85] 焦木（惲鐵樵），〈焦木附志〉，《小說月報》4.1（1913）。

[86] 魯迅，〈懷舊〉，《魯迅全集》，卷 7，215-222。

到底只是一場破碎的夢，還是和之前多次創痛經驗一樣的不堪回首的舊夢呢？

　　雖然魯迅在〈懷舊〉中並未點明辛亥革命，但小說以這場革命為背景是毋庸置疑的。它創作於紹興光復時期，周作人在回憶中稱小說是「以東鄰的富翁為模型」[87]，但是它所包含的信息是極為豐富的，遠遠超過了魯迅在紹興光復期間的見聞。魯迅以小說的形式重組了自己的生活體驗，尤其是故鄉體驗，由於再次回到故鄉，甚至喚醒了童年時代的經驗。在從個人經驗理解大的社會變革這一點上，魯迅與大多數人並無差異，魯迅的特別之處在於他不斷地增添、沉澱、回味、咀嚼自己的創傷體驗，把大時代中作為個人的創傷當作衡量時代的一面鏡子。他無法擺脫經驗輪迴所帶來的挫敗感，這種輪迴感也深深地滲透在他的歷史觀之中，相比於進化論要根深蒂固得多。魯迅從歷史之中體驗到的也正是這種「古已有之」之感——「一治史學，就可以知道許多『古已有之』的事」[88]。這幾乎扼殺了魯迅對於未來的任何樂觀的想像，卻增加了他對於現實頑固性的深刻認知。如果說魯迅在東京的最後時期就學於章太炎對他有什麼終生助益的話，那大概就是這一點了：他那高渺不可及的「取今復古，別立新宗」[89]的文化理想，把他引向尋找「白心」、「朕/我/己」的漫長的思想旅程，他不得不突破最初的「排滿」的局限，需要不斷地把歷史時代往前追溯，最終卻只在歷史中看到了空虛。

　　這種歷史的空虛感有點類似於黑格爾（Georg Wilhelm Friedrich Hegel, 1770-1831）對中國歷史的判斷：

> 中國很早就已經進展到了它今日的情狀；但是因為它客觀的存在和主觀運動之間仍然缺少一種對峙，所以無從發生任何變化，一種終古如此的固定的東西代替了一種真正的歷史的東西。……客觀性和

---

[87]　周作人，〈關於魯迅〉，《年少滄桑——兄弟憶魯迅（一）》（石家莊：河北教育出版社，2000）239。

[88]　魯迅，〈又是「古已有之」〉，《魯迅全集》，卷7，229。

[89]　魯迅，〈文化偏至論〉，《魯迅全集》，卷1，56。

主觀自由的那種統一已經全然消弭了兩者間的對峙，因此，物質便無從取得自己反省，無從取得主觀性[90]。

我們也可以把魯迅「立人」論的核心看作是建立一種主觀自由，它的一個特徵就在於和客觀存在的對峙，在對峙之中改造客觀世界。魯迅回國後乃至於終生的經驗，是在與現實的緊張、對峙之中體驗到了主觀的不自由，這種緊張與對峙向外促使他思考現實，向內則促使他反觀自己的內心世界。故鄉體驗、辛亥革命體驗成為魯迅日後創作的一個重要源泉，此刻它們還沒有完全顯示其意義，仍然需要被沉澱，需要隨同後來的一些經驗再次回到魯迅的精神世界之中。辛亥革命發生後不久，魯迅就離開了故鄉，但是他的故鄉體驗沒有中斷，他的辛亥革命體驗也才剛剛開始。

四、北京前六年：「無日不處憂患中」

1.養家的壓力

1912 年 2 月，魯迅赴南京任教育部部員，幾個月之後隨教育部遷往北京，開始了長達十餘年的北京生活。魯迅在北京前六年的思想材料比杭州、紹興時期更少。雖然魯迅自 1912 年 5 月的日記比較完整，但由於魯迅日記特別的記法，很難從其中推測魯迅思想上的動向。許廣平（1898-1968）概括說，「他（魯迅）的日記寫的大約是不大不小的事。太大了，太有關係了，不願意寫出；太小了，沒什麼關係，也不願意寫出」[91]，是比較準確的。這一時期政治上的大事件比如宋教仁（1882-1913）遇刺身亡、二次革命、袁世凱恢復帝制，魯迅在日記中都無直接記載，更不用說抒發感想了。

整體而言，魯迅即使在日記中也是相當注意自我保護的，臧否人物的話極為罕見。作為思想材料，日記的價值遠遠比不上魯迅的一些書信，尤其是和好友許壽裳的通信。例如魯迅在 1918 年致許壽裳的信中寫道：

---

[90] 黑格爾，《歷史哲學》（*Philosophy of history*），王造時（1903-71）譯（上海：上海書店出版社，2001）117-18。

[91] 許廣平，〈魯迅先生的日記〉，《十年攜手共艱危——許廣平憶魯迅》（石家莊：河北教育出版社，2000）59。

京師圖書分館等章程，朱孝荃想早寄上。然此並庸妄人錢稻孫
（1887-1966）、王丕謨所為，何足依據。而通俗圖書館者尤可笑，
幾於不通[92]。

可以看出，魯迅對身邊這些同事的能力是鄙視的，但是日記裡絕對找
不到類似的評價。日記向我們展現的是魯迅這一時期的日常生活狀態，那
種日復一日的平淡是極易讓人沉緬其中的，也難以讓人感覺到時光和生命
逝去的緊迫感。生活中當然還有些瑣碎的不滿，但已經不至於使魯迅像之
前那樣憤激了，他也不像前兩年在故鄉時那樣迫切地想要脫離現有的生活
了。如果沒有外力的作用，生活也許就會在巨大的慣性之中延續下去。

教育部的工作算得上清閒，待遇也不差。教育部規定的每天上班時間
最多不過五個半小時，七、八兩月僅上午辦公，每天僅三個半小時[93]。在
實際工作中，時間安排則更為自由，從魯迅日記中可以看出，請假或外出
處理個人事務都是極尋常的。待遇方面，魯迅初到北京的前三個月每月只
領生活費 60 元；1912 年 8 月起漲到每月 250 元；1914 年 8 月，魯迅官級
由五等升為四等，月俸上調至 280 元；1916 年 3 月又漲至每月 300 元。魯
迅幫助家人的目標實現了，起初魯迅每月寄回家用 50 元，自 1913 年 8 月
翻倍為 100 元。魯迅還定期地幫助日本的羽太家，額度不大，但碰上年末
或特別情況時會另寄錢款。這時魯迅成為了家中的頂樑柱，周建人只能勉
強自給，周作人的情形也好不到哪裡去，而且他沒有魯迅那樣強烈的供養
家庭意識。魯迅日記中 1912 年 10 月 22 日項下記載有「上午寄二弟信並
銀五十元」，那時周作人正閒居家中，要靠大哥接濟日用和買書錢。一個
最有趣的對照是，對比魯迅與周作人同一時期的日記，最明顯的差異之一
是周作人很少有向人借錢的記錄，即使是周作人到北京工作之後也是如
此；而魯迅的日記裡則不時有向人借錢的記載。

經濟考慮雖然不是完全決定了魯迅的行為方式，卻極大地制約了魯迅
的行為方式。魯迅必須保住教育部的飯碗，這樣他的家人才有依靠，這使
他無法率性而為。我們可以從周作人的行為裡看到一些率性的方面，比如
在家中閒居大半年，在魯迅那裡是難以想像的。上文提到過魯迅的「孝」，

---

[92]　魯迅，〈180820 致許壽裳〉，《魯迅全集》，卷 11，353。
[93]　山田敬三　204。

其實這只是魯迅對待家人的一個方面，他對弟弟們和他們的家庭同樣表現出極強的責任感。作為一個少年喪父、逐漸衰落家庭中的長子，魯迅有著強烈的「長子如父」的責任感。這不是一種重振家族的雄心，而是讓弟弟們能過上自由的生活，也就是說以自己的不自由換取弟弟們的自由和幸福。或許是由於和朱安（1878-1947）的婚姻不幸福，魯迅覺得自己是沒有希望了，他不想弟弟們重演自己的不幸。魯迅對兩個弟弟、弟媳和他們的孩子以及羽太家的悉心關照都說明了這一點。

因此，魯迅的養家不僅是經濟上的，更是情感和道義上的。查看魯迅日記可知，魯迅除了與弟弟們保持通信外，也一直保持著與兩位弟媳的通信，此外還與羽太重久和羽太福子通信。魯迅所扮演的角色已經遠遠超出了普通長子的責任，有時他難免會感到疲憊。1916 年 7 月 18 日魯迅在日記中記道：「作札半夜，可憫！」寥寥數字，其中的辛苦又誰人能知呢？從第二天魯迅寄出的信件看，魯迅當晚寫的信有給羽太家的，有給二弟及弟婦的，有給三弟的。任何一個人如果要在親屬關係中面面俱到的話，也肯定會疲憊吧。然而，魯迅卻一直堅持著，類似的自憐的話在北京的前六年間也極少出現，還是因為魯迅當時身體狀況不佳的緣故。一周前魯迅開始感冒發熱，兩天後又劇烈腹瀉；7 月 21 日、24 日，日記中都有「夜下血」的記錄，而且後面竟然沒有去就醫。

其實，魯迅在北京的前六年身體狀況一直不太好，常常為神經衰弱、牙痛、胃痛、氣管炎所折磨。1912 年 8 月 12 日，魯迅因為咳嗽去池田醫院，卻被告知神經衰弱，需要「戒勿飲酒」。但是，與朋友、同事們聚會飲酒是免不了的，有時去上司家中也要被勸飲酒，很難推辭，魯迅深感其苦。魯迅的胃痛也與飲酒有關，1913 年 2 月 26 日日記中記載「夜胃小痛，多飲故也」。魯迅的胃痛也與飲食上的馬虎有關，因為隻身一人在北京工作，飲食上常常湊合，有時僅以餅餌、牛乳等代飯[94]。魯迅的牙痛很早就有了，「從小就是牙痛黨之一」[95]，也是促使他在日本留學時選擇學醫的動機之一[96]。在北京的前六年，魯迅因為牙痛整夜無法入睡的情形也是有

---

[94] 魯迅，〈魯迅日記〉「1913 年 11 月 7 日」項，《魯迅全集》，卷 14，80。
[95] 魯迅，〈從鬍鬚說到牙齒〉，《魯迅全集》，卷 1，248。
[96] 許壽裳，〈回憶魯迅〉，《摯友的懷念——許壽裳憶魯迅》，馬會芹編（石家莊：河北教育出版社，2000）111。

的。氣管炎則與抽煙過多有關，毋須贅述。我覺得魯迅的神經衰弱和胃病
也是他精神緊張的反應，1913 年 10 月 1 日的日記中寫道：「寫書時頭眩
手戰，似神經又病矣，無日不處憂患中，可哀也。」這「憂患」大概就是
養家的壓力了吧。

2.隱忍與世故

對於這時的魯迅來說，隱忍已經成為了一種習慣，生活上如此，工作
上亦復如此。剛到北京沒幾天，魯迅就感受到了教育部工作的無聊，「枯
坐終日，極無聊賴」[97]。教育部的情況也在變糟，7 月初蔡元培辭去了教
育總長的職位。蔡元培在任時非常重視的美育也被臨時教育委員會刪除，
魯迅在日記中大為不滿，「此種豚犬，可憐可憐！」[98]擁護袁世凱的所謂
共和黨到處拉攏關係，魯迅也收到了邀請信，隨後收下了該黨的「黨證及
徽識」[99]。魯迅非常看不起的中國通俗教育委員會也勸他入會，由該會理
事伍博純（伍達，？-1913）親自出面，魯迅「卻之不得，遂允之」[100]。對
於接任教育總長的范源濂（1877-1928），魯迅也有不滿，稱他的演說「其
詞甚怪」[101]。魯迅在教育部工作的前六年中，教育總長的職位走馬燈似地
換人，范源濂之後，劉冠雄、陳振先、汪大燮、蔡儒楷、湯化龍、章宗祥、
張一麐、張國淦、傅增湘等都曾擔任過，一般任期都只有幾個月。教育總
長的頻繁更換，正是民國初年中國政治動盪的縮影，自然也無法保障教育
部工作高效、持續的運轉。

1913 年 3 月，農林總長陳振先（1877-1938）兼任教育總長，在中央
學會選舉中徇私舞弊引起幾位教育參事的不滿，幾位教育參事辭職。4 月
22 日，教育次長董恂士（1877-1916）辭職。5 月 2 日，陳振先辭去總長職
務，魯迅和教育部的同事們把董恂士又請了回來。在這次風波中魯迅有無
辭職不得而知，每月月底是例行的發工資時間，魯迅 4 月份的薪俸是由同
事戴蘆舲（戴螺舲，1874-？）代領的。因此，他即使沒有辭職，這期間大

---

[97] 魯迅，〈魯迅日記〉「1912 年 5 月 10 日」項，《魯迅全集》，卷 14，1。
[98] 魯迅，〈魯迅日記〉「1912 年 7 月 12 日」項，《魯迅全集》，卷 14，9。
[99] 魯迅，〈魯迅日記〉「1912 年 6 月 21、22 日」項，《魯迅全集》，·卷 14，6。
[100] 魯迅，〈魯迅日記〉「1912 年 8 月 6 日」項，《魯迅全集》，卷 14，13。
[101] 魯迅，〈魯迅日記〉「1912 年 9 月 6 日」項，《魯迅全集》，卷 14，17。

概也沒有去部裡，他從情義上支持這位次長更是無疑的。董恂士是光復會員，在教育部也受人愛戴，在陳振先走後曾代理過幾個月的教育總長，但是像他這樣的人始終無法名正言順地當上教育總長。1913 年 9 月，汪大燮（1859-1929）出任教育總長，當月 28 日是個星期天，汪要求部員去國子監跪拜，以紀念孔子生日（傳說中的孔子生日應是 8 月 27 日）。魯迅早上七點就到了國子監，「至者僅三四十人，或跪或立，或旁立而笑，錢念劬又從旁大聲而罵，頃刻間便草率了事，真一笑話」。按照當時教育部的規模，僅僉事、主事在一起就應該達一百人以上[102]，尚且不包括普通部員，也就是說到場的人數只有三四成，魯迅卻去了。

　　像蔡元培、董恂士那樣敢於憤而辭職的人，或者像他的老師章太炎那樣敢於公然反抗袁世凱的人，魯迅當然是敬佩的，但是他卻做不出來。他甚至在日記中也不會透露對袁世凱的絲毫不滿，1912 年 8 月 22 日，魯迅被任命為僉事，11 月 2 日收到了「袁總統委任狀」，12 月 26 日魯迅同教育部員一起去「見袁總統」。1913 年 10 月 10 日國慶紀念日，魯迅給自己寄了一封信，「以欲得今日特別紀念郵局印耳」；但也就是在這一天，「午聞鳴炮，袁總統就任也」。1916 年 6 月，袁世凱死，教育部派出五人去總統府弔祭，魯迅是五人之一。為了參加這次弔祭，魯迅前一天還向同事借了禮服。6 月 28 日，魯迅日記中記載「袁項城出殯，停止辦事」。這些就是魯迅日記中關於袁世凱的所有記載，單從字面看，完全看不出記述者的態度。也許魯迅在教育部也從未向不親近的人透露過自己的態度吧，所以他才入選了弔祭的五人代表。如果說魯迅日記中有什麼對袁世凱的不滿的話，那就是 1914 年 5 月 1 日項下記載的「《約法》發表」，《中華民國約法》是袁世凱恢復帝制的重要一步，但是魯迅日記中也僅僅只有這簡單的幾個字，完全是春秋筆法，外人幾乎難以覺察了。這與十餘年前初到日本留學、寫下「我以我血薦軒轅」[103]詩句的慷慨激昂的魯迅相比，差別何其之大。

　　或許是隱忍的生活過於壓抑，或許時常感到孤獨，魯迅禁不住有些思鄉了。1912 年 9 月 25 日是農曆中秋，魯迅「見圓月寒光皎然，如故鄉焉，

---

[102] 魯迅，《魯迅全集》，卷 14，88，注釋[1]。
[103] 魯迅，〈自題小像〉，《魯迅全集》，卷 7，423。

未知吾家仍以月餅祀之不」。魯迅離開故鄉只有半年，他當然沒有忘記在
故鄉的不愉快經驗。第二天恰好有月食，魯迅聽到了北方人家擊打銅盤救
月亮的聲音，他感慨道：

> 此為南方所無，似較北人稍慧，然實非是，南人愛情漓盡，即月真
> 為天狗所食，亦更不欲拯之，非妄信已滌盡也[104]。

　　這讓人想起魯迅在《破惡聲論》裡說過的話，「偽士當去，迷信可存，
今日之急也」[105]。即使能回到故鄉，喪失了信仰和感情的南人又如何能夠
依託呢？1913 年夏天魯迅回鄉探親，完全沒有衣錦還鄉的感覺，回家沒幾
天就失眠，「夜不能睡，坐至曉」[106]。家中母親、芳子、豐丸三個人都病
了；魯迅到了歸期，卻遇到了軍士關閉城門搜捕土匪，不能啟程，在等待
的日子裡，魯迅再次徹夜失眠了。這次回鄉經驗對於魯迅來說顯然是不愉
快的。1916 年 12 月，魯迅為了慶祝母親六十壽辰再次回鄉。在給許壽裳
的信中，魯迅談到了這次回鄉的感受，「雖於所見事狀，時不愜意，然興
會最佳者，乃在將到未到時也」[107]。看來，魯迅心中最美好的故鄉只存在
於他的想像之中，而不是實際的故鄉。魯迅回到北京後不久就是這一年的
除夕，他沒有和朋友們在一起，「夜獨坐錄碑，殊無換歲之感」[108]。既失
去了故鄉又與現實處處難容，魯迅的靈魂無處寄託，只能在那些已經死去
的古碑中排遣寂寞，似乎連時間也死去了。這是魯迅在北京前六年生活狀
態的一個縮影。

　　魯迅故鄉經驗之中對他觸動最大的，是他到北京後不久得知范愛農的
死訊，「悲夫悲夫，君子無終，越之不幸也，於是何幾仲輩為群大蠹」[109]。
幾日後，魯迅作了三首詩，「哀范君也」，並將其錄存於日記中。詩中寫
道：「世味秋荼苦，人間直道窮」；「大圜猶茗艼，微醉自沉淪」；「故
人雲散盡，我亦等輕塵」[110]。這可以說是魯迅借范愛農的死傾吐自己的現

---

[104] 魯迅，〈魯迅日記〉「1912 年 9 月 26 日」項，《魯迅全集》，卷 14，20。
[105] 魯迅，〈破惡聲論〉，《魯迅全集》，卷 8，28。
[106] 魯迅，〈魯迅日記〉「1913 年 7 月 2 日」項，《魯迅全集》，卷 14，66。
[107] 魯迅，〈161209 致許壽裳〉，《魯迅全集》，卷 11，341。
[108] 魯迅，〈魯迅日記〉「1917 年 1 月 22 日」項，《魯迅全集》，卷 14，263。
[109] 魯迅，〈魯迅日記〉「1912 年 7 月 19 日」項，《魯迅全集》，卷 14，10。
[110] 魯迅，〈魯迅日記〉「1913 年 7 月 22 日」項，《魯迅全集》，卷 14，10-11。

實感受了。魯迅在范愛農身上看到了自己的影子，范愛農的耿直、孤傲、不善趨承鑽營都與自己很相近，不同的是范愛農直接表現出本真性格，而魯迅則把性格中的這些側面深深地掩藏了起來。惟其如此，魯迅對范愛農的友情中又帶有敬重和愛護的成份。范愛農的遭遇也打動了魯迅，比如他為了謀生在茫無頭緒中奔波，他對變壞的現實的絕望[111]，一如之前的魯迅自己。范愛農係酒後落水而亡，但魯迅卻總「疑心他是自殺」，在散文〈范愛農〉中類似的話出現兩次。魯迅敢於這樣猜想，是因為他自信與范愛農本性相通。

〈范愛農〉中讓人印象深刻的還有魯迅對於范愛農之死的負罪感，「『也許明天就收到一個電報，拆開來一看，是魯迅來叫我的。』他時常這樣說」[112]。這很像魯迅在《父親的病》中所表達的對於父親之死的負罪感。他未能救助父親，也未能救助范愛農。「我於愛農之死，為之不怡累日，至今未能釋然」[113]。從聽到范愛農死訊時的震動到 1926 年寫作〈范愛農〉時的負罪感，可以說魯迅仍然未能忘卻和釋然。魯迅從范愛農的悲慘遭際中看到了客觀化的自己及其可能的歸宿，如果不是僥倖逃離故鄉，那麼他大概也有可能如范愛農一般困厄吧。魯迅從范愛農的死中悟出了世故之於生存的重要，但是他不是為此沾沾自喜，相反是從自己現有的生存狀態中體會到了很強的苟且偷生的意味，他的生存之中是帶著對范愛農之類亡靈的罪的。魯迅這一時期也同情和偶爾幫助那些被損害和被侮辱的人，或者生計維艱的人，與此不無關係。

1913 年底，教育部修正官制。魯迅在日記中記載：「教育部令減去僉事、主事幾半。相識者大抵未動，惟無齊壽山，下午聞改為視學云。」[114]第二天，魯迅又記錄了事情的進展，「晚又有部令，予與協和、稻孫均仍舊職，齊壽山為視學，而胡孟樂則竟免官，莊生所謂不肖時而落者是矣」[115]。胡孟樂（1879-？）長魯迅兩歲，曾與魯迅同期留學日本，後來也在紹興師

---

[111] 周作人，〈魯迅與范愛農〉，《年少滄桑——兄弟憶魯迅（一）》（石家莊：河北教育出版社，2000）209-11。

[112] 魯迅，〈范愛農〉，《魯迅全集》，卷 2，317。

[113] 魯迅，〈哀范君三章〉，《魯迅全集》，卷 7，426，注釋 1。

[114] 魯迅，〈魯迅日記〉「1913 年 12 月 25 日」項，《魯迅全集》，卷 14，86。

[115] 魯迅，〈魯迅日記〉「1913 年 12 月 26 日」項，《魯迅全集》，卷 14，86-87。

範學堂與魯迅做過同事。胡孟樂的被免職看來對魯迅也頗有震撼。魯迅明白，為了保住職位就需要一定程度上迎合時俗。魯迅肯定沒有忘記，他剛到教育部（當時尚在南京）任職不久，就差點被擠掉了。那時蔡元培北上迎接袁世凱，次長景耀月（1881-1945）代理部務，此人急於擴充自己的勢力，加上魯迅對他不夠迎合，他在暗中擬定教育部人員名單呈請大總統任命時，「竟把周樹人的姓名無端除去」，好在蔡元培及時回到部裡，魯迅才有幸得免[116]。據許壽裳回憶，後來教育部還有一個長官「頗想擠掉魯迅，他就安靜地等著，所謂『君子居易以俟命』也」，這便是魯迅早期筆名「唐俟」的來歷[117]。同事陳師曾（陳衡恪，1876-1923）為魯迅刻好「俟堂」的印章是在 1916 年 11 月 30 日[118]，有人想擠掉魯迅應該就是在那前後的事吧。其實，魯迅已經足夠隱忍了，但丟掉職位的危險也仍然存在著。

　　魯迅這一時期在教育部內心很不情願卻又需要兢兢業業去做的事就是祭孔了。魯迅對於祭孔的態度可從 1914 年 3 月 2 日的日記中看出，「晨往郵中館要徐吉軒同至國子監，以孔教會中人舉行丁祭也，其舉止頗荒陋可悼歎」。據同事張宗祥（張閬聲，1882-1965）回憶，那時教育部「每年祭孔兩次」，有一次魯迅與他都被選為執事官[119]。查魯迅的日記，這應該是 1918 年 3 月的一次。在此之前的 1915 年 9 月，魯迅還當過一次執事。還有一種祭祀也是魯迅不願參加的，即魯迅所居住的紹興會館中的祭祀活動。據周作人回憶，紹興會館「一年春秋兩次公祭，擇星期日舉行，那一天魯迅總是特別早起，在十點前逃往琉璃廠，在幾家碑帖店聊天之後，到青雲閣吃茶和點心當飯，午後慢慢回來，那公祭的人們也已散胙回府去了」[120]。這種館祭魯迅是參加過的，第一次是他剛到北京的那年秋天，「本館祀先賢，到者才十餘人，祀畢食茶果」[121]。1913 年 9 月 21 日及 1914 年 10 月 18 日，魯迅日記中也有相關記載，大概也是參加了的。魯迅逢館祭日逃往琉璃廠大概是這之後的事，也向我們提出了一個問題：曾經熱衷

[116] 許壽裳，〈亡友魯迅印象記〉　20。
[117] 許壽裳，〈亡友魯迅印象記〉　28。
[118] 魯迅，〈魯迅日記〉「1916 年 11 月 30 日」項，《魯迅全集》，卷 14，240。
[119] 張宗祥，〈我所知道的魯迅〉，柳亞子等　43。
[120] 周作人，〈補樹書屋舊事〉，《年少滄桑——兄弟憶魯迅（一）》（石家莊：河北教育出版社，2000）138。
[121] 魯迅，〈魯迅日記〉「1912 年 10 月 27 日」項，《魯迅全集》，卷 14，24。

於輯錄越中先賢著述和鄉邦文獻的魯迅，為什麼要逃避紹興會館裡祭祀先賢的活動呢？

紹興會館原名山會邑館，過去主要是山陰會稽兩縣的同鄉官僚和科舉之士的居留之所。魯迅的祖父周介孚（周福清，1838-1904）在京做官時也曾居住於此，此時祖父雖已亡故，但是過去的老長班還健在。魯迅剛住進會館時，老長班對他講了很多祖父的故事，多是姨太太紛爭之類的事，魯迅並不愛聽。現在，老長班的大兒子成了魯迅的聽差[122]，祖父的經歷以某種方式又回來了。魯迅青年時代選擇進洋學堂、放棄科舉，就是不願重複祖父和父親的老路，祖父的科場案和父親在其中的遭遇曾在魯迅的早年生活中留下了巨大的創痛和陰影。由於住進紹興會館，這些被埋葬得很深的經驗又復活了。魯迅日記中關於祖父的記載只有一次，那是魯迅到北京後不久，「季市搜清殿試策，得先祖父卷，見歸」[123]。魯迅對於祖父的經驗這時註定要與科舉、做官等過去知識份子的老路聯繫在一起，現在魯迅留學歸國也在教育部做了官，他有沒有思考過自己作為一個知識份子的命運呢？推而廣之，他現在所做的一切包括祭孔、古籍輯校、古物搜集與祖父那一代存在本質差異嗎？

魯迅的《會稽郡故書雜集》的收集、整理工作完成於 1914 年 11 月間，此後魯迅的總體興趣已經轉移到佛經和碑拓、畫像、造像等方面。這個時間剛好與魯迅逃避紹興會館館祭的時間是重合的。其實，紹興會館中祭祀的先賢與魯迅思想中的先賢範疇是不同的，前者不過是科舉制度中的成功者，而魯迅的先賢則是像大禹、勾踐那樣敢於承擔、為民請命的人。《會稽郡故書雜集》所選取的著作和作者都屬唐以前的時期，儘管魯迅在輯錄過程中也涉獵了一些晚近的作品，比如李慈銘（魯迅祖父周介孚的朋友，1830-94）的《越縵堂日記》，但他的態度和讀法都是很不相同的。魯迅後來批評《越縵堂日記》，「從中看不見李慈銘的心，卻時時看到一些做作，仿佛受了欺騙」[124]；魯迅也關注宋代施宿的《嘉泰會稽志》：「《嘉泰會稽志》已在石印了，但還未出版，我將來很想查一查，究竟紹興遇著過多

---

[122] 周作人，〈補樹書屋舊事〉，《年少滄桑——兄弟憶魯迅（一）》（石家莊：河北教育出版社，2000）137-46。

[123] 魯迅，〈魯迅日記〉「1912 年 9 月 21 日」項，《魯迅全集》，卷 14，19。

[124] 魯迅，〈怎麼寫——夜記之一〉，《魯迅全集》，卷 4，24。

少回大饑饉，竟這樣地嚇怕了居民，彷彿明天便要到世界末日似的，專喜歡儲藏乾物品。」[125]

3.「鈔古碑」，洞悉歷史的暴力

事實上，魯迅這一時期的古籍研究工作從表面上看與身邊的人並無明顯差異，甚至可以說魯迅有的研究興趣明顯受到了身邊朋友的影響，但是魯迅關注的角度和得出的結論卻是頗為特別的。幾乎在收集鄉邦文獻的同時，魯迅開始留意故鄉的古碑拓本。魯迅曾打算收集紹興地區的古碑拓本，編成一冊《越中專錄》，因收集數量有限未能實現；後來魯迅突破地區限制，把收集到的 170 餘件古碑拓本編成《俟堂專文雜集》[126]，可惜未能印行。看魯迅日記，可以知道魯迅身邊的朋友、同事不少也有此類愛好。比如 1915 年 5 月 10 日，朋友楊莘士「交來向西安所買貼，內有季上、季市者，便各分與」；1916 年 2 月 8 日，魯迅「從許季上乞得磁州墓誌拓片六枚」，從魯迅用詞「乞得」來看，許季上算得上是忍痛割愛了。輯錄古籍佚書也不是魯迅所特有的行為，比如一樣留學過日本、後來與魯迅在浙江兩級師範學堂和教育部都做過同事的張宗祥也從事這方面的研究工作，曾輯錄六種明抄本復原了一百卷的《說郛》，工作量也頗壯觀。

張宗祥後來總結道，「自從袁世凱稱帝之後，我是鑽入校勘、考古中一往不返，魯迅卻自古籍中鑽出來，大踏步走上與一切惡魔鬥爭到底的路上去了」[127]。這個說法其實不盡準確，因為它把校勘、考古工作和現實鬥爭視作了對立，可是在魯迅那裡這種對立也許是不存在的。也就是說，魯迅做校勘、輯錄等工作的切入點是很特別的，始終是他思考、面對現實和自身問題的一部分。另一方面，他也會從現實出發，反過來質疑這些工作的意義。如 1912 年底魯迅在統計購書支出時記下的話：「今人處世不必讀書，而我輩復無購書之力，尚復月擲二十餘金，收拾破書數冊以自怡說，亦可笑歎人也。」正因為如此，魯迅才能從這些工作中「鑽出來」，而不會完全沉溺其中。魯迅這一時期的佛經研究工作也說明了這一點。按照許壽裳的說法，「民三（一九一四年）以後，魯迅開始看佛經，用功很猛，

---

[125] 魯迅，〈馬上支日記〉，《魯迅全集》，卷 3，332。

[126] 魯迅，〈《俟堂專文雜集》題記〉，《魯迅全集》，卷 10，63。

[127] 張宗祥，〈我所知道的魯迅〉，柳亞子等 45。

別人趕不上。……他又對我說：『釋伽牟尼真是大哲，我平常對人生有許多難以解決的問題，而他居然大部分早已明白啟示了，真是大哲！』但是後來魯迅說：『佛教和孔教一樣，都已經死亡，永不會復活了』。魯迅逝世前不久，仍然著文《關於太炎先生二三事》、致信許壽裳，委婉地批評他們的「佛經救國論」[128]，儘管這一師一友都是他最敬重、最親密的人。

　　魯迅研讀佛經，雖然有章太炎的影響在前，但 1914 年起才真正用力，是與朋友許壽裳、尤其是許季上的影響分不開的。許季上（1892-約 1950）是佛教徒，精習梵文，因為與魯迅同在社會教育司工作，所以二人關係頗為密切。自 1914 年起，二人交往更為頻繁，常常晚上聚談，談論內容大概與佛經有關，因為魯迅同期的日記中有向許季上借佛經、二人一同去購買佛經的記錄。但是查魯迅日記可以發現，魯迅 1914 年購置了大量的佛經著作，到 1915 年已經有大幅減少，魯迅興趣轉向墓誌、碑刻、畫像和造像方面了。魯迅沒有沉溺於佛經之中，如許壽裳所言，「他對於佛經只作人類思想史的材料看，借此研究其人生觀罷了。別人讀佛經，就趨於消極，而他獨不然」[129]。周作人也表達了相似的看法，「魯迅在一個時期很看些佛經，這在瞭解思想之外，重要還是在看它文章，因為六朝譯本的佛經實在即是六朝文，一樣值得看」。周作人進而總結了魯迅治學上的特點：「魯迅尋求知識，他自己買書借書，差不多專從正宗學者們所排斥為『雜覽』的部門下手，方法很特別，功效也是特別的。他不看孔孟而看佛老，可是並不去附和道家者流，而佩服非聖無法的嵇康，也不相信禪宗。[130]」

　　魯迅對於野史和雜覽的關注和他重視小說一樣，因為其中包孕著國人的「白心」和作者的「結想」。魯迅在涉獵古書時屢屢發現其中「訛奪甚多」[131]，這些是歷史留下的印記，也藏著歷史的秘密。因此，魯迅輯錄古籍一方面是為了保存真本、還原歷史真相，一方面也是為了揭示歷史中的暴力。當然，這兩個方面是始終關聯的，可是魯迅在尋找「白心」的過程

---

[128] 許壽裳，〈亡友魯迅印象記〉　26-27。

[129] 許壽裳，〈魯迅的生活〉，《摯友的懷念——許壽裳憶魯迅》，馬會芹編（石家莊：河北教育出版社，2000）87。

[130] 周作人，〈魯迅的國學與西學〉，《年少滄桑——兄弟憶魯迅（一）》（石家莊：河北教育出版社，2000）183-84。

[131] 魯迅，〈《雲谷雜記》跋〉，《魯迅全集》，卷 10，16。

中，遭遇的是無處不在卻又隱遁無形的暴力——歷史的無物之陣，上文說過魯迅在現實中感受到了一種無物之陣，它不正是歷史的遺存嗎？這樣，經過一層層的剝離之後，那些有待尋找的本真反而杳不可及了，它們不如說成為了歷史暴力在場的表徵。

> 在歷史上的記載和論斷有時也是極靠不住的，不能相信的地方很多，因為通常我們曉得，某朝的年代長一點，其中必定好人多；某朝的年代短一點，其中差不多沒有好人。為什麼呢？因為年代長了，做史的是本朝人，必然恭維本朝的人物，年代短了，做史的是別朝人，便很自由地貶斥其異朝的人物[132]。

別朝人也未必客觀書寫異朝歷史，比如「清朝不惟自掩其兇殘，還要替金人來掩飾他們的兇殘」[133]。這些是政權對歷史的作用；「中國的有一些士大夫，總愛無中生有，移花接木的造出故事來，他們不但歌頌升平，還粉飾黑暗」[134]，這是士大夫階層對歷史的篡改；日記、家書之類的作品該是很真實了吧，卻往往讓人幻滅，像《越縵堂日記》中也鈔上諭，「提防有一天要蒙『御覽』」，還有許多墨塗的地方，「寫了尚且塗去，該有許多不寫的罷？」[135]；相似地，碑刻、墓誌等作為地方、個人的「歷史」實際上也難以保證其真實性。魯迅在教育部時常常收到鄉間呈文，「請求旌表具呈人的母親的節孝，有的文字還寫不清楚，有將旌表寫作旅表的，想見是窮鄉僻壤的愚人，卻是那麼的迷信封建禮教」[136]。上自王朝統治者和士大夫，下至庶人，在篡改、粉飾歷史方面成為了同謀，追尋歷史的本真、「白心」之難可想而知。

這是魯迅在沉默期中重要的收穫：他在感受到現實的頑固性之外，又洞悉了歷史的秘密。魯迅將其表達在白話文小說處女作〈狂人日記〉之中——幾千年歷史、禮教「吃人」的本質，它代表了魯迅治學活動乃至魯迅思想的一個總綱。魯迅在與許壽裳的通信中談到〈狂人日記〉時說：「前

---

[132] 魯迅，〈魏晉風度及文章與藥及酒之關係〉，《魯迅全集》，卷3，501。
[133] 魯迅，〈病後雜談之餘〉　183。
[134] 魯迅，〈病後雜談〉，《魯迅全集》，卷6，172。
[135] 魯迅，〈怎麼寫——夜記之一〉，《魯迅全集》，卷4，24。
[136] 周作人，〈補樹書屋舊事〉，《年少滄桑——兄弟憶魯迅（一）》　144。

曾言中國根柢全在道教，此說近頗廣行。以此讀史，有多種問題可以迎刃
而解。後以偶閱《通鑑》，乃悟中國人尚是食人民族，因成此篇。此種發
見，關係亦甚大，而知者尚寥寥也。」[137]可以看出，魯迅「中國根柢全在
道教」的看法之前已經成形，是魯迅在讀史過程中產生許多疑問後苦苦思
索的結晶。魯迅在沉默期中所積累的另一個財富是，他提前完成了自己的
「復古」階段，使他對於復古具備了免疫力。因此，30 年代，當曾經的新
文化戰壕中的戰友、甚至有的年輕作家都一個個出現復古傾向時，魯迅卻
能對此保持著清醒的認識。正如魯迅自己所說，「敝人當袁朝時、曾戴了
冕帽出〔無名氏語錄〕、獻爵於至聖先師的老太爺之前、閱歷已多、無論
如何復古、如何國粹、都已不怕」[138]。如果從魯迅在東京時期受章太炎影
響「古了起來」[139]算起，至寫作〈狂人日記〉前夕，魯迅整個「復古」時
期已超過十年。魯迅大概最終也未能找到所謂的「白心」和「我/朕/己」，
卻在其中發展出了對於歷史的整體負面性的看法，對於歷史中的諸種負面
力量有了透徹的體會和領悟。

　　魯迅的《〈古小說鉤沉〉序》和《會稽郡故書雜集》都是借署周作人
的名字發表和出版的，魯迅在紹興時還有過文章借署周建人名字的情形，
比如兩則《辛亥遊錄》。但是，有一個例外即是《嵇康集》，魯迅在 1913
年 10 月第一次校完《嵇康集》後作了一個短跋，署的是自己的名字[140]。
這說明魯迅非常看重這項工作，他輯校《嵇康集》也頗費心血，以叢書堂
本作為底本，先後以五種刻本、多種類書和古注進行輯校，至 1924 年才
基本完成，歷時超過十年；1931 年，魯迅又以宋本《六臣注文選》校勘一
遍，用力之專、之勤超乎想像。許壽裳說「魯迅對於漢魏文章，素所愛誦，
尤其稱許孔融和嵇康的文章」，是因為魯迅的個性、氣質「很有一部分和
孔、嵇相類似的緣故」[141]。這當然是正確的，不過如果略加限定的話，我
們可以說嵇康代表的只是魯迅的某些本真性格，此外我們也必須看到魯迅
對嵇康性格和行為的獨特理解。嵇康「非湯武而薄周孔」，脾氣大、高傲、

[137] 魯迅，〈180820 致許壽裳〉，《魯迅全集》，卷 11，353。
[138] 魯迅，〈180705 致錢玄同〉，《魯迅全集》，卷 11，351。
[139] 魯迅，〈《集外集》序言〉，《魯迅全集》，卷 7，4。
[140] 魯迅，〈《嵇康集》跋〉，《魯迅全集》，卷 10，18。
[141] 許壽裳，〈亡友魯迅印象記〉 23。

愛發議論，終於引來殺身之禍。一般人認為嵇康是破壞禮教者，魯迅卻認
為他「是相信禮教到固執之極的」，從他寫給兒子的〈家誡〉中可以看出，
「嵇康自己對於他自己的舉動也是不滿足的」[142]。魯迅喜歡孔、嵇對於權
貴的反抗性，但是二人在亂世之中招來殺身之禍的遭遇不是對魯迅更有啟
發嗎？因此，魯迅雖然從性格、氣質上看重嵇康，但在鬥爭策略上、尤其
是在發展出真正的反抗性方面是超越了嵇康的。魯迅對於魏晉文人的興
趣，不如說是文人在當時險惡政治環境中的處境和行為，為他提供了將自
身經驗對象化的材料。魯迅治學由鄉邦文獻和鄉邦金石入手，也有這方面
的原因，這樣魯迅的治學活動就成為了他審視現實和自身的一部分。

　　魯迅這一時期還非常注意收集、研究古代的畫像和造像，尤其是 1915
年之後的幾年。這種興趣當是由碑刻上的圖畫引起，而且魯迅自幼即對繪
畫有興趣。魯迅很重視美術，但是他對美術的態度又與蔡元培的「以美育
代宗教」[143]存在不小的差異。魯迅的觀點集中體現在 1913 年初發表的《儗
播布美術意見書》之中：「美術云者，即用思理以美化天物之謂。苟合於
此，則無間外狀若何，咸得謂之美術；如雕塑，繪畫，文章，建築，音樂
皆是也」。魯迅的「美術」是個相當寬泛的概念，相當於今天所說的「藝
術」。魯迅認為，

> 主美者以為美術目的，即在美術，其於他事，更無關係。誠言目的，
> 此其正解。然主用者則以為美術必有利於世，儻其不爾，即不足存。
> 顧實則美術誠諦，固在發揚真美，以娛人情，比其見利致用，乃不
> 期之成果。沾沾於用，甚嫌執持，惟以頗合於今日國人之公意，故
> 從而略述之如次：……[144]。

　　魯迅對藝術功用的看法和六年前《摩羅詩力說》中「文章不用之用」
的觀點一模一樣。可以看出，不管是六年前還是此時，魯迅的藝術功用論
都是獨特的，不同於主流的看法。在「播布美術之方」部分，魯迅就文藝
部門提出「決定域外著名圖籍若干，譯為華文，布之國內」，這正是魯迅
在東京時期翻譯《域外小說集》時努力的方向，可見他並未忘記這項工作

---

[142] 魯迅，〈魏晉風度及文章與藥及酒之關係〉，《魯迅全集》，卷 3，510-15。
[143] 蔡孑民，〈以美育代宗教說〉，《新青年》3.6（1917）：1-5。
[144] 魯迅，〈儗播布美術意見書〉，《魯迅全集》，卷 8，46-47。

的重要性；針對碑碣方面，魯迅提出「椎拓既多，日就漫漶，當申禁令，俾得長存」；對於「壁畫及造像」，「梵剎及神祠中有之，間或出於名手。近時假破除迷信為名，任意毀壞，當考核作手，指定保存」[145]。後兩個方面正是魯迅這時期所著手的工作。在這篇文章裡，魯迅把翻譯域外著作和保存碑碣、壁畫、造像等並列，雖然前者屬於建設後者屬於保存，但在魯迅看來它們是同等重要的。因此，某種程度上我們並不能把魯迅在日本時期和回國後前九年的文化實踐看作是斷裂的，它們只是著力於不同的方面而已。至於魯迅回國後著力的方向為何發生了改變，應該是與工作的需要、環境的改變比如外文書不易得到而中文古籍較易購借有關。

當然，魯迅的藝術功用論和他所意欲改變的現實之間始終存在著緊張。1918 年 1 月，魯迅給許壽裳回信談論治療國民病根的問題，這是二人在日本弘文學院學習時就常常討論的問題了。魯迅答覆道：

> 來論謂當灌輸誠愛二字，甚當；第其法則難，思之至今，乃無可報。吾輩診同胞病頗得七八，而治之有二難焉：未知下藥，一也；牙關緊閉，二也。牙關不開尚能以醋塗其腮，更取鐵鉗摧而啟之，而藥方則無以下筆。故僕敢告不敏，希別問何廉臣先生耳。若問鄙意，則以為不如先自作官，至整頓一層，不如待天氣清明以後，或官已做穩，行有餘力時耳[146]。

魯迅並沒有把藝術當作一個藥方，初看之下會覺得奇怪，細想卻又在情理之中。魯迅給許壽裳的建議仍然顯示出比較務實的態度，以他這些年中積累的屢屢挫敗的經驗，他深刻地體會到了現實的頑固性，不是一個簡單藥方就可以改變的；稍有不慎反而會殞滅了自身，所以不如先保存自身力量再說。不過，我們還是從這封信中感受到了魯迅思想上的些微變化，即魯迅提到何廉臣時的幽默。何廉臣（1860-1929）是紹興的一位中醫，魯迅讓許壽裳問何要藥方，這幽默的態度在之前魯迅致許壽裳的信中很少見到。幽默是精神上輕鬆的表現，天氣固然尚未清明，但魯迅已經悄然等來了他自己「行有餘力」的時候。

---

[145] 魯迅，〈擬播布美術意見書〉，《魯迅全集》，卷 8，49。
[146] 魯迅，〈180104 致許壽裳〉，《魯迅全集》，卷 11，345。

4.「行有餘力」，蓄勢待發

　　1917 年 4 月 1 日，周作人抵達北京，魯迅與他「翻書談說至夜分方睡」。這情形仿佛二人又回到了同在東京留學的時代。周作人是經魯迅向蔡元培推薦到北京大學任教的，因為正值學期中不能增加新課，暫時在北大附設的國史編纂處工作，月薪 120 元。同年 9 月，周作人被正式聘為北大教授，「並言定教授月薪二百四十元，隨後可以加到二百八十元為止」[147]。周作人的收入與在紹興時相比有了大幅提升，幾乎與魯迅的收入持平，這極大地減輕了魯迅之前的養家壓力。查周作人日記，周作人於 1917 年 10 月 5日「匯家用洋五五元，五予信子」[148]，這是周作人到北京後第一次給家中寄錢，也正是他收到北京大學的頭半個月教授工資之日。魯迅當天日記中記載他寄出的家用仍然是往常的 100 元。11 月 11 日，魯迅和周作人一次寄出兩個月的家用，兩人各出了 100 元。此後的情形也大致相仿，兄弟二人共同負擔家用，因此魯迅的經濟壓力陡然間減輕了。即使魯迅丟掉教育部的飯碗，也不至於太恐慌了。

　　周作人來到北京後，也拓展了魯迅之前幾年的文學領域。周作人回國後仍然常常閱讀外文著作，而且他在紹興時期就比較關注國內的一些文學期刊。魯迅向來不注意國內的文學期刊，這時也開始接觸了。1917 年 5月，周作人起疹子臥病在床，魯迅於 27 日為他購買了一冊《小說月報》，但魯迅在日記中並無記載，相同的情形在 6 月 17 日再次出現。此外，魯迅這時從日本丸善書店、東京堂和中西書屋收到的書籍也出現了新的變化，像《露國現代之思潮及文學》（「露國」即俄國）、英文小說二冊、陀氏小說三本、《文藝思潮論》、《德文學之精神》等，這些書應該是周作人購買的，魯迅在書帳中沒有記載，但是魯迅至少是不斷地接觸到這些書了。實際上，魯迅不能不涉足這些新的文學領域，因為他向來都是較深地介入到二弟的文學活動之中的。除了把自己的一些研究成果以周作人名義出版外，魯迅同時還竭力支援周作人的文學工作。比如為周作人所譯的阿‧康‧托爾斯泰（A. K. Tolstoy，1817-75）的《勁草》（*Prince Serebrenni*）作序，並投寄中華書局，中華書局未予採用寄還後，魯迅又對譯本進行了

---

[147] 錢理群　154-57。

[148] 周作人，《周作人日記（影印本）上》（鄭州：大象出版社，1996）698。

圈點[149]；周作人翻譯的顯克微支（H. Sienkiewicz，1846-1916）的小說《炭畫》、《生計》、《理想鄉》等都是先寄給魯迅的，其中《炭畫》（*Sketches in Charcoal*）由魯迅先寄中華書局未能被採用，後又由魯迅聯繫在文明書局出版，出版後魯迅又持之送給朋友、同事、過去的學生和圖書館。如果說以上的工作只是零星的的話，那麼幫助周作人編寫《歐洲文學史》講義就是一項系統的工作了。周作人在北京大學講授「歐洲文學史」和「羅馬文學史」課程，同時需要為課程編寫講義。常常是周作人白天起草，晚上魯迅再幫忙修正字句[150]，魯迅也由此開始重新涉足歐洲文學史的領域。

現在該談談魯迅與《新青年》及「文學革命」陣營的關係了，這關係也正是通過周作人才建立起來的。1917 年 4 月 10 日，周作人去拜謁蔡元培時就見到了陳獨秀（1880-1942）、沈尹默（1883-1971），兩日後又見到了錢玄同，這些人都是《新青年》的骨幹。周氏兄弟和錢玄同過去就很熟悉，他們在日本時曾一起就學於章太炎，有同門之誼。錢玄同於 1917 年 8 月 9 日第一次登門拜訪周氏兄弟，以後便隔三差五地上門談話，周作人日記中的記載比魯迅日記更為詳細，通常會把錢玄同離開的時間也記下，一般都在夜裡 11 點之後，有時竟談到 12 點以後，談話持續時間相當長。有意思的是，雖然在周作人來北京之前魯迅也與錢玄同有交往，但錢玄同從來沒有來過魯迅的寓所。《新青年》和「文學革命」必定是他們常常談論的話題了，魯迅大概也是從這時起才真正瞭解這個雜誌和這場革命吧。

魯迅的文學觀與啟蒙主義有著不小的差異，這從〈《吶喊》自序〉中敘述的他和錢玄同的談話——關於「鐵屋子」的比喻中可以看出。談話的前半段也值得注意：

> 「你鈔了這些有什麼用？」有一夜，他翻著我那古碑的鈔本，發了研究的質問了。
> 「沒有什麼用。」
> 「那麼，你鈔他是什麼意思呢？」

---

[149] 魯迅，〈魯迅日記〉「1914 年 5 月 21 日」項，《魯迅全集》，卷 14，113。
[150] 錢理群　157-58。

「沒有什麼意思。」

「我想，你可以做點文章……」[151]

　　魯迅與錢玄同關於「用」的討論只能是這樣的結局，這是魯迅「不用之用」的藝術功用觀與文學啟蒙主義之間必然的分歧。周作人先在《新青年》上發表了作品，魯迅一如既往地把刊載了周作人作品的雜誌拿來送人。錢玄同回憶說，「但豫才則尚無文章送來，我常常到紹興會館去催促，於是他的〈狂人日記〉小說居然做成而登在第四卷第五號裡了」[152]。這與其說是錢玄同遊說的功績，不如說是魯迅的自我懷疑起了作用，正如〈《吶喊》自序〉裡所說，

　　我雖然自有我的確信，然而說到希望，卻是不能抹殺的，因為希望是在於將來，決不能以我之必無的證明，來折服了他之所謂可有，於是我終於答應他也做文章了[153]。

　　魯迅同意寫文章也是因為看到了《新青年》同人的寂寞，「《新青年》以不能廣行，書肆擬中止」[154]，一定讓魯迅想起了他在東京時期計畫辦《新生》時的情景；還有一個原因是魯迅看到無論教育部還是整個社會都無生氣，出版的書籍「無不大害青年」，上海甚至有人成立了所謂的「靈學會」，「人事不修，群趨鬼道」[155]。種種原因都讓魯迅不能再保持沉默，而他一旦開口必將石破天驚，他也獲得了重新審視自己的過去的契機，獲得了把自己的經驗——現實經驗、故鄉經驗、革命經驗、歷史經驗等融會貫通和對象化的契機。

　　參加到新文化運動陣營之中對魯迅自己的改變也是顯而易見的，正如他在致許壽裳的信中所言：

[151] 魯迅，〈《吶喊》自序〉，《魯迅全集》，卷 1，418。
[152] 錢玄同，〈我對周豫才（即魯迅）君之追憶與略評〉，《永在的溫情——文化名人憶魯迅》　73。
[153] 魯迅，〈《吶喊》自序〉，《魯迅全集》，卷 1，419。
[154] 魯迅，〈180104 致許壽裳〉，《魯迅全集》，卷 11，345。
[155] 魯迅，〈180310 致許壽裳〉，《魯迅全集》，卷 11，348。

歷觀國內無一佳象，而僕則思想頗變遷，毫不悲觀。蓋國之觀念，其愚亦與省界相類。若以人類為著眼點，則中國若改良，固足為人類進步之驗（以如此國而尚能改良故）；若其滅亡，亦是人類向上之驗，緣如此國人竟不能生存，正是人類進步之故也。大約將來人道主義終當勝利，中國雖不改進，欲為奴隸，而他人更不欲用奴隸；則雖渴想請安，亦是不得主顧，止能侘傺而死。如是數代，則請安磕頭之癮漸淡，終必難免於進步矣。此僕之所為樂也[156]。

也就是說，不管國人能否生存，都證明了人類的進步；不管如何，國人也必將進步。這的確是一種樂觀的思維方式，在魯迅以往的思想中的確是很少見的。根據周作人的判斷，魯迅在日本留學後期的思想「差不多可以民族主義包括之」[157]，那麼這時魯迅的「民族主義」已經開始鬆動了。相似的是，他曾經仰慕故鄉先賢，結果只映襯出關於故鄉的現實經驗的黯淡；他曾經對辛亥革命充滿期待，結果發現「革命以前，我是做奴隸；革命以後不多久，就受了奴隸的騙，變成他們的奴隸了」[158]；他曾經在野史和雜覽中苦苦追尋國人的「白心」，結果只看到了歷史的暴力；此刻，他還寄望於青年，還有著濃厚的家族觀念和兄弟情誼，還保留著對新文化運動的希望，還信仰著人類的進步……。魯迅將要帶著這些經驗進入新的現實之中，它們既是認知新的現實的財富，也需要接受新的現實的檢驗。

五、結論

魯迅的沉默期是他與中國現實的直接相遇，儘管「木瓜之役」、辛亥革命、范愛農之死、袁世凱復辟等「大」事件對魯迅的思想都很有觸動，但是它們是和日常生活一起，或者是通過日常生活才作用於魯迅的。因此，本文勾勒了魯迅這一時期的整體生活、精神狀態。魯迅一直處於巨大的生存和養家壓力之下，這迫使他不得不在現實中妥協和隱忍，從而把現

[156] 魯迅，〈180820 致許壽裳〉，《魯迅全集》，卷 11，354。
[157] 周作人，〈關於魯迅之二〉，《年少滄桑——兄弟憶魯迅（一）》（石家莊：河北教育出版社，2000）247。
[158] 魯迅，〈忽然想到（三）〉，《魯迅全集》，卷 3，16。

實中的複雜矛盾內化為自身的矛盾。魯迅與現實之間的緊張時時折磨著他，也成為他常常審視現實和自身的契機。魯迅這一時期的文學活動也都直接或間接地與這種緊張關聯在一起，成為他審視現實和自身的一部分。魯迅這一時期所秉持的「無用之用」的文學觀在日本留學後期即已成型，然而在尋找國人「白心」和「內曜」的實踐中，他洞察了歷史的空虛和暴力，這是魯迅在沉默期中最重要的收穫。這便是〈狂人日記〉中「這歷史沒有年代」、「每葉上都寫著『仁義道德』」、「字縫裡」「都寫著兩個字是『吃人』」[159]的由來。魯迅的沉默期也是他「文學復古」之「古」的破產過程，標誌著他與章太炎的分道揚鑣，他的「古」成為了現實的一部分而非對立面。更重要的是，魯迅從現實和歷史的無物之陣中，發現了它們共名──「吃人」（暴力）。就此而言，魯迅的沉默期對於他後來新文學創作的重要性是不言而喻的。

---

[159] 魯迅，〈狂人日記〉，《魯迅全集》，·卷 1，425。

參考文獻目錄

HEI

黑格爾（Hegel, Georg Wilhelm Friedrich）.《歷史哲學》（*The Philosophy of History*），王造時譯。上海：上海書店出版社，2001。

LI

李何林.《近二十年中國文藝思潮論》。上海：生活書店，1947。

LIU

柳亞子等.《高山仰止──社會名流憶魯迅》。石家莊：河北教育出版社，2000。

LU

魯迅.《魯迅全集》。北京：人民文學出版社，1981。

──.《魯迅著譯編年全集》，王世家、止庵編。北京：人民出版社，2009。

MU

木山英雄（KIYAMA, Hideo）.《文學復古與文學革命──木山英雄中國現代文學思想論集》，趙京華編譯。北京：北京大學出版社，2004。

PU

普實克（Průšek, Jaroslav）.《抒情與史詩：中國現代文學論集》，李歐梵編，郭建玲譯。上海：上海三聯書店，2010。

QIAN

錢理群.《周作人傳（修訂版）》。北京：華文出版社，2013。

SHAN

山田敬三（YAMADA, Keizō）.《魯迅——無意識的存在主義》，秦剛譯。
　　北京：北京大學出版社，2012。

WAN

丸山昇（MARUYAMA, Noboru）.《魯迅‧革命‧歷史——丸山昇現代中
　　國文學論集》，王俊文譯。北京：北京大學出版社，2005。

WANG

汪暉.《現代中國思想的興起（下卷）：第一部　公理與反公理》。北京：
　　三聯書店，2004。

XU

許壽裳.《摯友的懷念——許壽裳憶魯迅》，馬會芹編。石家莊：河北教育
　　出版社，2000。

YI

伊藤虎丸（ITŌ, Toramaru）.《魯迅與日本人——亞洲的近代與「個」的
　　思想》，李冬木譯。石家莊：河北教育出版社，2000。

ZHONG

鍾敬文、林語堂等.《永在的溫情——文化名人憶魯迅》。石家莊：河北教
　　育出版社，2000。

ZHOU

周作人.《周作人日記（影印本）上》。鄭州：大象出版社，1996。
周作人、周建人.《年少滄桑——兄弟憶魯迅（一）》。石家莊：河北教育
　　出版社，2000。

ZHU

竹內好（TAKEUCHI, Yoshimi）.《近代的超克》，李冬木譯，孫歌編。北
　　京：三聯書店，2005。
朱正、陳漱渝等.《魯迅史料考證》。石家莊：河北教育出版社，2000。

Encounter Reality:
Literature of Lu Xun's Silent Period (1909-1918)

Yong ZHANG

Associate Professor, Department of Chinese, Xi'an Jiao Tong University

Abstract

Lu Xun departed from literature for nine years since he returned to China in 1909. Lu Xun himself, Zhou Zuoren and Japanese scholars TAKEUCHI Yoshimi (竹內好), MARUYAMA Noboru (丸山昇) and ITŌ Toramaru (伊藤虎丸) all had different interpretations of Lu Xun's activities and philosophical development during this period. This essay explores the relationship between his action during these 9 years with his personal experiences as well as the socioeconomic environment of that time.

論文審查報告之一

1). 初看上去，文章雖長，但卻很好地解決了一個長期被國內研究者忽略、模糊了的魯迅「沉默期」的具體的生活與精神狀貌。非常有價值。

2). 一個被日本學者竹內好說得玄而又玄的獲得「回心之軸」的「無」的魯迅的「沉默期」，在作者筆下得以清晰地彰顯於日常生活的嚴酷現實之中而變得可觸可感可聞可辨。

3). 文章如果都寫得這麼值得一讀，我們這個刊物肯定受歡迎。

4). 如果非要說缺陷，骨頭裡挑刺的話，那麼第十六頁第二段援引《會稽郡故書雜集序》後，敘述時的兩個人名「謝承虞預」，應用頓號間隔，寫成「謝承、虞預」，以便於不知者閱讀。

論文審查報告之二

1). 以魯迅的沉默期為題，綜合學界的不同解釋和理解，提出自己的見解，選題好，論文有新意。

2). 在梳理魯迅經歷和治學活動基礎上，從經濟狀況、故鄉經驗、工作情況等角度分析魯迅的現實體驗，視覺新穎。

3). 史料積累豐富，運用恰當，結論有說服力。

論文審查報告之三

1). 文章有非常自覺的問題意識，問題是「有價值的問題」；其具體所分析的 1909-1918 年間的魯迅，的確是魯迅研究的薄弱階段；其所概括的魯迅此時期的現實體驗、歷史觀及其文學特徵等，均豐富延伸了既有的魯迅研究領域。

2). 論文有相當老到成熟的深入淺出的論述能力，對諸多材料均能作細緻、體貼的分析和評說，工筆細描了一個思想的魯迅、情感的魯迅。

3). 材料引證非常豐富，而且有不同類型的材料互為比照，有如數家珍之感。

4). 聚焦於 1909-1918 年，這當然是論文的重心；但作為魯迅某一個階段的
　　問題研究，「瞻前顧後」的思路是必要的。本文「瞻前」的部分——分
　　析魯迅此一時期與日本時期的關聯較為詳實，但「顧後」的部分稍嫌
　　薄弱。當然，1918 年以後的魯迅更是一個複雜的文化現象，與其簡單
　　延伸，不如留出空白；但分析思路的延伸還是應該有的。

《國際魯迅研究》輯二（2014 年 5 月）141-164。

兩種「立人」
——魯迅啟蒙現代性思想與儒家「忠恕」之道

■彭正生

作者簡介：

彭正生（Zhengsheng PENG），男，1979 年生，漢族，安徽和縣人。現任教於安徽省巢湖學院文學與傳媒系，文學碩士，講師。研究方向：中國現當代文學。

論文題要：

1907 年，魯迅在〈文化偏至論〉裡提出「立人」口號，期望由「自覺至，個性張」之人，可使「沙聚之邦」「轉為人國」，並真正「屹然獨見於天下」。有意味的是，在中國傳統文化經典——《論語》裡，孔子也主張語辭完全相同的「立人」觀，並將其高舉至與儒家最高理想「行仁」相對等的位置。然而，魯迅和孔子個性氣質相異，身處的歷史文化語境和時代處境不同，致使二人對「立人」的前提和根基——「人」的概念認知、理解和表述存在巨大差異。基於這種分歧，兩種「立人」思想的精神內涵也因此「貌合神離」：魯迅的「立人」是面向未來的啟蒙現代性思想，而孔子的「立人」則是回望歷史的儒家「忠恕」之道。

關鍵詞：魯迅、孔子、立人、啓蒙、忠恕

　　1907 年，尚在日本的魯迅（周樟壽，1881-1936）寫成〈文化偏至論〉，並於次年在《河南》雜誌發表。文章直面「自尊大」「抱守殘闕」之中華「以底於滅亡」的現實，針對當時「近不知中國之情，遠復不察歐美之實」的「輊才小慧之徒」醉心於西方十九世紀「物質」「眾數」文明之問題，敏銳而深刻地剖析「物質」和「眾數」文明之偏至：惟「眾數」則易「借眾以陵寡，託言眾治，壓制乃尤烈於暴君」[1]；惟「物質」則易「靈明日以虧蝕，旨趣流於平庸」「物欲來蔽，社會憔悴」「使性靈之光，愈益就於黯淡」[2]，因此，主張「掊物質而張靈明，任個人而排眾數」[3]。最後，在文章結尾處，魯迅先知般地預言並警誡：「是故將生存兩間，角逐列國是務，其首在立人，人立而後凡事舉」[4]，確定且鮮明地提出自己的「立人」思想。在此，魯迅沒有像晚清時期維新知識份子那樣將功利的「器物」「制度」改革視為民族復興和國家強盛之方案，而是選擇了成效相對緩慢的人的思想和精神啟蒙之路，魯迅把「立人」置放在自己早期精神世界的中心。

　　有意味的是，〈文化偏至論〉問世的 2000 多年前，在被奉為中國傳統文化「聖經」──《論語》裡，孔子同樣確定且鮮明地主張「立人」：「夫仁者，己欲立而立人，己欲達而達人」[5]。「立人」是「仁者」之行。「仁者」是孔子精神世界裡的「完人」、「聖人」、理想的人，「仁」是「仁者」之性，是人格的最高境界和完美狀態，「行仁」或「踐仁」更是所有人夢寐以求的「正道」。而孔子將「立人」與「仁者」關連，可見「立人」思想在孔子思想體系裡的重要性。

　　此二人，一位是中國傳統文化的符號和象徵，一位是中國現代文學的先驅和旗幟，卻幾乎一致地把「立人」作為務實、切近的社會變革方案，視為各自思想體系的核心。然而，深入探析兩種「立人」思想的提出背景、內涵實質和特點等，則可以發現，兩者實則「面是心非」、「貌合神離」，具有本質性的差異。

---

[1]　魯迅（周樟壽，1881-1936），〈文化偏至論〉，《魯迅全集》，卷 1（北京：人民文學出版社，2005）46。本文引《魯迅全集》，均據此版本。
[2]　魯迅，〈文化偏至論〉　54。
[3]　魯迅，〈文化偏至論〉　47。
[4]　魯迅，〈文化偏至論〉　58。
[5]　楊伯峻（1909-92），《論語譯注》（北京：中華書局，2012）。

一、大眾國民與聖人君子

「物類之起，必有所始」。任何一種理論都必然有一個思想基點，再從此思想原點出發，探尋和行走出自己的道路，形成自己的體系。正如佛洛德精神分析學理論的根基是解決「何為心理真實」，馬克思的辯證唯物主義理論則是從回答「物質與意識何為第一性」開始。而如若思考和建構「立人」，其首要回答的問題必然是「所立者何人」，也即「立什麼樣的人」，也就是說，人是「立人」思想的起點和基石，也是「立人」的終點和旨歸。

1.孔子思想體系裡的「人」

中國傳統文化語境之中，向來秉信「鳥同翼者而聚飛，獸同足者而俱行」[6]，所謂「方以類聚，物以群分」[7]，社會族群以「天有十日，人有十等」（《左傳・昭公七年》[8]）來劃分等級、區別界限。

《論語》裡，孔子用「君君，臣臣，父父，子子」（〈顏淵〉[9]）來坐實「人以群分」，而有兩組相對的概念更有助於釐清其「人」的概念及內涵。其一是「君子」和「小人」。在諸如「君子懷德，小人懷土；君子懷刑，小人懷惠」（〈里仁〉[10]）「君子喻於義，小人喻於利」（〈里仁〉[11]）「君子坦蕩蕩，小人長戚戚」（〈述而〉[12]）「君子周而不比，小人比而不周」（〈為政〉[13]）「君子和而不同，小人同而不和」（〈子路〉[14]）「君子泰而不驕，小人驕而不泰」（〈子路〉[15]）等等表述中，孔子明確地將「小人」和「君子」視為稟性完全不同的兩種人，君子完美，小人瑕疵。

---

[6]　何建章注釋，《戰國策注釋・齊策三》，上（北京：中華書局，1990）372。
[7]　郭彧譯注，《周易》，5版（北京：中華書局，2008）356。
[8]　《重栞宋本左傳注疏附挍勘記》（清嘉慶二十年〔1815〕），「漢籍電子文獻資料庫」，台北：中央研究院，檢索日期：2013年11月5日，743-2。
[9]　楊伯峻，《論語譯注》　128。
[10]　楊伯峻，《論語譯注》　38。
[11]　楊伯峻，《論語譯注》　39。
[12]　楊伯峻，《論語譯注》　77。
[13]　楊伯峻，《論語譯注》　17。
[14]　楊伯峻，《論語譯注》　141。
[15]　楊伯峻，《論語譯注》　143。

其二是「人」和「民」，這是理解孔子「人」的概念之關鍵。「道千乘之國，敬事而信，節用而愛人，使民以時」[16]。《論語》中，「人」與「民」均出現多次，此處，「人」與「民」同時對舉出現，其區分和對比更為明顯。首先，人民從詞性角度非單純詞，不是一個集合概念；「人」與「民」語辭語義不同，標示兩個不同群體，是完全相對的概念。其次，與「人」與「民」的心理距離不同，對其情感態度有別。「人」是愛的對象，所謂仁者，「愛人」（〈顏淵〉[17]）；而「民」則是役使和教導的對象，所謂「善人教民七年，亦可以即戎矣」（〈子路〉[18]），甚至，「民可使由之，不可使知之」（〈泰伯〉[19]），只需讓「民」「知其然」，而無需讓「民」「知其所以然」，這包含著顯而易見的輕視。質言之，孔子思想裡的「人」僅是全體國民的一部分，是「聖人」，「君子」，「貴族——奴隸主和已經轉化為地主階級的原奴隸主」，而「民」則是大眾「農民」，貴族以外的人[20]。孔子的基本態度則是「人」「民」異類，對「人」關注，對「民」漠視。

　　相較於孔子將目光聚焦並仰視於貴族，儒家另一位聖人——孟子的民本意識則濃厚許多。「民為貴，社稷次之，君為輕」（〈盡心下〉[21]），孟子一改孔子對「君」的置重和敬畏，轉向對「民」的關注和凝視；「諸侯之寶三：土地、人民、政事」（〈盡心下〉[22]）則更難能可貴地將「人」與「民」並舉，並將他們共同視為國家財富。縱覽《孟子》一書，「養民」（〈梁惠王上〉[23]）、「保民」（〈梁惠王上〉[24]）、「樂民」（〈梁惠王下〉[25]）、「安民」（〈梁惠王下〉[26]）、「憂民」（〈梁惠王下〉[27]）等「以民為重」之思想隨處可見，俯拾皆是。

---

[16] 楊伯峻，《論語譯注》　4。
[17] 楊伯峻，《論語譯注》　131。
[18] 楊伯峻，《論語譯注》　144。
[19] 楊伯峻，《論語譯注》　81。
[20] 古棣、戚文、周英，《論語譯說》（長春：時代文藝出版社，2001）8。
[21] 楊伯峻，《孟子譯注》（北京：中華書局，1998）328。
[22] 楊伯峻，《孟子譯注》　335。
[23] 楊伯峻，《孟子譯注》　5。
[24] 楊伯峻，《孟子譯注》　14。
[25] 楊伯峻，《孟子譯注》　3。
[26] 楊伯峻，《孟子譯注》　31。

儘管如此，孟子的「以民為本」卻止步於情感上的貼近和目光上的注視，「人」與「民」的本質——體現在「君子」「小人」、「人」「民」之別——與孔子並無二致。「無君子，莫治野人；無野人，莫養君子」（〈滕文公上〉[28]），「君子」「野人」（「小人」）之區分與貴賤同孔子的表述沒有變化；「以佚道使民，雖勞不怨」（〈盡心上〉[29]），「民」作為役使的對象沒有變化；「文王以民力為台為沼，而民歡樂之」、「古之人與民偕樂，故能樂也」（〈梁惠王上〉[30]），「民」的附屬地位及陪襯功能沒有變化。總之，「人」（「勞心者」）與「民」（「勞力者」）的身份、界限等級等依舊劃然：「勞心者治人，勞力者治於人」（〈滕文公上〉[31]）。而這也充分體現出儒家思想在「人」的觀念上一脈相承的一致性。

2.魯迅思想體系裡的「人」

儒家思想中「人」「民」概念的二元對立思維一直伴隨歷史行進的腳步，同時也作為尺規和範式規約著中國人的集體無意識。直至 19 世紀末，這種二元對立模式才在晚清維新運動和啟蒙思潮衝擊之下逐漸被打破而趨向整一，而催生這種改變的主要歸因於兩個關鍵人物，一個是嚴復（1854-1921），另一個則是梁啟超（1873-1929）。嚴復在 1895 年的《原強修訂稿》指出「是以今日要政，統於三端：一曰鼓民力，二曰開民智，三曰新民德」[32]。其後，梁啟超在《新民叢報》創刊號上大聲宣揚「欲維新吾國，必先維新吾民」之口號來呼應嚴復的「新民」主張。顯然在此，嚴梁二人筆下之「民」是一個集體稱謂，一個包容性、綜合性和整合性的廣義國民概念，即全體國民（涵蓋了儒家的「人」與「民」），而不再是孔子和儒家思想裡與「人」割裂的「民」。

---

[27]　楊伯峻，《孟子譯注》　　33。
[28]　楊伯峻，《孟子譯注》　　119。
[29]　楊伯峻，《孟子譯注》　　305。
[30]　楊伯峻，《孟子譯注》　　3。
[31]　楊伯峻，《孟子譯注》　　124。
[32]　王栻（1912-83）主編，《嚴復集》（北京：中華書局，1986）27。

在〈文化偏至論〉裡，一方面，魯迅「人」的概念在內涵和本質上承接嚴梁二人之「民」，「人」不是局限於某一部分人群，而是全體國民和整個處於即將被擠出世界之林的中華民族；另一方面，魯迅在語辭和符號形式層面上實現了對嚴梁二人的突破和超越，他使用了更為現代人普遍採用的「人」的概念，而不是容易使人產生狹義理解的「民」的概念。實際上，在〈文化偏至論〉之前的《人之歷史》一文裡，魯迅便使用過「人」的概念。只不過，《人之歷史》中，魯迅是從「由進化而繁變，以至於人」的生物學和物種學自然科學層面使用「人」的概念，而〈文化偏至論〉裡則是從「人既發揚踔矣，則邦國亦以興起」的歷史學和社會學人文角度使用「人」的概念。綜合魯迅之「人」和嚴梁二人之「民」，也便是現在通用「人民」或「國民」概念。

需要指出的是，魯迅早期「立人」思想裡的「人」，其「強調的是『每一個』具體生命『個體』的意義和價值，他把人還原到人的個體生命之中……強調每一個具體的人的生命價值和意義」[33]。此時的周樹人，受個人主義和人道主義薰陶和影響，尚不同於接觸階級論之後的魯迅，其「人」的概念和「立人」思想具有明顯的普世價值和人本意味。此時，魯迅「立人」思想裡的「人」顯然與 1920 年代末期同「新月派」梁實秋（梁治華，1903-87）進行論戰時主張「人性是有階級性」的「人」不同，更與 1949年之後在中國廣泛使用的政治學意義上的「人民」概念本質上不同。

二、啟蒙現代性思想與儒家「忠恕」之道

起於毫釐之異，終於千里之別。理論五彩繽紛，時有同色，然而往往卻由細微之因，致使「桔枳之別」。比如，榮格（Carl Gustav Jung, 1875-1961）和弗洛姆（Erich Fromm, 1900-80）均標舉佛洛德（Sigmund Freud, 1856-1939）精神分析心理學之旗開啟各自的理論航程，然而榮格用「集體無意識」來置換以性慾為核心的「力比多」，弗洛姆則騎著個體心理學之馬告別了佛洛德，奔向社會心理學之途。孔子和魯迅的「立人」也是如此，

---

[33] 錢理群（1939- ），《與魯迅相遇：北大演講錄之二》（北京：三聯書店，2003）
78。

正是基於對「人」這一「立人」根本命題的分歧，兩種「立人」在思想實質（什麼是「立人」）、實施主體（誰來「立人」）、方法策略（如何「立人」）等方面也「南轅北轍」「分道揚鑣」。

1.「立人」思想的提出

　　任何觀念的形成或思想體系的建立，均非心造幻影、憑空想像。百年之前，魯迅之所以堅決和堅定地提倡「立人」，其背後具有深刻的原因。第一，主體的生命體驗和歷史觀察。家族變故，父親亡故，青年魯迅被迫「走異路，逃異地」，意圖謀求變化；然而國民麻木，國勢朽木。〈藤野先生〉裡，「幻燈片事件」傳達出魯迅透骨的淒涼感和清醒的無奈。雖然，有學者認為「幻燈片事件」是「充滿意義的隱喻。幻燈片尚未找到，作者可能有虛構」[34]。事實上，不管細節是否真實，可以肯定的是透過它可以讀出魯迅對彼時歷史、國民性的態度。魯迅也正是憑藉這一基本判斷來思考「國民性改造」，倡言「立人」。第二，晚清啟蒙思潮和思想家的影響。西方文明的硬性殖民，一方面令國人進行自我反思，另一方面也促使國人舉目外望。它也是晚清維新運動和啟蒙運動的引擎，並催生出一批尋求變革的啟蒙思想家。其中，對魯迅啟發較大、影響較深的依然是嚴復和梁啟超。魯迅對嚴復的基本評價是「十九世紀末年中國感覺敏銳的人」[35]。據許壽裳回憶，魯迅早年受嚴復和林紓影響，且不止一次閱讀嚴復翻譯的《天演論》（*Evolution and Ethics and Other Essays*），甚至「有好幾篇能夠背誦」，[36]足見嚴復對魯迅影響之深，因故有人推說魯迅「從心底佩服嚴復最早明確提出了改造國民性問題」。[37]雖然，魯迅文章裡不見對梁啟超的評價，但據周作人（周樟壽，1885-1967）回憶，1902 年魯迅達到日本之後，廣泛接觸新書報。在癸卯年（1903）年 3 月，魯迅寄周作人一包書，其中「便有《清議報》彙編八大冊，《新民叢報》及《新小說》各三

---

[34] 李歐梵（1939- ），《鐵屋中的吶喊──魯迅研究》，尹慧珉譯（長沙：嶽麓書社，1999）17。

[35] 魯迅，〈隨感錄二十五〉，《魯迅全集》，卷 1，311。

[36] 許壽裳（1883-1948），《亡友魯迅印象記》（桂林：廣西師範大學出版社，2010）12。

[37] 皮後鋒（1966- ），《嚴復評傳》（南京：南京大學出版社，2006）104。

冊」[38]。《新民叢報》由梁啟超創辦並主筆，可以推斷，梁啟超「排滿」及「維新國民」的態度在很大程度上感動過魯迅，激起過魯迅的情感共鳴。嚴梁二人既學貫中西、學識淵博，又諳熟國情世情、民心民性，尤其是對「國民性改造」和民眾啟蒙問題的關注。在《論法的精神》一書按語中，嚴復深刻指出中國人「刻鷙感憤之情多，而豁達豈悌之風少也」[39]，並對國民性的如下特點表示出深深擔憂：「尚古賤今」「因循守舊」「安於現狀」「民氣柔弱」「虛驕自大」「相互欺騙」「自私自利」「勾心鬥角」「人心渙散」等等。梁啟超在《新民說》裡則針對國民性問題從「治病」角度開列出「公德」「進取」「合群」「尚武」「自尊」「冒險」等「藥方」[40]。不管是 1907 年的周樹人，抑或是 1918 年後的魯迅，國民性認知和批判國民劣根性態度與嚴梁二人幾乎如出一轍，只是在具體語辭符號的使用上存在細微差異。第三，西方哲學和文藝思想的影響。1890 年，美國傳教士明恩溥（Arthur Henderson Smith, 1845-1932）在上海出版《中國人的特性》（時譯《中國人的氣質》, *Chinese Characteristics*），書中列舉了中國人愛面子、漠視時間、漠視精確、固執、神經麻木、智力混沌、保守、缺乏同情心、相互猜疑、缺乏誠信等等性格，並認為中國人需要獨立的人格和良知[41]。魯迅晚年希望「有人翻出斯密斯的《支那人氣質》」[42]，說明魯迅並未讀到晚清就已經從日文翻譯過來的《中國人的氣質》一書，但同時也證明魯迅聽聞此書，並可能瞭解其部分內容。《中國人的氣質》也一定在某種程度上影響了前述嚴梁二人對國民性的認知和判斷。該書之於魯迅的意義在於：它促進魯迅對國民性問題的關注和思考，這在許壽裳關於魯迅對國民性問題思考的回憶中可以得到證實。「國民性改造」思想是魯迅思想體系中「一以貫之」的重要內容，它與「立人」思想是同一事物的辯證統一，是「立人」的另一副面孔。此外，西方文明諸如個性主義、人道主義等也深刻地影響了魯迅的「立人」思想。在〈文化偏至論〉和〈摩

---

[38] 周作人（1885-1967），《魯迅的青年時代》，止庵校訂（石家莊：河北教育出版社，2002）73。

[39] 孟德斯鳩（1689-1755），《論法的精神》，嚴復譯（上海：三聯書店 2009）397。

[40] 梁啟超（1873-1929），《新民說》，黃坤評注（鄭州：中州古籍出版社，1998）。

[41] 明恩溥（1845-1932），《中國人的氣質》，劉文飛、劉曉暘譯（上海：文匯出版社，2010）1-2。

[42] 魯迅，〈「立此存照"（三）」，《魯迅全集》，卷 6，649。

羅詩力說〉裡，魯迅熱情讚賞、高度評價尼采（Friedrich Wilhelm Nietzsche, 1844-1900）、施蒂納（Max Stirner, 1806-56）、拜倫（George Gordon Byron, 1788-1824）、雪萊（Percy Bysshe Shelley, 1792-1822）等人，儘管他們思想各異、氣質迥然，然而，魯迅卻在整體上將其視為敢於反抗、勇於鬥爭的「精神界之戰士」，正是這些「先覺之士」和「軌道破壞者」，魯迅確立了「立人」基點，增強了「立人」信念，並給「立人」灌注進自性覺醒、個性解放的精神內涵。

　　相似的歷史境遇是，孔子也生存於歷史夾縫之裂變時代，新舊交替的動亂歲月——「禮樂崩壞」「天下無道」。急劇的精神煎熬和心靈折磨，孔子四處奔波，意欲重歸「禮樂」「仁愛」之道，於無望中尋求希望——探尋和構築「立人」之夢。孔子的「立人」觀，究其本源，源自於多種因素的綜合刺激，主要又落實在兩個方面：第一，「無道」現實與「有道」歷史。《論語》裡，孔子用「八佾舞於庭」，「禮樂征伐自諸侯出」來形容當時社會現狀，表達出對「失道」之憤慨、內心的憂慮。與現狀的不堪相比，歷史（西周）及歷史文明（周禮）則無限美好：「郁郁乎文哉，吾從周！」（〈八佾〉[43]）孔子對這種對歷史和「周禮」的態度，實質是「對氏族統治體系和這種體系所保留的原始禮儀的維護」[44]，不僅如此，在充滿迷戀的回望裡更帶有忘情的味道。因此，「一切何以至此」「如何得以回歸」便成為孔子思考的重點，也是整個孔子思想體系的指向和歸途。正是在思考並回答問題的過程中，孔子「立人」思想得以確立。一言以蔽之，「立人」達向「行仁」，通向「復禮」；而「行仁」就是「立人」，「複禮」即需「立人」，「立人」「行仁」「復禮」三者是相通的，甚至可以說是同義的。第二，老子及其歷史觀。雖然，學界對老子和孔子二人確切的生卒年份存有分歧，但一致的觀點是二人同時期且老子早於孔子。孔子坦言自己「述而不作，信而好古，竊比於我老彭」[45]，《禮記》也記載「吾（孔子）聞諸老聃」，此乃夫子一貫之「春秋筆法」自道與老子之關係。《史記・韓非列傳》則具體記載了「孔子適周」「問禮於老子」[46]，「禮」

[43]　楊伯峻，《論語譯注》　28。
[44]　李澤厚（1930- ），《中國古代思想史論》（合肥：安徽文藝出版社，1999）13。
[45]　楊伯峻，《論語譯注》　66。
[46]　司馬遷（前 145 或前 135－前 87？），《史記》，卷 7（北京：中華書局，1959）

之外有無其他所問，《史記》及其他典籍尚未見記述。然而，孔子標榜「吾從周」，老子讚賞「小國寡民」「民至老死不相往來」，兩人「現在不如過去」歷史觀在復古主義的旗幟下再次集合，雖然兩人回望過去的程度和遠近不同，但回望的方向和姿態卻是一致。正是這種復古主義的歷史觀，孔子確定了「立人」依據：倚靠歷史「聖人」──堯舜夏禹、商湯文武，憑藉「周禮」。並且，這種復古主義的歷史觀合乎前述孔子對現實和歷史的看法，或者反過來說，對現實和歷史的看法體現並落實了復古主義歷史觀，它們共同構成了孔子「立人」觀提出的現實、心理和文化動機。

通過梳理兩種「立人」思想淵源，可以看出，同樣起源於對自我生命的焦慮、國家存亡的擔憂和現實世界的失望，卻因各自看待歷史的態度──一個以「告別」姿態解構歷史，另一個則以「回望」姿態來憑弔歷史──最終決定了兩人在「立人」道路上「分道揚鑣」，「南轅北轍」。

2.「立人」思想的本質內涵

由於《論語》的語錄體形式，對孔子思想（包括「立人」）的闡釋和研究往往落於印象式點評模式。如若細緻梳理孔子思想肌理，卻可以發現，它實際是思路清晰、邏輯嚴密和結構縝密的思想體系。在〈里仁〉裡，孔子告知曾參，「參乎，吾道一以貫之」[47]，通過「夫子自道」，孔子的理論是以「道」為圓心的整套體系。那麼，這個「道」（思想體系）是什麼？其回答是「夫子之道，忠恕而已也」。也就是說，孔子自知、自明並自信終身堅持的思想和學說，也了然它的核心和本質，它就是「忠恕」。

何謂「忠恕」？「盡己之謂忠，推己之謂恕」[48]。也就是說，「忠」就是「盡己」（「盡己為人」），「恕」就是「推己」（「推己及人」），它們是「一道」之「兩翼」、「一體」之「兩面」。那麼，何謂「盡己」和「推己」？「盡己」即「己欲立而立人，己欲達而達人」，「推己」即「己所不欲，勿施於人」[49]。自我慾望之事物/價值，盡力使他人也能實現；

2140。
[47] 楊伯峻，《論語譯注》 39。
[48] 朱熹（1130-1200），《四書章句集注》（北京：中華書局，2011）71。
[49] 楊伯峻，《論語譯注》 123。

自我不欲之事物/價值，切勿勉強施加給他人，正所謂「君子成人之美，不成人之惡。小人反是。」（〈顏淵〉[50]）「盡己」是從積極一面而言，「推己」則是從消極一面而言，因此，「立人」的本質內涵體現在兩個方面：第一，「己欲立而立人，己欲達而達人」。此為「立人」思想的正面表述，其意亦可解為「己之所欲，施之於人……有的儒家把忠恕之道稱為『絜矩之道』，意思是說，以自己作為尺度來規範自己的行為」[51]。如果能夠如此，便是實現了對「仁」——最高理想的踐行。第二，「己所不欲，勿施於人」。「立人」不但是積極地將成己之美的同時成人之美，使他人也能得到自己認同的事物，反之，自己不欲的事物或觀念萬勿強加於人則是底線。前者固然可貴，而後者尤為可貴。而孔子「立人」的完整形態就是兩者的對立統一和辯證結合。

　　需要提醒的是，以上是從「盡己」和「推己」兩面對「立人」（仁學思想）思想進行的辯證闡釋。《論語》裡，「仁」還有文化層面的表述，「克己復禮為仁。一日克己復禮，天下歸仁焉」[52]。也就是說，實踐周禮（或恢復周禮）也便是「仁」——一切言行要合乎禮的標準，恪守禮的律條，遵守禮的規約。相反，要做到「非禮勿視，非禮勿言，非禮勿聽，非禮勿動」。（〈顏淵〉[53]）因此，「立人」（仁）的本質內涵落腳在人（人格）的層面就是恪守「忠恕之道」，落腳在社會（文化）層面就是「克己復禮」。

　　辯證來看，魯迅「立人」思想也體現在兩個方面：第一，「國民性改造」。常言說，有所立，必有所破。「破」是「立」的起點，「立」為「破」的終點。對於魯迅而言，其「立人」的終極目標是希望每個國民均能「人各有己」，清楚自我的價值，擁有完全的人格，可以獨立思考，自由思想。它實質是使人「擺脫迷信」，「變得明白」，讓人從「神話和迷信的支配中解放出來」的啟蒙思想[54]。然而，正如前述，魯迅「立人」思想的形成

---

[50] 楊伯峻，《論語譯注》　129。
[51] 馮友蘭（1895-1990），《中國哲學簡史》（北京：新世界出版社，2004）38。
[52] 楊伯峻，《論語譯注》　123。
[53] 楊伯峻，《論語譯注》　123。
[54] 詹姆斯・施密特（James Schmidt），《啟蒙運動與現代性：18世紀與20世紀的對話》（"What is Enlightenment? : Eighteenth-century Answers and Twentieth-century Questions"），徐向東、盧華萍譯（上海：上海人民出版社，2005）20。

是建立在對國民性問題的反思基礎之上。「國民性改造」思想如同一面鏡子，透過它，魯迅審視國民性「污點」和「疤痕」，並通過揭開「國人的靈魂」，以此祛除蒙昧，達到「立人」。因此，「國民性改造」事實上是「立人」的另一面。第二，「自覺至，個性張」。魯迅終其一生都致力於無情地撕開傳統文明的裹屍布，批判傳統文化之弊病和「國民劣根性」，然而，他不單單是一個「軌道破壞者」，他還是一個積極的思想和文化建設者。〈文化偏至論〉裡，若要提問「立人」是什麼，魯迅給出的答案是：「自覺至，個性張」，就是每個人都能夠自性覺醒，個性張揚。並且，他進一步指出，唯有如此，「沙聚之邦，由是轉為人國」[55]。可見，魯迅「立人」思想的終極目標是實現「立國」（「人國」）之夢，其思路則是先有「人」然後有「人國」，這個新「人」（也就是「立起來的人」）就是自性覺醒、個性張揚之人，也就是《破惡聲論》裡的『朕歸於我」「人各有己」[56]，「其聲昭明，精神發揚，漸不為強暴之力譎詐之術之所克制」[57]之人。

此外，在圍繞「立人」問題而延伸出的系列關係上魯迅也進行了完整的闡明，即在物質和精神的關係中，主張「剖物質而張靈明」，偏重於精神，重視「張大個人之人格」；在個人和群體的關係中，主張「任個人而排眾數」，置重於個人，反對「滅人之自我，使之混然不敢自別異，泯於大群」[58]。這些，充分顯示出魯迅的「立人」思想全然不同於彼時思想界、政治界和文化界精英關於民族及國家復興方案之思考，他特立獨行、「不合群」地放棄了當時流行和時尚的「物質主義」和「民主」方案，洞見地指出「人」才是中國一切弊病和問題的癥結和根源，其餘不過都是症候。值得玩味的是，8 年之後，陳獨秀在名為《敬告青年》的《青年雜誌》發刊詞裡仍然高舉「科學」和「民主」旗幟，並以其為思想火種點燃了新文化運動和五四文學革命之火炬，而魯迅在為《新青年》雜誌所寫的〈藥〉、〈故鄉〉等小說及一系列雜文裡延續了〈文化偏至論〉時期以「人」為思考中心的特點。不僅如此，雖然魯迅在 1920 年代末接觸階級性概念，其

[55] 魯迅，〈文化偏至論〉　57。
[56] 魯迅，〈破惡聲論〉，《魯迅全集》，卷 8，26。
[57] 魯迅，〈破惡聲論〉　27-28。
[58] 魯迅，〈破惡聲論〉　28。

「人」的思考不再局限於人本和個性主義，包容了更多的社會性和群體意識，但是直到 1936 年，在寄望於有人可以翻譯《支那人氣質》的感歎裡，縈繞在魯迅精神深處的依然是對「人」的關注。

綜上所述，孔子「立人」思想的本質是在「克己」（「不逾矩」）框架內「盡己為人」和「推己及人」的「忠恕之道」，魯迅「立人」思想的本質則是在啟蒙旗幟下的「國民性改造」和「自行覺醒、個性張揚」的現代性思想；孔子是維護周禮最執著、最堅毅的士大夫，而魯迅則是反封建文化最堅定、最堅決的啟蒙鬥士。

3.兩種「立人」思想的特點

既然兩種「立人」的精神本質相去甚遠，那麼如何「立人」？由誰來承擔「立人」使命？也就是「立人」的行為主體是誰？對此，孔子和魯迅所給出的答案也不盡相同。雖然，孔子和魯迅思想裡的「立人者」具有共性：他們合乎理想人物之標準，是完美人格的代表。但是，孔子寄希望的「立人者」是「修己以敬」「修己安人」（〈憲問〉[59]）的君子，魯迅寄希望的「立人者」則是可「發為雄聲」「作至誠之聲，致吾人於善美剛健」的「精神界之戰士」[60]，「不和眾囂，獨具我見之士」[61]。可見，孔子的「立人者」自省、謙和，魯迅的「立人者」剛健、偉力。兩種「立人者」個性特色各異，而它折射出的是兩種「立人」本身在氣質上的各自特色：

第一，靜與動。縱觀《論語》一書，所體現出來孔子思想的最突出特徵是「靜」，他追求平穩和和諧，而憂懼動盪和變革。「子不語：怪、力、亂、神」（〈述而〉[62]）從反向維度說明了孔子期望常、德、治、人，而「常」便是正常而非怪異，「治」則是安穩而非動亂。在「八佾舞於庭，是可忍也，孰不可忍也」（〈八佾〉[63]）無奈憤慨裡表現出的是孔子對擾亂秩序的擔憂和焦慮。如前所述，作為「忠恕」之道的「立人」，無論是「盡己為人」，抑或是「推己及人」，事實上都關乎人的心靈靜省、人格

---

[59]　楊伯峻，《論語譯注》　159。
[60]　魯迅，〈摩羅詩力說〉，《魯迅全集》，卷 1，101-02。
[61]　魯迅，〈破惡聲論〉　27。
[62]　楊伯峻，《論語譯注》　72。
[63]　楊伯峻，《論語譯注》　23。

提升和心性修養。「君子求諸己，小人求諸人」（〈衛靈公〉[64]）等強調主體自省的力量和作用，而「我欲仁，斯仁至矣」（〈述而〉[65]）則更為直接地表明依靠自我修煉到達「仁」的境界，因此，孔子「立人」思想實際上是一種以主體能動自省為途徑，追求靜美的道德實踐哲學。

相反，魯迅思想的最基本特徵是「動」，其「立人」思想之基點或起點是對安寧和平穩的質疑，他強調「平和為物，不見於人間。其強謂之平和者，不過戰事方已或未始之時，外狀若寧，暗流仍伏，時劫一會，動作始矣」[66]，「動」和「變」是永恆的，而「靜」和「常」才是相對的；他反感「理想在不攖」的中國之治，將人心守常死寂視為文化至悲。魯迅「立人」思想的動力是「立意在反抗，指歸在動作」的反抗精神；作為「先覺之士」的「立人者」也是那些被社會視為「摩羅」（魔鬼），「爭天拒俗」的「軌道破壞者」。凡此種種，不論是「立人」的思想淵源、動力，還是「立人者」的特性，魯迅對「動」「靜」的辯證理解等等，都可以看出，魯迅的「立人」思想實際上是一種「貴力尚強」、讚賞「動」「抗」和「破壞」的啟蒙現代性方案。在此，魯迅就先知般地預言和宣告了「批判舊文化」、「打倒孔家店」及「重新估定一切價值」等五四之聲，直至 30 年代，京派文人提倡「和平靜穆」，而「與朱光潛鼓吹『靜穆』美相反，魯迅熱烈地提倡戰鬥的力的美」[67]。可以看出，雖然時隔多年，魯迅依然「一以貫之」地保持著「立人」時期的基本個性特徵。

第二，退與進。如前所述，《論語》裡，孔子「立人」思想提出的文化心理動機是「天下無道」「禮樂征伐自諸侯出」的動盪現實。換言之，「現在」令人不安和憂懼，而「過去」卻令人神往和懷念。設若孔子置身於其設想並嚮往的西周時代，社會安寧，人事和諧，那麼「立人」之於孔子而言便成為沒有必要的偽命題。當然，西周一方面存在於歷史傳承的儀式和文化之中，另一方面是孔子基於復古主義歷史觀的想像，孔子借由「歷史」（「道」）——「現實」（「無道」）之別，為其主張「行仁」「復

---

[64] 楊伯峻，《論語譯注》 166。
[65] 楊伯峻，《論語譯注》 74。
[66] 魯迅，〈摩羅詩力說〉 68。
[67] 錢理群、溫儒敏（1946- ）、吳福輝（1939- ），《中國現代文學三十年》（北京：北京大學出版社，1998）158。

禮」和「立人」確立論據，正如有人說，孔子是在替歷史辯護，在那個「動盪的變革時代，明確地站在保守、落後的一方」[68]，其「立人」思想便鮮明地帶有退守、回首色彩。需要提醒的是，這種復古主義的歷史觀彼時就已經被迅速前行的歷史丟在了路邊，韓非就諷刺道：「今欲以先王之政，治當世之民，皆守株之類也」，並將以這種歷史觀為內核的儒家視為「五蠹」之一[69]。

　　如前所述，魯迅對嚴復的評價較高，並讚賞其翻譯的《天演論》。《天演論》是嚴復依據依據英國生物學家赫胥黎（Thomas Henry Huxley, 1825-95）《進化與倫理》（*Evolution and Ethics*）翻譯並改編而成，該書的理論基石是達爾文的生物進化論，其開宗明義地指出，「雖然天運變矣，而有不變者行乎其中」，「不變惟何？」，就是「物競」、「天擇」的「天演」之說[70]。同時，在該書中，嚴復從生物進化學說出發，難能可貴地提出了「世道必進，後勝於今」[71]的歷史進化思想，這在歷來信奉歷史循環論和復古主義的中國，無疑具有開拓性、啟蒙性和象徵意義。魯迅的歷史觀是否受到嚴復影響無可得知，但他關於人類歷史必然「自卑而高，日進無既」[72]的論斷幾乎是嚴復歷史進化思想的翻版。魯迅堅信「後起的生命，總比以前的更有意義，更近完全」[73]。從魯迅的「立人」主張來看，他將「自覺至，個性張」之未來人與「保守殘闕」「自尊大」「頑固」之古舊人對比，可見，與孔子鍾情於歷史上的「君子」「聖人」不同，魯迅的理想之人是未來之人而非過去之人，魯迅的「立人」姿態是前瞻性、進化性的。

　　第三，「自省」與「醒人」。《論語》裡，孔子強調「三思」之後還要「再思」，其得意門生曾子也說「吾日三省吾身」。可見，孔子自己就是具有內省精神的君子，他也讚賞具有自省品性之人。「盡己為人」是積極主動地視他人為中心，竭盡所能地為人，是無私；「推己及人」是恪守

---

[68]　李澤厚（1930-　），《中國古代思想史論》（合肥：安徽文藝出版社，1999）17。

[69]　陳奇猷（1917-2006）校注，《韓非子集釋》（上海：上海人民出版社 1974）1040。

[70]　赫胥黎（Thomas Henry Huxley, 1825-95），《天演論》（*Evolution and Ethics*），嚴復譯（北京：中國青年出版社，2009）2。

[71]　赫胥黎，《天演論》　50。

[72]　魯迅，〈人之歷史〉，《魯迅全集》，卷 1，8。

[73]　魯迅，〈我們現在怎樣做父親〉，《魯迅全集》，卷 1，137。

道德底線地為限制自私，不能任由一己之私欲而傷害他人，是滅私。不管是「無私」還是「滅私」，都是依靠「靜坐常思己過，閒談莫論人非」「求諸己」（自我審視、自我苛責）的方式來實現，強調的是對自我進行反思和限制。由此可見，孔子的「立人」如同康得的內心「絕對命令」——道德自律，具有強烈的「內向」自省性。

〈文化偏至論〉、〈摩羅詩力說〉雖是論文，然而其語調卻類似於魯迅早年推崇的尼采的《查拉圖斯特拉如是說》（Thus Spoke Zarathustra），採用先知般的警示和預言口氣。如前所述，魯迅的「立人」思想與其國民性批判（改造國民性）思想是同構的一體兩面之關係，他站在啟蒙者的立場來透視國民性弱點，並在洞見基礎上進行揭示和批判。正因如此，它一方面決定了魯迅不論是小說還是雜文語調的俯視性，一種清醒者對沉睡者的啟蒙語調，而不是平視或者仰視口吻；另一方面也決定了「立人」思想本身語調的啟蒙性。魯迅儼然「振臂一呼，應者雲集」的「精神界之戰士」，登高「吶喊」，期待國民脫離束縛，獨立思考，不再麻木自大，抱殘守缺，最終能夠個性解放，自性覺醒。這些，都充分顯示出魯迅「立人」顯明的「外向」啟蒙性。

三、對兩種「立人」思想的評價

在〈卡爾・格律恩《從人的觀點論歌德》〉（ "On Karl Grun's 'On Goethe from the Human Standpoint'" ）一文中，恩格斯（Friedrich Von Engels, 1820-95）則要求從美學的和歷史的觀點來進行文藝批評[74]，把作家和作品放在特定的時代和歷史情境下進行評判。而在〈文化偏至論〉裡，魯迅期望以「外之既不後於世界之思潮，內之仍弗失固有之血脈，取今復古，別立新宗」[75]之開放態度，在批判繼承基礎上進行創造。前者，便是我們評價兩種「立人」思想的基本態度，而後者則是兩種「立人」精神對當下文化思考的啟示。

---

[74] 紀懷民等，《馬克思主義文藝論著選講》（北京：中國人民大學出版社 1982）140。
[75] 魯迅，〈文化偏至論〉 57。

　　時至今日，孔子「立人」思想中的一些元素依然具有歷久彌新的價值和借鑒意義。克己自省，它可使伴隨張揚個性而橫飛的慾望得到節制；重義輕利，它可使受實用主義和功利主義驅逐的物欲追求得到舒緩；自我完善和道德自律，它可使因浮躁、信仰失卻而迷惘的靈魂、放逐的道德得到棲息……然而，孔子「立人」思想裡的「人」終究是少數貴族，與廣大的「民」相分離和割裂，它決定了孔子「立人」思想的階級服務性和意義形態的從屬性，這便是孔子「立人」思想的局限。

　　〈文化偏至論〉裡，魯迅確實秉持「取今復古」「拿來主義」之開放心態「別立新宗」，創造性地提出「立人」。他以銳利眼光穿透傳統文明，不留情面地揭開國民性瘡疤，並在此基礎上，利用西方個性主義和人道主義思想資源，高舉啟蒙大旗，吶喊自性覺醒，鬆綁精神束縛，這些都具有永恆價值和普世性。然而，魯迅「立人」思想裡的個性解放有著「要求個性不受任何拘束的絕對發展的思想。這和他的實現『人國』的理想一樣，具有著空想的成分」[76]。這也便是魯迅「立人」思想的局限。

---

[76] 鮑晶，《魯迅早期的「立人思想」》，《天津社會科學》5（1982）：87。

參考文獻目錄

AN

安小蘭譯注.《荀子》。北京：中華書局，2007。

BAO

鮑晶.〈魯迅早期的「立人思想」〉，《天津社會科學》5（1982）：81-88。

BI

皮後鋒.《嚴復評傳》。南京：南京大學出版社，2006。

CHEN

陳奇猷校注.《韓非子集釋》。上海：上海人民出版社，1974。

FENG

馮友蘭.《中國哲學簡史》。北京：新世界出版社，2004。

GU

古棣、戚文、周英.《論語譯說》。長春：時代文藝出版社，2001。

GUO

郭彧譯注.《周易》。北京：中華書局，2006。

HE

何建章注釋.《戰國策注釋》。北京：中華書局，1990。
赫胥黎（Huxley, Thomas Henry）.《天演論》（*Evolution and Ethics*），嚴
　　復譯。北京：中國青年出版社，2009。

JI

紀懷民等.《馬克思主義文藝論著選講》。北京：中國人民大學出版社，1982。

LI

李歐梵.《鐵屋中的吶喊》，尹慧瑉譯。石家莊：河北教育出版社，2001。
李澤厚.《中國古代思想史論》。合肥：安徽文藝出版社，1999。
──.《中國近代思想史論》。合肥：安徽文藝出版社，1999。
──.《中國現代思想史論》。合肥：安徽文藝出版社，1999。

LIANG

梁啟超.《新民說》，黃珅評注。鄭州：中州古籍出版社，1998。

LU

魯迅.《魯迅全集》。北京：人民文學出版社，2005。

MENG

孟德斯鳩（Montesquieu, Charles de Secondat）.《論法的精神》（*The Spirit of Laws*），嚴復譯。上海：三聯書店，2009。

MING

明恩溥.《中國人的氣質》，劉文飛、劉曉暘譯。上海：文匯出版社，2010。

QIAN

錢理群.《與魯迅相遇：北大演講錄之二》。北京：三聯書店，2003。
──、溫儒敏、吳福輝.《中國現代文學三十年》。北京：北京大學出版社，1998。

RAO

饒尚寬譯注.《老子》。北京：中華書局，2006。

SHI

施密特，詹姆斯（Schmidt, James）‧《啟蒙運動與現代性：18 世紀與 20
世紀的對話》（*What is Enlightenment? Eighteenth-century Answers and
Twentieth-century Questions*），徐向東、盧華萍譯。上海：上海人民
出版社，2005。

SI

司馬遷.《史記》。北京：中華書局，1959。

WAN

萬麗華、藍旭譯注.《孟子》。北京：中華書局，2006。

WANG

王栻主編.《嚴復集》。北京：中華書局，1986。

XU

許壽裳.《亡友魯迅印象記》。桂林：廣西師範大學出版社，2010。

YANG

楊伯峻.《論語譯注》。北京：中華書局，2012。

ZHOU

周作人.《魯迅的青年時代》，止庵校訂。石家莊：河北教育出版社，2002。

ZHU

朱熹.《四書章句集注》。北京：中華書局，2011。

Two Kinds of "*li ren* 立人": Lu Xun's Enlightened Principles on Modernity and Confucianism

Zhengsheng PENG

Lecturer, Literature and Media Department, Chaohu University

Abstract

In 1907, Lu Xun in "On Deviation of Culture" introduced *li ren* "立人" as a term. Interestingly, Confucius also advocates *li ren* "立人." However, Lu Xun and Confucius lived in highly different historical and cultural context, thus leading to a difference in the semantics of the term. Lu Xun's *li ren* "立人" was associated with the concept of enlightenment whereas and Confucius's *li ren* "立人" was associated with the concepts of loyalty and forgiveness.

論文審查報告之一

1). 論文選題有意義，在魯迅學術史的鏈條上，相關論文還不多見。論文從多個方面對魯迅和孔子的「立人」思想進行深入比較和甄別，清晰辨析了兩種「貌合神離」的「立人」思想的不同內涵，作者對研究對象魯迅和孔子相當熟稔，運用材料信手拈來，學術視野開闊，理論功底深厚，是一篇比較厚重大氣的論文。

2). 論文結尾談到魯迅「立人」思想的局限性，似乎忽略一點，也即是近年來「胡適（胡洪騂，1891-1962）還是魯迅」的論爭思潮中所涉及的一個關鍵問題，「立人」的實現是否需要制度的保障？如沒有制度的保障，「立人」是否易流於空泛而不切實際？但魯迅事實上忽略了這點。

3). 在談到魯迅「立人」思想形成的原因時，作者雖提到尼采、施蒂納等人的影響，但僅僅把它視為最次要的原因，放在最後，且對尼采、施蒂納的理論精髓沒有介紹，事實上，尼采、施蒂納等西方思想家對魯迅「立人」思想的形成具有關鍵性的作用。

4). 在論文結尾補充闡釋魯迅「立人」思想的局限性，例如對〈制度建設〉的忽略等。

5). 突出尼采、施蒂納等人對魯迅「立人」思想形成的重要意義，扼要的闡釋尼采、施蒂納相關思想精髓。

論文審查報告之二

1). 論文在形式上沒有太大問題，論述語言平實順暢，論文的結構也清楚。

2). 論文在關乎學術研究的本質問題上，有若干實質缺陷，在此坦率指出，供參考。第一，論文究竟要提出和解決什麼問題？比較魯迅和孔子的目的意義何在？相距 2000 年，兩者的不同實為自然和必然，似乎不成為問題；而論文所述意見也呈現一般化的毛病，焦點既不在魯迅也不在儒家，焦點虛化。第二，魯迅的立人思想一直被毫無根據的過高評價。對主觀和精神的重視，在當時是西方、日本，也是中國思想界的

流行，這些只要看看當時留學生們辦的雜誌，就清楚了，那完全不是二十幾歲的魯迅的「創造」，他自己一再說自己那時的文章不好，而且回國後此類的言說從此消失，不知為何論者們就是視而不見。今人的誇讚，魯迅一定為之羞愧。

3). 總之，極端地說，本文的問題是一個虛化的問題，沒有焦點的問題，不成為問題的問題。比較不是目的，只是手段。沒有了目的，手段就喪失了意義。所以，無法建議如何修改。

4). 請不要介意意見的尖銳。這是評者的肺腑之感。

論文審查報告之三

1). 本文以孔子和魯迅為研究對象，評述古今兩種「立人」思想的內涵與時代意義，並著重比較其差異性，進而觸及兩種立人精神對當下文化思考的啟示。全篇選題頗具價值，論述脈絡清楚，也有些不錯的論斷。其中，第三節第三項，討論「兩種立人思想的特點」，明快指出「靜與動」、「退與進」、「自醒與醒人」等三項主要差異，堪稱具體，也有一定的啟發性。

2). 本文主要值得商榷之處在於，就立場而言，彷彿還站在五四啟蒙時期的論述語境裡。比較親切而認真地體會魯迅立說的用意，考慮到他所面臨的時代課題；相對之下，對孔子的學說則較少深入的理解，卻做出相對嚴厲的批評。有時還很容易掉入一種略嫌粗淺的二元劃分與判斷。審查人以為，進行這樣一個有意義的比較課題，雖然可以寄寓個人的認同，但在論述過程中，仍應對兩端保有相當程度之歷史客觀性。

3). 本文對於孔子學說理解似乎不夠周到，試舉三點，謹供參考。第一，文中討論「夫仁者，己欲立而立人，己欲達而達人」一語。指出：「『仁者』是孔子精神世界裡的『完人』、『聖人』、理想的人，『仁』是『仁者』之性，是人格的最高境界和完美狀態」。惟在孔子而言，仁也是常人本有之自覺能力，不必為聖人所特有。第二，要說「人」與「民」語義不同，或可成立；但兩者之間仍多重疊，而非判然劃分為兩區，本文說它們「標示兩個不同群體」，恐須有更強的論證。第三，文中提到：「孔子強調『三思』之後還要『再思』」。惟按《論語·

公冶長篇》原文，孔子之意，實為：何必三思而後行，再思即可。作者的理解，不知何所依據？

4). 魯迅與孔子，雖都用到「立人」一詞，但時代背景不同，話題焦點各異。進行比較時須有較周詳之考慮，特別是要避免陷在清末民初的語境裡看孔子。

5). 引述孔子的言論與學說時，仍須有較嚴謹的態度。特別是章句疏解時，應求準確，或言之有據。

6). 孔子的「立人」說或許偏向「靜」與「自醒」，而無「動」與「醒人」的成份？作者的判斷或許是對的，但論述過程中，應更加考慮到各種學說內涵的「辯證性」。

論文審查報告之四

1). 文章很用功力，只是選題角度不太佳，因為比較的對象之間差異太大，反而不利於對研究對象的認識。設若把魯迅換成另外的現代作家，似乎仍然可以做出類似的比較；

2). 因為主要是比較差異，也會造成對魯迅的某種簡單化的理解，比如把他的思想僅僅用「啟蒙現代性」概括，其實正如文中已經注意到的，魯迅與同時代主流思想是有不小差異的；

3). 對魯迅早期「立人」思想的分析不夠，比如沒有提到章太炎的影響因素，對於日本魯迅研究學者如伊藤虎丸（ITŌ Toramaru, 1927-2003）、國內學者如汪暉（1959-　）關於魯迅早期思想的研究沒有討論，可能會造成視野方面的缺失；

4). 行文中還有少量套話，可能是文學史上觀點的遺留，並不利於真正理解魯迅。

《國際魯迅研究》輯二（2014 年 5 月）165-186。

魯迅與耶穌的「相遇」

——兼論魯迅文學的「宗教性」

■盧建紅

作者簡介：

　　盧建紅（Jianhong LU），男，1968 年生，江西新幹人，中山大學文學博士，廣東財經大學人文與傳播學院副教授，北京大學訪問學者。主要研究方向：中國現代文學，台港文學。撰有〈視覺因素、起源敘事與魯迅的「自覺」〉，〈中國現代作家的故鄉敘事〉，〈鄉愁的美學〉，〈知識者還鄉的另一種敘述〉，〈涓生的「可靠性問題」〉等論文多篇，及專著《文學修養與指導》（合著）。

論文提要：

　　目前在為數不多的對魯迅與西方文化的根基——基督教內在關聯的探討中，主要有兩種意見：一是認定魯迅對基督信仰和價值的消解和拒絕，肯定其「絕望的反抗」；一是惋惜、批評魯迅對上帝和宗教信仰的質疑和拒絕，視之為「以惡抗惡」。這兩種意見看起來不同，卻共享一個前提：魯迅的文學、思想與基督信仰和價值是異質乃至對立的。本文通過對魯迅〈復仇（其二）〉等文本的解讀，表明無神論者魯迅雖拒絕制度化的宗教和信仰，卻並不否定超越性的價值和信念，相反，經由與西方耶穌的深層「相遇」，魯迅回到故鄉的「鬼」和「迷信」，顯明了一條通向「終極眷注」的本土途徑，其「非宗教的宗教性」中隱含著魯迅文學之動力的秘密。

關鍵詞：魯迅、耶穌、〈復仇（其二）〉、宗教性

一、引言

　　魯迅與基督教的關聯在學術界不是一個新話題。迄今以來國內對這一問題的研究主要集中在梳理魯迅對作為西方文化組成部分之一的基督教的理解方面，在為數不多的對魯迅文學、思想與基督教價值內在關聯的探討中，主要有兩種意見：一是以王本朝、汪衛東等人為代表的，認為魯迅最終消解和拒絕了基督教的終極價值，轉向「絕望的反抗」；一是以劉小楓、劉青漢等為代表的，惋惜並批評魯迅對上帝和宗教信仰的質疑和拒絕，視之為「以惡抗惡」。這兩種意見看似不同，卻共享一個前提：魯迅的文學、思想與基督教終極價值是異質乃至對立的。然而如果我們贊同 20 世紀的神學家保羅‧蒂利希（Paul Tillich, 1886-1965）對宗教的理解：宗教最終關心的是人的存在、人的自我和人的世界，關心其意義、疏離和局限性，「宗教，就這個詞的最廣泛和最根本的意義而言，是指一種終極的眷注」[1]。那麼我們就有理由認為，魯迅與西方文化的根基——基督教在精神上的「相遇」是一個值得探討的問題，它讓我們重新思考魯迅文學（及中國現代文學）的「宗教性」和精神動力問題。

二、「復仇」與「愛」：以〈復仇（其二）〉為中心

　　耶穌被釘十字架事件是《聖經》中最激動人心的事件，也是基督教的中心事件。它作為基督教的「奧秘」，一直以來引發諸多不同的理解。使徒保羅說在基督的「信、望、愛」中，最重要的是「愛」，而耶穌作為罪人受難使得這「愛」得以「顯明」；神學家卡爾‧巴特（Karl Barth, 1886-1968）說：

> 在這一受難中，被人所破壞但由上帝所保存的上帝與人之間的契約被合法地重建了。在那一個人受苦的那一天，所有創造的歷史發生了廣泛的轉變——與這一受難所涉及到的一切一起發生轉變[2]。

---

[1]　保羅‧蒂利希（Tillich, 1886-1965），《文化神學》（*Theology of Culture*），陳新權、王平譯（北京：工人出版社，1988）7。

[2]　卡爾‧巴特（Karl Barth, 1886-1968），《教會教義學》（*Church Dogmatics*）（精

總之，耶穌受難事件是基督教將「人之愛」轉變為「神之愛」，特殊性的愛轉變為普遍性的愛，是基督教由一個地方性宗教轉變成普世性的「愛的宗教」的關鍵性契機。從此，「愛」——「愛上帝」、「愛人如己」甚至「愛你的仇敵」成為基督教的最高律令和終極價值之一。因此對這一事件的闡釋本身亦成為理解闡釋者的關鍵線索。

魯迅《野草》中的〈復仇（其二）〉（1924，以下也簡稱「其二」）就是對《聖經》中耶穌被釘十字架事件的「改寫」，這使得它在魯迅對基督教為數不多的談論中顯得意義特殊，難怪受到研究者的重視。有意思的是，國內的研究者似乎都不約而同地指出〈復仇（其二）〉對基督教終極價值的拒絕和消解。如王本朝認為其「由救贖到復仇，從而消解（拋棄）了宗教的終極價值關懷——無限、永恆、至善、至美……」，「但卻維護了個體生命的價值」[3]；汪衛東認為它借用經典事件，極寫了先知者對群眾的絕望的心理感受。他指出耶穌復仇中的自殘與自虐意向，認為耶穌是「徹底失敗」，所以「雙重絕望」，同時也注意到耶穌肉體疼痛與主觀「柔和」、「舒服」並存的悖論[4]；劉小楓在其影響很大的《拯救與逍遙》一書中則認為：

> 魯迅所置身於其中的精神傳統，從來就沒有為他提供過對愛心、祈告寄予無限信賴的信念，……問題在於，魯迅並不相信認信基督的信念，而是相信惡的事實力量。魯迅相信的是另一種信念，愛心、祈告的力量沒有惡的事實有力量[5]。

在他看來，這導致了魯迅的「絕望」、「陰冷」、「陰毒」和「黑暗」。以上兩種意見看起來對立，一為肯定，一為批評，卻共用一個前提：魯迅的文學、思想與基督教信仰和價值是異質乃至對立的[6]。如果基督教的「終

選本），何亞將、朱雁冰譯（北京：三聯書店，1998）113。

[3] 王本朝，〈救贖與復仇——《復仇（其二）》與魯迅對宗教終極價值的消解〉，《魯迅研究月刊》10（1994）：28-29。

[4] 汪衛東，〈《野草》心解（一）〉，《魯迅研究月刊》10（2007）：26-28。

[5] 劉小楓，《拯救與逍遙》（修訂本）（上海：上海三聯書店，2001）329。

[6] 也有個別研究者如王乾坤認為魯迅的「中間物」思想消解的是「終極實體」，而非「終極價值」，但他沒有指明這終極價值是什麼。參見王乾坤《魯迅的生命哲學》（北京：人民文學出版社，1999）34-39。

極價值」（之一）就是「愛」，那麼我們要問，魯迅拒絕、消解了作為終極價值的「愛」嗎？

讓我們回到文本，看看魯迅的改寫中增加了什麼，減少了什麼，又保留了什麼。顯然，與歷史、傳說和基督教教義中的耶穌一向主張「寬恕」不同，魯迅將耶穌塑造為一個「復仇者」，將耶穌受難的故事改寫為「復仇」的故事。這是魯迅的「增加」或者「強調」，使得讀者理所當然地以「復仇」為線索去理解，並且把「其二」與《野草》中的另一篇〈復仇〉作為姊妹文本一同納入到「復仇」的主題下進行討論。討論中經常被引用到的是魯迅〈《野草》英文譯本序〉中的話：「因為憎惡社會上旁觀者之多，作〈復仇〉第一篇」[7]，以及魯迅在致鄭振鐸的信中所言：「我在《野草》中，曾記一男一女，持刀對立曠野中，無聊人逐隨而往，以為必有事件，慰其無聊，而二人從此毫無動作，以致無聊人仍然無聊，至於老死，題曰〈復仇〉」[8]，進而將兩個文本都納入到先知者（啟蒙者）／旁觀者（看客）對立的圖式中來理解。

兩篇〈復仇〉確乎講的是「復仇」的故事。但這「復仇」與傳統中國文化中的復仇不同：一，這復仇是通過「不作為」來實現的（無論是〈復仇〉中那對男女的「也不擁抱，也不殺戮」還是「其二」中耶穌的不反抗、不逃走）；二，復仇不是通過消滅仇人的肉體，而是通過「無血的大戮」——鑒賞看客之「無聊」和（耶穌）對己身痛楚的「玩味」、「仇恨」和「悲憫」來實現的，這使得，三，衡量復仇成敗的傳統標準成了問題。兩篇「復仇」中的復仇者最後都沉浸、沉酣於生命的「大歡喜」中，這「大歡喜」是一種同歸於盡式的「歡喜」，顯然有別於一般的復仇成功後的「喜悅」。

無疑，兩個文本中的「復仇」在異質於傳統的「復仇」主題方面是相通的。但亦有本質上的不同（實際上，魯迅在幾次提到先覺者／旁觀者的構圖時，均說的是〈復仇〉，並沒有連帶進「其二」）：〈復仇〉篇極寫復仇的快意，即使復仇者和仇敵玉石俱焚，一同乾枯；而「其二」中的耶穌不肯喝用沒藥調和的酒，在四面的敵意中，在穿透身體的鐵釘的丁丁響中

---

[7]　魯迅，《魯迅全集》，卷 4（北京：人民文學出版社，2005）365。本文引《魯迅全集》，據此版本。

[8]　魯迅，《魯迅全集》，卷 13，105。

「痛得柔和」、「痛得舒服」，這是因為改寫自基督教的《聖經》，有「超越者」在場，使得復仇的根源和意義都發生了變化。如果僅僅將「其二」納入到先知者（啟蒙者）對旁觀者（看客）的復仇構圖中就不能解釋這種「同歸於盡」式的「大歡喜」，以及，這「大歡喜」連帶著的「大悲憫」：

> 他在手足的痛楚中，玩味著可憫的人們的釘殺神之子的悲哀和可咒詛的人們要釘殺神之子，而神之子就要被釘殺了的歡喜。突然間，碎骨的大痛楚透到心髓了，他即沉酣於大歡喜和大悲憫中[9]。

　　「其二」中的耶穌以臨死之痛，獲得「大歡喜」和「大悲憫」。顯然這裡有超越（一般的復仇勝利的）「喜悅」之上的東西；而且，在「其二」中，凡是提到「仇恨」、「咒詛」、「敵意」的地方也總是連帶著「悲憫」。「仇恨」指向「現在」，「悲憫」指向「前途（未來）」，如果不從宗教性的維度，這種既撕裂又融合的悖論性情感，和對敵意者未來的悲憫就難以理解。「悲憫」源於「愛」，是否可以說，正是由於「悲憫」，使得復仇勝利的「喜悅」發生了改變，使得「恨」的實踐──復仇的內涵發生了某種逆轉：復仇不再是源於「恨」，而是源於比「恨」更深廣、更本源的層面？

　　循此我們可以進一步說，雖然魯迅將上帝獨子受難的故事改寫成一個復仇的故事，但並不能推斷出魯迅拒絕和拋棄了基督教的終極價值──悲憫性的「愛」。因為，耶穌的復仇既不同於中國傳統文化中「以惡抗惡」式的復仇，也不同於魯迅翻譯的阿爾志跋綏夫（Mikhail Artsybashev, 1878-1927）小說《工人綏惠略夫》（*Worker Shevyrev*）中的報復性復仇（即使是綏惠略夫，魯迅仍然指出他是「為愛做了犧牲」），而是一種內在悖論性的復仇：在其中，「仇」與「愛」，「痛」、「死亡」與「歡喜」，「否定」和「肯定」成為相互相成的兩面。換言之，通過一種悖論性的方式，「其二」中的復仇指向了某種更高價值的在場。

　　耶穌被釘十字架事件在四大福音書中均有記載，魯迅的改寫主要源自《馬可福音》，只是魯迅尤其突出了耶穌的被上帝遺棄。[10]而魯迅對福音

---

[9]　魯迅，《魯迅全集》，卷2，179。
[10]　《馬太福音》（*Gospel of Matthew*）和《馬可福音》（*Gospel of Mark*）中耶穌說的最後一句話是「我的神，我的神，為什麼離棄我？」魯迅在「？」後加了一個「！」。

書最大的改動（「減少」）在於，他止於耶穌受難，而不寫其復活——要知道，「復活」是聖經講述耶穌受難的目的：由於耶穌的「復活」，使得「人之子」耶穌在十字架上的被釘死，成為主動的救贖之死，亦坐實了耶穌的「神之子」身份——這意味著魯迅將耶穌留在了「人間」。魯迅著眼的是耶穌的「人之子」身份（最後的一句論斷是「釘殺了『人之子』的人們的身上，比釘殺了『神之子』的尤其血污，血腥」），沒有將耶穌神話化和神聖化[11]（而這正是後來基督教所做的事情），耶穌背後那個更高的在場——「上帝」被懸置了。

　　然而魯迅也沒有將這個「人之子」完全世俗化，沒有將耶穌改寫成世俗性的復仇者。「其二」中耶穌復仇的「不作為」、「沒有具體指向性」和隱含其下的「大悲憫」在在顯示出耶穌這個「人之子」也是大寫的「人」之子。由於這大寫的「人」之子的主動受難源自某種超越性的價值，他的復仇就隱含了救贖和超越的意義。在基督教中，這一意義和價值經由耶穌的受難和復活得以成全，後來被確立為基督教的教義和律令：作為上帝的獨子，耶穌的受難就是上帝「道成肉身」的體現，耶穌以一己之受難而使「親子之愛」被突破，進入到更高層次的宗教之愛，或「聖愛」，「愛」因此被普遍化了。魯迅沒有接受基督教的教義，沒有將「愛」視為最高的「誡命」和「律令」，也沒有將「愛」神聖化，但在他的改寫中，同樣也沒有否定和拒絕、消解「愛」，而是為這一超越性的價值保留了地盤[12]。

在《路加福音》中，耶穌最後說的話是「父啊，我將我的靈魂交在你手裡！」在《約翰福音》裡，則是簡單的一句「成了！」但提到「沒藥」的則只有《馬可福音》（《馬太福音》中說的是用苦膽調和的酒）。分別見《新舊約全書》（*Old & New Testament*）之《新約全書》（*New Testament*）（南京：中國基督教協會印發，1994），36、59、98、127。

[11] 魯迅對耶穌的「去神聖化」也表現在散文詩的「形式」中——它改變了聖經敘述的「見證」方式，直接進入到耶穌的內心，甚至對耶穌的受難做出論斷：這個敘述人顯然與耶穌處於平等的位置。

[12] 論者認為魯迅拒絕宗教性之愛的主要依據之一來自魯迅對陀思妥耶夫斯基之「忍從」的評價。其實，魯迅在《陀思妥夫斯基的事》一文中真正要指明的是中國缺乏陀氏意義上的「忍從」（宗教性之「愛」）存在的土壤（中國沒有俄國的基督，君臨的是「禮」，不是神）。在文章的結尾魯迅指出，陀氏的「真正的」、「當不住的」、「太偉大的」「忍從」，「終於也並不只成了說教或抗議就完結」，而「中庸」的中國人，「固然並無墜入地獄的危險，但也恐怕進不了天國的罷」。這裡透露的是對中國之「禮」，以及中國式「忍從」之虛偽的批判，而非對（俄國的）基

　　魯迅筆下耶穌「復仇」的激情和秘密可能只能在這一超越性的價值中去尋找，它替代了上帝的位置。在《聖經》中，耶穌雖然有過脆弱的時刻，但他沒有從根本上動搖過對其父──上帝的信心，而在「其二」中，耶穌透露出對上帝的懷疑，敘述人並指明「上帝離棄了他，他終於還是一個『人之子』」。不過雖然上帝被懸置，「愛」（悲憫）這一超越性價值卻經由「復仇」的方式反而被凸顯。可以說，正是由於這一超越性價值的在場，才使得世俗性的「復仇」被顛覆和改寫，使得「復仇」不再止於「報復」、「平不平」和「以惡抗惡」。如此就可以理解，為什麼魯迅筆下的「仇」與「愛」總處在一種「眷念與決絕，愛撫與復仇，養育與殲除，祝福與咒詛⋯⋯」（〈頹敗線的顫動〉[13]）的張力中，其中一方總是指向另一方的存在或缺席。這種結晶著愛的強烈的恨凸顯的是魯迅「愛」與「恨」的辯證法。魯迅「復仇」主題的代表性文本〈孤獨者〉亦表明：復仇如果不與一種超越性的價值相關聯，就往往會走向絕望和虛無，走向復仇的對立面（而四面敵意、遍地黑暗中的耶穌既不絕望，也不虛無，因為他內心有光──悲憫性的「愛」）。

三、魯迅與耶穌：一種精神和實踐的認同

　　顯然，魯迅文學中的「復仇」主題既超越了傳統中國的「以惡抗惡」式的復仇，亦超出了現代的「以正義之名」的復仇範疇。這與他對耶穌式「復仇」與「愛」的理解有著內在關聯。對於這個十字架上的耶穌，魯迅是將他與上帝及後來發展為基督教「三位一體」之第二位格「聖子」的基督相區分的。在〈文化偏至論〉中，魯迅說「一梭格拉第也，而眾希臘人鳩之，一耶穌基督也，而眾猶太人磔之，後世論者，孰不云繆，顧其時則從眾志耳。[14]」在〈渡河與引路〉一文中魯迅寫道：「耶穌說，見車要翻了，扶他一下。Nietzsche 說，見車要翻了，推他一下，我自然是贊成耶穌的話。[15]」1933 年，魯迅在〈《一個人的受難》序〉中說：「耶穌說過，

　　督及陀氏之「忍從」的拒絕和否定。見魯迅，《魯迅全集》，卷 6，426。
[13]　魯迅，《魯迅全集》，卷 2，211。
[14]　魯迅，《魯迅全集》，卷 1，53。
[15]　魯迅，《魯迅全集》，卷 7，38。

富翁想進天國，比駱駝走進針孔還要難。但說這話的人，自己當時卻受難（Passion）了。現在是歐美的一切富翁，幾乎都是耶穌的信奉者，而受難的就輪到了窮人」[16]，透露出對後世某些背離耶穌精神的基督徒的批評。至於上帝，魯迅談到時多半帶著調侃。在〈我觀北大〉一文中說：「我不是公論家，有上帝一般決算功過的能力」[17]；在〈並非閒話（二）〉中說：「不是上帝，那裡能夠超然世外，真下公平的批評」[18]。魯迅與這個「上帝」沒有產生精神上的關聯。

〈復仇（其二）〉因此應被視為魯迅與耶穌（而非「上帝」）「相遇」──即發生深刻關聯的文本，魯迅的「改寫」也應被視為中西深層價值相遭遇的「事件」。也許是受到啟蒙、革命視野和「基督教＝上帝」的觀念的限制，國內的研究者普遍將魯迅與「神性」、「終極價值」撇清，而日本的魯迅研究者竹內好（TAKEUCHI, Yoshimi, 1910-77）、木山英雄（KIYAMA, Hideo, 1934- ）、丸尾常喜（MARUO Tsuneki, 1937-2008）、伊藤虎丸（ITŌ Toramaru, 1927-2003）等則更關注魯迅與耶穌（及基督教）、「復仇」與「愛」的內在關聯。木山英雄說〈復仇（其二）〉：

> 將耶穌受難的故事改寫成一個非基督徒的復仇故事，這當然是中國這個非基督教世界的激越的自我主張，但同時也在於，噴向這個世界的「憎惡」和「憤激」在終極上可以與耶穌那樣的「愛」相匹敵吧[19]？

他還認為，「只要魯迅的反抗哲學中有這些西方『反基督』們的譜系存在於其中，那麼，他的復仇主題就也會與基督教有關係」[20]。木山英雄提到的西方「反基督」的譜系中包括拜倫（George Gordon Byron, 1788-1824）)、尼采（Friedrich Nietzsche, 1844-1900）、安特萊夫（Leonid Nikolaievich Andreyev, 1871- 1919）、阿爾志跋綏夫等人；丸尾常喜認為

---

[16] 魯迅，《魯迅全集》，卷 4，574。
[17] 魯迅，《魯迅全集》，卷 3，168。
[18] 魯迅，《魯迅全集》，卷 3，133。
[19] 木山英雄（KIYAMA Hideo, 1934- ），《文學復古與文學革命──木山英雄中國現代文學思想論集》，趙京華編譯（北京：北京大學出版社，2004）326。
[20] 木山英雄，《文學復古與文學革命》326。

〈復仇〉中兩個男女的復仇是以自虐式的「不作為」來體現精神上的「殺戮」，並且表現出激烈的「憎」所浸染的「愛」的悲痛，而〈復仇（其二）〉中的耶穌作為一個「人之子」和「預言者」，「決不願捨棄對於民眾的悲憫。捨棄了悲憫，就意味著捨棄了耶穌之所以為耶穌的本質。若只是選擇『咒詛』，那將是耶穌的敗北」[21]。丸尾沒有指明的「本質」，應該就是悲憫性的「愛」這一超越性價值。上述幾位研究者都特別注意到其中「恨」與「愛」的相互依存和轉化關係。而伊藤虎丸則更關注魯迅筆下耶穌形象的反抗性。他認為：

> 魯迅描寫的耶穌形象，基本上是「如果孔丘，釋迦，耶穌基督還活著，那些教徒難免要恐慌」（《無花的薔薇》，1926 年 2 月）所說意義上的耶穌形象[22]。

這些被迫害的先知和預言者也是「具有主體性的人」或者「作為精神＝個性的人」。如果將耶穌置於魯迅所處身的禮教和「聖人之教」中，那麼耶穌就是一個「軌道破壞者」，是撒旦式的人物。在伊藤虎丸看來，將耶穌改寫成復仇者表明魯迅更認同作為主體性和反抗者的耶穌，努力凸顯「人」之子受難對於「人」的意義：反抗與否定（批判）。但是，雖然魯迅拒絕接受《聖經》通過耶穌受難來為人類贖罪、進而拯救人類的教義，他的改寫卻也同時顯示，「反抗復仇之聲」正是，或者說只能從「愛」的成全者與體現者耶穌的心中發出。正是在這個意義上，伊藤虎丸認為魯迅「更為正確地把握了耶穌形象」，而非像另一位日本學者高田淳（TAKATA Atsushi, 1925-2010）所說是「力圖從根柢上推翻《福音書》的耶穌形象」[23]。這與中國國內其他書寫耶穌的作者往往將耶穌「本土化」、「當地化」，塑造出一個聖賢／英雄式的耶穌不同[24]，魯迅筆下的耶穌與中國的傳統是完全異質性的。

---

[21] 丸尾常喜（MARUO Tsuneki, 1937-2008），《恥辱與恢復——〈吶喊〉與〈野草〉》，秦弓、孫麗華編譯（北京：北京大學出版社，2009）189。

[22] 伊藤虎丸（ITŌ Toramaru, 1927-2003），《魯迅與終末論——近代現實主義的成立》，李冬木譯（北京：三聯書店，2008）304-05。

[23] 伊藤虎丸，《魯迅與終末論》 302。

[24] 參見祝宇紅，〈「本色化」耶穌——談中國現代重寫《聖經》的故事及耶穌形象的重塑〉，《魯迅研究月刊》11（2007）：38。

　　換言之，魯迅的書寫將耶穌「處境化」（而非「本土化」）了，讓國人接觸到一種陌生的「仇」與「愛」。魯迅的改寫一方面使得「愛」這一超越性的價值在中文語境中被問題化、症候化了，表明即使是超越性和普世性的價值（如「愛」）也必須被「處境化」，落實到具體的語境、傳統中，透過特定的文化框架才能被理解，否則只能停留在抽象的層面，或者被教條化；另一方面，魯迅的改寫表明他是在一種否定性和反抗性的「愛」的理解中去認同耶穌的。認同耶穌，也就是去實踐「愛」，實踐一種「立意在反抗、旨歸在動作」的「愛」，而非將耶穌固定化、神聖化甚至偶像化，去信仰和膜拜耶穌（基督），也不是以「愛」去否定反抗和復仇（從這裡亦可看出，這種「愛」與佛教的「慈悲」和「智慧」不同，魯迅在精神上更接近的是以己身之痛為眾生贖罪的耶穌，而非最終「大徹大悟」的佛陀）。魯迅拒絕後世基督徒將「愛」標示為最高價值或者律令，拒絕將「愛」固定化、本質化、終極化（在魯迅看來，「極境」有變成「絕境」的危險，耶穌的「愛」作為反抗之實踐，沒有「終極」即最終「完成」的一天），也抵制了將「愛」變成某種抽象答案和空洞說教的危險。

　　顯然這不是作為信仰對象的「愛」，而是對「愛」之信念。這裡有必要將「信仰」和「信念」區分開來。魯迅拒絕接受宗教的制度化（他對中國的名教——「聖人之教」也一向持批判態度），也拒絕信仰（無論其對象是上帝，還是「天」、「神」、「道」），拒絕拯救（信仰的要務是拯救），但並不表明魯迅拒絕信念。一般而言，信仰是以某種神聖存在或超越者為對象的信靠行為，信念則是對某種超越性價值的認知、承諾和踐行。我們可以對「愛」有信念，但並不信仰基督和上帝。魯迅拒絕了終極實體——作為人格神的上帝和基督，卻在超越性價值（「愛」）的信念上與耶穌認同；在信仰上，魯迅與基督徒分道揚鑣，在信念上，魯迅與基督徒並不對立。或者應該說，正因為魯迅的無神論和非信徒身份，才使得他能夠對宗教信仰保持一種反思性和批判性的立場，進行一種「否定的肯定性」實踐，呈現一種「不可能的可能性」。

　　因此，魯迅的改寫既是拒絕，也是保留，既是祛魅，也是招魂，而〈復仇（其二）〉作為魯迅與耶穌「相遇」的事件就打開了一個理解魯迅「文學」與「宗教」之關聯的空間。魯迅的寫作，亦可以從直面「無愛的深淵」、

正視「愛」之虛無與缺失，因而其書寫就是對「愛」的呼喚的角度來予以重新解讀。在這一視野中，無論是孔乙己的潦倒而死，阿 Q 的絕望而死，祥林嫂的淪為孤魂野鬼，還是魏連殳的徹骨的孤獨，以及涓生的無法擺脫的「虛空」，都與一种超越性的「愛」之闕如有直接關聯[25]。這才是魯迅筆下「吃人」與「被吃」的世界的本相吧。而在小說〈藥〉中，與其說最像耶穌的是那個革命者夏瑜，不如說最具「神性」的是那兩位母親的「愛」。在小說的結尾，先覺的革命者（夏瑜）和愚昧的群眾（華小栓）的「死」因為兩個母親的同時在場「哀悼」而消泯了價值（高低）的區分，成為共同的人性之死——在這無言的、悲憫性的「母性之愛」中我們不是感受到某種神性和超越性嗎？雨果說在絕對正確的革命之上有絕對正確的人道主義（《九三年》），《藥》中的「神性」卻不是「人道主義」可以概括的。上述作品無疑都與〈復仇（其二）〉構成了某種「互文性」，召喚我們對魯迅的「文學」去作超出「啟蒙」、「革命」和「人道主義」的閱讀和理解。

四、「基督」與「鬼」：魯迅文學的「宗教性」

可見，對魯迅與基督教之關聯的討論不應該僅僅停留在對作為西方文化的基督教的理解和影響層面，也不應停留在價值、精神和信仰的差異的層面，同時也應該從「文學」與「宗教」的共同關懷——終極眷注出發，去尋求兩者「結構性的類似」。竹內好在寫於上個世紀四十年代的《魯迅》一書的序章中，談到「作為文學家的魯迅」時說：

> 我是站在要把魯迅的文學放在某種本源的自覺之上這一立場上的。我還找不到恰當的詞彙來表達，如果勉強說的話，就是要把魯迅的文學置於近似於宗教的原罪意識之上。我覺得，魯迅身上確有這種難以遏制的東西。魯迅在人們一般所說的作為中國人的意義上，不是宗教的，相反倒是相當非宗教的。「宗教的」這個詞很曖

25 從超越性之愛的角度對〈傷逝〉的解讀，請參考拙文〈重讀《傷逝》：以「愛」為中心〉，《延安大學學報（社會科學版）》2（2011）：88-92。

昧，我要說的意思是，魯迅在他的性格氣質上所把握到的東西，是非宗教的，甚至是反宗教的，但他把握的方式卻是宗教的[26]。

在這裡，竹內好不僅僅是用「宗教」來「比附」魯迅，他談論的其實是一種「非宗教的宗教性」。如果將「宗教性」理解為一種「終極眷注」，或者一種「對超越者的回應方式」，那麼，談論一種非宗教的「宗教性」，恐怕只能從「文學」與「宗教」共通的「終極性」和「超越性」的維度去進行。伊藤虎丸注目的也正是這一維度。他視基督教為一種「思想」和「精神」，認為基督教作為「唯一神教」的思想特質是「自由」和「否定」。「正是由這樣一個唯一的超越神而來的一切既成「整體」的否定（從家庭到國家，從過去的教義、常識到面向未來的慾望和理想）以及相對化，才構成了貫穿從古代猶太教到基督教的「一神教」思想的根本特質」[27]。而魯迅向西方尋求的，不是基督教本身，而是造就西方之「科學」、「主義」和「人」之根柢的「精神」—「自由」，魯迅拒絕了基督教的拯救教義和制度（教會），而接受了產生基督教的「自由」精神。對於竹內好所謂魯迅「把握的方式卻是宗教的」，伊藤的理解是，魯迅與尼采一樣，在思想的具體內容上是反宗教或非宗教的，但在其精神和思想構造方面卻是宗教的[28]。顯然這已經超出了「把握方式」的範疇了。伊藤虎丸進而將魯迅與基督教的「終末論」進行關聯，把竹內好在魯迅身上感覺到的「近似於宗教式的罪的意識的東西」名之為「罪的自覺」和「終末論式的個的自覺」[29]。

但伊藤虎丸對自己將魯迅置於基督教「終末論」的關聯中進行「比附」嘗試的冒險性也深有自覺。作為基督徒，他並沒有讓自己以基督教的視點和理念來權衡、判斷乃至要求魯迅，如國內的某些研究者所做的[30]，而是經由魯迅對西方文化異質性（它們最深刻地體現在宗教中）的「發現」，

[26] 竹內好（TAKEUCHI, Yoshimi, 1910-77），《近代的超克》，李冬木等譯（北京：三聯書店，2005）8。
[27] 伊藤虎丸，《魯迅與終末論》 316。
[28] 伊藤虎丸，《魯迅與終末論》 110。
[29] 伊藤虎丸，《魯迅與終末論》 324-25。
[30] 如《拯救與逍遙》就存在這樣的問題。對劉小楓「西方中心主義」的批評，見呂新雨，《魯迅之「罪」、反啟蒙與中國的現代性》，《天涯》3（2009）：192-202。

回到發現者出生、成長的土壤，經由異鄉的「基督」回到故鄉的「鬼」。
伊藤認為，魯迅的終末論視點並非來自與西歐式的至高無上的超越者
——上帝的相遇，而相反是來自與構成亞洲歷史社會最底層之「深暗地
層」的民眾的死，或與他們四處彷徨的孤魂野鬼的「對坐」[31]。這是對竹
內好提出的「在魯迅的根柢當中，是否有一種要對什麼人贖罪的心情呢」
（竹內好進而說「這個什麼人肯定不是靡菲斯特，中文裡所說的『鬼』
或許與其很相近」[32]）問題的一個肯定性回答。魯迅與其故鄉「鬼」的關
聯亦是丸尾常喜魯迅研究中的一個中心問題。通過對魯迅筆下故鄉民間
宗教的分析，丸尾常喜發現魯迅的作品中鬼影幢幢，阿 Q 就集「國民性
之鬼」和「民俗之鬼」於一身[33]。伊藤的觀點受到丸尾的啟發，但與丸尾
更多關注「鬼」的「劣根性」和「落後性（黑暗性）」相比，伊藤更注
重「鬼」的生產性和生成性，提出了「鬼」的超越性問題。在《早期魯
迅的宗教觀——「迷信」與「科學」之關係》一文中，他通過分析魯迅
的早期論文〈破惡聲論〉和〈文化偏至論〉指出，與當時維新人士視鬼
神崇拜為封建迷信的作法相反，魯迅認為宗教是「向上之民」「欲離是
有限相對之現世，以趣無限絕對之至上者也。人心必有所憑依，非信無
以立，宗教之作，不可已矣」（〈破惡聲論〉[34]）。魯迅「肯定一切自發
的、發自內心的信仰，反過來拒斥一切自上而下的、具有權威的宗教教
義[35]」。伊藤眼中魯迅對故鄉民間鬼神「宗教性」的肯定和發掘，與魯迅
對西方的耶穌和基督教的理解有着內在一致性，它們都是人類的某種積
極的精神作用和表現。

　　至此，耶穌基督與紹興的鬼，「一神」與「多神」，西方的「精神」
和中國的「迷信」，作為「宗教性」的體現竟然內在相通，都是以有限嚮
往無限，都是人心的「憑依」。或者應該說，正因為有了與西方超越者（耶
穌）的相遇（「對坐」），才使得魯迅能夠以一種新的眼光返觀來自故鄉

---

[31] 伊藤虎丸，《魯迅與終末論》 344。
[32] 竹內好 8。
[33] 丸尾常喜，《「人」與「鬼」的糾葛——魯迅小說論析》，秦弓譯（北京：人民文
　　學出版社，2010）121。
[34] 魯迅，《魯迅全集》，卷 8，29。
[35] 伊藤虎丸，《魯迅、創造社與日本文學》，孫猛等譯（北京：北京大學出版社，1995）
　　113。

土壤中的深暗底層的「迷信」和「鬼」，從中發現了某種「根柢」，某種超越性和救贖的可能——這就是由女吊、無常及創造它們的古人之「神思」，以及底層鄉人的「白心」中體現出來的生命力、想像力和超越的力量（魯迅視之為中國「固有之血脈」）；反之也可以說，正因為童年對於故鄉民間鬼神的喜愛和理解，才使得魯迅對於異鄉的神（「佛陀」也罷，「基督」也罷）沒有輕易「拿來」和「認信」，卻注目其「終極眷注」，從而在文學世界中給「無限」和超越性的價值留下了空間。

日本的魯迅研究者之所以都執著於魯迅文學的「本源」、「罪」與「自覺」等「原點」問題，源自他們的共同困惑：無神論者魯迅能夠持續終生抗爭的動力是什麼？他們的共同感受是：一種「糾纏如毒蛇，執著如怨鬼」式的「恨」及隱藏其後的「愛」，如果不從「宗教性」的角度就難以得到透徹理解。這也是我們要思考的問題：在「啟蒙」、「革命」和「人道主義」之外，魯迅文學更深層的動力是什麼？

相比之下，中國的魯迅研究者雖然早就注意到魯迅與故鄉民間宗教的關聯，但大多是從地域和民俗文化對創作的影響的角度去理解，而沒有去闡發二者之間內在的精神關聯，忽略了故鄉的「鬼」對於魯迅文學更深層的價值，遮蔽了魯迅文學的宗教性維度。這與我們前面提到的受「啟蒙」、「革命」視野限制和對宗教、民間信仰的認識有關。目前這一狀況正在發生改變。國內魯迅研究的代表人物之一汪暉（1955- ）尤為關注魯迅筆下的「鬼」。他認為，魯迅文學世界中「鬼」是對人與物、內與外、生與死和過去與現在諸種界限的超越，通過賦予「鬼」以「幽靈性」，將「鬼」從傳統中國的「迷信」中解放出來，魯迅獲得了一種「向下」的超越性視角（與基督教的「向上」超越相對），魯迅的「文學」因此成為一種想像力的越界實踐，魯迅亦成為出入古今中外文化的「幽靈」和「遊魂」[36]。汪暉的研究受到日本研究者的啟發，但他將「鬼」的能動性和超越性明確化了，為今後的研究開闢了新的空間。如果我們認同這樣的理解，那麼對魯迅自謂的「鬼氣」和「黑暗」就不應該僅僅視為負面因素，作完全否定性的看待，它們其實暗示了一個超越性世界的存在，一個以往被我們忽視

---

[36] 汪暉，〈魯迅與向下超越——《反抗絕望》跋〉，《中國文化》27（2008）：147。

或不願正視的世界，它與魯迅生活其中的「人世」共同構成魯迅文學世界相互相成的兩面[37]。

五、結語

在某種意義上可以說，魯迅對耶穌受難故事的「改寫」是「文學」對「宗教」的「改寫」。本來，「文學」與「宗教」都來自於此岸世界，是對此岸世界的反映，同時又都創造了另一（彼岸）世界，難以截然二分。在魯迅那裡，它們都是對某種可能和超越世界的想像，都構成對現實的批判，而其「文學性」和「宗教性」都指向某種「終極眷注」。雖然我們應該說魯迅的立場仍然是「文學」的，但這是一種把握世界本源、直面存在深淵的「文學」。如果世界處於不幸當中，身為作家就是去做一個受難者。這大概就是竹內好所說魯迅是一個「文學者」，卻有一種「殉教者」的氣質的含義。這樣看來，魯迅不僅改寫了「文學」的內涵，也改變了我們對「宗教」的理解。無論是「耶穌」還是「鬼」，「一神教」還是「多神教」，它們「充人心向上之需要則同然」；無論是信仰者還是不信者，在對某種超越性價值的信念上完全可以相通。這種宗教上的「缺乏立場」不僅是一個無神論者的表現，也同時開放了「文學性」和「宗教性」：「文學」應成為某種本源性的存在，凸顯某種「沒有超越者的超越性」，而「宗教」也不能夠僅僅囿於自己的神、教義及儀式，更重要的是「宗教性」。事實上，「宗教性」、「神性」、「靈性」是當今世界諸宗教對話中頻頻出現的辭彙。魯迅與耶穌、中國與西方文化與價值的深層「相遇」因此具有某種必然性。魯迅的文學實踐表明，中國現代文學並不缺少宗教性的維度，「超越性」或者說「拯救」問題作為「存在的深淵」已經為現代

---

[37] 魯迅世界「幽暗面」的能動性早為夏濟安所關注。魯迅之「黑暗」看起來與「光」的發出者耶穌相對立（在《聖經》中，耶穌說「我是世界的光」），但是以「彷徨於明暗之間」的「影」自我定位表明魯迅對於兩個世界之內在關聯和互動的自覺，魯迅的寫作亦可視為穿越「黑暗」和「虛無」之「光」，以及對此世之超越性的尋求：「黑暗」與「光」因此相互定義，構成魯迅世界一體之兩面。在這兩個世界的關聯和張力中可能就隱含著魯迅對「絕望」的持續反抗和最終沒有被虛無俘獲的秘密吧。關於魯迅通過書寫顏色，呈現內在之光以抵禦虛無，可參見夏可君，〈虛無之光：魯迅的色彩〉，《知識份子論叢》9（2010）：366-401。

文學的先驅者所關注和探索，儘管這一探索的價值長期被遮蔽和忽視。在
「信仰（信念）危機」又一次成為當今我們時代的焦點問題時，我們要做
的可能不是「補課」，而是如何將它們作為現代文學的珍貴遺產發掘和繼
承下來[38]。

---

[38] 王乾坤在〈《魯迅的生命哲學》修訂版後記〉（《魯迅研究月刊》3（2010）：86-89）
中，特別提到劉小楓與魯迅在超越性問題（如「愛」與「救贖」）上的相通；郜元
寶在《人心必有所依憑⋯⋯──關於現代文學遺產》（《文藝爭鳴》3（2010）：
58）一文中說「魯迅對俗世的拒斥如此強烈，以至於終身活在懷疑、孤獨和憤懣之
中，蓋因其染乎希伯來一神教之淑世精神而又不肯接納其主神崇拜、批判俗世而又
缺乏俗世之外的精神接引之故，其強烈的對於俗世的拒斥和鄙視儘管不可謂不徹
底，但他據以『爭天抗俗』的憑藉，仍然是世俗的一部分，就是那似乎真的孤立無
援的自我」。在他看來，中國現代文學整體上缺乏超驗和信仰之維，需要後來者補
上這一課。但如果將「耶穌」與「上帝」、「信仰」和「信念」，「宗教」和「宗
教性」區分開來，那麼中國現代文學的「宗教性」就應該得到重新省思。

參考文獻目錄

DI

蒂利希，保羅（Tillich, Paul），《文化神學》（*Theology of Culture*），陳新權、王平譯。北京：工人出版社，1988。

BA

巴特，卡爾（Barth, Karl），《教會教義學》（*Church Dogmatics*）（精選本），何亞將、朱雁冰譯。北京：三聯書店，1998。

LIU

劉小楓，《拯救與逍遙》（修訂本）。上海：上海三聯書店，2001。

MU

木山英雄（KIYAMA, Hideo），《文學復古與文學革命──木山英雄中國現代文學思想論集》，趙京華編譯。北京：北京大學出版社，2004。

LU

盧建紅.〈重讀《傷逝》：以「愛」為中心〉，《延安大學學報（社會科學版）》2（2011）：88-92。

LYU

呂新雨.《魯迅之「罪」、反啟蒙與中國的現代性》，《天涯》3（2009）：192-202。

NI

尼特，保羅（Knitter, Paul）.《宗教對話模式》（*Introducing Theologies of Religions*），王志成譯。北京：中國人民大學出版社，2004。

WAN

丸尾常喜（MARUO, Tsuneki），《恥辱與恢復——〈吶喊〉與〈野草〉》，秦弓、孫麗華編譯。北京：北京大學出版社，2009。

——.《「人」與「鬼」的糾葛——魯迅小說論析》，秦弓譯。北京：人民文學出版社，2010。

WANG

汪暉.〈魯迅與向下超越——《反抗絕望》跋〉，《中國文化》27（2008）：144-50。

汪衛東.〈《野草》心解（一）〉，《魯迅研究月刊》10（2007）：22-28。

王乾坤.〈《魯迅的生命哲學》修訂版後記〉，《魯迅研究月刊》3（2010）：86-89。

——.《魯迅的生命哲學》。北京：人民文學出版社，1999。

王本朝.〈救贖與復仇——《復仇（其二）》與魯迅對宗教終極價值的消解〉，《魯迅研究月刊》10（1994）：26-30。

YI

伊藤虎丸（ITŌ, Toramaru）.《魯迅與終末論——近代現實主義的成立》，李冬木譯。北京：三聯書店，2008。

——.《魯迅、創造社與日本文學》，孫猛等譯。北京：北京大學出版社，1995。

ZHU

竹內好（TAKEUCHI, Yoshimi）.《近代的超克》，李冬木等譯。北京：三聯書店，2005。

祝宇紅.〈「本色化」耶穌——談中國現代重寫《聖經》的故事及耶穌形象的重塑〉，《魯迅研究月刊》11（2007）：31-39。

When Lu Xun and Jesus Meet: Discussion on Religious Aspects of Lu Xun Literature

Jianhong LU

Associate Professor, College of Humanities and Communications, Guangdong University of Finance & Economics

Abstract

In the past, scholars believed Luxun's literary work, philosophy, and religious beliefs were separate from each other. This essay advocates that despite Lu Xun's outward rejection of organized religion, he did not wholly reject their values. Furthermore, his exposure to Christianity may have influenced his beliefs in other superstitions.

Keywords: Lu Xun, Jesus, Religion, Christianity

論文審查報告之一

1). 論文所涉及問題有重大意義，確需高水準的研究實力乃至信仰上的決斷，非一般學術論文所比，非如此否則易流於表面。應鼓勵此類較有難度的研究。該文對魯迅與耶穌的關係問題的學術史線索理解已較為深入，對中日兩國學者的相關研究有自家的偏愛。但對基督信仰的學術性認知、理解可能還較為薄弱，憑藉、追隨日本學者研究的思路痕跡還較重。當然，一篇文章難以清理太多問題也是事實。

2). 對〈復仇二〉中的「大悲憫」的宗教緯度的闡釋繼而勾連起宗教的超越性，思路清晰。文中曾提到基督教與佛教，說魯迅靠近前者更近些，此大悲憫來自基督教。這個論斷可以再深思。關於佛教、基督教精神氣質的差異，可參見舍勒（Max Scheler, 1874-1928）〈愛與認識〉（"Love and Knowledge"）中的論述。

3) 第二部分很費心細密地將魯迅與耶穌的精神做內在的勾連，解讀很有個人的理解。第三部分將「鬼」與「基督信仰」勾連，這些確實是大題目，非一篇文章所能解決，文章所依據的日本學者的思考已較為深入，需要進一步的開拓。需提醒的是，論文多注意其中之同，且以「有限——無限之間的超越性」來打撈起全部的精神世界，可能反映了對這一問題的思考還未有真正的突破。

4). 嚴格地講，不存在「基督教信仰」這樣的說法，有的是「基督信仰」。建議閱讀徐麟《魯迅中期思想研究》一書的最後一章，此章在與劉小楓《拯救與逍遙》的深度對話中，對魯迅與基督信仰有精深之闡述，可說是關於「魯迅與基督信仰」這一問題的最沉實的成果。本文作者多有談及已有研究成果，但未有提到該書，殊為遺憾。另外，本文其實討論的是魯迅與現代的基督信仰，尼采與克爾凱郭爾（包括二者在基督信仰上的對峙）都是回避不了的（文中已經提及了尼采等反基督者）。

5). 「超越性」可否將「基督教信仰」甚至「宗教」等一網打盡？文中前段所提「基督教的終級價值」就是「愛」等，有簡單化之嫌，這大概是基督教研究領域外的學人對基督教理解上的刻板印象，其結果是，

這些立論的前提會使文章有刻意「翻燒餅」之嫌，如此也顯得對國內其他學人的研究成果的批評不夠公允！這也提醒，對現代基督信仰理解的複雜性要有足夠的清醒意識。

6). 著者所提魯迅與耶穌的相遇，其「相遇」的表述非常傳神，可開拓出更廣闊的精神空間。請著者注意魯迅《墳·雜憶》一書中的如下表述：「報復，誰來裁判，怎能公平呢？」便又立刻自答：「自己裁判，自己執行；既沒有上帝來主持，人便不妨以目償頭，也不妨以頭償目。」這段文字是否可以對準確解釋本文討論的《復仇》（一、二）及相關有所助益？

論文審查報告之二

1). 通過文本細讀，對魯迅和耶穌在精神上的「相遇」有非常細密的思辨與精要的論析，信仰與信念、絕望與愛之辨等，細緻而深入。

2). 對魯迅與西方宗教的研究文獻比較熟悉，並能在此基礎上獨抒己見，且足以讓人信服，如，魯迅與愛的深層精神聯繫等方面的論證。

3). 個別表述欠妥。如魯迅的文學就是魯迅的宗教之說，與魯迅的非宗教的宗教性之說矛盾。可以認為魯迅的文學具有終極關懷與超越的宗教性，但不能講其文學誇大為宗教。

4). 該文重在文本分析，可否適當補充魯迅與耶穌相遇的歷史文獻，如他的閱讀經驗等，魯迅在留日時期就已經有比較豐富的閱讀。

5). 部份引用未注明引文出處，不夠嚴謹，如雨果（Victor Hugo, 1802-85）的話出自《九三年》（*Ninety-Three*），未作注。

論文審查報告之三

1). 研究方向和知識積累。作者受日本學者魯迅研究啟發，提出「宗教性」概念並以之透視和闡釋魯迅文學，視角精微；文章嫻熟徵引相關研究文獻，準備充分，資料扎實。

2). 關於結構和觀點。主體部分的內在邏輯似乎不夠清晰，無法看出明顯的思路。主體部分的標題提煉不夠明確，致使觀點的指向模糊；同時，標題與具體的論述游離。

3). 關於語言。論文語言粗糙，許多表述過於纏繞，不夠流暢簡潔，有些地方尚有病句。

4). 各部分的標題提煉需進一步精準，並且具體的論述應該貼著標題而來。

5). 疏通文路，使行文思路（起承轉合）變得清晰起來。

6). 打磨文字，語言簡潔起來，意思表達清楚起來。

《國際魯迅研究》輯二（2014 年 5 月）187-216。

階級情感與民族大義的糾纏
——論 1936 年病中魯迅的價值立場

■方維保

作者簡介：

　　方維保（Weber FANG），男，安徽師範大學文學院教授，文學博士，博士生導師，主要從事中國現當代文學與中俄文學比較研究。中國現代文學研究會理事，中國老舍研究會常務理事，安徽省文藝評論家協會副主席，安徽省文學學會副會長。在《文學評論》《文藝理論與批評》等學術期刊發表論文百餘篇。出版《紅色意義的生成——20 世紀中國左翼文學研究》（安徽教育出版社 2004）、《當代文學思潮史論》（長江文藝出版社 2004）、《消費時代的情感印象——中國當代文學與批評的文化觀照》（遼寧教育出版社 2010）、《徽州古刻書》（遼寧人民出版社 2005）、《荊棘花冠：蘇雪林》（廣西師範大學出版社 2006）等。

論文提要：

　　1936 年的左翼文壇，多重勢力糾結其中。這些勢力圍繞著抗日民族統一戰線，他們出於各自不同的動機，提出了多種主張。左翼「文化泰斗」魯迅，自然被牽繫而深陷其中。他在病重之時先後發表了兩封信，則使其陷入糾結著階級情感糾葛、政治宗派鬥爭以及民族大義伸張等多方面因素角力的漩渦之中。魯迅堅持民族大義，雖有出語「惡毒」的缺點，但總體上仍不失其偉大。

關鍵字：魯迅、階級、民族、托派、抗日民族統一戰線

一、問題的提出

　　左翼文學自其誕生就一直衝突不斷，初始期是「兩社」（太陽社和創造社）與魯迅，中期是左聯與所謂的「第三種人」「自由人」，而到了 1936 年左聯解散前後則又陷入內部的魯迅派與周揚（周運宜，1908-89）派的關於「兩個口號」的論爭。但 1936 年的左翼文壇，無論在國際還是國內都面臨著新的形勢。在日本侵略中國的大背景下，自始至終處於蘇共和中共影響下的左翼文壇實際上存在著六股勢力：魯迅、胡風（張光人，1902-85）等人；周揚、徐懋庸（1911-77）等人；中國托派；中共及其代表馮雪峰（1903-76）；還有史達林（Joseph Stalin, 1878-1953）的蘇聯，以及史達林主義的反對者托洛茨基（Leon Trotsky, 1879-1940）。這些人（力量）在民族抗戰的背景之下，圍繞著怎樣建立抗日民族統一戰線，他們都不約而同地將目光聚集到當時左翼文學的旗幟魯迅的身上。已經病入膏肓的魯迅，寫下了兩封信，——〈答托洛斯基派的信〉（六月九日）和〈答徐懋庸並關於抗日統一戰線問題〉（八月三－六日），又將這六股勢力糾結到一起。前一封信回答托派陳其昌（1900-1842）的來信，後一封則是回答周揚派徐懋庸的來信。

　　圍繞著這兩封信，尤其是前一封信，當時以及後世一直爭訟不休。有人認為〈答托洛斯基派的信〉真實表達了魯迅的意思；而有的人則認為這封信純粹是馮雪峰的「陰謀」，實際上與魯迅關係不大[1]。同樣圍繞著這封信，對於魯迅也出現了兩極的評價：當人們認為這封信是魯迅真實意思表達的時候，魯迅在中共方面就成為了反托派的戰士[2]；而托派方面則將其視為仇敵，正在國民黨監獄中服刑的陳獨秀（1879-1942）甚至大罵魯迅

---

[1]　夏衍（沈乃熙，1900-95）在一次批判馮雪峰的會議上說：「請同志們想一想，雪峰同志用魯迅先生的名義，寫下這一篇與事實不符的文章，聽胡風一面之言，根本不找我們查對，缺席判決，使我們處於無法解釋的境地，而成為中國新文藝運動史的一個定案，究竟是什麼居心？造成的是什麼後果？這究竟是誰的宗派。」（引自徐慶全《周揚與馮雪峰》，武漢：湖北人民出版社，2005，155）

[2]　毛代勝，〈息息相通的兩位時代巨人——毛澤東與魯迅〉，《衡陽師專學報（社會科學）》4（1987）：70-72，76。

「喪失了是非之心」[3]；許多人也因此而認為他栽污他人人格卑劣；也有人認為，這篇文章即使是魯迅真實意思的表達，而後來對於托派首領陳獨秀的誣陷則是由王明（陳紹禹，1904-74）等人「故意誤讀」魯迅的這封信而造成的[4]；而當人們「發現」這篇文章不是魯迅所寫的時候，則又似乎「恢復」了魯迅偉大的人格[5]。我認為，〈答托洛斯基派的信〉是否是魯迅所寫並不重要，重要的是它在怎樣的程度上表達了魯迅的意思？而要回答這個問題就必須將這封信與其後的〈答徐懋庸並抗日統一戰線問題〉結合起來考察。而要由這封信而考察魯迅所謂的「人格」問題，也必須結合當時魯迅和其他五種勢力面對中國民族危機所持有的具體的立場來考量。在民族危急的關頭，民族大義是壓倒階級理念、宗派情感的最為重要的價值準繩。我認為，有必要在民族大義的標準之下來考量當時的各種勢力，也包括魯迅對它們的態度及其所體現出的道德人格形態。

二、兩封信和一篇訪談的寫作及對照閱讀

　　1936 年 4 月，正在魯迅病入膏肓之時，受中共的派遣，馮雪峰來到了上海。他在 6 月 9 日代擬了第一篇文章，〈答托洛斯基派的信〉；第二天，他又代擬了第二篇文章，〈論現在我們的文學運動〉。兩篇文章都署名「先生口述，O.V.筆寫」。然後，拿到雜誌去發表了。「O.V.」並不是馮雪峰的筆名，而是胡風筆名「谷非」的英文。據胡風回憶，這是為了「掩護」馮雪峰。馮雪峰 1966 年 8 月 10 日奉命撰寫了《有關一九三六年周揚等人的行動以及魯迅提出「民族革命戰爭的大眾文學」口號的經過》一文，那時周揚已經被打倒，據他說，魯迅的〈答托洛斯基派的信〉、〈論現在我們的文學運動〉「完全按照他（指魯迅——筆者注）的立場、態度和多次談話中他所表示的意見寫的。」發表後，魯迅看了也是「放到他的積稿堆中」[6]。但這兩篇文章在魯迅生前所編輯的《且介亭雜文末編》中並未收入，

[3]　王凡西（王文元，1907-2002），《雙山回憶錄》（北京：東方出版社，2004）191。

[4]　王觀泉（1932- ），〈不要冤枉魯迅〉，《魯迅研究月刊》6（2005）：71。

[5]　王彬彬，〈魯迅與中國托派的恩怨〉，《南方文壇》5（2008）：54-60。

[6]　馮雪峰，〈有關一九三六年周揚等人的行動以及魯迅提出「民族革命戰爭的大眾文學」口號的經過〉，《新文學史料》2（1979）：253。

後來許廣平（1898-1968）在編輯《且介亭雜文末編》時只是將其放入「附錄」中，顯然有存疑的成分。胡風在去世後所發表的《魯迅先生》（1993年）一文，則具體展現了這兩篇文章寫作的過程和場景。據胡風回憶，《答托洛斯派的信》中的記錄者「O.V.」，其實就是馮雪峰。馮雪峰「代魯迅擬了一封回信」，病危中的魯迅「點了點頭」[7]。而在寫答陳其昌的信的第二天，魯迅同樣口述由「O.V.」筆錄了〈論現在我們的文學運動〉。胡風回憶說，魯迅聽了馮雪峰代擬的〈論現在我們的文學運動〉後「現出了一點不耐煩的神色」；馮雪峰感覺魯迅的不耐煩之後，馮雪峰後對胡風說：「魯迅還是不行，不如高爾基；高爾基的那些政論，都是黨派給他的秘書寫的，他只是簽名。[8]」

　　對於〈答托洛斯基派的信〉，馮雪峰雖然承認是「完全」按照魯迅的意思所寫，但是結合馮雪峰的身份，尤其是這兩篇文章發表後，中共的領導人王明及康生（張宗可，1898-1975）、毛澤東（1893-1976）等人都將其作為魯迅的文章而大加「引申」利用，因此並不可信。而胡風的回憶在「文革」之後，顯然可信度較高。但，有的人從胡風的回憶中就否定這封信完全沒有魯迅的意思，完全是馮雪峰一手操辦。如果仔細閱讀胡風的文字，顯然胡風也並沒有這麼做。反而可以得出結論：這篇文章（包括〈論現在我們的文學運動〉）是馮雪峰所起草，病重的魯迅「點了頭」，但是可能也並不滿意。這兩篇文章只能說在某種程度上表達了魯迅的意思。由於是由馮雪峰所起草，馮雪峰的意思可能佔據著很大的比重。正如托派的重要人物之一鄭超麟（1901-98）所判斷的：「他基本上是表示同意的，並不完全表示同意」[9]。

　　而馮雪峰所說的「完全按照他的立場、態度和多次談話中他所表示的意見寫的。」則可能指另外一封信——〈答徐懋庸並抗日統一戰線問題〉。魯迅生前所編輯的《且介亭雜文末編》非常明確地將此篇文章收入了文集。對於這一封信，魯迅夫人許廣平在「反右」後所寫的《魯迅回憶錄》（1959 年 8 月，11 月底完成）認為，這篇文章是魯迅受到胡風的「蠱惑」

7　胡風，《胡風回憶錄》（北京：人民文學出版社，1993）57。
8　胡風，〈魯迅先生〉，《新文學史料》1（1993）：6-38。胡風在回憶錄中刪除了此段。
9　鄭超麟（1901-98），《鄭超麟回憶錄（下）》（北京：東方出版社，2004）355。

和「蒙蔽」所寫的[10]。許廣平一方面替魯迅認下了這篇文章，另一方面則將責任推給了已經打倒的胡風。不過，許廣平並沒有提出她在現場的證據。馮雪峰在 1959 的「檢討」中，則完全攬下了〈答徐懋庸〉的責任[11]。馮雪峰在「文革」中曾與詩人牛漢關在一起，馮雪峰曾對牛漢（1923-2013）說：「在萬般無奈之下，我同意照辦。這是一件令我一生悔恨的違心的事。我按他們的指點起草了〈答徐懋庸並抗日民族統一戰線問題〉。」[12]「反右」前後的中國環境，周揚強迫馮雪峰「認下」〈答徐懋庸〉，自然是為了逃脫「四條漢子」的厄運。無論是許廣平的「個人執筆」，集體討論、修改」和「領導幫助」的回憶錄《魯迅回憶錄》，還是馮雪峰的檢討書，都產生於特殊年代，自然不能作為證據。不過，馮雪峰在周揚已經被打倒的 1966 年 8 月的另外一次檢討，對於這封信的回憶倒是特別的細緻和真切，馮說他看魯迅還在病中，就主動要求起草了初稿，拿給魯迅後，魯迅說：「前面部分都可用。後面部分，有些事情你不太清楚，我來弄吧。」所以自己寫了後一部分[13]。後來被「發現」的魯迅的手稿和馮雪峰所起草的〈答徐懋庸〉的手稿，兩相對照，證實了馮雪峰的話[14]。

對於這三篇文章，顯然〈答托洛斯基派的信〉和〈論現在我們的文學運動〉都為馮雪峰起草，而病重的魯迅只是「點頭」，其中可能所表達的主要是馮雪峰的思想，不過魯迅事後則採取了「默認」的態度。而〈答徐懋庸〉雖然由於馮雪峰所起草，卻是一次真正意義上的合作，魯迅的思想基本得到了表達。

但是，這三篇在特殊的歷史情境中「合作」而成的文章到底表達了魯迅哪些思想？對於〈答托洛斯基派的信〉一文，發表以後就有人懷疑不是魯迅的筆墨。魯迅在〈答徐懋庸〉中就提到這件事。由此種種，有人認為，〈答托洛斯基派的信〉這封信完全是馮雪峰搞的鬼，他利用魯迅病重的時

[10] 許廣平，《魯迅回憶錄》，魯迅博物館、魯迅研究室、《魯迅研究月刊》社編選：《魯迅回憶錄（下冊）》（北京：北京出版社，1999）1185。許廣平的回憶錄由作家出版社 1961 年 5 月初版。

[11] 徐慶全，《周揚與馮雪峰》　167-68。

[12] 牛漢（1923-2013），〈為馮雪峰辯證〉，鄧九平編《談友誼》（濟南：大眾文藝出版社，2000）743-44。

[13] 馮雪峰，〈魯迅提出「民族革命戰爭的大眾文學」口號的經過〉256。

[14] 朱正（1931- ），《魯迅手稿管窺》（長沙：湖南人民出版社，1981）157-93。

機，擬出這樣的稿件，表達了自己觀點，或者說把自己觀點栽在了魯迅的頭上。魯迅病好了以後出於他們之間以及與中共之間的關係自然也不好說什麼[15]。

　　而對於〈答徐懋庸〉雖然大多數人認為，這篇文章真實地表達了魯迅的思想，但是丸山昇（MARUYAMA Noboru, 1931-2006）認為：這種由馮雪峰代擬或合作寫作的文章，「是否就可以說它應該同魯迅自己的文章一樣對待，這依然值得人懷疑。寫文章之事，是人的頭腦中有了想法構思之後才形成文章的，或者反過來說它推動了思想。如果說人的思考與文章有關的話，那麼魯迅的思考，經由馮寫成文章的時候，有沒有被剪掉？或者反過來說，由於馮寫了文章，又影響了魯迅的思考呢？[16]」

　　魯迅病情稍癒後，對於〈答托洛斯基派的信〉沒有明確的表達。後人的說法很多，當然是因為這篇涉及托派的評價，而〈答徐懋庸〉則涉及周揚等人後來的政治命運，在多重歷史合力中，「魯迅的思想」都被攪和得相當的複雜。但是，不管怎樣的複雜，我們一則要回到文本中去，相信白紙黑字能給我們以足夠的資訊；二則需要回到當時的歷史情境中去，分析魯迅可能的立場。尤其應該注意到魯迅在清醒的狀態下所發表的〈答徐懋庸並抗日統一戰線問題〉一文。

　　馮雪峰「所作」的兩篇文章——〈答托洛斯基派的信〉〈論現在我們的文學運動〉，第一篇主要是讚頌史達林、毛澤東及其抗日民族統一戰線的主張，暗示影射中國托派是漢奸；第二篇則主要是重申抗日民族統一戰線，與周揚等的國防文學派「和解」。

　　一般認為魯迅沒有回應，哪怕是遭到托派陳其昌的來信斥責也沒有作答。我認為，事實並非如此。所有的回答都在第二封信，即〈答徐懋庸〉之中。

　　一、魯迅「認領」了前兩篇文章。〈答托洛斯基派的信〉署名「先生口授，O.V.筆寫」，而〈答徐懋庸〉一文在回答《社會日報》的質疑時說：「最近的則如《現實文學》發表了 OV 筆錄的我的主張以後」[17]。發表在

---

[15] 鄭超麟，《鄭超麟回憶錄（下）》　353。

[16] 丸山昇（MARUYAMA Noboru, 1931-2006），〈日本的魯迅研究〉，靳叢林譯，《魯迅研究月刊》11（2000）：60。

[17] 魯迅，〈答徐懋庸並關於抗日統一戰線問題〉，《魯迅全集》，卷 6（北京：人民

《現實文學》雜誌上的文章，是〈答托洛斯基派的信〉〈論現在我們的文學運動〉。〈答徐懋庸〉明確認領了這兩篇文章。當然，從後來馮雪峰的手稿中，我們可以看到，這部分是馮雪峰所起草的，可以說表達了馮雪峰的一以貫之的思想；但是，病後清醒的魯迅則是仔細「審定修改補充」的這篇文章，他也許並不完全同意馮雪峰在這兩篇文章中的意思，但也沒有反對。

　　二、〈答托洛斯基派的信〉暗示托派為漢奸，政治上很危險。而在〈答徐懋庸〉一文中，也有「我甚至懷疑過他們是否係敵人所派遣」。前者是針對托派的，後者是針對徐懋庸的。但是，兩者的敘述方式是相同的。儘管這一部分也是由馮雪峰所起草，但也是經過魯迅「審定修改」同意的。

　　〈答徐懋庸〉一文與〈答托洛斯基派的信〉有著基本觀點甚至修辭的一致性和延續性。但是，〈答徐懋庸〉一文又與前兩篇文章在許多方面有著截然的不同：

　　一、在〈答徐懋庸〉中，作者在說到中共的時候，用了「革命政黨」而沒有如〈答托洛斯基派的信〉中那麼直接的將「史太林」、「毛澤東」、「托洛茨基」都搬上去；而且直接讚揚史達林和蘇聯：「史太林先生們的蘇維埃俄羅斯社會主義共和國聯邦，在世界上任何方面的成功，不就說明托洛斯基先生的被逐、漂泊、潦倒，以至『不得不』用敵人金錢的晚景的可憐麼?[18]」這段話直接攻擊托洛茨基，這在魯迅此前是沒有的。這種立場鮮明而又政治氣味濃厚的文章，更具有作為政治家的馮雪峰的風格。更為重要的是，在〈答徐懋庸〉的文末（手稿顯示為魯迅所寫），他講了一段意味深長的話：

> 臨末，徐懋庸還叫我細細讀《史太林傳》。是的，我將細細的讀，倘能生存，我當然仍要學習；但我臨末也請他自己再細細的去讀幾遍，因為他翻譯時似乎毫無所得，實有從新細讀的必要。否則，抓到一面旗幟，就自以為出人頭地，擺出奴隸總管的架子，以鳴鞭為

文學出版社，2005）555。本文引《魯迅全集》，據這一版本，後同。引1973年版處，則另註明。

[18] 魯迅，〈答托洛斯基派的信〉，《魯迅全集》，卷6，609。

　　　　唯一的業績──是無藥可醫，於中國也不但毫無用處，而且還有害
　　　　處的[19]。

這段話針對徐懋庸以及周揚是毫無疑問的，但是，魯迅「好像」是讀過徐
懋庸所翻譯的《史太林傳》，但是魯迅讀過《史太林傳》卻得出了「抓到
一面旗幟，就自以為出人頭地，擺出奴隸總管的架子，以鳴鞭為唯一的業
績」的結論。在史達林傳中，鳴鞭者是托洛茨基或者布哈林等人嗎？顯然
不是，因為在這部書翻譯過來的時候，托洛茨基這些人也早已被史達林打
倒。唯一的所指應該是史達林了。因此這篇文章細細品味的話，與其說批
判了周揚，還不如說是在批判史達林。只不過他沒有直接批判史達林而是
讓徐懋庸等人充當了被批判的替身而已。在這篇文章中，甚至表現出「托
派也是抗日一份子」的意思。

　　二、對待周揚和徐懋庸及其「國防文學」口號，在此前的〈論現在我
們的文學運動〉一文中，馮雪峰闡述了廣泛的「抗日民族統一戰線」的主
張，並提出了「民族革命戰爭的大眾文學」的口號是作為「國防文學」的
「補充」。這種兩派政治和解的動機是極為明確的。所以當〈答托洛斯基
派的信〉和〈論現在我們的文學運動〉經由茅盾（沈德鴻，1896-1981）交
給由周揚等人控制的《現代文學》雜誌發表[20]。但是，在〈答徐懋庸〉中
則只有「戰鬥」而沒有「和解」，魯迅似乎已經怒不可遏了。在馮雪峰起
草的部分已經將周揚等人命名為「四條漢子」的基礎上，他則進一步的加
碼，怒斥其為「鳴鞭者」「奴隸總管」。顯然，這與〈論現在我們的文學
運動〉一文的「和解」姿態是背道而馳的；也符合魯迅對於周揚的一貫的
態度。也正是在這一點上，我相信了馮雪峰的回憶：他所起草的初稿就是
魯迅的談話記錄[21]。

　　從〈答徐懋庸〉與〈答托洛斯基派的信〉〈論現在我們的文學運動〉
的對照閱讀中可以看到：魯迅自始至終堅持著「廣泛」的抗日民族統一戰
線的立場；魯迅弱化了對於蘇聯和中共的政治讚頌，甚至暗示了對於史達
林的批判，但是毫無疑問地又接受了其「國防」統一戰線的主張；魯迅強

---

[19]　魯迅，〈答徐懋庸並關於抗日統一戰線問題〉　558。
[20]　胡風，《胡風回憶錄》　57。
[21]　馮雪峰，〈魯迅提出「民族革命戰爭的大眾文學」口號的經過〉　256。

化了對於徐懋庸及周揚派的批判，又接受了其「國防文學」的主張；魯迅弱化了對於托洛茨基以及托派的直接批判，但也沒有直接為其「平反昭雪」。顯然，魯迅在〈答徐懋庸〉中對於〈答托洛斯基派的信〉中所持有的立場，既未有明確的反對，又或隱約或明顯地地表達了自己的主張和立場。

　　魯迅對於〈答托洛斯基派的信〉的總體態度看上去是「敷衍了事」的。其實不然，〈答徐懋庸並關於抗日統一戰線問題〉就是某種程度上的「回應」。

三、多重立場糾結中的魯迅立場

　　從上述的兩封信和一個訪談的對讀中，我們可以看到：魯迅無論是對待史達林，還是對於托洛茨基，還是對於周揚，都存在著矛盾。那這些矛盾為什麼會存在呢？這需要對於這兩封信和一個訪談所涉及的各個方面對中國抗日民族統一戰線的主張，以及魯迅對所涉及各方的態度進行分析。

　　〈答托洛斯基派的信〉和〈答徐懋庸〉這兩封以魯迅名義發表的書信，魯迅本來是針對不同的人，一個是針對托派，一個是針對徐懋庸、周揚。但因為這兩封信都直接涉及「國防文學」和「民族革命戰爭的大眾文學」這兩個口號的爭論，因此也就有了共同的主題。這兩封信中所涉及的這些人物和力量，在 1936 年中國全面抗戰前後，各有不同政治訴求和文學口號上的訴求，魯迅對於他們的態度也很微妙：

　　「國防文學」的口號源自中國抗日中的「國防政府」的概念，而「國防政府」的概念則是由蘇聯和史達林提出的。史達林的蘇聯，當時正捲入世界反法西斯戰爭：在歐洲，它正面臨著希特勒德國的入侵的威脅。這似乎已經不可避免。在亞洲，它正面臨著德國的盟友日本的侵略。為了避免雙線作戰，它急需要開闢中國戰場，拖住日本。為了這樣的目標，它需要緩和或暫時擱置中國國內的階級鬥爭，凝聚中國國內的抗日力量，建立「國防政府」。因此，史達林通過共產國際，解散了「左聯」，並提出「國防文學」的口號。

　　與史達林蘇聯處於屬從關係的中共，當時在與國民黨政府的內戰中正
處於劣勢，出於自保，和對蘇聯的擁護，也支持建立抗日民族統一戰線。
它充當了蘇聯政策的具體的執行人角色。它先通過在上海的文藝界領導人
周揚等，在解散左聯之後，提出了「國防文學」的口號；但可能考慮到周
揚與魯迅關係的緊張，又派遣馮雪峰到上海執行這項政策。但是，中共當
時在上海的領導人周揚和馮雪峰，在執行「國防文學」路線時的立場出現
了分歧：班國瑞（Gregor Benton, 1944- ）認為：在中共的抗日統一戰線主
張中，毛澤東主張既聯合又鬥爭；而王明則主張一切服從於國防，所謂「無
摩擦聯合」[22]。顯然馮雪峰從延安到上海，所秉持的是毛澤東的路線，而
周揚所奉行的則是王明的方針。其實，王明也認為：「工人階級在統一戰
線裡決不能一刻放鬆了對於別的任何階級的批評。[23]」只不過當時由周揚
等人提出「國防文學」口號的時候，適應了民族抗戰的呼聲，而採用了更
為隱蔽的策略。周揚說：「國防文學運動就是要號召各種階層，各種派別
的作家都站在民族的統一戰線上。[24]」

　　當時在中國的左翼政治舞臺上還有中國托派。中國托派的國際領袖是
托洛茨基。托洛茨基是蘇聯革命的元老，其政治理論和文學理論在中國左
翼文學界有著巨大的影響。因受到史達林的整肅，托洛茨基於 1926 年被
流放，後就建立了托派反對派。他專注於反對史達林主義，並宣導「繼續
革命」。在中國抗戰時期，托洛茨基依然堅持自己的主張，反對史達林，
並反對史達林的在中國建立「國防政府」的政策，號召中國的革命者繼續
堅持階級立場。中國托派是托派國際的分支機構，主要的成員都是從中共
中分裂出來的人員。其中最有影響力的是「五四」新文化的先驅、中共創
始人陳獨秀。中國托派執行托洛茨基的主張和政策。史達林與托洛茨基之
間的你死我活的鬥爭，被複製到中國；中共與中國托派之間就處於敵對狀
態。中國托派主張抗戰，但反對中共的「放棄階級鬥爭」、「階級合作」

[22] Gregor Benton, "Lu Xun, Leon Trotsky, and the Chinese Trotskyists." *East Asian History* 7(1994): 92.

[23] 本社同人，〈新文化需要統一戰線〉，《文學運動史料選》，北京師範學院中文系中國現代文學教研室編，冊 3（上海：上海教育出版社，1979）272。

[24] 周揚，〈國防文學——略評徐行先生的國防文學反對論〉，《周揚文集》，卷 1（北京：人民文學出版社，1984）174。

和「改宗三民主義」[25]，反對與國民黨政府的聯合抗戰。托派反對史達林主義，也反對史達林利用中國以達到「保衛蘇聯」的目的。

中國左翼文壇的泰斗是魯迅，他的追隨者有胡風、馮雪峰等人。魯迅對於周揚等左翼文化領導人不發宣言就解散「左聯」，有著強烈的不滿；他對於國民黨政府的階級仇恨無法忘卻，有著對於民族統一戰線的懷疑。馮雪峰於1952年在《新觀察》雜誌連載的《回憶魯迅》，不但引述了他與魯迅之間的談話，還分析了〈半夏小集〉以證實自己的觀點[26]。魯迅與胡風等人提出了「民族革命戰爭的大眾文學」口號，主張在民族革命戰爭之下的文學統一戰線。魯迅等人戀戀不忘曾經受壓迫的歷史教訓，但是又認同抗日民族統一戰線；並主張在民族統一戰線的大旗下，只要不是漢奸，都可以聯合。魯迅等人的口號的實質是要合作抗戰也要階級鬥爭：

> 新的口號的提出，不能看作革命文學運動的停止，或者說「此路不通」了。所以，決非停止了歷來的反對法西斯主義，反對一切反動者的血的鬥爭，而是將這鬥爭更深入，更擴大，更實際，更細微曲折，將鬥爭具體化到抗日反漢奸的鬥爭，將一切鬥爭匯合到抗日反漢奸鬥爭這總流裡去。決非革命文學要放棄它的階級的領導的責任，而是將它的責任更加重，更放大，重到和大到要使全民族，不分階級和黨派，一致去對外。這個民族的立場，才真是階級的立場[27]。

在圍繞著建立「抗日民族統一戰線」的問題，這三方四派所持有的立場有交叉也有衝突。在對日抗戰上，他們都有著共識，無論他們背後的動機是什麼，但主張抗戰卻是毫無疑問的。而對於「統一戰線」，其主張則出現了分別：「國防文學」論者，所堅持的是泛民族抗日統一戰線，不管屬於什麼階級、黨派，也不管過去是否有仇有愛，一切服從於統一戰線。蘇聯的目的是明確的，但也切合了當時中國國內抗日民族統一戰線的需要。周揚等人的立場雖然有蘇聯及其代表王明的背景，站在當時民族抗戰的立場

---

[25] 王凡西　190。
[26] 馮雪峰，〈回憶魯迅〉，《魯迅回憶錄（下冊）》，魯迅博物館魯迅研究室《魯迅研究月刊》社編選，下冊（北京：北京出版社，1999）677。
[27] 魯迅，〈論現在我們的文學運動——病中答訪問者，O.V.筆錄〉，《魯迅全集》，卷6，612。

上看，「國防文學」的口號是民族主義的。但是，若站在已經蓬勃發展的無產階級革命文學運動的立場上，這樣的口號顯然又有著因抗戰而模糊階級界限，因抗戰而「階級投降」的嫌疑，即所謂「政治原則上的階級投降主義」[28]；甚至連馮雪峰也說：「個別的革命作家也曾經寫過了放棄階級立場的文章。」[29]魯迅等人顯然不能忘卻曾經受到壓迫和迫害的經驗，而且還要堅持他的無產階級革命文學的價值理念，所以他們既主張抗日統一戰線，甚至是泛民族統一戰線，但他又強調抗戰中的階級鬥爭。他擔心「革命者」再次「上當」，革命者既不能做「異族的奴隸」，也不能做「自己人的奴隸」[30]。而且魯迅等人還認為，「國防文學」之「國防」有著維護資產階級「國家機器」的嫌疑，這是他們所不能接受的[31]。魯迅的擔心和主張，與當時中國托派的主張非常相近。托派的感覺是正確的，他「有著真誠的革命者對於階級鬥爭的堅定，對於無條件地投降於國家主義的厭惡。」[32]托派認為，「1927 年大革命」的失敗，就是合作帶來的惡果。再次合作，無疑是將無產階級投入階級敵人的口中。陳其昌在其信中，斥責史達林和中共的「聯合戰線」「藏匿了自己的旗幟，模糊了群眾的認識」「其結果必然是把革命民眾交劊子手們，使再遭一次屠殺。」[33]托派與魯迅有著相似的主張，即支持對日抵抗但也要在階級基礎上批評國民黨政府[34]。但是，托派顯然沒有注意到，最初對中共的政策「不大明瞭」和「懷疑」[35]的魯迅，在馮雪峰的「調停」之下，他的「民族革命戰爭的大眾文學」口號的內涵已經與「國防文學」口號的內涵非常接近了，或者說更瞭解這一口號的策略性所在。這可以從〈答徐懋庸〉的字裡行間得到驗證。還是郁達夫（郁文，1896-1945）看得比較清楚，他說：「口號的名目，或有出入，但最後的理想，最大的目標，當然是只有一個。[36]」

---

[28] 胡風，《胡風回憶錄》 56。
[29] 馮雪峰，〈回憶魯迅〉 656。
[30] 魯迅，〈半夏小集〉，《魯迅全集》，卷 6，617。
[31] 胡風，《胡風回憶錄》 60。
[32] 王凡西 190。
[33] 魯迅，〈答托洛斯基派的信〉 607。
[34] Benton 92.
[35] 馮雪峰，〈回憶魯迅〉 655。
[36] 郁達夫，〈國防統一戰線下的文學〉，《郁達夫文集》，卷 6（廣州：三聯書店香港分店、花城出版社，1983）306。

　　魯迅的主張，顯然在表像上對於王明等人的蘇聯式主張有著「反對」的意味，班國瑞甚至認為，魯迅的〈答徐懋庸〉一文就是是針對王明的[37]。再加上他在具體的工作上無法忍受周揚等人的「奴隸總管」式的領導和宗派主義的作風，這種反對的意味就更加的強烈。魯迅的立場，為他招來敵對兩個方面的力量的「親睞」：托派陳其昌給他寫信，引以為「同志」；而中共則認為他「同情」托派，徐懋庸於是「興師問罪」。馮雪峰和胡風也因為參與提出「民族革命戰爭的大眾文學」的口號也一併遭遇「托派分子」帽子的襲擊。但中國托派顯然沒有看到，魯迅並沒有否定「國防文學」也就是「國防政府」的主張，即使他有著擔心，但憑著他與中共領導人瞿秋白和馮雪峰等人的關係，他也會在「大政方針」上選擇「信任」。正如馮雪峰所指出的，魯迅在政治上「支持共產黨所指示的總的革命的方向和戰鬥。[38]」而「國防文學」論者，也因為政治權威的被挑戰，以及魯迅立場與托派立場的相似性，而將托派分子的帽子或明或暗地扣在了魯迅的頭上。

　　魯迅及其追隨者所提出的「民族革命戰爭的大眾文學」的口號，顯然在理念上是「兩頭搭界」而又各個不同。作為當時左翼文壇的精神領袖，他的號召力和影響力都是毋容置疑的。在這兩個方面的博弈中，魯迅很顯然處於漩渦的中心。於是，魯迅的態度至關重要。作為一個身居上海的自由主義文化人，雖然他在政治上傾向於無產階級革命，但是牽涉到具體的人和事的糾葛，牽涉到價值情感的選擇，還是很難做到決然的取捨的。但是他又不能不明確表態，或者他所傾心的那一種力量又必須要他表態，那他又能怎麼辦？於是，就出現了〈答托洛斯基派的信〉〈致徐懋庸並抗日統一戰線問題〉這兩封信的獨特的寫作方式，以及所表現出來的既堅持己見又「糊塗」應對的表達方式。

　　班國瑞認為，〈答托洛斯基派的信〉的寫作者馮雪峰的「潑污」托派的動機，是為了保衛他自己、魯迅以及其他的「民族革命戰爭大眾文學」口號的支持者，以免遭「國防文學」派的對手對他們是托洛茨基主義的指責[39]。胡風也證明，延安的中共領導懷疑魯迅是同情托派的；「國防文學」

[37] Benton 97.
[38] 馮雪峰，〈回憶魯迅〉　655。
[39] Benton 101.

論者也將托派「栽污」到魯迅的頭上[40]。那些反對魯迅的人，曾於 1933 年 2 月間攻擊「現實主義」作家胡秋原，說胡秋原無區別地既「佩服」史達林，又「同情」托洛茨基；而且「非常尊敬」克魯泡特金，並且「惋惜」陳獨秀和鄧演達的遭遇[41]。陳勝長引述魯迅致蕭軍的信推測，魯迅認為這些攻擊胡秋原的話，暗中也是攻擊他的政治態度的[42]。

　　馮雪峰作為中共的領導人，他當然需要借此劃清與托派的界限。但問題是魯迅需要以「抹黑」托派的方式來表明自己的政治態度嗎？回答是否定的。因為，在〈答徐懋庸〉信中，卻分明有著「托派也是抗日一份子」的意思。而且，除了〈答托洛斯基派的信〉和〈論現在我們的文學運動〉兩篇文章之外，再也找不出魯迅直接攻擊托派的言論。相反，需要魯迅表明立場的首先是馮雪峰。托派的嫌疑，可能導致他在中共內部的萬劫不復。魯迅顯然是看出了這一被打中的「要害」。所以當馮雪峰寫出了攻擊托派的〈答托洛斯基派的信〉的時候，他痛苦地很不情願地「點了頭」。而且，在〈答徐懋庸〉的信中，將提出「民族革命戰爭的大眾文學」口號的責任，都攬到了自己的身上[43]（這我們可以從魯迅對馮雪峰原稿的修改上看到）。而最得益的是中共的王明、康生等人。他們急需要一個抹黑托派的機會，而且是借助一個有力的手。恰巧陳其昌提供了這樣的機會。於是，在魯迅病重的時候，由馮雪峰操刀寫作了這封信，既某種程度上表達了魯迅的意思，讓魯迅表明了自己的政治態度，又借助魯迅的手實現了對於托派的政治抹黑。這是一箭三雕的買賣。並且，隨後由王明出馬，將這封信的「暗示」坐實為「事實」，完成對於托派的打擊過程。

　　對於這封信所導致的後果，馮雪峰可能有所感覺。馮雪峰在第二天，又操刀了另一篇訪談〈論現在我們的文學運動〉。這篇文章，壓根不提托

---

[40] 胡風，〈魯迅先生〉，《新文學史料》1993 年第 1 期。胡風說：「『國防文學』派放出流言，說『民族革命戰爭的大眾文學』是托派的口號。馮雪峰擬的回信就是為瞭解消這一栽誣的。」該文收入《胡風回憶錄》時被刪除。但鄭超麟卻注意到了，在他的回憶錄中摘取了這段。見《鄭超麟回憶錄（下）》，354。

[41] 指首甲（祝秀俠，原名祝庚明，1907-86）、方萌、郭冰若、邱東平（原名席珍，1911-41）發表於 1933 年 2 月《現代文化》第 1 卷第 2 期發表的〈對魯迅先生的《辱罵與恐嚇決不是有言》〉一文。

[42] 陳勝長（1946-），〈托洛茨基的文藝理論對魯迅的影響〉，《香港中文大學中國文化研究所學報》（21），285-311。

[43] 胡風，《胡風回憶錄》59。

派是漢奸的事，他重申了，提出「民族革命戰爭的大眾文學」，「決非是革命文學要放棄它的階級的領導的責任」，而是要「將它的責任更加重，更放大，重到大到要使全民族，不分階級和黨派，一致對外。這個民族的立場，才是階級的立場」。而且還說道：「托洛茨基的中國的徒孫們，似乎糊塗到連這一點都不懂的。」[44]這裡已經很緩和了，只有責怪而根本沒有暗示其為漢奸的意思。也許馮雪峰感覺到了〈答托洛斯基派的信〉把話說得太重，也未可知。更具有諷刺意味的是，當馮雪峰把兩篇文章送到周揚派所掌握的雜誌《現代文學》《文學界》的時候，雜誌拒絕了〈答托洛斯基派的信〉，而刊登了〈論現在我們的文學運動〉，甚至在刊登時還加上了大段的批判的文字[45]。馮雪峰的苦心，受到如此的冷遇，其情堪憐。

四、多重情感糾葛中的魯迅選擇

從兩封信中，我們可以看到，〈答托洛斯基派的信〉中有著明顯的對於史達林、毛澤東的直接的讚揚，和對於托洛茨基及中國托派的明確申斥；而在〈答徐懋庸〉的信中，卻呈現出另一番情景，他只對準周揚徐懋庸，而不提托派了，甚至還有著批評史達林的味道，那麼，我們就需要對魯迅對於他們的態度進行考察。

魯迅一開始對蘇聯及其文藝是持讚頌態度的。他在 1932 年就曾寫過好幾篇讚頌蘇聯、為蘇聯辯護的文章，如〈林克多《蘇聯見聞》序〉、〈我們不再受騙了〉等。在這些文章中，他以胡愈之、林克多等人的蘇聯見聞為材料，對西方媒體的「蘇聯怎麼窮下去，怎麼兇惡，怎麼破壞文化」逐一作了辯駁，並且認為，這都是帝國主義的欺騙宣傳[46]。

不過，與此同時甚至更早，魯迅對蘇聯受到迫害的「同路人」作家札米亞丁等又表示了「同情」。在他編譯的蘇聯短篇小說集《豎琴》裡，收入了札米亞丁（Evgenii Zamiatin, 1884-1937）的一篇〈洞窟〉（"Cave"）。在《豎琴》的後記裡，魯迅稱〈洞窟〉是「關於『凍』的一篇好作品」[47]。

---

[44] 魯迅，〈論現在我們的文學運動〉　612。
[45] 胡風，《胡風回憶錄》　57。
[46] 魯迅，〈我們不再受騙了〉，《魯迅全集》，卷 4，439。
[47] 魯迅，〈豎琴‧後記〉，《魯迅全集》，卷 10，374。

至於這位作者，魯迅在後記中這樣告訴讀者：「現在已經被看作反動的作家，很少有發表作品的機會了。」魯迅不是共產黨員，他儘管支持共產黨，支持蘇聯，但是他有自己的立場，所以他還是將札米亞丁的小說收入了翻譯作品集，而且還對於作者的遭遇表達了「同情」。靳樹鵬在談到擁護「十月革命」的鄭超麟翻譯十月革命的反對者梅勒什科夫斯基（Dmitry Sergeyevich Merezhkovsky, 1865-1941）的《諸神復活》（*The Romance of Leonardo da Vinci*）時說：「並不以政治上的分野來對待文學藝術及其他學術問題，也不以某個人的言論來貶低其偉大的作品」[48]魯迅對於這位蘇聯受迫害的「同路人」大略也持有同樣的態度，這就是魯迅的胸懷，當然當年的托洛茨基對待蘇聯的同路人不也持有同樣的態度嗎?!托洛茨基一方面對札米亞丁等人的政治態度不屑，另一方面又從藝術方面肯定它。

魯迅對蘇聯和史達林的看法「真正」發生變化，可能已經無法考證。但起碼在他逝世之前的幾年裡，他對蘇聯的態度是發生了變化。這可以從他拒絕去蘇聯旅行可以看得出來。他對來邀請他的胡愈之說：「國民黨，帝國主義都不可怕，最可憎惡的是自己營壘裡的蛀蟲。」又說：「蘇聯國內情況怎麼樣，我也有些擔心，是不是自己人發生問題？」[49]魯迅對西方報刊宣傳的史達林擴大肅反將信將疑。他可能已經如另外兩位訪蘇的左翼作家紀德和羅曼羅蘭一樣預感到「蘇聯幻象」的本質[50]。而對於受到蘇聯節制的革命政黨，他從當時與他打交道的周揚等人身上也可能獲得了同樣的預感。魯迅曾對馮雪峰說：「你們來時，我要逃亡，因為首先要殺的恐怕是我。[51]」他在 1934 年 4 月 30 日致曹聚仁信中，早就說過：「倘當（舊政權）崩潰之際，（我）竟尚倖存，當乞紅背心掃上海馬路耳」[52]呢？從魯迅的這句話裡，我們也可以看到他對於中共的態度。正如我在前文所分

[48] 靳樹鵬，〈鄭超麟的翻譯生涯〉，《文史精華》2（2001）：57-62。
[49] 胡愈之，〈談有關魯迅的一些事情〉，《魯迅研究資料》1（1976）：83。
[50] 紀德（André Paul Guillaume Gide, 1869-1951）在從蘇聯訪問回國後，就出版了《從蘇聯歸來》（*Report of the Journey to Russia* 中文版，鄭超麟譯，遼寧教育出版社，1999）揭露蘇聯的真相；羅曼‧羅蘭（Romain Rolland, 1866-1944）則將自己的訪蘇札記《莫斯科日記》（*Moscow Diary* 中文版，夏伯銘譯，上海：上海人民出版社，1995）封存了 50 年直至死後才發表。
[51] 李霽野（1904-1997），〈憶魯迅先生〉，《魯迅紀念集》1（上海：文化生活出版社，1937 初版，上海書店 1979 年影印版）68。
[52] 魯迅，〈340430 致曹聚仁信〉，《魯迅全集》，卷 13，87。

析的，在〈答徐懋庸〉中，魯迅借著批判徐懋庸等人，而同時也批判了史達林的以「鳴鞭」為唯一業績和「奴隸總管」的跋扈。

　　但是，對於史達林和蘇聯的懷疑，對於「革命政權」的懷疑，恐怕也沒有使他以此為理由反對他們提出的「抗日民族統一戰線」的主張以及「國防文學」的口號。魯迅反復申明，自己並不反對「國防文學」，「民族革命戰爭的大眾文學」的口號只是補「國防文學」的不足。對於魯迅來說，大敵當前，團結禦辱才是最重要的。這在〈答徐懋庸〉的信中，表達得非常明確。

　　而對於托洛茨基、中國托派及其領袖陳獨秀又有怎樣的態度呢？魯迅早年受到托洛茨基的政治理論和文學理論的影響很大。總括起來大略有四個方面，一是「同路人」理論；二是文學的「革命人」理論；三是「無產階級文學取消主義」理論；四是革命中文藝的自身「規律性」問題，等等。在這主要的四個方面中，「同路人」理論可能影響最大。魯迅在《論「第三種人」》中予以批駁時就運用了「同路人」的政策和理論。他指出，左翼作家並沒有「動不動便指作家為『資產階級的走狗』，而且不要『同路人』。左翼作家並不是從天上掉下來的神兵，或國外殺進來的仇敵，他不但要那同走幾步的『同路人』，還要招致那站在路旁看看的看客一同前進」[53]。對於為左翼文藝界所排斥的郁達夫和巴金等人，魯迅也是把他們看作是同路人的[54]。魯迅認為托洛茨基是個「深解文藝」的人，並對他保持著尊敬。在〈《十二個》後記〉中，魯迅說：「在中國人的心目中，大概還以為托羅茲基是一個喑嗚叱吒的革命家和武人，但看他的這篇（指《文學與革命》第三章〈亞歷山大‧勃洛克〉（"Aleksandr Aleksandrovich Blok（1880-1921）"）便知道也是一個深解文藝的批評者。」[55]

　　魯迅甚至在托洛茨基在蘇聯被流放驅逐之後依然公開讚揚他的理論主張。他在〈我的態度氣量和年紀〉一文中說：「托羅茲基雖然已經『沒落』，但他曾說，不含利害關係的文章，當在將來另一制度的社會裡。我以為他這話卻還是對的。」[56]1929 年魯迅還翻譯了日本片上伸（KATAGAME

---

[53] 魯迅，〈論「第三種人」〉，《魯迅全集》，卷 4，451。
[54] 魯迅，〈答徐懋庸並關於抗日統一戰線問題〉，《魯迅全集》，卷 6，556。
[55] 魯迅，〈《十二個》後記〉，《魯迅全集》，卷 7，313。
[56] 魯迅，〈我的態度氣量和年紀〉，《魯迅全集》，卷 4，113。

Noboru, 1884-1928）的〈無產階級文學的理論與實際〉也涉及對托洛茨基的「批判」。直到 1930 年寫〈「硬譯」與「文學的階級性」〉時提到《文學與革命》（*Literature and Revolution*）也是作為馬克思主義文藝理論著作之一[57]。魯迅翻譯了批判托洛茨基的文章。在《文藝政策》一書中收入了兩個決議，一個是同意同路人的政策的決議；另一個〈觀念形態戰線和文學——一九二五年一月第一回無產階級全聯邦大會決議〉，其中指出「無產階級文化和文學的最徹底的反對者是同志托洛茨基和沃朗斯基（A.K. Voronsky, 1884-1943）」[58]，此文批判的就是《文學與革命》一書中的無產階級文藝取消論。但是，需要注意的是，魯迅是將托洛茨基的取消主義和它的反對者的理論同時翻譯過來的，他意在將兩種理論放在一起供左翼理論家們討論，而並不是要直接否定托洛茨基的理論。他可能認為，革命的蘇聯的兩派相互之間的內訌壓根就是內耗；或者認為革命文學理論內部兩種或更多種理論相互爭鳴而存在，不是有害而是有益。正如他對於「國防文學」和「民族革命戰爭的大眾文學」的態度一樣。

在魯迅的文章中，我們很容易找到他對於無產階級革命文學的堅持，但是，就他對於當時的創作狀況而言，他一直在懷疑「真正的無產階級革命文學的存在」，因為當時所從事無產階級革命文學創作的作家，都是小資產階級的知識份子，在魯迅的眼裡，這些人並不是真正的「革命人」，他們所創作出來的文學當然也就不是真正的無產階級革命文學。魯迅對於無產階級革命文學的估價，與托洛茨基是有相似之處的。由此可見，魯迅對於無產階級革命文學的堅持，基本是基於當時反抗國民黨政府的壓迫的需要。魯迅雖然反對托洛茨基的對待無產階級文化的取消態度，但是在深層他又認同這一觀點。魯迅在與創造社和太陽社的論戰中，就運用了托洛茨基的上述觀點來論述無產階級文學。

魯迅一直對托洛茨基保持著尊敬，並不因為他在其祖國的失勢，就輕易的蔑視他，如史達林對待其政敵一樣。同樣的，對於中國托派尤其是其領袖陳獨秀，魯迅更是有著特殊的情感，可以說素來是「很同情」的。他在〈我怎麼作起小說來〉說：「這裡，我必得紀念陳獨秀先生，是他催促

---

[57] 魯迅，〈「硬譯」與「文學的階級性」〉，《魯迅全集》，卷 4，205。

[58] 魯迅譯，《文藝政策》，《魯迅全集》，卷 17（北京：人民文學出版社 1973）617。

我做小說最著力的一個。[59]」魯迅在陳獨秀深陷囹圄的時候，而敢於站出來「紀念」他，魯迅顯然把陳獨秀看作「中國一向少有失敗的英雄」，而他自己則充當了「少有敢撫哭叛徒的吊客」了[60]。這些也都或多或少表明了魯迅對於托派的態度。

　　中國托派在魯迅的「民族革命戰爭的大眾文學」中看到了魯迅對於史達林主義的不滿，對於以周揚為符號的「革命政黨」的不滿。憑心而論，托派及陳其昌等人對於魯迅的認知是正確的。中國托派與魯迅在堅持抗戰文藝中的無產階級領導權上顯然也是一致的，所以才有托派陳其昌給魯迅寫信的事情發生，也才有中國共產黨人認為魯迅「同情托派」的事情發生。但顯然魯迅的主張又與托派不同，魯迅是既合作又鬥爭，而且合作還是廣泛的統一戰線，只要不是漢奸就可以合作，這也包含與國民黨政府合作。魯迅所堅持的是民族解放背景下的「同路人」策略，而中國托派早年的同路人政策則是一種「階級協作」，和對於其他階級的包容。中國托派顯然並沒有隨著中國民族解放戰爭的迫近而繼承和調整它的「同路人」策略，而相反魯迅才真正地繼承了托洛茨基的「同路人」精神，並將其運用到了中國的抗戰語境中。在〈答徐懋庸〉中，魯迅闡述得非常的明確：「我以為文藝家在抗日問題上的聯合是無條件的，只要他不是漢奸，願意或贊成抗日，則不論叫哥哥妹妹，之乎者也，或鴛鴦蝴蝶。」「我很同意郭沫若先生的『國防文藝是廣義的愛國主義的文學』和『國防文藝是作家關係間的標幟，不是作品原則上的標幟』的意見。」[61]

　　儘管魯迅在政治意識形態上與托派有著相似性，他對托陳派懷有同情，並不表明他與他們採取相同的政治立場。托洛茨基早年提倡階級「同路人」，但是，到了中國抗戰時期，卻「忘記了時代」[62]，仍然只能停留在階級「同路人」的立場上，而中國的民族生存危機的背景下，最需要的是民族「同路人」。無論是托洛茨基還是中國托派，他們的思想都膠著於與史達林的蘇聯以及與中共的「鬥爭」，並因了這種政治鬥爭而反對抗日民族統一戰線。托派後來甚至說：「說要我們民眾停止獨立的抗戰活動，

<hr />

[59]　魯迅，〈我怎麼作起小說來〉，《魯迅全集》，卷 4，526。

[60]　魯迅，〈這個與那個〉，《魯迅全集》，卷 3，152-53。

[61]　魯迅，〈答徐懋庸並抗日民族統一戰線問題〉　550-51。

[62]　魯迅，〈答徐懋庸並關於抗日統一戰線問題〉　550。

而統一到蔣介石領導下去進行抗日，那不是資產階級的走狗，就是日本帝國主義的奸細。而目前中國史達林黨與各色的所謂救國團體，正演著這種走狗奸細的角色。」[63]因一個階級或一個黨派之私，「只借革命以營私」，而葬送了民族生存之途，這才是魯迅所無法容忍的。所以，魯迅在〈答托洛斯基派的信〉中，「辱罵」其為漢奸則完全可能。

　　而對於周揚等人，魯迅作為左聯的精神領袖，一直是在周揚的領導下從事左翼文藝工作。但是作為一個受到蘇聯政治影響比較深的文藝家和中共幹部，周揚與魯迅之間的關係是比較緊張的。當 1936 年到來之時，周揚率先解散了左聯，魯迅對此顯然有著不同的意見。當周揚提出「國防文學」的口號後，魯迅更是對此有著不同的意見。魯迅在〈答徐懋庸〉中表明，他並不反對他們所提出的「國防文學」的口號，只是認為，其有缺點，沒有堅持無產階級在抗戰中的「主體」地位，因此才與馮雪峰、胡風等人商討提出了「民族革命戰爭的大眾文學」的口號。在兩個口號之間，都有著彼此相互「替代」的矛盾，誰是「中心」、誰「覆蓋」誰的爭端。徐懋庸等人更是認為，魯迅等人的口號在後，攪亂了「中心」議題。顯然彼此間都有著宗派小集團的怨氣。魯迅顯然也認為，這妨害了抗日民族統一戰線的建立。而且他還進一步懷疑徐懋庸等人「又說現在不是『國防文學』就是『漢奸文學』」，不但「欲以『國防文學』一口號去統一作家」，而且「也先預備了『漢奸文學』這名詞作為日後批評別人之用。[64]」所以他得出結論：

> 因為據我的經驗，那種表面上扮著「革命」的面孔，而輕易誣陷別人為「內奸」，為「反革命」，為「托派」，以至為「漢奸」者，大半不是正路人；因為他們巧妙地格殺革命的民族的力量，不顧革命的大眾的利益，而只借革命以營私，老實說，我甚至懷疑過他們是否係敵人所派遣[65]。

---

[63] 托派中央，〈為日本帝國主義侵略華北告民眾書〉，1937 年 7 月 20 日。轉引自唐寶林《中國托派史》（臺北：東大圖書公司，1994）223。

[64] 魯迅，〈答徐懋庸並關於抗日統一戰線問題〉　551。

[65] 魯迅，〈答徐懋庸並關於抗日統一戰線問題〉　549-50。

於是，魯迅又將漢奸嫌疑用在了徐懋庸等人的身上。顯然，正如我前文所述，馮雪峰起草的〈論現在我們的文學運動〉已經作出了和解、讓步的表示，但是，周揚等人似乎依然不肯甘休。以至於將「托派」和「內奸」的帽子扣在他和馮雪峰、胡風等人的頭上。這讓魯迅極其憤怒，難以釋懷。以至於他在〈半夏小集〉中還念念不忘用「納款」「通敵」[66]來暗指「國防文學」派。

由上可見，在魯迅的觀念中，儘管糾結著個性情感，宗派情緒，階級觀念和民族情懷，但是，有一點卻不受這些動搖，這就是「抗日民族統一戰線」。他可能對於史達林主義不滿，但是卻同意了史達林的中國「抗日民族統一戰線」的主張；他可能對於周揚及徐懋庸等人的宗派主義不滿，但也擁護他們的「國防文學」的主張；他可能認同托洛茨基的文學和政治理論，但是卻不能同意他影響中國的抗日統一戰線；他可能與陳獨秀有著很好的私人感情，但卻不能同意中國托派的主張影響抗日民族統一戰線。對於妨礙這統一戰線的任何力量，他都會毫不猶豫地給予反擊，甚至不惜用最惡毒的語言。主張「國防文學」的徐懋庸，以宗派主義給理論和左翼作家作敵我劃線，妨礙了抗日民族統一戰線，他會給於反擊；中國托派因為和史達林及中共的政治糾葛而反對民族統一戰線，也是魯迅所無法接受。並且他認為，這些都很危險。因為它們實際上阻礙了抗日民族統一戰線的建立。雖然徐懋庸和托派都不是漢奸，但卻在客觀上起到了幫助敵人的作用，可能要「掉到地上最不乾淨的地方去」[67]。

五、最後的話

在〈答托洛斯基派的信〉最讓當時的托派和後代的學者難以釋懷的是漢奸隱射。其實如前所述，在〈答徐懋庸〉中，也使用了這種表述方式。其實，這種「內奸敘述」在階級危機和民族危機中，非常常見。當時文壇上的人常以之加諸魯迅，如懷疑魯迅拿盧布或日元即是；再如徐懋庸致魯迅的信，以及魯迅在回答這封信時所講述的胡風的遭遇也是如此。彼此以

---

[66]　魯迅，〈半夏小集〉　618。
[67]　魯迅，〈答托洛斯基派的信〉　609。

「漢奸」「內奸」相攻訐的不僅魯迅有，「國防文學」派有，國民黨文人有，托派也有。周揚派中有的人提出，今後文藝界只剩下兩派：「一派是國防文藝，一派是漢奸文藝」[68]。將反對「國防文學」的文藝都歸結為「漢奸文藝」。周揚也在他的答胡風派徐行的文章中說：「無條件地藐視民族情感，如果不是出於一種漢奸意識，就至少有幫助漢奸，在心理上有叫大家做亡國奴的危險。」[69]周揚用這樣的隱射來針對反對「國防文學」的人們，既包括魯迅等人，也包括托派。周揚的表述與魯迅兩封信中的表述是如此的相似。而魯迅在〈答托洛斯基派的信〉中，把它用在了托派的身上；在〈答徐懋庸〉中則又用在了周揚和徐懋庸等人的身上。而托派也經常以階級的「叛徒」指責「國防文學」派。托派指責統一戰線，「而在終極的分析上，它幫助了日本帝國主義」[70]。徐慶全說：「如果有人有興趣來總結三十年代的文風的話，冷嘲熱諷及謾罵肯定是比較突出的一種。倘若翻看一下在那個時代左翼作家所寫的戰鬥文章，像這樣的含有辱罵和恐嚇意味的文筆並不少見——即使在魯迅的行文中也可偶或發現。」[71]我認為，這樣的概括是有道理的。儘管魯迅曾在〈辱罵和恐嚇絕不是戰鬥〉（1932）中反對這種動不動就以漢奸污蔑的方式，但在時代的大背景下恐也很難免俗。更何況當時中國托派激烈反對抗日民族統一戰線，確是有可罵之處。

只不過，〈答托洛斯基派的信〉發表後，迅速產生了重大的後果。中共領導人王明、康生等人迅速加以引申，由該文的暗示，而直接認同陳獨秀等人的托派為漢奸。毛澤東 1937 年在陝北公學所做的《論魯迅》的講話，即抓住這篇文章做重要的發揮。他說：「魯迅先生第一個特點，是他的政治遠見。他用顯微鏡和望遠鏡觀察社會，所以看的遠，看的真。他在1936 年就大膽的指出托派匪徒的危險傾向，現在事實完全證明了他的見解

---

[68] 力生等，〈國防文學特輯〉，《生活知識》1 卷 11 期（1936 年 3 月 20 日）。轉引自陳鳴樹主編《二十世紀中國文學大典（1930-1965）》（上海：上海教育出版社，1994）231。
[69] 周揚，〈國防文學——略評徐行先生的國防文學反對論〉 173。
[70] 中國共產主義同盟政治決議案，〈目前局勢與我們的任務〉，《鬥爭》3 卷 2 期（1937 年 2 月 21 日），唐寶林 208。
[71] 徐慶全，《周揚與馮雪峰》 15。

是那樣的穩定，那樣的清楚。托派為漢奸組織，直接拿日本特務機關的津貼，已經是明顯的事情了。[72]」

　　由於〈答托洛斯基派的信〉是由馮雪峰操刀的，從而導致了對於托派是漢奸的直接的「暗示」。中國托派最大的敵人是史達林主義的蘇聯，以及中國共產黨；而他們也是史達林的蘇聯和中國共產黨的敵人。在民族戰爭的背景之下，將自己的政敵抹黑為「漢奸」，無疑是最為有力的打擊。這種打擊是沒有什麼是非可言的。這封信中對於托派的漢奸的強烈暗示，使其落入了政治的陷阱。儘管這樣的「漢奸敘述」的產生有其特殊的語境，但陷入黨派的內部之爭並為之操弄，不得能不說是一大遺憾。雖然這種「暗示」修辭魯迅也可能做出，但卻其後果可能超出了他的想像之外。

　　有學者從保護魯迅名譽的角度，說〈答托洛斯基派的信〉不是魯迅所作，而是馮雪峰代擬，所體現的不是魯迅的思想而是中共的，甚至馮雪峰的思想和政治態度[73]。這話是沒有錯的，但是也不是全部都對。馮雪峰的操刀，導致用詞太重，甚至超出了魯迅的「意思」，但魯迅在當時的特殊情況之下，只能用〈答徐懋庸〉這樣的文章，來「調整」；而不能做出諸如道歉之類的舉動。不但是因為〈答托洛斯基派的信〉確實說出了他的某些意思，也因為他若公開道歉的話，將把馮雪峰置於萬劫不復之地。

　　因為有了胡風的回憶錄而將這篇文章所帶來的責任完全推給馮雪峰，企圖為魯迅辯白，其實不符合歷史事實，也是沒有必要的。通過前述分析，我們可以看到，這封信還是相當大的程度體現了魯迅的思想，甚至是語言風格。從總體上來看，在兩個口號之爭中，在「回擊」托派中，魯迅所堅持的是抗日民族統一戰線。當時的各種勢力面對民族危機，面對抗日民族統一戰線，他們大多憑一己之私而排斥異己，尤其是中國托派糾結於自己的階級正義而沒有正視民族危機的到來及建立民族統一戰線的必要，這才導致了魯迅的攻擊。由此可見，魯迅雖然也是有缺點的，但仍不失去其偉大。

---

[72] 毛澤東，〈論魯迅〉，1938 年第 10 期《七月》雜誌。此文 1981 年在《人民日報》重新發表，及收入《毛澤東選集》時，均刪去「托派成為漢奸組織……」等詞語。
[73] 王彬彬，〈魯迅與中國托派的恩怨〉，《南方文壇》5（2008）：54-60。

參考文獻目錄

CHANG

長堀祐造（NAGAHORI, Yuzō）.〈魯迅的陳獨秀觀與陳獨秀的魯迅觀〉，《內蒙古師範大學學報（哲學社會科學版）》4（2002）：47-53。

CHEN

陳勝長.〈托洛茨基的文藝理論對魯迅的影響〉，《香港中文大學中國文化研究所學報》21（1990）：285-311。

HU

胡風.《胡風回憶錄》。北京：人民文學出版社，1993。

LU

魯迅.《魯迅全集》。北京：人民文學出版社，2005。
魯迅博物館編.《魯迅回憶錄》。北京：北京出版社，1999。

TANG

唐寶林.《中國托派史》。臺北：東大圖書公司，1994。

WAN

丸山昇（MARUYAMA, Noboru）.《魯迅、革命、歷史——丸山昇現代中國文學論集》，王俊文譯。北京：北京大學出版社，2005。

WANG

王凡西.《雙山回憶錄》。北京：東方出版社，2004。
王彬彬.〈魯迅與中國托派的恩怨〉，《南方文壇》5（2008）：54-60。

XU

徐慶全.《周揚與馮雪峰》。武漢：湖北人民出版社，2005。

YU

郁達夫.《郁達夫文集》，卷 6。廣州：三聯書店香港分店、花城出版社，
　　1983。

ZHENG

鄭超麟.《鄭超麟回憶錄（下）》。北京：東方出版社，2004。

ZHOU

周揚.《周揚文集》，卷 1。北京：人民文學出版社，1984。

ZHU

朱正.《魯迅手稿管窺》。長沙：湖南人民出版社，1981。

Gregor. Benton. "Lu Xun, Leon Trotsky, and the Chinese Trotskyists." *East Asian
　　History* 7 (1994): 93-104.

Interplay of Class Struggle and Nationalism: Lu Xun's Perspective While Diseased in the Year 1936

Weibao FANG

Professor, Faculty of Arts, Anhui Normal University

Abstract

Leftist literature in the year 1936 presented an united front against Japan. As a leader of leftist literature, Lu Xun wrote two letters about the interplay of class struggle, ideological conflicts, and nationalism.

論文審查報告之一

1). 論題能以 1936 年這個比較特殊的時間切入研究魯迅的思想糾結矛盾，有一定的學術價值，但本文以 1936 魯迅陷入糾結著階級情感糾葛、政治宗派鬥爭以及民族大義伸張等多方面因素角力的漩渦之中，難道圍繞著魯迅的這些糾結僅存在 1936 年，在這之前，魯迅就沒有這些方面的糾結？而是 1936 年矛盾衝突更為集中明顯。

2). 文獻豐富，史料功底扎實，能用大量的文獻資料支撐自己的觀點，但有些觀點僅僅是自己的推測，缺乏有說服力的材料佐證。

3). 論文整體結構完整，論證方法合理，思路比較清晰。

4). （2）與原文不符，如注釋一「嚇跑別的階層的戰友」，原文沒有這句；再如注釋六，「這裡，我必須感謝陳獨秀先生以及其它幾個人，出了很多的力量鼓勵我去寫小說。」引文與原文不符。（3）引用原文時對原文理解錯誤，如注釋二，引文「忘記了時代」是指何家槐引用魯迅《意見》中的兩段話忘記了發表的時代，用此處不合適。

5). 語言表述有些不夠明確，如第 1 頁，圍繞〈答托洛斯基派的信〉，對於魯迅也出現了兩極的評價，但後面的論述並沒有把兩極評價進行歸納，只是進行列舉。

論文審查報告之二

1). 以魯迅同時期文本證明〈答托洛斯基派的信〉包含魯迅本人的思想，非常有說服力。

2). 個別歷史背景沒有掌握好。如王明路線（一切通過統一戰線）是以後才形成，魯迅在生時還沒出現。

3). 個別論證沒有基礎。例如，認為魯迅讀過史達林（Joseph Stalin, 1878-1953）傳，並引申出魯迅「扯大旗」的批評是指史達林，缺乏事實和文本的根據。

4). 中國國內朱正（《被虛構的魯迅》）與秋石（《我為魯迅茅盾辯護》）對這方面的研究應該參考並回應。班國瑞的文章其實有點舊了。

5). 注釋中〈答徐懋庸並抗日民族統一戰線問題〉有一處漏了「問題」。
（編按：已修正。）

論文審查報告之三

1). 以 1936 年病中魯迅的價值立場折射當時中國文壇六方面力量形成的縱
橫交錯的複雜格局，論文切入點小，但是論述深，在層層剝筍中，剖
析細緻入微，因而觀點令人信服。

2). 資料翔實、豐富，且作者在運用時能夠得心應手，可見其極強的考證
辨析能力。

3). 不足之處：作者在論述過程中還需要對一些字句再進行精心的推敲和
打磨。例如：文中出現：「這是他們他們不能接受」的句子。其中「他
們」重複兩次。把「帽子扣在魯迅身上」，不如「把帽子扣在魯迅頭
上」表述恰當些。這樣的表述在文中還很多。（隨標原文中）。既是
學術論文，文中一些引文出處都應該標示出來。而本文絕大多數標示
了，但也有少部分沒有標注。另文中的表述還可以凝練些，文章開頭
有冗長之感。

4). 對文中的一些語句認真進行打磨（隨附閱讀論文時的文稿，可參照修
改。）

5). 缺少的引文資料補全。

6). 可否考慮對文章進行些精減，使表述更清晰些。

論文審查報告之四

1). 材料豐富。引證準確，基本符合學術規範。以魯迅晚年的兩篇文章討
論魯迅對蘇聯及史達林的「疑惑」，此觀點視角獨特，但僅僅從所謂
的政治視角來論述「兩個口號」論爭，實際上還是重複過去研究的老
路子而已。

2). 對〈答托洛斯基派的信〉的分析有模糊之處，如它到底是魯迅的觀點
還是馮雪峰的觀點，或者說魯迅的觀念占到幾分，必須指出來，否則
論文材料則失去基石；〈答徐懋庸〉文的文本理解有根本性的誤讀，

文中對魯迅的蘇聯觀和史達林觀，有「臆測」之嫌，且缺乏例證來說服讀者和學界。

3). 文中尚有多處需要校正和修改，如中國的左翼文壇的「六股勢力」，怎麼還有史達林的蘇聯和和托洛斯基的「托派」？又如〈答托洛斯基派的信〉的題目原文是「托洛斯基派」而不是論文中的「托洛茨基派」；又如，周揚逼迫馮雪峰認下〈答徐懋庸〉為自己所寫，不是在文革環境下，而是在反右派之後，等等，此類常識性的問題失誤文中尚有不少。

4). 對文本的分析，尤其是對〈答托洛斯基派的信〉和〈答徐懋庸〉兩文的文本解讀，還需要更加細化。

5). 認真校對和減少基本性的學術「硬傷」。

《國際魯迅研究》輯二（2014 年 5 月）217-244。

魯迅短篇小說詞彙風格研究
——以《吶喊》《徬徨》中的十篇小說為文本

■陳美圓

作者簡介：

　　陳美圓（Mei Yuan CHEN），女，政治大學中國文學系學士、碩士。曾任國立台中商專講師、副教授。現任國立台中科技大學應用中文系副教授。近年發表論文有〈台灣唸歌《哪吒鬧東海》的文化傳承與創新〉，〈從〈《黃虎印》探討歌仔戲劇本的文化傳承和創新〉，〈台灣念歌中的哪吒傳說及其表現〉，〈從《大國民進行曲》與《黃金海賊王》探討台語歌舞劇的後現代性〉，〈路寒袖台語歌詩建構的社會圖像與文化意涵〉。

論文題要：

　　魯迅是中國現代小說的先行者，以優異獨特的語言文學構作能力，建構了現代中國文學深廣的意涵和世界性的格局，引領無數的漢語作家，不斷對古典漢語和現代漢語做相當程度的吸納、融鑄和創新。魯迅的短篇小說從主題的語言風格，到人物的描繪手法以及氣氛的營造，皆展現中國知識分子所獨具的語言色彩、民族情感、思維形態。研究魯迅的論文已有很多，但是大部分是從魯迅的文化意識、民族情感、政治立場及文藝美學的層面探討，純粹從語言學的角度分析語言的構成、詞彙的風格的論述，反而比較薄弱。本文的研究主要是針對魯迅早期出版的《吶喊》《徬徨》兩本小說集收錄的小說中選出其中的十篇，分別是〈狂人日記〉和〈阿Q正傳〉，〈端午節〉和〈肥皂〉，〈頭髮的故事〉和〈風波〉，〈孔乙己〉和〈高老夫子〉，〈社戲〉和〈故鄉〉從主題詞彙的意義分析到小說內容所使用的各種類型詞彙的分析、比較、歸納，並且對這些詞彙的意義加以整合詮釋，進而闡述魯迅如何將中國古典詞彙、經典的用語轉化成現代小說的語言要素；如何將外來語的詞彙融鑄在小說當中展現特殊而多重的象

徵意義；如何吸納地方俗語、特殊口語、諺語表現出小說語言的鄉土風格、民俗色彩。魯迅小說的詞彙運用靈活多元，不僅承載了相當豐富的文化意涵，也展現了漢語的獨創性、延展性以及寬容性。

關鍵詞：魯迅、吶喊、徬徨、詞彙、語言風格

一、引言

魯迅（周樟壽，1881-1936）是現代中國文學的宗師，從一九一八年第一篇白話小說〈狂人日記〉的問世，直到一九二五年十一月創作〈離婚〉，前後七年的作品集結成《吶喊》《徬徨》兩本小說集，也標誌了中國五四白話文學運動的實績。自從一九三六年魯迅逝世以來，對於魯迅的評論有許多，對於他的政治立場也各有爭議。但無可置疑的一點，是他對現代文學的貢獻，台灣方面日治時期的新文學家賴和（賴和，1894-1943）、楊逵（楊貴，1906-85）等即深受魯迅的影響；中國方面對於魯迅文學的研究，更是多元深入而有佳績。

徐冬梅〈魯迅小說語言研究評述〉曾經說過：

> 魯迅小說語言獨創性研究是很重要的領域，研究他鎔鑄語言自創一格的過程有助於我們更好的繼承和發展語言文學傳統，進而指導和豐富我們的語言實踐。但我們又不難發現與魯迅語言風格研究、語言藝術研究相比，這一領域相對沉寂，而研究又都採取了資料整理的形式[1]。

筆者近年來曾開設「現代小說」及「漢語詞彙學」的課程，對於魯迅小說中詞彙的應用一直有所關注，之所以選擇這樣的論題也是希望除了教學上的討論之外，能在魯迅小說創作語言的研究方面有更完整的探討。以下說明我的論述觀點和基本的架構。程祥徽（1934-　）《語言風格初探》說：

> 傳統的文體風格論與現代語言風格學的最大區別是：文體論將自己對各種不同文體的印象用形容詞性詞語描繪出來，即所謂雅、理、實、麗、綺靡、瀏亮、纏綿……語言風格學卻是要研究言語氣氛所

---

[1] 徐冬梅，〈魯迅小說語言研究述評〉，《文教資料》6（1999）：81-82。文中對於過去研究魯迅作品語言的論文，分為語言風格的研究、語言藝術的研究及語言獨創性及文學語言發展的貢獻的研究三個方面，綜述了各家學者的亮麗成績，但也提出了從語言學的角度，系統性研究魯迅文學語言的獨創性以及他對現代漢語所做出的貢獻。本文的論點也就是從這部分出發。

賴以體現的語言材料──語音、詞彙、語法格式……這就可以避免一個人主觀感受給風格下斷語，將風格的探討建立在有形可見的語言材料上[2]。

本文就是基以「建立有形可見的語言材料」，而選擇語言三個要素當中的『詞彙』作為分析的主要素材，以魯迅的《吶喊》《徬徨》兩本小說集中的小說為抽樣分析的文本，抽取的樣本分別是〈狂人日記〉和〈阿 Q 正傳〉，〈端午節〉和〈肥皂〉，〈頭髮的故事〉和〈風波〉，〈孔乙己〉和〈高老夫子〉，〈故鄉〉和〈社戲〉五組不同主題的小說。將主題思想相同，但表現手法不同，詞彙的風格亦相異的兩篇小說對照敘述之。

另外竺家寧（1946- ）《語言風格與文學韻律》論及語言風格的研究方法說：

> 詞彙風格的研究法包括：擬聲詞的應用、重疊詞的運用、方言俗語的應用、典雅語或古語詞彙的應用、外來詞的應用、詞彙結構情況、虛詞的狀況、詞彙的情感色彩、新詞的創造力、詞類活用的狀況、熟語的應用、共存限制的放寬等[3]。

魯迅小說是以白話口語為主要的書寫工具，但因為個人傳統文化素養，以及接受現代科學教育，並且翻譯許多西方的名著，所以魯迅所創作的小說文本，詞彙的應用相當多元多樣。本文將根據上面對詞彙的分類研究方法，先對魯迅短篇小說中的具有重要意義的詞彙，用表格的方式加以分類，並針對這些詞彙詮釋其對小說意義構成的重要性。

我們都知道詞彙是文化的反映，每一個民族在地理環境、歷史背景、經濟生活、風俗習慣、宗教信仰、價值觀念心理狀態等方面都會有所差異，所以每個民族都有她自己獨特的文化形態和內涵，這種獨特的文化內涵都會反映在詞彙上。

每一位具有原創力的作家，都有自己獨特的詞彙使用原則，詞彙的善用與擷取是關乎作者的命意與情感的訴求。魯迅所生存的年代，是中國文

---

[2] 程祥徽（1934- ），《語言風格初探》（台北：書林出版社，1991）19-20。
[3] 竺家寧（1946- ），《語言風格與文學韻律》（台北：五南圖書出版公司，2001）15。

化面臨危急存亡的清朝末年及民國初年，新時代知識份子的生命焦慮感特別深重，在語言詞彙的表現上也顯得凝重多元而錯雜。

根據汪暉（1959-　）在《反抗絕望——魯迅及其〈吶喊〉〈徬徨〉研究》的第三章第五節：〈「中間物」與魯迅小說的語言特徵〉所論：

> 《吶喊》《徬徨》作為中國現代白話小說的開山之作，反映了中國現代文化變革過程中語言形式的變遷，而這種形式變遷的方式、程度顯然體現了作家的文化心理結構和文化選擇。……魯迅從中國古典語言與落後的民族文化心理、非科學的民族思維形式、民族的愚昧、以及由此產生的社會文化等差的永久性等歷史現象著眼，把語言的變革的重要性與徹底性視為中國社會文化改造的關鍵問題之一。
>
> 面對積澱著漫長歷史文化傳統並在千萬民眾中流傳的語言，立意改革的知識者其思想情感不得不受這傳統語言的影響。深受中國古典文化浸染的魯迅，他所創作的白話文學也無法擺脫舊文言的語言方式、語言習慣和語彙系統[4]。

因此除了將採樣的十篇小說分別製作詞彙分類表，並陳述意義建構外，本文在第三節綜合討論魯迅短篇小說詞彙風格，針對經典古語鎔鑄的比例、對外來語借用的情況、新詞構造的原則及方言俗語詞彙的民族風格。藉此闡明魯迅通過小說創作實踐其語言變革，改造封建文化、重構中國精神文明的願心。

二、小說的採樣與主題的類型

魯迅的《吶喊》小說集在一九二三年八月由北京新潮社列入文學叢書出版，收錄一九一八年寫的〈狂人日記〉到一九二二年寫的〈不周山〉等十五篇小說。

---

[4]　汪暉，《反抗絕望——魯迅及其《吶喊》《徬徨》之研究》（台北：九大文化股份有限公司，1990）178-80。

　　《徬徨》也是北京北新書局出版的「烏合叢書」之一種，收錄一九二四年所作小說四篇，以及一九二五年所作小說七篇[5]。本文所採用的原文版本是早年在台灣印刷的魯迅文集──《吶喊》、《徬徨》、《熱風》、《朝花夕拾》、《野草》、《魯迅散文選》等六冊。台灣版的《吶喊》只收錄十四篇，少了〈不周山〉這一篇。

　　在《吶喊》自序中魯迅提到，老朋友金心異（錢玄同，1887-1939）等當時正創辦新青年雜誌，來向他邀稿，魯迅說：

> 「假如一間鐵屋子，是絕無窗戶而萬難破毀的，裏面有許多熟睡的人們，不久就要悶死了，然而是從昏睡入死滅，並不感到就死的悲哀。現在你大嚷起來，驚起了較為清醒的幾個人，使這不幸的少數者來受無可挽救的臨終的苦楚，你倒以為對得起他們麼？」（金心異回答：）「然而幾個人既然起來了，你不能說決沒有毀壞這鐵屋的希望。[6]」

　　以上這段經典的對話，讓我們瞭解《吶喊》小說集的創作動機，充滿了悲憤。相對的《徬徨》小說集作品就比較的冷靜蒼涼。魯迅自己說：

> 此後雖然脫離了外國作家的影響，技巧稍為圓熟，刻劃也稍加深切，如〈肥皂〉，〈離婚〉等，但一面也減少了熱情，不為讀者們所注意了[7]。

　　比較《吶喊》十四篇小說的主題類型和《徬徨》中七篇小說的主題類型，發現《徬徨》中的敘述者都是悲觀又沮喪的讀書人，改革的熱情，批判的力道逐漸冷卻了。

---

[5]　楊義（1946- ），〈魯迅在新文學運動〉，《二十世紀中國文學圖志》（台北：業強出版社，1995）126-33。

[6]　魯迅，〈吶喊·自序〉，《魯迅全集》（北京：人民文學出版社，2005），卷 1，441。

[7]　魯迅，〈《中國新文學大系》小說二集序〉，《且介亭雜文》，《魯迅全集》卷 6，247。

　　本篇的論述文本還是以《吶喊》小說集為主，但為了主題詞彙及詞彙風格對照的需要，也從《徬徨》小說集選出兩篇來分析，就是〈高老夫子〉和〈肥皂〉。

　　選取的主題類型和代表的小說分述如下：

1. 中國傳統文化及民族根性的探討——以〈狂人日記〉和〈阿Q正傳〉為代表。
2. 傳統讀書人的形像素描——以〈孔乙己〉和〈高老夫子〉為代表作。
3. 故鄉的眷戀與童年回憶——以〈故鄉〉和〈社戲〉為代表。
4. 新官僚與道學家的風貌——以〈端午節〉和〈肥皂〉為代表。
5. 民眾對政權更迭的焦慮——以〈頭髮的故事〉和〈風波〉為代表。

三、小說的詞彙分類表與詞彙意義詮釋

　　本節針對〈狂人日記〉和〈阿Q正傳〉，〈端午節〉和〈肥皂〉，〈頭髮的故事〉和〈風波〉，〈孔乙己〉和〈高老夫子〉，〈故鄉〉和〈社戲〉五組不同主題類型小說進行詞彙的分類與分析，每一篇小說先列出創作年代及詞彙分類表，首先陳述故事大要，其次主題詞彙意義說明，接著將從文本摘取的詞彙，分類彙整並且詮釋辭彙風格。

1 〈狂人日記〉和〈阿Q正傳〉的詞彙分類和比較

〈狂人日記〉詞彙的分類表與詮釋如下：

詞　小說 彙 風 格	狂人日記（創作於 1918 年） 我未必無意之中，不吃了我妹子的幾片肉，現在也輪到我自己，……有了四千年吃人履歷的我，當初雖然不知道，現在明白，難見真的人！……[8] 沒有吃過人的孩子，或者還有？ 救救孩子……[9]
重疊詞	白厲厲、嗚嗚咽咽、含含糊糊、救救孩子
方言俗語	瘋子、狼仔村

---

[8]　魯迅，〈狂人日記〉，《魯迅全集》，卷 1，454。
[9]　魯迅，〈狂人日記〉　454-55。

文言古語	食肉寢皮、易子而食
外來語	迫害狂、海乙那、履歷
詞彙的情感色彩	凶心、怯弱、狡猾
新詞創造	陳年流水簿、老譜、通紅嶄新
詞類活用	月光、吃人、門檻
成語諺語	青面獠牙

（1）故事大要：

　　〈狂人日記〉主要是描寫一個患有「迫害症」的精神病人，他的精神驚慌不安和胡言亂語的種種行徑。這個精神已被扭曲的人，對周遭的人、事、物都疑神疑鬼，鄰居的眼光言語，家人的關懷，醫生的診斷都被解讀成一種迫害（被吃）的訊息。在狂人封閉的心靈中，跟外界的連結已斷落。被禁錮的恐懼，想藉由「救救孩子」的呼喊釋放出來。

（2）主題詞彙的意義：

　　以「狂人」為題就漢語的本義而言，應該是極端狂妄之人和瘋狂的人。在這裏魯迅又藉此隱喻「被迫害的人」、「良知覺醒的人」和「意圖要衝破藩籬的人」。所以不管是精神病理的層面或文化文學的層面，甚至是政治的意識層面。魯迅都透過對俄國作家果戈里的名作〈狂人日記〉和尼采（Friedrich Wilhelm Nietzsche, 1844-1900）的《查拉圖斯特拉如是說》（*Thus Spoke Zarathustra*）解讀[10]，移花接木構造出中國式的「狂人」。這個「狂人」雖活在幾千年封建文化薰染的土地上，狂想著純真、自然、自由的「真人」新世界。還有小說採用斷斷續續的日記寫作形式，顛顛錯錯的獨白及自言自語，譜出了中國現代知識份子的狂想曲。

---

[10] 夏志清（1921- ），《中國現代小說史》（*A History of Modern Chinese Fiction*），劉紹銘（1934- ）等譯（香港：友聯出版社，1979）第 2 章：「作為新文學的第一篇歐化小說（〈狂人日記〉的題目和體裁皆出自果戈爾的一篇小說）」（31），果戈爾（Nikolai Vasilievich Gogol, 1809-52）〈狂人日記〉（"Diary of a Madman"）是翻譯自日文所譯的俄國文學名作。

（3）詞彙類型的分析和詮釋：

「吃人」是〈狂人日記〉中最重要的一個詞彙，在小說中用了三十次以上，它的意義從原本的人吃人，到象徵的意義——專制禮教對人精神的迫害、奴役。為什麼會有人吃人的情景呢？在中國過去的時代曾經因為饑荒、因為戰爭，百姓為了存活而吃人的肉，所以魯迅在文本中引用許多史書上所記載人吃人的記錄[11]。但在〈狂人日記〉中「吃人」的意義應該是隱喻著專制禮教對人心靈的壓迫，所以有所謂吃人的禮教這樣的解讀。另外「月光」「門檻」兩個詞彙，在這裏也分別代表著希望、夢想以及封建禮教的制限、關卡等多層意涵。〈狂人日記〉整體詞彙的情感色彩是陰暗、恐怖、兇殘的。不管是重疊詞——白厲厲、嗚嗚咽咽、含含糊糊、救救孩子；文言古詞——食肉寢皮、易子而食；還是外來語——迫害狂、海乙那，大部分的詞義都是對殘酷的禮教情態的摹寫，各類詞彙共同凝塑出中國社會令人窒息禁錮的生存氣氛。

〈阿 Q 正傳〉詞彙的分類表和詮釋如下：

詞＼小說風格	阿 Q 正傳（創作時間：1921 年 12 月）「阿 Q 要畫圓圈了，那手捏著筆卻只是抖，於是那人替他將紙鋪在地上，阿 Q 伏下去，使盡了平生的力氣畫圓圈。他生怕被人笑話，立志要畫得圓，但可惡的筆不但很沉重，並且不聽話，剛剛一抖一抖得幾乎要合縫，卻又向外一聳，畫成瓜子模樣了[12]。」
重疊詞	飄飄然、孤零零
方言俗語	自輕自賤、斷子絕孫、殺頭、畜生、禿兒
粗語	你的媽媽的、忘八蛋
文言古語	行狀、蟲豸、秀才、造反、立言、誅心、孤孀
外來語	新青年、阿 Q、小 D、No、革命、革命黨、槍斃、洋語、洋鬼子
新詞創造	阿 Q（兩百多次）、小 D、洋炮、洋語、洋鬼子、洋先生、機關槍、革命、革命黨、戀愛、精神文明
詞類活用	奴隸性、優勝記略

---

[11] 本文裏說李時珍（1518-93）的書上「明明寫著人肉可以煎吃」，還有從《左傳》書中所引用的「易子而食」「食肉寢皮」等記錄。
[12] 魯迅，〈阿 Q 正傳〉，《魯迅全集》，卷 1，549。

（1）故事大要：

　　〈阿 Q 正傳〉全文共分九章，描寫一個無名、無姓、無籍貫的卑微傭工「阿 Q」的生命經歷。足以代表他性格的情節和生活片段：從他給人做短工但屢屢被欺負，向吳媽求愛不成反而被趙老爺驅逐，生計無著被逼進城做小偷，後來想要投身革命黨、假洋鬼子卻不准他革命，最後竟又嫁禍給他，「阿 Q」成為代罪羔羊，莫名其妙被捕坐牢，糊里糊塗的被槍斃，結束了荒誕的生命。

（2）主題詞彙的意義：

　　魯迅在〈阿 Q 正傳〉的序文中對「阿 Q」兩個字做了很多的說明，但是總歸一句話就是，藉這洋字母和極具鄉土味的前綴詞「阿」[13]，造成一種荒謬又滑稽的詞彙效果，代表不中不西、不倫不類的人物形象。這個小說人物一方面代表民族的弊病，也代表一種正義感和覺醒[14]。在我看來〈阿 Q 正傳〉應該是呈現了弱者的生存法則。不僅是在中國，凡是有強者凌辱弱者的地方，必定會有「阿 Q」的影子。

（3）詞彙的分類詮釋：

　　這篇小說是魯迅所創作最長的一部小說，全篇「阿 Q」這個詞就出現二百多次，魯迅想從「阿 Q」身上挖掘出中國人的國民靈魂，賦予他神聖的使命。這樣一無所有的「阿 Q」不得不順應時代，尋找新生路。中國的改造、改革也就是一個「置之死地而復生」全民族必然要面對的路徑了。

　　文中許多外來語——新青年、阿 Q、小 D、No、革命、革命黨、槍斃、洋語、洋鬼子，許多創新詞——阿 Q（兩百多次）、小 D、洋炮、洋語、洋鬼子、洋先生、機關槍、革命、革命黨、戀愛、精神文明等。從兩種詞彙極高的重疊性來看，革命的觀念，西方的種種事物，已經透過這些詞彙深入到中國社會的每一個角落。勞動階層的代表人物「阿 Q」其政治意識、社會意識的改變，也可以從這些詞彙充分體現出來。而其中「奴隸

---

[13] 竺家寧，《漢語詞彙學》（台北，五南圖書出版公司，1999）160，漢語最普遍的前綴詞「阿」，是個稱呼性的詞頭，也是最具漢語特色的詞彙。
[14] 夏志清　34-35。

性、優勝」[15]這兩個詞彙的構造，又是魯迅敏銳深邃的觀察，在長期的專制政治薰染下，中國民族最難超越的兩種文化根性。這種又自卑又自大的性情，根深蒂固的階級對立觀念，使中國人喪失了人之所以為人的基本生存尊嚴。

2.〈孔乙己〉和〈高老夫子〉詞彙分類和比較

〈孔乙己〉的詞彙分類表與詮釋如下：

詞彙風格＼小說	孔乙己（創作於 1919 年）「……站起來向外一望，那孔乙己便在柜台下對了門檻坐著，她臉上黑而且瘦，已經不成樣子；穿一件破夾襖，盤著兩腿下面墊一個蒲包，用草繩在肩上掛住；……他從破衣袋裏摸出四文大錢，放在我手裏，見他滿手是泥，原來他便用這手走來的。[16]」
重疊詞	略略、慢慢、懶懶、漸漸
方言俗語	茴香豆、四文錢、柜台
文言古語	進學、秀才、營生、不屑、置辯、服辯、舉人
虛詞	者乎、哉、之乎、者也
新詞創造	孔乙己（三十次）
詞類活用	門檻
成語諺語	君子固窮

（1）故事大要：

透過一個年輕酒僮的回憶，訴說了生活在清朝末年的讀書人「孔乙己」悲慘人生。「孔乙己」熟讀經書，熱中功名，但是直到鬍子花白仍未進學，連秀才也沒有撈到。百無一用，好喝懶做，終於窮困潦倒，淪為乞丐一樣的人。他成為咸亨酒店的笑柄，更因為偷書而被打斷了腿。但是他站著喝酒，不賒欠酒錢。

---

[15] 錢理群（1939- ），《魯迅作品的十五堂課》（台北：五南圖書公司出版，2007）。第 11 課「掀掉這人肉的筵席」、第 12 課「結束『奴隸時代』」：「中國人在歷史上從來沒有『走出奴隸時代』，區別僅在於『暫時做穩了奴隸，還是『想做奴隸而不得』，『始終是奴隸』這一本質是沒有變的。」（182），兩課對於中國人的奴隸性有及精闢的分釋。

[16] 魯迅，〈孔乙己〉，《魯迅全集》，卷 1，460-61。

（2）主題詞彙的詮釋：

「孔乙己」這個主題的用語是相當經典的，魯迅說他最喜歡〈孔乙己〉這篇小說的從容不迫[17]。這個主題詞彙在文本中前後出現三十次，可以想見魯迅對這獨創性人物多麼的用心雕塑。顯然主題詞彙的構作，是從至聖先師的名字「孔仲尼」做了某種程度的轉化，也算是神來之筆吧！從「孔仲尼」到「孔乙己」，從「聖人」到「竊賊」，時代的巨變，命運的反差。固守封建傳統價值的讀書人與現實社會的謀生技能嚴重脫節，竟然淪為乞丐，在泥路上爬行。寫盡傳統知識份子無奈與無能的悲哀。「孔乙己」三個字也變成了酸腐讀書人的代名詞。

（3）詞彙的分類詮釋：

小說中的重疊詞「略略、慢慢、懶懶、漸漸」顯示了文中人物舒緩而過氣的步調，典雅古語「進學、秀才、舉人」表現出主角與時代脫節的營生徑路，虛詞「者乎、哉、之乎、者也」的特別加強應用，更充滿了對「孔乙己」諷刺的意味，顯示他只有滿腹不合時宜的知識。連咸亨酒店的酒僮都對他不耐煩，他最後的一點尊嚴也被踐踏在酒店的門檻外。而「君子固窮」的守貧安貧生命哲學，在現代人看起來簡直就是無能的藉口吧！

〈高老夫子〉的詞彙分類表與詮釋如下：

詞彙／小說風格	高老夫子（創作於 1925 年）「他現在雖然格外留長頭髮，左右分開，又斜梳下來，可以勉強遮住了但究竟還看見尖劈的尖也算得一個缺點，萬一給女學生發見，大概是免不了要看不起的。他放下鏡子，怨憤地吁一口氣。[18]」
擬聲詞	阿呀、哦哦、嘻嘻、嘻嘻嘻
重疊詞	隱隱約約
方言俗語	狗屁、馬將、清一色、乩仙
文言古語	袁了凡綱鑑、玉皇香案吏、淝水之戰、仙壇酬唱、久仰久仰

---

[17] 陳漱渝（1941- ）、林學忠編選，《青少年魯迅讀本》（台北：業強出版，1999）8，在〈孔乙己〉導讀中到：魯迅先生的高足孫伏園（1894-1966）曾問過魯迅在他所做的短篇小說裏，他最喜歡哪一篇？魯迅回答說是〈孔乙己〉。

[18] 魯迅，〈高老夫子〉，《魯迅全集》，卷 2，76。

外來語	高爾基、手表、女學
新詞創造	爾礎、高老夫子、國粹、國史、義務、教科書、新黨
成語諺語	人生識字憂患始、初出茅廬、草木皆兵、東晉偏安

（1）故事大要：

〈高老夫子〉描述一位研究中國歷史的學者，他一整天的活動。白天受聘到女學堂教歷史，因為他的虛矯和不知所云，在女學生的「嘻嘻」嘲笑聲中，課程沒唸完，還沒等到下課就落慌而逃；晚上他受邀請打馬將（麻將），在這個熟稔的場域中，他盡情發揚國粹，順風又順手，到了深夜總算「清一色」扳回一城，一掃白日的陰霾。

（2）主題詞彙的意義：

〈高老夫子〉的主題是變化自法國文學家巴爾札克（Honoré de Balzac, 1799-1850）所創作的〈高老頭〉（*Older Man*）這本小說，在文本當中透過教務長的介紹：

> 這位就是高老師，高爾礎高老師，是有名的學者，那一篇有名的〈論中華國民皆有整理國史之義務〉，是誰都知道的。《大中日報》上還說過，高老師是：驟慕俄國文豪高君爾基之為人，因改字爾礎，以示景仰之意……[19]。

主題意義是諷刺民國初年的學者，對於自己國家的歷史盲目信仰，對於國外的文學也胡亂的附會，只想利用幾個洋名詞抬高自己的身價。所以「高老夫子」者，乃食古不化，附庸現代西洋文明的文化流氓也。

（3）詞彙的分類詮釋：

此篇小說用了相當多的成語和文言古語——人生識字憂患始、初出茅廬、草木皆兵、東晉偏安、袁了凡（袁黃，1533-1606）綱鑑、玉皇香案吏、淝水之戰、仙壇酬唱、久仰久仰，表現高老夫子賣弄國學，喜愛吊書袋的氣味，而方言俗語——「狗屁、馬將、清一色、乩仙」等詞彙，凸顯這位

---

[19] 魯迅，〈高老夫子〉，《魯迅全集》，卷 2，82。

史學大師的真面目──粗鄙、好賭又迷信。擬聲詞──「嘻嘻、嘻嘻嘻」
更將女學生對高老夫子的嘲笑聲描寫的生動又有節奏感。

3.〈風波〉和〈頭髮的故事〉詞彙分類和比較

〈風波〉的詞彙分類表與詮釋如下：

詞彙 風格　　小說	風波（創作於 1920 年） 「『皇恩大赦？──大赦是慢慢的總要大赦罷。』七爺說到這裏，聲色忽 然厲起來，『但是你家七斤的辮子呢，辮子？這倒是要緊的事。妳們知道： 長毛時候，留髮不留頭，留頭不留髮。』20」 高老夫子（創作於 1925 年） 「他現在雖然格外留長頭髮，左右分開，又斜梳下來，可以勉強遮住了但 究竟還看見尖劈的尖也算得一個缺點，萬一給女學生發見，大概是免不了 要看不起的。他放下鏡子，怨憤地吁一口氣。21」
擬聲詞	突突地、嗡嗡的
重疊詞	熱蓬蓬、笑嘻嘻、細細、請請
方言俗語	16 銅釘、三文、四十八文、丈八、九斤老太、七斤嫂、七斤、六斤、趙 七爺、八一嫂、辮子（多次）、入娘的、賤胎
文言古語	無思無慮、龍庭、皇帝、皇恩大赦、《三國志》、囚徒、丈八蛇矛
新詞創造	「留髮不留頭，留頭不留髮」
詞彙的 情感色彩	怒、恨、怨、絕望、辱罵
成語諺語	無思無慮、一代不如一代（八次）、恨棒打人、顛撲不破、僧不僧道不道

（1）故事大要：

　　〈風波〉小說的故事情節十分簡單，魯鎮的船夫「七斤」在武昌革命
成功時，進城讓人剪了「辮子」，不料聽說張大將軍（張勛，原名張和，
1854-1923）復辟（1917.6.16-7.1），皇帝又坐了龍廷，七斤全家陷入沒有
辮子的恐懼，怕會被殺頭，又受盡妻子的謾罵責難，趙七爺的威嚇，後來
皇帝又不坐龍廷了，「風波」終於平息。七斤重新受到魯鎮村民及妻子的
敬重。

20 　魯迅，〈風波〉，《魯迅全集》，卷 1，495。
21 　魯迅，〈高老夫子〉，《魯迅全集》，卷 2，76。

（2）主題詞彙的意義：

〈風波〉的起因全來自於頭上的辮子。鎮上七嘴八舌的議論，到底皇帝還在不在？到底辮子要不要留？平靜純樸的小村，引起一陣改朝換代的騷動。風波代表著國家政權的更迭，體制的改變，對庶民而言只是一陣塵煙罷了。「留髮不留頭，留頭不留髮」也說出了庶民對改朝換代的莫名恐懼。

（3）詞彙的分類詮釋：

數詞帶有著濃厚的文化色彩，中國古代的陰陽五行，數術之學都對漢語詞彙產生起了很大的作用[22]。此篇小說充斥著夾帶數詞的人名──九斤老太、七斤嫂、七斤、六斤、趙七爺、八一嫂，還有金錢的數詞三文、四十八文，全篇錯錯落落的數詞，呈現了細細瑣瑣鄙削的情感風格。〈風波〉所表現的詞彙就是民俗用語──[16]銅釘、三文、四十八文、丈八、九斤老太、七斤嫂、七斤、六斤、趙七爺、八一嫂、辮子、入娘的、賤胎等等，既鮮活又機巧。展現中國人的數字觀和迷信的思維。無思無慮、一代不如一代、恨棒打人、顛撲不破、僧不僧道不道，這些俗諺也突顯一般百姓封閉的世界。

〈頭髮的故事〉詞彙的分類表與詮釋如下：

詞　小 彙　說 風 格	〈頭髮的故事〉（創作時間：1920 年 10 月） 「『我想假的不如真的直截爽快，我便索性廢了辮子，穿著西裝在街上走。』『一路走去，一路便是笑罵的聲音，有的還跟在後面罵：這冒失鬼！假洋鬼子！……』『在這日暮途窮的時候，我的手裏才添出一支手杖來，拼命的打了幾回，他們漸漸的不罵了，只是走到沒有打過的生地方還是罵。』」[23]
方言俗語	辮子
文言古語	宮刑、大闢、遺老、造反、頑民
外來語	革命黨、革命軍、西裝、南洋、馬來語、阿爾志跋綏夫（Mikhail Petrovich Artsybashev, 1878-1927）

---

[22] 竺家寧，〈數詞所表達的文化意涵〉，《詞彙之旅》（台北：正中書局，2009）131-36。
[23] 魯迅，〈頭髮的故事〉，《魯迅全集》卷1，486。

新詞創造	雙十節、N 先生、洋布、洋鬼子、洋服、紀念、平等、自由、幸福
詞類活用	手杖、毒牙、蝮蛇、頭髮
成語諺語	日暮途窮

（1）故事大要：

　　小說從雙十節掛國旗開場，N 先生和作者淡淡的憶述著建立民國的種種軌跡，多少革命青年犧牲生命，在社會的冷笑、惡罵、迫害、傾陷過一生。但是最令這些革命殘存者，慶幸的卻是頭頂的頭髮留住了，辮子剪去了，清朝二百多年的束縛終於解除了。他們感嘆著頭髮真是中國人的寶貝和冤家，古今來多少人在這上頭吃些毫無價值的苦呵！但是怎麼現在又有人嚷甚麼女子剪髮，到底又要造出多少毫無所得痛苦的人呢！又要犧牲多少無辜青年女子的性命呢？

（2）主題詞彙的意義：

　　〈頭髮的故事〉在主題的鋪陳上是開門見山直截了當的。頭髮在中國的改朝換代中是臣服政權的代表物，新的政權取代舊政權，連帶的在頭髮上大做文章，藉此誅殺異己。小說中提到

> 我的祖母曾對我說，那時做百姓才難哩，全留著頭髮的被官兵殺，還是辮子的便被長毛殺！我不知道有多少的中國人只因為這不痛不癢的頭髮而吃苦，受難，滅亡。[24]

　　因頭髮的形式不同大開殺戒，〈頭髮的故事〉就是一部中國殘酷嗜殺的歷史，這種視人命如草芥的世界，有甚麼值得紀念的呢？

（3）詞彙的分類詮釋：

　　〈頭髮的故事〉選用了革命黨、革命軍、西裝、南洋、馬來語、阿爾志跋綏夫等外來語；還有雙十節、N 先生、洋布、洋鬼子、洋服、紀念、平等、自由、幸福等新概念的詞，兩種詞彙的鎔鑄展現新時代的事物和文

---

[24] 魯迅，〈頭髮的故事〉，《吶喊》，《魯迅全集》，卷 1，485-86。

化觀念；另外手杖、毒牙、蝮蛇、頭髮等詞彙，象徵著走向新時代必備的鬥爭工具、手段和形式。

4.〈故鄉〉和〈社戲〉的詞彙分類和比較

〈故鄉〉小說詞彙的分類表與詮釋如下：

詞彙 ＼ 小說風格	故鄉（創作於 1921 年）（悲哀、蒼涼、希望、路） 「他回過頭去說：『水生，給老爺磕頭。』便拖出躲在背後的孩子來，這正是一個二十年前的閏土，只是黃瘦些頸子上沒有銀圈罷了。『這是第五個孩子，沒有見過世面，躲躲閃閃……』」[25]
擬聲詞	阿呀呀、阿呀阿呀、阿、阿呀
重疊詞	躲躲閃閃、鬆鬆爽爽、潺潺、漸漸、憤憤、絮絮
方言俗語	閏土、水生、豆腐西施、銀項圈、狗氣殺、草灰
外來語	圓規、偶像
詞彙的情感色彩	悲哀、悲涼、辛苦、希望、路、碧綠沙地（出現兩次）、深藍天空、金黃圓月
新詞創造	故鄉
詞類活用	希望、路、西瓜地、銀項圈、小英雄

（1）故事大要：

以第一人稱「我」自述離鄉二十年再回到故鄉，所看到的蒼涼、荒廢、孤寂的荒村情景。尤其小時的玩伴，心中鮮活的小英雄「閏土」已經被生活現實折磨成一個「木偶人」，生命的隔膜和疏離使這個我沉痛不已。憶起年少歲月在深藍沙灘、金黃圓月、碧綠西瓜地上勇敢可愛的生命圖像，作者不禁寫下對前景的希望和懷想。期待他們的下一代「水生」和「宏兒」能走出一條不一樣的道路。

（2）主題詞彙的意義：

故鄉的原意是出生或長期居住過的地方[26]。這是每一個人生命情感意識最深的眷戀，在這篇小說當中，它對作者的意義是過去的故鄉，現在的

---

[25] 魯迅，〈故鄉〉，《魯迅全集》，卷 1，507。
[26] 《現代漢語詞典》中國社會科學院語言研究所辭典編輯室編，《現代漢語詞典》（香

故鄉和未來的故鄉，三位一體的存在。也可以延伸為過去的中國，現代的中國與未來的中國。過去的故鄉是美麗的永恆的，現在的故鄉是淒涼的苦難的，期待未來的故鄉是充滿活力的光明的。

（3）詞彙的分類詮釋：

〈故鄉〉的用詞平易平實，看不出典雅古語或成語的痕跡，有的只是方言俗語——閏土、水生、豆腐西施、銀項圈、狗氣殺、草灰；以及詞彙的多種情感色彩——悲哀、悲涼、辛苦、希望、路、碧綠沙地、深藍天空、金黃圓月，將記憶中故鄉的美麗意像鐫刻在心靈上，擬聲詞——阿呀呀、阿呀阿呀、阿、阿呀，模擬作者鄰居「豆腐西施」的說話口脗，形成小說特別的節奏和腔調；重疊詞——躲躲閃閃、鬆鬆爽爽、潺潺、漸漸、憤憤、絮絮也讓人感受到魯迅對故鄉眷戀的情懷。

〈社戲〉的詞彙分類表和詮釋如下：

詞　　小　　彙　　說　　風　　格	社戲（創作於 1922 年） 在停船的匆忙中，看見台上有一個黑的長鬍子的背上插著四張旗，捏著長槍，和一群赤膊的人正打仗。雙喜說那就是有名的鐵頭老生，能連翻八十四個筋斗，他日裏親自數過的。 我們都擠在船頭上看打仗，……27
擬聲詞	咚咚地響、喤喤的響、吁吁、鏜鏜喤喤
重疊詞	興致勃勃、遠哉遙遙、疏疏朗朗、遠遠
方言俗語	小叫天、名角、寫包票、看戲、羅漢豆、八癩子
文言古語	秩秩斯干、樂土
外來語	日本文
詞彙的情感色彩	沉靜、婉轉、悠揚、蒼涼
詞類活用	好戲、好豆、
行業用語	老生、小旦

港：商務印書館（香港）有限公司，2009）413。
27 魯迅，〈社戲〉，《魯迅全集》，卷 1，593。

（1）故事大要：

　　本文是從對京戲的觀賞經驗下筆，兩次吵雜、擁擠、喧鬧的看戲經驗，讓這個我（故事的敘述者）對中國戲是敬謝不銘的，但偶然從日本文的書上看到，說中國戲是大敲、大叫、大跳並不適合劇場，但若在野外散漫的所在，遠遠看起來，也是別有風致。勾起作者小時候在船上臨岸看「社戲」的美好記憶。結果一幅幅水鄉夜景、一個個天真純潔的農家子弟，宛如長卷的風俗畫一一展現。

（2）主題詞彙的意義：

　　「社戲」中的「社」，原指土地神或土地廟，在魯迅故鄉紹興又是區域的名稱。鄉村裏分為社，社中常有廟，叫「社廟」。「社戲」就是社廟裡演的「年規戲」。紹興是「三山六水一分地」的水鄉，水的面積佔十分之六左右，所以寺廟的戲台都是臨水的，戲台下泊著的船隻也就成了看台[28]。

（3）詞彙的分類詮釋：

　　〈社戲〉的寫法是京戲的吵雜與社戲的悠遠對照，所以前者用擬聲詞－咚咚地響、喤喤的響、吁吁、鏜鏜喤喤來描繪，後者悠遠的觀照採用重疊詞－興致勃勃、遠哉遙遙、疏疏朗朗、遠遠，還有詞彙的情感色彩的活用——沉靜、婉轉、悠揚、蒼涼兩相配合。因為是看戲所以有許多戲曲行業的詞彙小叫天、名角、老旦、鐵頭老生、小丑等作為小說意義的鋪襯。

---

[28] 陳漱渝、林學忠　59。

5.〈端午節〉和〈肥皂〉的詞彙分類和比較

〈端午節〉的詞彙分類表與詮釋如下：

詞　彙 小　說 風　格	端午節（創作於一九二二年） 「『他點上一支大號哈德門香烟，從桌上抓起一本《嘗試集》來，躺在床上就要看。』 『那麼明天怎麼對付店家呢？』方太太追上去，站在床前面，看著他的臉說。 『店家？……教他們初八的下半天來。』29)
擬聲詞	咿咿嗚嗚、喂
重疊詞	惴惴、淡淡、吞吞吐吐、默默、慣慣、嚷嚷、惘惘
方言俗語	差不多（挾帶私心的不平）、口頭禪、都一樣、書鋪子、端午節
文言古語	官俸、索薪、親領、愛莫能助、非其所長、官僚、易地則皆然、「文不像謄錄生，武不像救火兵」、端午節
新詞創造	嘗試集（四次 P.166~168）報館、會計科、教書、銀行、罷課、教育
詞類活用	差不多說、節根、無教育
成語諺語	遠水救不了近火、自知之明、古今人不相遠、性相近、安分守己

（1）故事大要：

　　〈端午節〉講述的是一個教育家兼官僚，這種兩棲動物的生活態度和「差不多」「都一樣」的人生哲學。而故事主人翁想要兩面通吃，兩面討好，卻事不關己的心態終於被端午節發不出薪水，家裡的柴米油鹽已經應付不過的經濟窘境搓破了。主角「方玄綽」不得已也跟著教師們走入「索薪」抗爭行列，不過事件過後他還是躲進去《嘗試集》[30]的老殼中，咿咿嗚嗚擁抱他『差不多』的大夢。

（2）主題詞彙的意義：

　　〈端午節〉是中國重要的民俗節慶，照慣例是要加送節慶禮的。偏偏國家財政困難教育部發不出薪水，演變成全部教員走上街頭抗爭，向政府索薪的場面。這篇小說的主題意義是嘲諷因循怠惰的官僚心態，但是主角

29　魯迅，〈端午節〉，《魯迅全集》，卷 1，556。
30　《嘗試集》是胡適（胡洪騂，1891-1962）的作品，魯迅藉這個詞彙來諷刺當時官僚，無所作為一切都「差不多」的敷衍心態。偏偏又都坐領乾薪，無視民間疾苦。

對自己的這種騎牆心態卻是無奈又清楚的。不管胡適或魯迅他們在民國初年都是官僚兼教員，面對著依然腐敗無所作為的老舊官僚體系，強烈的無力感，讓他們這些新官僚也成了被改革的對象，可憐的是他們原來是揭竿起義的新青年阿！魯迅的詞彙充滿自我陶侃的韻味。

（3）詞彙的分類詮釋：

〈端午節〉這篇小說典雅古語和成語故實使用特別多，典雅古語——官俸、索薪、親領、愛莫能助、非其所長、官僚、易地則皆然、「文不像謄錄生，武不像救火兵」、端午節等，而使用的成語——遠水救不了近火、自知之明、古今人不相遠、性相近、安分守己等等，展現主角眷戀自己文化語言的心態，出口成章，賣弄學問。另一方面活潑的新詞新事物也很多——嘗試集、報館、會計科、教書、銀行、罷課、教育等等。新社會的活動不斷在周圍上演，讓這位藹然可親的學者兼官僚，窮於應付，不得安寧。只好整日的惴惴、淡淡、吞吞吐吐、默默、憤憤、嚷嚷、悶悶，從這麼多的重疊詞交錯應用看來，作者不但形象化了主人翁的心靈情感，這些狀詞（重疊詞）也體現了漢語獨特的聲音和意念性的形象色彩[31]。

〈肥皂〉的詞彙分類表與詮釋如下：

小　　說 詞　　　　　　風 彙　　　　　　格	肥皂（創作於 1924 年） 「『唔唔，妳以後就用這個……』 她看見他嘴裡這麼說，眼光卻射在她脖子上，便覺得顴骨以下的臉上似乎有些熱，她有時自己偶然摸到脖子上，尤其是耳朵後，指面上總感著些粗糙，本來早知道是積年的老泥，但向來倒也並不很介意。[32]」
擬聲詞	咯支咯支（六次）、唉唉、喔喔、
方言俗語	天不打吃飯人、孝女、對著和尚罵賊禿、鬼子
文言古語	四翁、道翁、道統、無告之民
外來語	惡毒婦、惡毒夫、肥皂、亞特拂羅斯（Oddfellows）、阿爾特膚爾、橄欖香、檀香、老傻瓜（old fool）、國粹

---

[31] 周法高先生（1915-94）指出，漢語的表達中還可以用重疊字和復詞來達到構詞的目的。由於重疊詞和複詞具有聲韻上的特性，因此這些性狀詞在表達時就呈現漢語聲音和意念性等形象思維。

[32] 魯迅，〈肥皂〉，《魯迅全集》，卷 2，45-46。

新詞創造	鬼子、字典、文化、肥皂
詞類活用	咯支咯支、不要臉
成語諺語	口耳並重、中西折衷

（1）故事大要：

〈肥皂〉是描寫一個滿口仁義道德的現代道學家「四銘」，為他太太購買進口的香皂時，因為拖泥帶水，不但店員不耐煩連學生也用英文罵他「old fool」，回到家叫兒子查查「惡毒婦」（譯音）的意思，兒子翻譯不出來他就大罵現代的教育的無知無用。說他們這些學生簡直不如街上不識字的孝女。雖然他的妻子對他的議論頗為不滿，也懷疑他那絲對孝女的淫念，但最後還是錄用了香皂，而她的身體也因此久久都散發出橄欖的淡香來。

（2）主題詞彙的意義：

〈肥皂〉是舶來品，標誌著西洋物品輸入中國時，華麗的外裝，細緻的品質，高雅的香氣，連這維護道統不遺餘力的「四銘」都因而迷醉眩惑起來。情不自禁想像十八歲的孝女被「肥皂」「咯支、咯支」洗乾淨的赤裸身體。但是無法達到目的，只好轉移焦點買一塊送給妻子。透過這個主題的詞語，暴露出道學家貪淫的白日夢，充分表現魯迅敏銳的諷刺感。

（3）詞彙分類詮釋：

就寫作技巧來看，〈肥皂〉是魯迅最成功的作品[33]。每一種詞彙的應用都非常經典貼切。典雅古語——孝女、四翁、道翁、國粹、道統、無告之民，體現道學家的特殊氣味，外來語——惡毒婦、惡毒夫、肥皂、亞特拂羅斯（Oddfellows）、阿爾特膚爾、橄欖香、檀香、老傻瓜（old fool）更把主角愚蠢醜陋的樣子展露出來。至於哪模擬肥皂搓洗聲音「咯支咯支」連用六次以上的擬聲詞，將中年男子的潛在意念描繪的維妙維肖，魯迅活用語言已入神化的層境。

---

[33] 楊義 126-33。

四、魯迅小說的詞彙風格綜論

從上節十篇小說詞彙分類表所摘取的詞彙，每一篇從二十到三十個詞彙不等，加起來總共三百個詞彙，其中文言古語（包括成語），大概六十個，佔有五分之一的比例；其次是方言俗語的使用有五十個，也佔有六分之一的比例；第三是外來語大概有四十個，佔七分之一的比例；另外新詞的創構和詞類的活用，兩者對小說命意有關鍵性意義的連結，這個部分也佔七分之一的比例；其他擬聲詞、重疊詞、詞彙的情感色彩等，對小說氣氛的營造有相當大的功能，也是漢語表現的特性之一，使用上也佔有六分之一的比例，將各類詞彙觀察、分析、統計的結果，魯迅短篇小說詞彙應用的情形，可以歸納為下列四點陳述：

1.文言古語多方鎔鑄，實踐對傳統語言文化吸納與改造的兩面性。

魯迅說「別人我不論，若是自己則曾經看過許多舊書，是的確的，為了教書，至今也還在看，因此耳濡目染影響到所作的白話上，常不免流露出他的字句、體格來。但自己卻正苦於背了這些古老的鬼魂，擺脫不開，時常感到一種使人氣悶的沉重。[34]」

可見魯迅對自己使用語言的狀態有深刻的自覺和反省，有時是引用古語來諷刺那些食古不化的頑固道學家，從〈端午節〉〈肥皂〉〈高老夫子〉幾篇小說的文言古語、成語的引用詞彙[35]可以看出來。有時是很自然的融合在文章當中，對傳統語言的吸收是社會文化延續的必然，對傳統語言僵化腐化的思維概念加以諷刺，否定，更是展現了魯迅改革語言文化的強烈企圖心。

2.音譯意譯各種外來語，表現出中國半殖民、半封建的社會體質。

漢語在歷史上曾經出現過大量吸收外來詞的兩個時期，一個是漢唐時期，一個是近百年來及晚清到「五四」前後。第二次大量吸收借詞的原因，一方面是西方的殖民者用種種方式扣打帝國的大門，一方面是封建秩序中

---

[34] 汪暉　178。

[35] 可以參考本論文〈端午節〉〈肥皂〉〈高老夫子〉三篇小說的詞彙分類表。

的先進分子要打開窗戶看世界[36]。魯迅曾考取公費，留學日本，精通日語德語，閱讀並翻譯西洋各國的名著。想要透過小說宣揚新時代的思想理念，改造中國的舊文化思維，在〈狂人日記〉〈阿 Q 正傳〉和〈頭髮的故事〉等幾篇小說所用的外來語比較多，而且大都是與革命概念相連結的用語，但當時不管費盡多少心思，翻譯多少新事物、新名詞，民眾的無知和冷漠，讓魯迅對於中國是否能脫離封建體制，結束奴隸時代，感到路途迢遙而茫然。

3.新詞構造的原則——融合古語、俗語和外來語，展現漢語強韌的包容性。

新詞語就是新創造的詞語。一般地說明新詞語的性質，也說明當前被認作是現代漢語的新詞語。新詞語的產生主要是利用原有的語言材料，按照原有的構詞方法、詞語組合而成。

魯迅在小說中展現了其自鑄偉詞的功力——狂人、阿 Q、孔乙己、高老夫子、肥皂、優勝、奴隸性，這些融合古漢語、方言俗語和外來語，質地精純的造語，塑造出的形象，隱喻象徵多重意義，經過近百年研究和反覆解讀，還是雋永深切。這些新詞語長期流傳，為中國民眾所接受，也輸出到歐美日等國家，不但是後代研究漢語豐富的材料，也展現漢語創造性轉化的語言本質。

4.方言俗語的詞彙活用，描繪純美民俗色彩和民族風格。

魯迅是浙江紹興人，小時候曾隨母親在外家（魯鎮）居住。十六歲離家到南京求學，從此在外漂泊，到日本東京、仙台留學，回國在紹興短暫停留，又到北京、上海、廣州任職、教書、寫作，最後在上海逝世[37]。〈故鄉〉和〈社戲〉是魯迅離鄉二十年後，回到「故鄉」，卻又必須永別「故鄉」，在三十八歲時所創作的。〈社戲〉中描寫水鄉夜景、還有一個個天真純潔的農家子弟，在暗夜撐船，宛如長卷的風俗畫一一展現在讀者眼前。而〈故鄉〉中在深藍沙灘、金黃圓月、碧綠西瓜地上，映照出的勇敢可愛生命圖像（閏土），深蘊作者對中國民族前景的希望和懷想。

---

[36] 陳原（1918-2004），《語言與社會生活》（台北：台灣商務印書館，2001）352-57。

[37] 竹內實（TAKEUCHI Minoru, 1923-2013），《魯迅遠景》，莽永彬譯（台北：自立晚報文化出版部，1992）參考附錄（三）魯迅年表。

〈故鄉〉和〈社戲〉沒有甚麼文言古語，有的是小叫天、名角、寫包票、看戲、羅漢豆、八癩子等方言俗語，還有悠遠、淡然的生命情調[38]。如果魯迅的小說沒有「閏土」、「阿Q」、「七斤」這些靈魂人物，中國民族的大夢也就不存在了。

五、結論

深受中國古典文化浸染的魯迅，他所創作的白話文學也無法擺脫舊文言的語言方式、語言習慣和語彙系統。但是透過俗語和外來語的吸收和融鑄，魯迅在主題詞彙的創造上有了經典的構作。西洋文學的素養帶給魯迅突破語言的藩籬，衝撞傳統，改造文化的力量。魯迅的詞彙風格和魅力，再度映證漢語並非落後的語言，尤其是漢語的俗語方言，它更是活化語言的靈石。

---

[38] 〈故鄉〉和〈社戲〉，還有〈風波〉這三篇小說都有豐富的民俗語言，濃厚的民族風格。請參考本論文有關這三篇小說的詞彙分類表。

參考文獻

CAO

曹聚仁.《魯迅評傳》。北京：三聯書店，2011。

CHEN

陳漱渝、林學忠編選.《青少年魯迅讀本》。台北：業強，1999。
陳原.《語言與社會生活》。台北：台灣商務印書館，2001。

CHENG

程祥徽.《語言風格初探》。台北：書林出版社，1991。

FU

符淮清.《現代漢語詞彙學》。台北：新學林出版，2003。

QIAN

錢理群.《魯迅作品的十五堂課》。台北：五南圖書公司出版，2007。

WANG

汪暉.《反抗絕望──魯迅及其〈吶喊〉〈徬徨〉之研究》。台北：九大文
　　化股份有限公司，1990。

XIA

夏志清.《中國現代小說史》（*A History of Modern Chinese Fiction*），劉紹
　　銘等譯。台北：友聯出版社出版，1979。

XU

徐冬梅，〈魯迅小說語言研究述評〉，《文教資料》6（1999）：70-83。

YANG

楊義.《二十世紀中國文學圖志》。台北：業強，1995。

ZHAI

翟本瑞.《心靈、思想與表達法》上下冊。台北：唐山出版社，1993。

ZHAO

趙元任.《語言問題》。台北：台灣商務印書館發行，2011。

ZHONG

中國社會科學院語言研究所辭典編輯室編.《現代漢語詞典》。香港：商務
　　印書館，2009。

ZHU

竺家寧.《詞彙之旅》。台北：正中書局，2009。
——.《漢語詞彙學》。台北：五南圖書出版公司，1999。
——.《語言風格語文學韻律》。台北：五南圖書出版公司，2001。
竹內實（TAKEUCHI, Minoru）.《魯迅遠景》，莽永彬譯。台北：自立晚
　　報文化出版部，1992。

Lu Xun's Short Stories Vocabulary Styles: Emphasis on Short Stories in *Call to Arms* and *Wandering*

Mei Yuan CHEN

Associate Professor, Departmentof Applied Chinese Language,
National TaichungUniversity of Science and Technology

Abstract

This study mainly targets the short stories in the early publication of Lu Xun's *Call to Arms* and *Wandering*. These short stories were "A Madman's Diary," "The True Story of Ah Q," "The Double Fifth Festival," "Soap," "The Story of Hair," "Storm in a Teacup," "Kong Yiji," "Old Mr. Gao," "Village Opera," "Hometown." The analysis focuses on the choice of words and their meanings.

《國際魯迅研究》輯二（2014 年 5 月）245-270。

作為現代文學史座標的魯迅

■周海波

作者簡介：

周海波（Haibo ZHOU），男，文學博士，青島大學文學院教授，主要學術著作有：《現代傳媒視野中的中國現代文學》（中華書局，2008）、《傳媒時代的文學》（人民出版社，2007）、《文學的秩序世界：中國現代文學批評新論》（人民出版社，2013）、〈從生存的感受到生命的體驗〉（《魯迅研究月刊》2010 年 12 期）、〈魯迅與胡適：啟蒙的兩種可能性〉（《理論學刊》2008 年第 10 期），先後獲得山東省哲學社會科學優秀成果一等獎、二等獎、山東省劉勰文藝評論獎、山東省高校人文社科優秀成果一等獎、二等獎、青島市哲學社會科學優秀成果一等獎、二等獎等。目前正致力於中國現代文學批評研究、現代傳媒與中國現代文學研究等國家課題和教育部、山東省的課題研究。

論文題要：

魯迅在中國現代文學史上的意義，各種版本的文學史著作及其魯迅研究專著多有論述，如何評價魯迅，認識魯迅，仍然是學術界一個常說常新的話題。魯迅既是新文學的歷史座標，作為五四新文學的代表人物，魯迅的文學創作成為新文學最具代表性的實績，也是古典形態的文學史的座標。魯迅作為現代知識份子的代表性人物，其生存方式、思想方式、創作成就等，都與現代中國密切聯繫在一起。

關鍵詞：魯迅、文化史、文學史、知識份子、自由主義

一、引言

　　魯迅（周樟壽，1881-1936）在現代中國文學史上的意義，也許並不能單純從他的文學創作成就上來評估，儘管魯迅在小說、散文、雜感、詩詞等文體的創作方面，都取得了重要成就，但如果僅就某種文體來看，這些創作的文學價值還需要進一步討論和文學史確認。

　　近年來，對魯迅的重新認識與評價似乎又成為學術界、理論界、讀書界的熱點話題，各種觀點此起彼伏，令人眼花繚亂。但如果剔除媒體的種種噱頭，回歸到魯迅本身，也許人們的認識才能真正回到正常的狀態。

　　實際上，魯迅成為媒體炒作的熱點，恰恰說明魯迅存在的價值，說明魯迅之於文學史書寫的意義。在這裡，魯迅既是新文學的歷史座標，作為五四新文學的代表人物，魯迅的文學創作成為新文學最具代表性的實績，從某種意義上說，正是魯迅的存在，新文學才能夠真正確立其文學史的地位，也正是由於魯迅，中國文學史的敘述在文體類型、文體功能、文體特徵等方面才會發生質的變化；魯迅也是都市流行文學的史學座標，無論魯迅是以怎樣的態度對待張恨水（張心遠，1897-1967）們，也無論文學史家將都市流行文學置於怎樣的地位，魯迅都有可能成為研究背景，制約著人們對都市流行文學的命名及其評價；魯迅又是「五四」以來飽受爭議的古典形態的文學的史學座標，這不僅在於魯迅本人創作了大量古典形態的作品，而且更在於魯迅對古典文學的評價對後世文學史書寫的影響，如他的《漢文學史綱》、《中國小說史略》、《魏晉風度及文章與藥及酒之關係》、《中國新文學大系·小說二集導言》等。同時，魯迅對現代文學史上的古典主義文學如學衡派、新月派等的評價，也具有文學史座標意義。可以說，無論從魯迅的思想及文學創作對文學史的意義，還是多年來文學史研究及魯迅研究所形成的學術觀念，都已經將魯迅深深地置入文學史的座標，對現代文學史的研究與撰述形成了深遠的影響。

二、作為現代知識份子的座標

魯迅是酷愛自由並且一生都為之奮鬥的知識份子，為現代中國文學提供了具有重要意義的現代知識份子範例。

出生於浙江紹興的魯迅，從童年時代就接受了中國傳統文化的薰陶，他從一些民間故事和傳說、民間文化藝術中所獲得的知識，諸如從祖母那裡聽來的白蛇傳，從《山海經》上讀來的故事，都給魯迅留下了深刻印象。本來魯迅生活在一個「小康人家」，但在他十三四歲時家庭發生的一系列變故，讓他徹底失去了生活的樂趣，體驗到了「從小康人家墜入困頓」的痛苦與無奈，給予少年魯迅深刻的教訓，並由此確立了「大概可以看見世人的真面目」[1]的人生基本認識，感受到人與人之間關係的隔膜與冰冷，也感受到失去自由與掙扎於生活邊緣的荒漠與荒涼。從而逐步養成魯迅冷眼看人生的「冷峻」的性格特徵。1898 年，魯迅到南京求學，隨後到日本留學，讓他經歷了「走異路，逃異地」人生的同時，有機會接受外國文化的影響，能夠看到一個更廣闊的世界，並逐步建立起了以「立人」為主的思想，讓他從國外「摩羅詩人」身上看到了「所遇常抗，所向必動，貴力而尚強，尊己而好戰，其戰複不如野獸，為獨立自由人道」[2]的精神。在〈文化偏至論〉中，魯迅再次論述了個性、自由的問題：

> 人必發揮自性，而脫觀念世界之執持。惟此自性，即造物主。惟有此我，本屬自由；既本有矣，而更外求也，是曰矛盾。自由之得以力，而力即在乎個人，亦即資財，亦即權利。故苟有外力來被，則無間出於寡人，或出於眾庶，皆專制也[3]。

魯迅從個人感受和思想接受等方面，認識到個性、自由、反抗等，是作為個體的人所寶貴的，也是作為民族精神世界中所寶貴的。「謂惟發揮

---

[1]　魯迅，〈《吶喊》自序〉，《魯迅全集》，卷 1（北京：人民文學出版社，1981）415。本文引《魯迅全集》，據此版本，後同。

[2]　魯迅，〈摩羅詩力說〉，《魯迅全集》，卷 1，81。

[3]　魯迅，〈文化偏至論〉，《魯迅全集》，卷 1，51。

個性，為至高之道德」[4]。也可以說，作為知識份子的魯迅，對個性、自由的關注，成為他一生最重要的追求，也是確立其知識份子形象的思想基礎。

當然，在魯迅確立其知識份子身份的過程中，他的留學日本的經歷是需要特別注意的。1902 年，在浩浩蕩蕩的留學大軍中，東渡日本的魯迅並沒有什麼特別出眾的地方。據史料記載，1902 年到日本留學的中國學生有 500 多人，1903 年則增加到 1000 多人，1904 年有 1300 多人。而且魯迅的留學夢想也與其他中國學生沒有太大的差異，科學救國，既符合留學生們的情感邏輯，也符合那一代青年學生的思想特點：

> 我的夢很美滿，預備卒業回來，救治像我父親似的被誤的病人的疾苦，戰爭時候便去當軍醫，一面又促進了國人對於維新的信仰[5]。

魯迅的夢想非常美滿，但現實卻讓他再一次驚醒：

> 東京也無非是這樣。上野的櫻花爛漫的時節，望去確也像緋紅的輕雲，但花下也缺不了成群結隊的「清國留學生」的速成班，頭頂上盤著大辮子，頂得學生制帽的頂上高高聳起，形成一座富士山。也有解散辮子，盤得平的，除下帽來，油光可鑒，宛如小姑娘的髮髻一般，還要將脖子扭幾扭。實在標緻極了[6]。

這種對「清國留學生」的深刻失望，其實是對國民性問題省察的一個方面，是在不同文化背景下的文化感受。魯迅的日本經歷，對日本文化的親身感受，以及通過日本文化的仲介對西方文化的接受，形成了作為新派知識份子的一些基本特徵，諸如愛國熱情、科學主義思想、自由思想以及早期魯迅的人生觀、價值觀。

留學回國後的魯迅，基本上扮演著知識份子與政府官員兩種不同的角色。杭州兩級師範學校教員、紹興府中學堂教員等職務，讓回國後的魯迅擁有了並不理想但卻相對穩定的職位，獲得了必要的生存條件。不過，生理課、化學課、生物課也許並不是魯迅喜歡教授的課程，或者魯迅並不一

---

[4] 魯迅，〈文化偏至論〉　51。
[5] 魯迅，〈《吶喊》自序〉　416。
[6] 魯迅，〈藤野先生〉，《魯迅全集》，卷 2，302。

定甘心於教員的職位。所以，他在 1911 年 7 月 31 日給好友許壽裳（1883-1948）的信中說：

> 僕頗欲在它處得一地位，雖遠無害，有機會時，尚希代為圖之[7]。

從魯迅的個人意願來說，無論是教員職位還是從事文學事業，其實並不是他的理想，通過一定的生存位置而爭取自由，爭取話語權利，也許是魯迅一生的追求。正如他在〈《越鐸》出世辭〉中所說：

> 紓自由之言議，盡個人之天權，促共和之進行，尺政治之得失，發社會之蒙覆，振勇毅之精神。灌輸真知，揚表方物，凡有知是，貢其顓愚，力小願宏，企於改進[8]。

魯迅更看重自由、人權、政治等問題，或者說，無論魯迅從事教學工作，還是參與媒體工作，都是試圖借文化教育工作以解決社會問題，實現其政治抱負。1912 年年初，魯迅終於在許壽裳引薦下到南京任教育部職員，從此，在相當長的一段時間內，魯迅作為教育部公務員身份出現在各種場合，儘管魯迅的職位並不算高，但畢竟不同於小學、中學教師，教育部的官員或者可以讓魯迅能夠建立起足夠的自信，爭取到更好的生存環境和更多的發展機會。從此，魯迅的身份角色的矛盾不時折磨著他，讓他感受到公務員的繁忙，更讓他感受到各種的痛苦。當他作為知識份子身份出現時，他期望著社會活動家、革命家，甚至政府官員的角色，但當他身處政府官員的位置時，他又不能忘卻知識份子的身份，尤其他作為教育部僉事，在社會教育司分管圖書館、博物館等事項，到天津考察新劇，視察國子監及學宮的古文物，主持籌備全國兒童藝術委員會，參與籌建京師圖書館等工作，都讓他感受到在政府官員位置上的某種優越。

但是，魯迅畢竟是一位知識份子，他在工作之餘所做的校勘古書、抄錄古碑等事情，不時提醒他作為知識份子的立場。魯迅痛苦的既有個人生活的、家庭的事情，也有角色定位與轉型中的痛苦。從這個意義上說，魯迅一直徘徊在知識份子與社會工作者角色之間。這種角色的矛盾與變位，

---

[7]　魯迅，〈致許壽裳〉，《魯迅全集》，卷 11，338。
[8]　魯迅，〈《越鐸》出世辭〉，《魯迅全集》，卷 8，40。

一直持續到 1920 年代中期，當他真正成為一位職業作家之後，才完成了知識份子角色的最後轉型。

《新青年》創刊並提倡新文化運動後，魯迅受邀為其寫稿，並參與《新青年》編輯部的相關活動。這是魯迅知識份子角色的又一次轉型，是由以職業選擇為主的謀生型知識份子，向確立自己文化立場的知識份子角色轉型。這一時期，他在一系列小說和雜感創作中，從不同方面表現了自己的文化思想，並且奠定了作為現代知識份子基本立場。而且，在此之前 S 會館的生存環境和孤獨痛苦的人生體驗，使魯迅獲得了更多人生思考的機會，魯迅對個體生命生存的關注，對現實人生的關注，對中國社會一系列問題的關注，體現著一位知識份子的人文關懷，其生命哲學、社會思想及其文化思想的建構已經基本成型。可以說，魯迅只有回到知識份子立場上時，他才能真正尋找到自己的位置。因此，我們看到魯迅身上存在的矛盾現象，作為政府的官員，在魯迅的生活道路和生命史上並沒有多少值得書寫的地方，人們在談到魯迅時，也似乎對他的公務員身份並不感興趣，而更願意把魯迅作為五四新文化運動的「先驅」、「旗手」以及新文學作家看待，更願意接受一個知識份子魯迅的形象。而魯迅本人也更願意把自己視為文化人而不是政府官員。也正是如此，進入 1920 年代的魯迅，逐漸從政府官員轉向知識份子形象，尤其他離開教育部轉輾南下廈門、廣州，最後回到上海定居，以自由職業者和專業作家的身份最終完成了知識份子的角色定位。

因此，可以說魯迅是一位自由知識份子，是用自己的生命追求自由的知識份子。這既是指從 1927 年後他主要是一位自由職業者，也是指他的思想立場和身份特徵。而且魯迅以他的身份特徵及其文化品質成為現代中國知識份子尤其是激進主義知識份子的精神領袖。主要包括以下幾個方面。

1.反抗權威

第一，反抗權威。魯迅是「好鬥」的，敢於反抗，敢於鬥爭，是魯迅精神的主要特徵。這種好鬥的性格既源於他的個性，又是身處一定的社會環境所採取的必要措施，更是魯迅挑戰權威，不為權貴屈服的表現。尤其進入三十年代後，魯迅作為對國民黨統治的反對者，「加盟了反對政府的

爭取自由和人權的各種組織，其中包括左聯」[9]。魯迅一生不畏強權，也不屈服於權威，這正是他受人敬重的精神之一。魯迅所反對的「權威」有多種類型，既有統治者，也有文化界的精英，既有想像中的敵人，也有現實中與他論戰的對手。在魯迅的一生中，幾乎所有能夠成為文化界「權威」者，都是他挑戰、批判、反對的對象。根據《恩怨錄・魯迅和他的論敵文選》[10]一書所收錄的相關材料，魯迅與之論戰的「權威」，大多是人們所熟悉的現代中國的文化名流，如林紓（1852-1924）、陳源（1896-1970）、徐志摩（徐章垿，1896-1931）、林語堂（1895-1976）、顧頡剛（顧誦坤，1893-1980）、成仿吾（成灝，1897-1984）、梁實秋（梁治華，1903-87）、施蟄存（施德普，1905-2003）、穆木天（穆敬熙，1900-71）、胡適（胡洪騂，1891-1962）以及曾經遭受不公平評價的胡秋原（胡曾佑，1910-2004）、葉靈鳳（葉蘊璞，1905-75）、邵洵美（邵雲龍，1906-68）等，都是作為魯迅批判的對象出現的。魯迅在對思想文化界的「權威」挑戰的過程中，既獲得了自己的獨立地位，充分表達了自己的個性思想，也在現實中樹立了敵人，在頻繁的論爭中也會失去應有的自我。

2.反抗秩序

第二，反抗秩序。「從來如此，便對麼？」這是魯迅在〈狂人日記〉中借狂人之口對既成的社會秩序、文化秩序提出挑戰。無論是在思想建構過程中，還是在現實生活中，魯迅對既定秩序保持著應的懷疑精神，試圖在反抗的過程中破壞既成的秩序，重建社會與文化的新秩序。魯迅對於中國傳統的文化秩序，對「五四」以來建立起來的現代文化秩序，都保持了應有的懷疑態度。1929 年 6 月 1 日，魯迅在給許廣平的信中就說：

> 我也對於自己的壞脾氣，常常痛心；但有時也覺得惟其如此，所以我配獲得我的小蓮蓬兼小刺蝟。此後仍當四面八方地鬧呢，還是暫且靜一靜，作一部冷靜的專門的書呢，倒是一個問題[11]。

[9]　林賢治（1948- ），《魯迅的最後 10 年》（北京：中國社會科學出版社，2003）8。
[10]　李富根、劉洪主編，《恩怨錄・魯迅和他的論敵文選》（北京：今日中國出版社，1996）。
[11]　魯迅，《兩地書》原信一四六，《兩地書全編》（杭州：浙江文藝出版社，1998）

「四面八方地鬧」這是魯迅的風格，在這樣的「鬧」的過程中，對既有的生活秩序、文化秩序、社會秩序進行了徹底的破壞。

3.拒絕寬容

第三，拒絕寬容。與自由主義知識份子不同，作為愛自由、追求自由生命的魯迅，主張「一個都不寬恕」[12]。「一個也不寬恕」是一種精神，一種嫉惡如仇的不屈服的鬥爭精神。我們在魯迅的《野草》中的〈頹敗線上的顫動〉、〈復仇〉等篇章中，在魯迅的日常行為中，都可以感受到那種偏狹的報復性心理，不寬恕的精神滲透到魯迅思想的各個方面。魯迅的不寬恕有其所指，與自由主義知識份子所堅持的「寬容」並不是一個概念，甚至不是同一範疇的概念。但是，魯迅的「不寬恕」反映了激進主義知識份子的文化心理。當魯迅以反抗權威的心理面對他所處的環境時，他所面對的所有的人幾乎都有可能成為「敵人」，都會讓他以「不寬恕」的態度去面對這些人和事。魯迅的不寬容既是一種文化態度，也是一種面對現實的策略。正如魯迅所說：

> 我早有點知道：我是大概以自己為主的。所談的道理是「我以為」的道理，所記的情狀是我所見的情狀。聽說一月以前，杏花和碧桃都開過了。我沒有見，我就不以為有杏花和碧桃[13]。

以自我為中心的價值判斷，是魯迅「不寬恕」的思想原點，從而不寬恕就會變成一種仇恨，對社會、對他人的仇恨。

三、作為現代思想文化史的座標

如何認識魯迅的思想資源，評估魯迅作為思想家的文學史地位，是現代中國文學史書寫必須面對的一個問題。魯迅作為「偉大的思想家」既是現代文學的收穫，而又是現代文學不能承受之重，中國文學由此獲得了思想高度，但同時也在某些方面背離了文學的本義。文學如何表達思想，一

634。
[12] 魯迅，〈死〉，《魯迅全集》，卷 6，612。
[13] 魯迅，《新的薔薇》，《魯迅全集》，3，291。

個民族的思想體系建構是否應有文學承擔和完成，都是需要討論的問題。從這個角度說，魯迅的出現對中國文學的功能變化起到了重要的甚至是決定性的影響。

魯迅沒有系統的哲學著作，甚至也沒有系統闡述過自己的思想，但魯迅卻在他的生命歷程中，在他創作的小說、散文、雜文等著述中，以文學的方式承載著沉重的思想，建構起了具有體系性的哲學思想，形成了現代中國最完整、最豐富、最博大精深的思想體系。魯迅在談到他的小說創作時說：

> 說到「為什麼」做小說罷，我仍抱著十多年前的「啟蒙主義」，以為必須是「為人生」，而且要改良這人生。我深惡先前的稱小說為「閒書」，而且將「為藝術的藝術」，看作不過是「消閒」的新式的別號。所以我的取材，多采自病態社會的不幸的人們中，意思是在揭出病苦，引起療救的注意[14]。

魯迅已經自覺意識到他的文學創作與思想建構的關係，利用小說這一文學的文體改造人們的思想，起到批評並改良社會的作用。或者說，在魯迅那裡，他雖然無意於將小說、散文等文體「抬進文苑」，而是借助於能夠被讀者接受的文體蘊含其思想，以達到「啟蒙主義」的目的。

> 在中國，小說不算文學，做小說的也決不能稱為文學家，所以並沒有人想在這一條道路上出世[15]。

正是這樣，魯迅發現了利用小說的力量改造社會、進行思想啟蒙的途徑。任何文學、任何作家的創作都表達作家一定的思想情感，文學創作都是作家人生思想、哲學思想的藝術呈現，但是，對於魯迅來說，他不僅僅將文學創作作為表現思想的載體，而是將文學作為闡述思想、承載思想進而建構思想體系的方法與載體。從這個意義上說，魯迅是一位文學性的思想家。《新青年》創刊以來，陳獨秀（1879-1942）等「五四」先驅者就非

---

[14] 魯迅，〈我怎麼做起小說來〉，《魯迅全集》，卷4，512。
[15] 魯迅，〈我怎麼做起小說來〉　511。

常注重思想文化的問題，注重借文學以解決社會問題。在〈現代歐洲文藝史譚〉一文中，陳獨秀就表達這樣的觀點：

> 西洋所謂大文豪。所謂代表作家。非獨以其文章卓越時流。乃以其思想左右一世也。三大文豪之左喇。自然主義之魁傑也。易卜生之劇。刻畫個人自由意志者也。托爾斯泰者。尊人道。惡強權。批評近世文明。其宗教道德之高尚。風動全球。益非可以一時代之文章家目之也。西洋大文豪。類為大哲人。非獨現代如斯。自古爾也。若英之沙士皮亞（Shakespeare）。若德之桂特（Goethe）。皆以蓋代文豪而為大思想家著稱於世者也[16]。

　　陳獨秀在西洋思想家、文學家那裡受到了啟發，找到了以文學解決社會問題的辦法，從而建構起中國式的思想方法。從某種意義上說，魯迅的啟蒙思想與陳獨秀有其一致性，即著力於探討國民性問題，「將舊社會的病根暴露出來，催人留心，設法加以療治的希望」[17]。但魯迅與陳獨秀的出發點又有區別，陳獨秀所尋找的主要是社會革命的方法和途徑，而魯迅則是在尋找國民的精神病根，陳獨秀試圖引導國民參與他的社會革命，而魯迅則致力於對傳統文化及其國民性的批判。

　　魯迅是一位對社會、人生、個體生命有著深刻體驗的作家。早期的〈摩羅詩力說〉、〈文化偏至論〉等著作，就表現出對中國文化的深刻反省，在尋找「思想界之戰士」的努力中，建立起重要以「立人」為主體的啟蒙思想。

　　魯迅的啟蒙思想首先是他對人生、社會高度概括，是魯迅人生智慧的深刻體現。作為「五四」新文化運動中的知識份子，魯迅與陳獨秀、胡適等人一樣，關注國民的精神世界，關注社會現實。在「五四」新文化運動的重要人物中，陳獨秀從政治革命的需要出發，試圖建構起社會革命的思想體系，通過文學解決社會問題，胡適則主要建構語言體系，在語言世界裡完善自己的哲學體系。而魯迅在啟蒙思想上的成就主要不是學理上的討論，而主要在於通過對人生的觀察，以啟蒙思想解決人生的根本問題，所

---

[16] 陳獨秀，〈現代歐洲文藝史譚〉，《青年雜誌》1.4（1915）：1。
[17] 魯迅，〈《自選集》自序〉，《魯迅全集》，卷 4，455。

以魯迅的啟蒙思想是一種關於人的生命、生存的思想。進入三十年代後，現實對魯迅的教育使他更多趨向於具體的社會現象，以雜文的方式展開社會批評和文明批評，以更多的精力投入到現實鬥爭中。

從魯迅所建構的思想體系來看，前期魯迅更多地從民眾的日常生活以及個體生命的體驗中探索人的精神世界，在精神的探求中建構自己的思想體系。魯迅在他的小說、散文創作中，以不同的藝術方式表現出了現代中國的生命哲學。魯迅的創作有著深刻的哲學內涵。魯迅對中國傳統文化進行深入分析批判的基礎上，建構了屬於現代中國的思想體系和文化思想，魯迅的思想具有強烈的穿透力，這是為其他現代文化名人所難以比肩的。在魯迅的作品中，有兩個相互說明的世界，一個是庸常人物的日常生活世界，一個則是日常生活所呈現出的哲學世界。魯迅所生活的社會還沒有像西方那樣進入現代化、工業化，而仍然處於農業為主體的時代，所以魯迅沒有產生像西方現代哲學那樣的物質基礎，但魯迅卻在個體的生命體驗中準確把握了人的生存本質，在一個特定的語境中寫出了人生的荒誕，形成了魯迅式的存在哲學。魯迅創作中的哲學思想主要來自於他的人生體驗，早年家庭的衰敗和他人生路途上的一系列挫折，幾乎事事失敗的，都使他對人生產生了深刻的體驗，形成了他對人生獨特的認識。1912 年魯迅任職於教育部，上班族與單位人的工作方式和生活環境，在他的人生體驗中具有特別的意義。那些極端無聊和不得不去應付的事情，對於有著宏大理想的魯迅來說，無疑是一種折磨。不過，當魯迅的努力受阻，人生陷於困境之後，會在極端的痛苦中產生對人生更加深刻的認識。在北京 S 會館的抄古碑、校古書，其實是魯迅內心孤獨與寂寞的另一種表現。正是這樣，魯迅在探究社會思想的同時，個體生命的體驗讓他更多地趨向於生命與生存哲學的建構。

在魯迅的文學創作品中，其著眼點在於民眾的精神世界和生存世界兩個方面，著重於構築一個關於國民生命和生存世界的哲學體系，通過敘述國民的日常生活，在生存環境和生存現實中蘊含深刻的思想。他的小說和雜感不是哲學著作，但卻承載了過多的文學之外的內容。魯迅的哲學思想是建立在他個人的生命體驗和生存感受基礎上的，是體驗性的、現實的。魯迅的創作所建立的哲學世界與國民的精神世界相互聯繫在一起，構成了現實的和哲學的兩個相互說明的邏輯層面。在現實的層面上，國民的生存

環境和生存狀態成為魯迅敘述的重點，從而展示了一種荒蕪、荒漠的人生圖式：沒有愛，沒有生命的飛揚；在哲學層面上，魯迅深入解剖了中國式的生命哲學，這一生命哲學的內涵是：荒誕、無奈。魯迅的小說創作在揭示國民精神的荒漠的同時，更深入地探討了國民日常生活中的存在方式。〈狂人日記〉展示了如狂人那樣的生存危機意識，狂人形象就是一個象徵符號，其自身並不具有特別的思想意義，但這一藝術形象作為象徵符號，卻蘊含著豐富的內容，深刻傳達了魯迅對現實生存社會和感受和哲學理解。狂人對周圍世界的感受，具有多重意蘊，一方面，他從中國歷史和社會的著作的「仁義道德」中讀出了「吃人」二字，概括了一部吃人的中國文明史。另一方面，是狂人對一種生存環境的感受，他對「吃人」的感受實際上是對生存危機的感受。狂人周圍的人們未必是要吃他，但他卻感到了一種被吃的威脅，這種威脅不是來自於現實，而是來自於他的內心，即狂人所感受到的無法言說的生存危機。這種生存危機感也在〈祝福〉中表現出來。處於社會底層的祥林嫂試圖以自己的勞動換來生存的條件，但她的生命歷程和生存現況，卻處於極其危險的地步，她周圍包括魯四老爺在內的每一個人對她都非常不錯，甚至可以用「仁至義盡」來描述，但她仍然在一片祝福聲中悲慘地死去，成為一個被吃的人物。〈孔乙己〉主要書寫的是國民惡劣的生存環境與人物深刻的荒涼的內心感受。孔乙己是一位經常出入咸亨酒店的窮酸文人，孔乙己與咸亨酒店構成了一個相互說明的關係，孔乙己總是想與他周圍的社會融為一體，但他的方式又總是拒絕了與他人的溝通與交流，咸亨酒店的客人們也無意與他溝通，肆無忌憚地取笑孔乙己是他們無所事事的生活世界中的主要內容，沒有同情心，沒有是非觀，讓孔乙己在咸亨酒店感受極端的荒寒。

《野草》是魯迅自我精神世界的藝術表現。魯迅在談到《野草》的創作時說：「我的那一本《野草》，技術並不算壞，但心情太頹唐了，因為那是我碰了很多釘子之後寫出來的。[18]」魯迅所謂的釘子，既有現實生活中所碰到的具體問題，也有生命歷程中的內心體驗。正如他在〈希望〉中所寫的：

---

[18] 魯迅，〈書信‧241009 致蕭軍〉，《魯迅全集》，卷 12，532。

　　我的心分外地寂寞。

　　然而我的心很平安；沒有愛憎，沒有哀樂，也沒有顏色和聲音。

　　我大概老了。我的頭髮已經蒼白，不是很明白的事麼？我的手
顫抖著，不是很明白的事麼？那麼我的魂靈的手一定也顫抖著，頭
髮也一定蒼白了[19]。

　　「分外地寂寞」是魯迅生命中最痛苦的體驗，這種寂寞既來自於現實
生活的擠壓，也來自於對生命的某種恐懼。「我大概老了」是魯迅最真
實的生命體驗，由於感受了「老」的威脅，那種寂寞感越來越突出、強
烈，越來越影響到魯迅對一些問題的思考。正如他在〈過客〉中所表達
的，不同年齡的人看到前面的內容並不相同，一個小女孩與一個老年人對
「前面」會產生不同的理解。或者說，在魯迅的生命世界中，「鮮花」與
「墓場」構成了一個矛盾的同一體，一個任何人都無法越過的人生命題，
從而也提出了現代主義哲學的經典問題：「你是誰？」「你從哪裡來的呢？」
「你到哪裡去？」無論前面是鮮花或者墓場，你必須要面對，必須要往前
走，這就是人生。在〈秋夜〉、〈死火〉、〈墓碣文〉、〈頹敗線上的
顫動〉等作品中，魯迅面對是相同的社會，相同的人生體驗，那種陷入
無物之陣的空虛與孤獨與內在的痛苦，是魯迅生命哲學建構中重要的思
想內容。

四、作為文體史的座標

　　魯迅是中國現代文體的理論宣導者和成功實踐者，創造了具有現代特
徵的引導文學發展的現代文體。魯迅在自己著作序言中，或者在雜感作品
中，從不同的方面闡述了現代文體的類型及其特徵，對小說、隨感、雜文
等文體發表了自己的觀點。同時，又在創作中實踐並豐富了現代文體的類
型，創造了具有現代特徵的現代文體藝術。

　　所謂文體主要指文學作品的體裁或類型、風格以及語體。美國學者宇
文所安（Stephen Owen, 1946-　）指出，中國古代的文體內涵豐富，「既指
風格（style），也指文類（genres）及各種各樣的形式（forms），或許因

---

[19]　魯迅，《野草・希望》，《魯迅全集》，卷 2，177。

為它的指涉範圍如此之廣，西方讀者聽起來很不習慣」[20]。無論在理論上還是在實踐層面上，中國古代非常講究文體辨析，劉勰（約 465-520）在《文心雕龍》中就非常注重文體明辨，從不同文體的角度梳理了古代文體的流變，指出「禮以立體，據事制範，章條纖曲，執而後顯，採摭生言，莫非寶也」，所以「文能宗經，體有六義」[21]。不同時代的不同文體各有其發展變化的路線。徐師曾（1517-80）也曾在〈文體明辨序〉中說：「夫文章之有體裁，猶宮室之有制度，器皿之有法式也。」[22]無論文體的範圍多廣，它都是由文學作品的外在形狀、表現形式、語言構成及其風格特徵等。中國古代文體經過幾千年的發展變異，已經形成了自己穩定的文體類型和風格特徵，詩詞曲賦、散文小說都發展到非常成熟的程度。中國古代文體理論與實踐，雖然對於現代中國文學具有一定的繼承意義和文學批評價值，但是，中國現代文體具有完全的新質。中國現代文學在文體類型、文體風格、文體形式等方面，都與古代文體不是同一批評範疇中的，現代散文無法與古代文章同日而語，現代新詩也不可能置於古典詩詞的批評範疇中，而現代小說與古代小說也不能完全視為同一文體類型，即使文體風格，更因時代變遷而發生了重大變化。

現代文體發生於資產階級改良和革命運動受挫之後向文學的轉移的過程中，1902 年，當梁啟超（1873-1929）在日本創辦《新小說》時，就提出了「小說界革命」，明確以小說文體作為「新民」的主要手段。與此同時，「詩界革命」、「文界革命」成為配合「新民」的重要內容，為資產階級改良運動和思想運動尋找一種適當的文體，帶有強烈的社會功利目的。但是，無論梁啟超的文學革命出現了怎樣的問題，存在著對文學的多麼大的誤解，都對中國文學產生了本質性的影響，改變了中國文學的發展方向。梁啟超的新文體論融合了中西方文體理論和文體特徵，形成了具有一定現代意義的新文體。正是在這樣的背景下，魯迅的出現具有獨特的文

---

[20] （美）宇文所安（Stephen Owen, 1946-），《中國文論：英譯與評論》（*Chinese Literary Theory: English Translation with Criticism*），王柏華、陶慶梅譯（上海：上海社會科學院出版社，2003）4。

[21] 劉勰（約 465-520）著、周振甫（1911-2000）注，《文心雕龍注釋》（北京：人民文學出版社，1981）18、19。

[22] 徐師曾（1517-80），〈文體明辨序〉，《文體明辨序說》（北京：人民文學出版社，1982）77。

體史意義。魯迅在其文學創作實踐中，創造了真正屬於現代中國文學的文體，無論在文體類型還是在文體構造方向，魯迅的貢獻都是無可比擬的。在文體類型方面，魯迅對小說、散文、詩歌等不同文體進行了嘗試並取得了重要成就，而在文體構造方面，魯迅的藝術探索實現了現代意義上的藝術方式。

魯迅的文體創造適應了時代的變化，與 20 世紀文化精神達成了一致。魯迅較早感應並把握現代文化精神，深刻理解了現代文化與現代文體的內在關係，為現代啟蒙思想尋找到了恰當的文體形式。從文體類型來看，魯迅一生實踐過多種文學體式，為現代文學提供了豐富的文體類型，深刻影響了現代文學的發展以及現代作家的創作。從創作實踐及其文學史角度來看，現代小說和雜感文學是魯迅最成功的文體嘗試。綜觀魯迅一生的文學創作，有小說、散文、散文詩、雜文以及日記、書信、譯著等各類文體。魯迅經常在不同文體之間轉換，在不同時期選擇了不同的文體形式，但在魯迅所選擇的所有文體類型中，最成功的、在文學史上最有份量的，應當是他的小說和雜感文學。詩歌和戲劇是魯迅較少嘗試的文體，但從魯迅的創作過程來看，在他少量的詩歌和戲劇的創作中，體現出了對詩歌和戲劇的深刻理解。〈我的失戀〉、〈過客〉等作品豐富了魯迅的文體類型，這些作品雖然不能視為完整的詩歌或者戲劇文體，但它們作為一種文體類型的意義是非常明顯的。魯迅也試作過一些舊體詩詞，但這些作品一般不被納入到現代文體中。在這裡，魯迅沒有選擇詩歌作為自己主要的創作文體，並不是魯迅不具備詩人氣質[23]，而是魯迅認為只有小說和雜文更能容納現代啟蒙思想。同樣，魯迅不把抒情敘事散文作為一生的主要文體，也不在於他不具有傳統文人的散文品格。魯迅選擇小說和雜文作為他一生的主要創作文體，更是他對小說、雜文與啟蒙思想關係的深刻理解，是對現代文學傳播方式和手段的獨特理解和準確把握，是對現代傳媒的科學運用

---

[23] 李長之（李長治，1910-78）就曾在他的《魯迅批判》一書中極為肯定地說過：「魯迅在思想上，不夠一個思想家，……然而在文藝上，卻毫無問題的，他乃是一個詩人。詩人是情緒的，而魯迅是的；詩人是被動的，在不知不覺之中，反映了時代的呼聲的，而魯迅是的；詩人是感官的，印象的，把握具體事物的，而魯迅更是的。」引自《李長之批評文集》，郜元寶、李書編（珠海，珠海出版社，1998）42。

和創造性發揮。可以說，在現代文學史上，魯迅是對現代文體與現代文化傳播之間的聯繫理解最深刻、把握最到家的一位。

　　魯迅對現代小說敘事藝術做出了巨大貢獻，他在融合西方小說藝術和中國傳統小說藝術的同時，創造了屬於自己的獨特的敘事藝術。無論中國傳統小說還是西方小說，都非常重視敘事的故事性，在一定的情節結構中完成小說敘事。魯迅的小說不太注重講故事，小說敘事中缺少完整的故事結構。魯迅創造了一種更具藝術張力、內涵更加豐富的空間化小說敘事形式。如果說西方小說是以時間作為故事構成的話，如加西亞・馬爾克斯（Gabriel Gacia Marquez, 1927-　）在《百年孤獨》（*One Hundred Years of Solitude*）的開篇就寫道：

> 許多年之後，面對行刑隊，奧雷良諾・布恩地亞上校將會回想起，他父親帶他去見識冰塊的那個遙遠的下午[24]。

　　這是一種典型的時間結構，在這個時間結構中，故事被安排在特定的時間中，空間服從於時間的需要，時間具有一定的長度，或者說是時間長度的藝術表現。而在魯迅的小說中，則是以空間敘事為主，時間服從於空間。如〈孔乙己〉開篇就寫：

> 魯鎮的酒店的格局，是和別處不同的：都是當街一個曲尺形的大櫃檯，櫃檯裡預備著熱水，可以隨時溫酒[25]。

再如〈故鄉〉：

> 我冒了嚴寒，回到相隔二千餘里，別了二十餘年的故鄉去[26]。

魯迅小說中也寫時間，但時間往往是模糊的。如〈藥〉開篇就寫：

> 秋天的後半夜，月亮下去了，太陽還沒有出，只剩下一片烏藍的天；除了夜遊的東西，什麼都睡著[27]。

---

[24] 加西亞・馬爾克斯（Gabriel Gacia Marquez, 1927-　），《百年孤獨》（*One Hundred Years of Solitude*），黃錦炎、沈國正、陳泉譯（上海：上海譯文出版社，1984）1。

[25] 魯迅，《吶喊・孔乙己》，《魯迅全集》，卷 1，434。

[26] 魯迅，《吶喊・故鄉》，《魯迅全集》，卷 1，476。

這裡寫的是時間，但這個時間並不具有敘事學上的意義，它隨後就被作家特別強烈的三個空間消化：刑場、茶館、墓場，整個小說就是在這三個空間中完成的，所有的人物和事件，都不具有特別的時間意義，而是被限定在這三個空間中。魯迅的小說敘事有兩個相互制約的鏈條，一個是小說敘述的人物、故事，這是小說本體，另一個則是敘事內層的思想鏈條，小說本體的故事隱含著思想，思想的鏈條帶動了故事的發展。正是這樣，魯迅的小說敘事呈現出特有的藝術實感，而這樣的小說敘事與其生命體驗緊密聯繫在一起，突出了啟蒙主題的思想深度。

魯迅對雜感文體的藝術創造同樣具有現代的特徵和意義。一種文體的選擇與創造，主要取決於一個時代的審美傾向和和文體意識、傳播媒體與傳播方式，而一個時代的審美傾向又往往與一定的文化傳播媒體和傳播方式聯繫在一起。現代文化在某種意義上就是平民化文化的崛起，是現代報刊通過特定的敘事語法激發了平民文化，也激發了平民大眾的慾望，使平民文化成為現代社會的主導性成份。雜感文體的出現與現代報刊密切聯繫在一起，也可以說，雜感文體就是一種報刊文體，是適應報刊而出現、存在的。威廉斯（Raymond Williams, 1921-88）認為，現代大眾文化中的「大眾的」的含義，「就是一般化的政治態度和大眾喜愛的內容」，而報紙期刊正好適應了現代啟蒙運動啟發民智的作用，也適應了日常生活中的大眾需要。大眾文化學者就此認為：「大眾報紙成為了一種適應『民眾』需要的高度資本化市場的產物。」[28]「大眾的」需要促進了現代文化的形成與發展，也促生了現代文體的出現。在現代文化階段，以報紙期刊為主的現代傳播媒體是文化的主要傳播方式，是現代文化的重要體現。現代傳媒既表現為市場化特徵，而又表現出啟蒙特徵，是作為一種政治工具而表現出大眾文化的特點。另一方面，我們又不能不注意到現代傳媒作為商品社會的文化屬性。當知識份子致力於營造「公共領域」時，商業化報刊也適應著現代社會的平民化特徵，及時地把握了市民社會，爭取了讀者的支持與認同。

---

[27] 魯迅，《吶喊‧藥》，《魯迅全集》，卷 1，440。
[28] [英]雷蒙‧威廉斯（Raymond Williams），〈出版業和大眾文化：歷史的透視〉（"The Press and Popular Culture: An Historical Perspective"），陸揚、王毅選編，《大眾文化研究》（上海：上海三聯書店，2001）119。

在魯迅的文體類型的選擇與創造過程中，雜感文學是魯迅對現代文學最獨特和最重要的貢獻。魯迅的雜文寫作主要關注文化社會裡的人與事，是一種知識份子話語的寫作，同樣表現了作為現代知識份子的人生體驗，那種生命的感受與對社會的理解，具化為富有激情和思想穿透力的語言。

《新青年》開闢《隨感錄》欄目並把這一文體發展為現代文學主要的文學體式，陳獨秀、李大釗（1889-1927）、錢玄同（錢夏，1887-1939）、劉半農（劉復，1891-1934）等人都做出了巨大的貢獻，不過，最終完成這一文體的卻是魯迅。在魯迅那裡，雜文既是作為爭取公共領域的必要手段，又是他所理解與創造的現代文學文體樣式。正是如此，魯迅選擇雜文文體既是時代使然，而又是現代報刊的篇制特徵使然：

> 也有人勸我不要做這樣的短評。那好意，我是很感激的，而且也並非不知道創作之可貴。然而要做這樣的東西的時候，恐怕也還要做這樣的東西[29]。

因為在這種文體中，可以：

> 站在沙漠上，看看飛沙走石，樂則大笑，悲則大叫，憤則大罵，即使被沙礫打得遍身粗糙，頭破血流，而時時撫摩自己的凝血，覺得若有花紋，也未必不及跟著中國的文士們去陪莎士比亞吃黃油麵包之有趣[30]。

在這種認識的主導下，魯迅更自覺地選擇雜文文體，作為自己主要的創作。當然，與此同時魯迅在《野草》、《朝花夕拾》等作品中對敘事抒情散文的實踐，也說明魯迅不僅僅是把報刊作為爭取公共領域的手段，他對報刊的文學意義的理解同樣是相當深刻的，只不過當時代的氛圍對魯迅提出更急迫的問題時，他需要一種回答的形式。一種時代的文本由此而形成並成為 20 世紀中國文學重要的文體形式。

---

[29] 魯迅，〈《華蓋集》題記〉，《魯迅全集》，卷 3，4。
[30] 魯迅，〈《華蓋集》題記〉 4。

五、結論

　　魯迅是一個複雜的存在。魯迅處於中西文化大交匯、大碰撞的時代背景下，接受了包括尼采（Friedrich Wilhelm Nietzsche, 1844-1900）、叔本華（Arthur Schopenhauer, 1788-1860）等在內的西方現代思想的影響，也受到摩羅詩人、俄國文學的影響。而魯迅的個體生命承載著太多的痛苦，尤其是北京 S 會館的生活期間，對魯迅的文學創作具有重要的意義。魯迅更是一位從自我內心的感受，從生命的深刻體驗和現實的生活感受出發，建構起了自己複雜而內涵豐富的思想。從思想啟蒙的立場出發，魯迅試圖為現代思想尋找一種恰當的文體。他在小說、雜感文學方面的成就，是現代作家中少有能夠比擬的。

　　魯迅又是一種複雜的生命過程。從紹興到南京，再到日本，魯迅經過了從接受傳統文化到接受外來文化的教育轉化過程，正是這段複雜的教育以及生活歷程，塑造起魯迅特有的性格，養成了他的獨特的思維方式和思想能力；從日本回國後，魯迅又經過了從浙江到南京，再到北京的過程，這是魯迅完成自我身份認同的時期，確立了魯迅作為現代知識份子身份的基本特徵。1926 年 8 月，魯迅離開北京到廈門，後到廣州，從廣州到上海，又經過了一個非常曲折的歷程，魯迅的身份變異以及思想發展、性格變化，促成了一個被後世不斷敘述和重新塑造的魯迅形象。不斷有學者提出「還原一個真實的魯迅」的問題，這個命題本身是成立的，但是，我們需要的是還原一個什麼樣的、什麼時期的「真實的魯迅」，也許，只有如此，才能完成作為中國現代文學史的魯迅定位。

參考文獻目錄

CHEN

陳平原.《中國小說敘事模式的轉變》。上海：上海人民出版社，1988。

陳丹青.〈魯迅與死亡〉，《魯迅研究月刊》7（2006）：12-20。

GE

葛濤.《魯迅文化史》。北京：東方出版社，2007

FANG

房向東.《孤島過客：魯迅在廈門的 135 天》。武漢：湖北長江出版集團、
　　崇文書局，2009。

LIN

林賢治.《魯迅的最後 10 年》。北京：中國社會科學出版社，2003。

LONG

龍永幹.〈魯迅廈門生存境遇與文學創作關聯發微〉，《魯迅研究月刊》11
　　（2012）：21-29。

LU

魯迅.《魯迅全集》，卷 1-16。北京：人民文學出版社，1981。

MAI

麥克盧漢，馬歇爾（Mcluhan, Marshall）.《理解媒介：論人的延伸》
　　（Understanding Media: The Extensions of Man），何道寬譯。北京：
　　商務印書館，2001。

NI

倪墨炎.《魯迅的社會活動》。上海：上海人民出版社，2006。

QIAN

錢理群.《與魯迅相遇：北大演講錄之二》。北京：三聯書店，2003。
———.《心靈的探尋》。上海：上海文藝出版社，1988。

QIU

邱煥星.〈「多個魯迅」與魯迅研究的歷史批判〉,《魯迅研究月刊》6（2010）：
　　66-72。

SHAO

邵建.《胡適與魯迅》。北京：光明日報出版社，2008。

SUN

孫郁.《二十世紀的兩個知識分子：魯迅與胡適》。瀋陽：遼寧人民出版社，
　　2000。

WANG

王富仁.《中國魯迅研究的歷史與現狀》,福州：福建教育出版社，2006。
———.《中國文化的守夜人：魯迅》。北京：人民文學出版社，2010。
汪暉.《反抗絕望：魯迅及其文學世界》。北京：三聯書店，2008。
王曉初.《魯迅：從越文化視野透視》。北京：北京大學出版社，2012。

WU

吳懷志.《魯迅的雜文概念考辨》,《魯迅研究月刊》6（2012）：24-30。
吳中杰.《魯迅傳略》。上海：上海文藝出版社，1981。

YANG

楊義.〈魯迅的文化哲學與文化血脈〉,《魯迅研究月刊》10（2012）:18-29,
　　68。

ZHOU

周作人.《知堂回憶錄》。合肥：安徽教育出版社,2008
周策縱（Chow, Tse-tsung）.《五四運動：現代中國的思想革命》(*May Fourth
　　Movement*) ,周子平等譯。南京：江蘇人民出版社,1996

ZHAO

趙歌東.《啟蒙與革命：魯迅與 20 世紀中國文學的現代性》。北京：中國
　　社會科學出版社,2011
趙家璧等.《編輯生涯憶魯迅》。石家莊：河北教育出版社,2000。

Lu Xun:
Milestone of Modern Chinese Literature

Haibo ZHOU
The College of of Liberal Arts, Qiingdao University

Abstract

The evaluation and analysis of Lu Xun's work and his person are still popular topics in academia. As an important member of the May 4th movement, his work had lasting effect in modern Chinese literature. As a modern academic, his life, philosophy, and methods of synthesis are intertwinned with the development of modern China.

評審報告選刊之一

如何評價魯迅，認識魯迅，仍然是學術界一個常說常新的話題。魯迅既是新文學的歷史座標，作為五四新文學的代表人物，魯迅的文學創作成為新文學最具代表性的成績。魯迅作為現代知識份子的代表性人物，其生存方式、思想方式、創作成就等，都與現代中國密切聯繫在一起。

此文最見好處的部份，是那些討論魯迅對人生感受到的荒謬感之部份。即「作為現代思想文化史的坐標」的那一節。

文末談到「完成作為現代中國文學史的魯迅定位」，我不認為這是可能的。對於某一歷史現象的定位，將隨著歷史的發展而變；歷史發展沒完沒了，所以對於此一歷史現象的定位也將沒完沒了。並沒有窮盡、完成的時候。而且也很難說只有某一種定位是絕對準確的，沒有任何一種論斷能夠宣稱它壟斷了終極的真理。所以這不斷詮釋的過程才能不斷進行下去。

文章分成三個部份：作為知識份子的座標，作為現代思想文化史的座標、作為文體史的座標，此文當然相常出色。不過，評論人有些「吹毛求疵」的責任。所以我就吹毛求疵吧：我認為在這三者間，其實是有內在聯繫的。如文體史的發展與思想文化史的發展之間，是互有聯繫的。可惜作者於此少有著墨。建議作者以後不妨在現有的成績下繼續求索下去。

評審報告選刊之二

從文學史角度看待魯迅，明確其地位，有一定的新視域。

三個「座標」的框架安排比較合理，亦符合魯迅自身的特點。

但說魯迅在小說散文等著作中「構建起了系統的哲學思想」，恐怕是言過其實。魯迅思想雖然深刻，卻並無體系；說有體系，也只能是研究者的「構建」，且難免有拔高之嫌。

評審報告選刊之三

在論魯迅的現代文學史座標意義方面老生常談，缺乏理論創新。

論文所涉及的幾個方面鋪展面很開，但每一點都不夠深入。

幾個論點和題目在邏輯聯繫不夠緊密，結構鬆散。

題目大而無當，建議集中某一點來寫，更為深入。

加強理論創新，增加問題深度。

多推敲語言，修改個別錯別字。

《國際魯迅研究》輯二（2014 年 5 月）271-274。

關於北京大學新設日本文學系（其一）

■周作人　張黃[*]
■王升遠譯

作者簡介：

　　王升遠（Shengyuan WANG），1982 年生，男，北京師範大學文學博士，復旦大學中文系在站博士後，現為東北師範大學外國語學院日語系教授，博碩士生導師。上海市晨光學者、東京大學人文社會研究科外國人研究員、浙江師範大學中國文學海外傳播研究中心特約研究員、中國東方文學研究會理事。2011 年 6 月，系列論文〈戰爭期間日本作家筆下周作人的實像與虛像〉（上，中，下 6 萬字，原載《魯迅研究月刊》2011 年第 1、3、5 期）獲中國東方文學學會第三次學術評獎論文一等獎。〈「近代」的明暗與同情的國界——近代日本文化人筆下的北京人力車夫〉獲吉林省外語學會（2013）學術評獎學術論文特等獎。

關鍵詞：周作人、北京大學、日文系、淪陷區

---

[*]　張黃，別名張定璜，張鳳舉，1895-1985。

　　本刊已在第六號[1]刊載了周作人教授等謀求在國立北京大學開設日本文學系，向中國介紹真正的日本文學的同時、要在另一方面要使之成為中國文學研究之助益的想法。這一願望在近日該校的教務會議上大致得以實現。也就是說，日本文學系因籌備及經費的關係，還無法自今年新學期始開設，雖不是華盛頓會議，但在原則上得到了認可；並決定今年作為其開端和預備，在中國文學系內增設日本文學史和日本代表性文學講義等項。隨著日本文學系實際開設之日的迫近，周、張二教授如是說：

　　我以為，最能真實無欺地表現人之生活、人之真實慾望的便是文學，因此，我們若不能欣賞一個國家的文學，便無以談論該國的國民性。反之，當我們盡情地品味該國的文學時，不但該國人獨特的品格、趣味展露無遺，此地區，更具體地說，其國民性也可從中窺見。因此，欲瞭解一國國民之思想、領略其中蘊涵的人類的某些共通的東西，聽上幾十遍近似「外交辭令」式的口頭語言表達都莫如接觸一部文學作品。我們無法想像離開生活的文學，同時也只有通過對文學的充分賞鑒，方可充分瞭解該國人及其國民性。

　　近年來，日中之間[2]發生了許多極不愉快之事，追問根由，恐怕原因種種，最主要者，我認為就是兩國人民驚歎於西歐的科學、汲汲於生吞活剝地輸入其科學文明，彼此卻都忘記了親近對方文學之結果。即便從個人的角度來看，經常欣賞文學、真正理解地去欣賞文學，而非耽溺其中的人，與那些毫不重視文學、只專注於表現形式文明的人，毫不重視文學者總會讓人覺得呆板、粗野，與之相反，真正欣賞文學的人，不論口頭還是態度，總會讓人感覺風趣、且能馬上將（其個人）視作（他的）國家（因為國家就是由一個個人組成的）。也就是說，若只規則性地看待形式和所有一切、或將其視為機關的人多起來，這個國家會成為總使人感覺不夠親切、缺乏情趣的國度。即便不至如此，某兩個國家間經常接觸的人中，如果不親切和無情趣者多起來的話，即便表面上彼此議論著，可由於作為人的親近不足，在某些地方必將出現誤解。我想，近年來，日中關係變得極為奇怪之

---

[1]　周作人在《北京周報》1922 年第 6 期發表了《支那の新思想界》（中國的新思想界）一文，在此文中，周作人提出了在北京大學建立日本文學系的構想。

[2]　此處在日文《北京周報》發表時即為「日支之間」，譯為「日中之間」係忠實原作而譯。

種種，便是彼此之間不去賞鑒對方文學的人多起來的確切證據。因此，我們應通過文學家、音樂、繪畫諸方面的親近，逐漸消除這種惡劣傾向；在現今的日中人民之間，通過藝術品實現彼此之間的理解是最為必要的。而我們開設日本文學系，並非處於中日間存在齟齬、而欲使之變好的動機。倘若中國人中真正理解日本文學和真正的日本精神者多起來，日本人中真正欣賞中國文學、理解真正的中國精神者多起來，同前所述，兩國關係自會變好；這便是彼此品鑒文學的結果。而我們並非只是先慮及結果才設此文學系。結果若何另當別論，我們作為人，換句話說，作為世界，彼此都有某些共通的東西；因此，與其彼此分清什麼中國人、日本人，莫如先考慮（大家）都是人，先同自己身邊的人互相理解，由與周邊的人互相親近的思量，而至意識到應介紹東鄰日本的文學、以無文學系為憾而欲設之，其結果如前所述，自會發展為互相親近的關係。而即便如此，我們設立日本文學系的願望，與很多時候僅從結果考慮事情的做法，在根本上是大相徑庭的。

　　儘管開設文學系之議既定，但由於準備及經費諸原因還無法馬上開始。雖非華盛頓會議，但教務會議已決定原則上將於近期開辦。9 月份的新學期開始，兼作預備，先作為中國文學系之一部分，開始講授日本文學史及日本文學的代表性講義，盡可能自來年起獨立門戶。然而，要真正欣賞日本文學尚須充分讀懂日本文，而目前日本語還是第二外國語，且認真學習者殆近於無。從此為端，要將日語作為第一外語，使學生在預科期間就能充分讀懂日語，其後方可招入本科日本文學系。要使日語達到進入一年級的水準就要三、四年光景，因此，如明年開辦日本文學系，在有預科畢業生之前，擬以考試的形式從一般學生中招收。此外，若新開日本文學系，還須聘請幾位專業教授，儘管目前種種問題還在商討中，但這一工作想儘早開始。

　　想向中國介紹的除文學外還有音樂。在中國，西歐的音樂還極幼稚，器樂尚差強人意，但一到聲樂便捉襟見肘，目前還基本不行。日人中有擅長聲樂者，柳夫人[3]等不知何時曾來過朝鮮，期待他們也能來我國（演出）。

3　這裡的柳夫人所指的應為日本白樺派作家柳宗悅（YANAGI Muneyoshi, 1889-1961）之妻、著名聲樂家柳兼子（YANAGI Kaneko, 1892-1984）。

歐美的音樂家中倒也有常來我國演出者，他們在北京飯店、六國飯店等處演奏，來聽者也還是歐美人，與中國人毫無來往。因此，現今大多數中國人在音樂方面所期待絲毫未得到滿足，實為不幸。期待日本的優秀音樂家能多多來中國，在中國的舞臺上放歌。

最後，我們對日本人有一個要求。或許我們不太瞭解日本，總覺得日人廣讀四書五經等經書，比較之下，中國小說還未擁有廣大的讀者群。近來的小說無甚可觀者，但從古代小說中，足可知其時中國人之生活情狀。此外，雖然近來未有優秀作家出現，但作品也極少，但其中也有能表現中國實情者，故望更多的日本人能努力接觸中國的藝術品。期待通過這種相互間對彼此藝術品的親近，能消除相互之間的誤解，作為能彼此瞭解對方思想和生活的人，作為坦誠的、有情趣而又關係親近的鄰人，共同攜手前行。

作為參考，謹將北京大學目前所設各科目記於下：

數學系、物理學系、天文學系（以上為一組）、化學系、地質學系、生物學系（以上為二組）、心理學系、哲學系、教育學系（以上為三組）、中國文學系、英文學系、法文學系、德文學系、俄文學系（以上為四組）、史學系、法律學系、政治學系、經濟學系（以上為五組）

——載《北京周報》第 26 期（1922 年 7 月 16 日）

《國際魯迅研究》輯二（2014 年 5 月）275-276。

關於北京大學新設日本文學系（其二）

■周作人
■王升遠譯

作者簡介：

　　王升遠（Shengyuan WANG），1982 年生，男，北京師範大學文學博士，復旦大學中文系在站博士後，現為東北師範大學外國語學院日語系教授，博碩士生導師。上海市晨光學者、東京大學人文社會研究科外國人研究員、浙江師範大學中國文學海外傳播研究中心特約研究員、中國東方文學研究會理事。2011 年 6 月，系列論文〈戰爭期間日本作家筆下周作人的實像與虛像〉（上，中，下 6 萬字，原載《魯迅研究月刊》2011 年第 1、3、5 期）獲中國東方文學學會第三次學術評獎論文一等獎。〈「近代」的明暗與同情的國界──近代日本文化人筆下的北京人力車夫〉獲吉林省外語學會（2013）學術評獎學術論文特等獎。

關鍵詞：周作人、北京大學、日文系、淪陷區

　　我們要在大學裡設日本文學系這一科，是由於中國文學與日本文學之間有諸多無法分離者，能與狂言等也許是從我國傳過去的，書籍上只殘留著中國也曾有過那些東西的記載，但實物卻未能傳承下來。此外，我覺得以前從中國傳到日本後留在日本，而在中國卻沒有了的東西也為數不少。

　　諸如此類者都是因研究日本古文學才得知的中國古代文學之一部分，談及這一點，與其說是日本文學的研究，不如說是在中國文學研究的上不可或缺的研究。然而，在東方文學研究中，不僅僅中日間有如此密不可分的關係，印度思想也有著非常大的影響，因此，要真正理解東方文學，就必須對印度、中國和日本等各國文學加以研究。

　　如此一方面看來，雖然我們並不把日本文學作為日本的文學來看待，而將其視為中國文學研究中不可或缺者，但我們設立日本文學系的目的卻並非僅僅是因研究中國文學之必要。儘管（日本——譯者注）古代受到我國的影響，到了近代又受到法、德、英、俄等諸國的影響，但那些都完全成為了日本之所有。我們要瞭解日本文學，具體說來，就是要充分地體味真正的日本文學。日本雖只是一島國，卻成長為一個充滿朝氣的國家。我們想讓人們接觸到這培育在東方舊文學的氛圍中、近來又取法西歐文學所成就的東方最發達的日本新文學。此外，作為真實無偽的人，最能表現赤裸裸的生活之文學是實現彼此真正相互瞭解的最佳之選。

　　然而，目前只是原則上決定設立日本文學系，而何時能實際開設尚不得而知，我想我們會儘量在明年新學期時能開辦起來。但若不能充分讀懂日語，便無法真正體味日本文學；而由於大學裡將日語作為第二外國語開設，因此又很少有人會認真學習，因此我想先在預科裡將日語設為第一外國語（即必修課），讓可充分讀懂日文者入學。而要讓預科起一直習日語者進入一年級，尚須再等三四年；故此，若明年得以開設，初始階段還是通過日語考試從一般學生中招收。

　　另外，自今年新學期作為中國文學系的一部分開設期間，權且由我們來講授；然日本文學系新設之際，尚要聘請日本年輕的文學專業學者。儘管還有經費等諸問題，或許短期內情形無法好轉，但我們仍然會努力使其將來不劣於英文學系等其他文學系，不，毋寧說要比它們更為興盛。

——《讀賣新聞》，1922 年（大正 11 年）7 月 27 日，第 7 版

《國際魯迅研究》輯二（2014 年 5 月）277-280。

中國¹的新思想界

■周作人　張黃
■王升遠譯

作者簡介：

　　王升遠（Shengyuan WANG），1982 年生，男，北京師範大學文學博士，復旦大學中文系在站博士後，現為東北師範大學外國語學院日語系教授，博碩士生導師。上海市晨光學者、東京大學人文社會研究科外國人研究員、浙江師範大學中國文學海外傳播研究中心特約研究員、中國東方文學研究會理事。2011 年 6 月，系列論文〈戰爭期間日本作家筆下周作人的實像與虛像〉（上，中，下 6 萬字，原載《魯迅研究月刊》2011 年第 1、3、5 期）獲中國東方文學學會第三次學術評獎論文一等獎。〈「近代」的明暗與同情的國界——近代日本文化人筆下的北京人力車夫〉獲吉林省外語學會（2013）學術評獎學術論文特等獎。

關鍵詞：周作人、張黃

---

¹　原作凡涉及「中國」者皆作「支那」。

　　東方哲學及文學在印度、中國、日本等各國受到了發達的佛教、儒教、神道等的刺激，且各國的文學及哲學間也各自存在著種種無法分離的關係。因此，要研究東方的哲學和文學的時候，單單將印度哲學、中國哲學和日本文學作為某個隔離的個體進行研究是很困難的。

　　另外，若依此法，則要到達研究對象的深處是不可能的。真欲研究東方之一國文學者，必須理解東方各國的文學與哲學。由於他們彼此相互刺激、相互聯繫，只有對這些都有所研究，方能成就真正的研究。因此，欲研究中國文學乃至哲學者，必須瞭解印度哲學與印度宗教自不待言，在此基礎上，日本文學及哲學的知識也不可或缺。古代中國曾進行過或思考過、但已失傳而無處可尋者，只在日本遺留下來的不少。例如，在語言中就有一些在中國幾經變遷、已全然無存的語音，在日本卻如從前的語音一般遺留了下來。如彼之能樂那樣日本自古遺留下來的藝術，其根基的也是從中國流傳過去的，而在中國卻似毫無殘痕。北京大學中國文學系的學生們若單研究中國文學，就無法真正理解中國文學，因此，將來我們打算設立日本文學系，使兩者（即中日兩國文學——譯者注）能互為參考，以資達成真正的研究。我希望能早日實現這一願望，明年前後，或許會在中國文學系中加進一些類似課程。

　　中國當前的狀態是不滿足於舊文學的同時，新文學勃興之期一天天臨近。但那實際上也是極幼稚的，現在尚處於生吞活剝外國新文學的所謂「外國文學輸入時代」，但為使真正玩味外國的新文學，將以之為自己的滋養品，並在此基礎上、從被滋養的肌體中生長出清新、活潑之文學的時代到來，這個生吞活剝之時代作為其中一個過程也必須肯定。可是，即便由此展望，也難免會有當今文學界還過於幼稚的想法。儘管如此，我以為這其中詩是最有進步的。以今年以來的詩來看，新詩社同人的機關雜誌《詩》一月創刊，收集了鄭振鐸鄭振鐸（1898-1958）、葉紹鈞（葉聖陶，1894-1988）、朱自清（朱自華，1898-1948）、劉延陵（1894-1988）、徐玉[2]幾位加我六個人之自選詩的同人詩集《雪朝》也預定於近期發刊。女性小說界第一人冰心（謝婉瑩，1900-99）氏仿泰戈爾（Rabindranath Tagore, 1861-1941）之詩創作的六十四篇結集為《繁星》，在一月的《晨報》上刊

---

[2]　徐玉估計是徐玉諾（徐言信，1894-1958）之誤。

出。繼詩之後，新劇的研究也正在興起，但與小說界同樣，其完成尚前途遙遠。

　　大學國學研究所而來設立歌謠研究會，搜集各地的民謠。中國與日本比較起來，民謠甚少。在日本，諸如插秧歌啦、盂蘭盆會歌啦，此外各地各式各樣的民謠很發達，儘管在中國，插秧、割草和收水稻等時候也多以戲劇的形式唱出來，但大都是一幕一幕地唱，真正能看出其各自地方情調的民謠卻極少。另外，在中國，各地語言不同，南方一個地方極為發達的民謠中，很多都無法用漢字表現出來，即便依照近來開始使用的注音字母去記錄，由於這些字母主要是以北京話為基礎制訂的，沒有南方這一地方能發的音，故無法表現之。加之，每個地方卻又都有一點好的民謠，由此二因，要得到真正的民謠集實為困難之事業。然而，若捨棄則看不到其完成之日，因此，我們正致力於其募集與選定。（談）

　　　　　　　　　　——載《北京周報》第 6 號（1922 年 2 月 26 日）

文學視界 52　AG0163

國際魯迅研究　輯二

總 編 輯 / 黎活仁
主　　編 / 方環海、蔡登山
責任編輯 / 廖妘甄
圖文排版 / 楊家齊
封面設計 / 陳佩蓉

發 行 人 / 宋政坤
法律顧問 / 毛國樑　律師
印製出版 / 秀威資訊科技股份有限公司
　　　　　114 台北市內湖區瑞光路 76 巷 65 號 1 樓
　　　　　電話：+886-2-2796-3638　傳真：+886-2-2796-1377
　　　　　http://www.showwe.com.tw
劃撥帳號 / 19563868　戶名：秀威資訊科技股份有限公司
　　　　　讀者服務信箱：service@showwe.com.tw
展售門市 / 國家書店（松江門市）
　　　　　104 台北市中山區松江路 209 號 1 樓
　　　　　電話：+886-2-2518-0207　傳真：+886-2-2518-0778
網路訂購 / 秀威網路書店：http://www.bodbooks.com.tw
　　　　　國家網路書店：http://www.govbooks.com.tw
圖書經銷 / 紅螞蟻圖書有限公司
　　　　　台北市 114 內湖區舊宗路 2 段 121 巷 19 號(紅螞蟻資訊大樓)
　　　　　電話：+886-2-2795-3656　傳真：+886-2-2795-4100

2014 年 5 月 BOD 一版
定價：390 元
版權所有　翻印必究
本書如有缺頁、破損或裝訂錯誤，請寄回更換

國家圖書館出版品預行編目

國際魯迅研究 / 黎活仁總編輯. -- 一版. -- 臺北市：秀威
資訊科技, 2013. 10-
　　冊 ；　公分. -- (文學視界類；AG0156-)
　BOD 版
　ISBN 978-986-326-160-5 (輯 1：平裝). --
ISBN 978-986-326-237-4 (輯 2：平裝)

　1. 周樹人　2. 學術思想　3. 文學評論

848.6　　　　　　　　　　　　　　　　　102014930

讀者回函卡

感謝您購買本書，為提升服務品質，請填妥以下資料，將讀者回函卡直接寄回或傳真本公司，收到您的寶貴意見後，我們會收藏記錄及檢討，謝謝！如您需要了解本公司最新出版書目、購書優惠或企劃活動，歡迎您上網查詢或下載相關資料：http:// www.showwe.com.tw

您購買的書名：＿＿＿＿＿＿＿＿＿＿＿＿＿＿＿＿＿＿＿＿＿＿＿

出生日期：＿＿＿＿＿年＿＿＿＿＿月＿＿＿＿＿日

學歷：□高中 (含) 以下　　□大專　　□研究所 (含) 以上

職業：□製造業　□金融業　□資訊業　□軍警　□傳播業　□自由業
　　　□服務業　□公務員　□教職　　□學生　□家管　　□其它＿＿＿

購書地點：□網路書店　□實體書店　□書展　□郵購　□贈閱　□其他

您從何得知本書的消息？

　□網路書店　□實體書店　□網路搜尋　□電子報　□書訊　□雜誌

　□傳播媒體　□親友推薦　□網站推薦　□部落格　□其他＿＿＿＿＿＿

您對本書的評價：(請填代號　1.非常滿意　2.滿意　3.尚可　4.再改進)

　封面設計＿＿＿　版面編排＿＿＿　內容＿＿＿　文／譯筆＿＿＿　價格＿＿＿

讀完書後您覺得：

　□很有收穫　□有收穫　□收穫不多　□沒收穫

對我們的建議：＿＿＿＿＿＿＿＿＿＿＿＿＿＿＿＿＿＿＿＿＿＿＿

＿＿＿＿＿＿＿＿＿＿＿＿＿＿＿＿＿＿＿＿＿＿＿＿＿＿＿＿＿＿＿

＿＿＿＿＿＿＿＿＿＿＿＿＿＿＿＿＿＿＿＿＿＿＿＿＿＿＿＿＿＿＿

11466
台北市內湖區瑞光路 76 巷 65 號 1 樓
秀威資訊科技股份有限公司　　　收
BOD 數位出版事業部

．．．
（請沿線對折寄回，謝謝！）

姓　　名：＿＿＿＿＿＿＿＿＿　年齡：＿＿＿＿　性別：□女　□男

郵遞區號：□□□□□

地　　址：＿＿＿＿＿＿＿＿＿＿＿＿＿＿＿＿＿＿＿＿＿

聯絡電話：(日) ＿＿＿＿＿＿＿＿＿　(夜) ＿＿＿＿＿＿＿＿＿

E-mail：＿＿＿＿＿＿＿＿＿＿＿＿＿＿＿＿＿＿＿＿＿